靈劇

—鄭丰作品集—

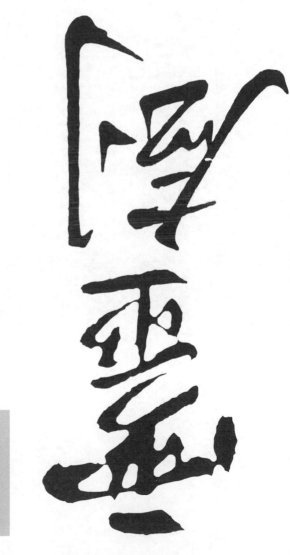

目錄

第三部■神劍之泣

第三部

神劍之泣

靈劍

楔子　山雨欲來風滿樓

江西南昌寧王宮之中，一個四十來歲的男子在書房中來回走動。這人衣著華貴，但舉止輕佻，望之無威，正是明太祖朱元璋六世孫，世襲寧王的朱宸濠。他停下步來，望著房中几上的龍涘寶劍，臉上殊無歡喜之色，側過頭來，說道：「李先生，你怎麼看？」

一個書生模樣的人站在書桌旁，雙手擁在袖中，眉頭微蹙，說道：「此人的命令，不好違抗。」寧王皺起眉頭，說道：「但我需要這劍起事啊！給他拿了去，我的大計如何進行？」

那書生姓李名士實，曾在朝中任侍郎，後辭職還鄉，能言善道，被寧王召為策士，深受信任。他沉思半晌，說道：「不好正面拒絕，只能拖延。」寧王眼中露出憂懼之色，說道：「萬一他不悅呢？」

李士實道：「王爺的目標是征服天下，此時實力已足。他即使不悅，仍得倚靠王爺成事，不會在此時刻輕易啓釁。等到王爺取得天下，再以豐厚封賞回饋教主便是。」

寧王點了點頭。

李士實又道：「但是王爺要取天下，還有一個眼中釘，必得拔去。」寧王臉色沉重，說道：「你說下去！」李士實道：「屬下指的，便是贛南巡撫王守仁了。這人原本被遠貶貴州，不知怎地鹹魚翻身，被提拔至右僉都御史，派來巡撫贛南。此人之難以對付，在於他擅長兵法。他才來贛南幾個月，便將在此地經營十多年，令朝廷束手無策的土匪全數掃平，連王爺的好友閔四爺也被他打敗，不得不潛逃隱匿，可見其兵法之精。」

提起好友閔四被官軍攻破之事，寧王不禁滿面怒色，拍桌喝道：「王守仁這不知死活的渾蛋，連我的好友都敢得罪！派人殺了便是！」李士實卻搖頭道：「這人不能殺。」寧王道：「往年那兩個不肯合作的巡撫，叫什麼王哲、董傑的，不也都被我派人解決了？」李士實道：「不，王爺請聽屬下一言。這人雄才大略，應召爲己用，成爲王爺的大助力。我們先拉攏他，試探他的意向。他若堅決不肯合作，再殺他不遲。」寧王點頭道：「依你說該如何？」李士實道：「我替王爺發帖，宴請他來王府，席間我們用語言試探他，看他如何反應，再作計較。」寧王道：「好！就這麼辦。」

這夜王守仁受邀來到寧王府，賓主坐下吃飯，寧王忽然歎了口氣，說道：「皇上不時離京出巡，不顧國事，這可怎麼得了？」王守仁聽他這話明指當今皇帝之過，不禁一怔，還未回答，坐在一旁陪席的李士實忽然露出義憤塡膺之色，大聲道：「世有昏君，豈無湯武？」這話挑明了寧王想效法商湯、周武王，起兵造反。王守仁鎭靜下來，凝望著寧王，說道：「湯武也須有伊尹和呂姜。」意思是閣下就算要造反，也需有人才輔佐才成。寧王望著他，笑道：「既有湯武，就必有伊呂！」這話便是明白邀請王守仁參加反叛了。王守仁看透了寧王的心意，嚴肅地道：「有伊呂，自有伯夷叔齊！」這是說就算有人輔佐你，我王守仁可不會加入叛亂，而必爲誓死不食周粟的伯夷叔齊，跟你反抗到底。

話說到這地步上，寧王心中大怒，筵席不歡而散。

當夜王守仁離去後，寧王立即派了個殺手去王守仁官邸，命他解決此人。那殺手已下手殺了好幾個江西巡撫，如今要殺這贛南巡撫，自是駕輕就熟。他來到官邸時，見王守仁的書房燈光明亮，便掩了上去，透過窗戶往內偷看。果見王守仁端坐在書房中，身旁另有一個三十上下的男子，形貌清癯，正伸指替王守仁把脈。

若是略有經驗的殺手，見到這青年大夫定會心生警惕，不敢貿然下手。但這殺手並非武林中人，對這青年大夫全不放在心上，從懷中抽出毒針管，小心翼翼地從窗戶的縫隙伸了進去。正要吹管發射毒針，那大夫忽然歎了口氣，頭也不回，右手一揚，一枚金針急射而出，正插在毒針管的孔中，毒針被金針擊入管內，險些便戳入殺手的口中。殺手這一驚非同小可，大叫一聲，往後一跤跌倒，連滾帶爬地逃走了。

王守仁望向窗口，問道：「凌兄弟，什麼人？」

那青年大夫正是凌霄。他道：「想是寧王派來的殺手。」

王守仁皺起眉頭，說道：「寧王陰蓄異志已久，今日找我去，想拉我爲他出力。我拒絕了，看來他已決意殺我滅口。」凌霄道：「此地不宜久待，王大人應及早離開。」

王守仁點點頭，問道：「凌兄弟，你又怎會來到南昌？龍場驛一別，一切可好？」

凌霄道：「小弟都好。寧王派人自峨嵋奪走了一柄聞名武林的寶劍龍湲劍，許多武林人物為奪此劍而聚集南昌，我也隨朋友來此。我聽說大人轉調贛南，特來拜見。」

王守仁問道：「你身子可好些了麼？」凌霄道：「還是老樣子。」王守仁凝望著他，問道：「在貴陽時，你曾提到一個曾替你減輕毒咒之苦的女子。如今你可找到她了麼？」

凌霄聽了這話，沉吟許久，才慢慢地道：「我又見到她了。」王守仁忙問：「如何？」凌霄嘴角露出微笑，說道：「她很好。」

王守仁拍拍他的肩膀，笑道：「好事可近了？」凌霄搖頭，神色猶豫，苦笑答：「不。」他從懷中取出一柄小刀，說道：「事情並非如我所想。」王守仁望著小刀，靜待他說下去。

凌霄道：「多年來，我始終忘不了她助我紓解痛苦之情。」他頓了頓，又道：「我後來遇見並心儀一名女子，當時我一直懷疑這名女子便是我要找尋的那人。直到最近，我才確知她們是兩個人。」

王守仁點點頭，說道：「你不會放下你心儀的女子。」

凌霄點點頭，說道：「這個自然。但我卻不能忘記，我曾魂縈夢牽過另一個女子，而那女子清楚知道我最陰暗軟弱的一面。」

王守仁問道：「這兩個女子，對你又是如何？」

凌霄道：「一個與我性命相許，生死相隨。另一個恨我任性縱情，詛咒我不得好死。」王守仁聞言不禁一怔。

凌霄一笑，站起身道：「小弟不應拿這些私事煩擾大人。寧王造反在即，此地不宜久留，大人該盡早日出城避難。我明日便送你離開。」

王守仁點了點頭，說道：「我正好有個不大不小的任務在身。福建有個軍官叛變，朝廷命我去戡亂。我便帶上幾個官兵，往南去吧。」當即發布命令，即日啓程。

凌霄當夜留在王守仁官邸，兩人直談到深夜。兩人都感受到山雨欲來風滿樓的肅殺氣氛，前途茫茫，禍福難料。

第六十二章　重逢未晚

卻說峨嵋金頂一場激戰，龍頭收劍不殺凌霄，凌霄卻失手打傷了她。其後二人雖短暫相聚，燕龍最終仍拒他於千里之外。凌霄心中鬱鬱，與虎嘯山莊眾人同行回向虎山。

一行人向東行去，這一日剛到樂山。眾人正在客店中打尖，聽得門外一乘快馬來到店前，一個嬌柔的聲音在門口響起：「勞駕，掌櫃的，可見到一行武林人士自川向東，往山東去麼？」這數日來中原幾大門派都向東行，眾人聽人問起，也沒留意。卻聽那掌櫃的並不回答，店中轟然一聲，突然靜了下來。凌霄甚覺奇怪，回頭望去，只見一個紫衣女子緩步走進店中，全店的客人、掌櫃、伙計、小廝都張大口瞪視著她，目不稍瞬。

那女子正是扶晴娘子。她似乎已見慣男子對她如此癡望，絲毫不以為意，轉頭見到凌霄等人，笑道：「凌大俠，我可找到你啦。」

眾人一齊向凌霄望去，眼光中驚詫、羨慕、嫉妒、好奇、不屑皆有之，竊竊私議聲不絕於耳。凌霄見此場面，也不由得尷尬，站起身行禮道：「辛夫人。」扶晴走上前來，凌霄問道：「幫主安好？」扶晴笑吟吟地道：「幫主都好。她有要事纏身，讓我先行一步。我便想不如趕上各位，與各位同行。」凌霄道：「不妨。」

劉一彪忙起身讓座，扶晴坐下了，一行人便一起用了晚膳。其時在客店中全是男子，扶晴是唯一的女子，又是美艷絕俗，媚光照人，自不免掀起一陣轟動。眾客人見凌霄一干人人多勢眾，雖覺凌霄長相平凡無奇，實不足邀得美人青睞，倒也不敢向虎嘯山莊眾人生事。

當夜扶晴來到凌霄房外，低聲道：「凌大俠，幫主令我向你傳幾句話，日間人多不便，我可能到你房中與你談談麼？」凌霄便請她進屋。卻見扶晴手中捧了一壺燒酒，款步進屋，笑道：「如此月夜良辰，不喝一杯怎麼行？」

兩人在房中對坐暢飲了起來。

扶晴喝了幾杯酒後，臉上紅撲撲地，嬌艷欲滴，更添麗色。凌霄問道：「辛夫人，請問龍頭有什麼話要轉告於我？」扶晴微笑道：「凌大俠，你還叫我辛夫人麼？」

凌霄一怔，心想燕龍是個女子，她這個龍頭夫人自然是假的，說道：「那我應當如何稱呼？」

扶晴道：「你就叫我扶晴吧。燕兒從小叫我晴姊姊，你要跟著她叫也行。」

凌霄心想「晴姊姊」三字叫起來未免曖昧，況且扶晴似乎比自己還要小上幾歲，說道：「我就稱呼妳柳姑娘吧。」問道：「柳姑娘，請問幫主有何交代？」

扶晴道：「她讓我先行一步，囑我若在路上見到你，便當面向你道聲謝。她說這次若非你出手相助，不但龍幫要遭大難，她自己也性命不保。但她心中有許多顧忌，不願與你走得太近，希望你能諒解。」

凌霄點點頭，默然一陣，問道：「柳姑娘，妳和幫主是一塊長大的麼？」

扶晴微笑道：「是啊。我初次見到她的時候，她還是個小女孩兒，可愛極了。她孩子時個性便很強，事事都不認輸，族中的男孩子沒有一個敢欺負她。她十歲就被認證爲雪艷，以前的雪艷都是十七八歲才被認證，從來沒有像她這麼小就被認證的。」

凌霄點點頭，心想：「燕兒的武功極高，我在她這年紀時，未必是她敵手，可見她定然十分早慧。」

兩人在燈下閒閒談話，扶晴從容大方，談吐優雅，加上她的絕世姿容，一顰一笑無不媚態橫生，凌霄心中不禁想道：「世上不知有多少男子，會不惜千金性命，渴求與她如此對坐飲酒。」

又談了一陣，凌霄見夜已深，說道：「柳姑娘，我有些倦了，妳也早些回去休息吧。」扶晴道：「是。凌大俠，你累了幾日，好好歇息。」向他微笑凝視一陣，才出屋而去。凌霄熄燈就寢，閉上眼，眼前耳中似乎仍迴映著扶晴的音容舉止，明波笑靨。

過了子夜，凌霄忽覺鼻中聞到一陣淡淡的香味，一雙溫軟的嘴唇輕輕碰觸上自己的臉頰。他睜開眼，黑暗中身前多出一人，他伸出手去，摸到一片光滑柔嫩的肌膚，大驚之下，忙縮回手，喝道：「誰？」

只覺一個溫軟的身體靠上自己胸前，一個嬌膩的聲音道：「是我。」正是扶晴。

凌霄驚道：「妳……妳這是作什麼？」

扶晴柔聲道：「凌大俠，我一個人在房中，一直不停想著你。今夜便讓我陪你，好麼？」這幾句話說得蕩氣迴腸，動人心魄。

凌霄翻身坐起，月光下見她衣不蔽體，玉體橫陳，當此情境，他不由得又驚又惱，說道：「柳姑娘，妳明明知道我對燕兒的心，怎可如此？」

扶晴歎了口氣，說道：「你卻難道不知她對你並無此心？我來找你，她都知道。凌大俠，我對你一片癡心，自你下峨嵋山後，我無時無刻不想著你。」

凌霄心中煩亂，說道：「別說了。請出去吧。」

扶晴摟著他的脖子，在他耳邊輕輕吹氣，軟語道：「我沒有燕兒好看麼？她對你無情，我卻一顆心都在你身上。你說吧，你不想要我麼？若是燕兒不在這裡而我在這裡，你難道也不動心？」

凌霄望著扶晴絕美的容顏，媚艷動人的體態，忽然想起陳近雲與赤兒的前車之鑑，暗自心惕，輕輕將她推開，說道：「還請自重。」扶晴輕笑道：「你眞是執迷不悟。我跟你說，你等她一輩子也沒用的。」

凌霄道：「妳不出去，我便出去了。」起身往外便走。扶晴忙道：「你別走。好，我們規規矩矩坐著說話，你不想多聽聽她的事麼？」凌霄心下頗爲惱怒，說道：「妳對她毫無忠敬親義，我不想聽。」

扶晴聽他這麼說，似乎有些驚訝，美目圓睜，搖頭道：「不，不。你不懂得。我們幼時在山中習武，燕兒和我朝夕相處，同帳而宿，便是姊妹也沒有我們親近。燕兒受傷時，我寧可自己死了，也要救她性命。」

凌霄搖頭道：「妳若當她是姊妹，怎會作出這等事？」

扶晴歎道：「所以我說你不懂。燕兒不是一般的姑娘。在她心中，有太多別的事情比男女情愛重要，況且她怎也不敢與男子親近。你知道那時她爲什麼要逃出雪族麼？便是因爲族人逼著她和里山成親。那時我對她說，妳不喜愛里山也就罷了，不理他便是。她說不是不喜愛里山，但對成親這事嚇得不得了，來我這兒哭了一場，之後便逃走了。」

凌霄不禁好奇，問道：「她爲何……會如此？」

扶晴道：「我也不知道。你定已聽說，我少年時便有很多情人，那時燕兒見也見得多了，每回都流淚。我只道她年幼害羞，到她大了，才知她打從心底害怕這事，提都不能提。我以爲她和浪子一起兩年，總不會怕了吧，豈知她兩年來與浪子同行同宿，都沒讓浪子碰她一下。」

凌霄不知該如何反應。扶晴又道：「你日前打傷了她，你可知我們這些手下有多麼驚訝？燕兒是個極爲冷靜的人，從不曾感情用事。我們無法想她竟然也會心軟，也會失手。那日，她寧可自己受傷，也要對你收劍相饒，那實在不像她會作的事。凌大俠，她對你可不是一般的感情。我不知她爲何讓你離開，但我相信她這麼作，是爲了你，而不是爲了她自己。」

凌霄心中思潮起伏，無言以對。扶晴見他不語，披衣起身，又道：「我們在泰山找到她後，幾次她都可以回虎山去，我知道她心中也想去，卻總是不敢。你的心意她早懂得，只是不敢面對罷了。凌大俠，兩人相交，貴在知心。什麼信念道義，名聲地位，都比不過一個眞心待你的有情人，與其後悔一生，不如及時掌握。」

凌霄不禁想起燕龍所說秦掌門和她母親的往事。扶晴望著他，深情款款地道：「我說太多啦。扶晴總會這麼待你，你哪日想起我的好來，隨時來找我，我等著你！」踮起腳，又在他頰上一吻，飄然出屋。

凌霄坐在房中，思前想後，一夜未眠。當年父親爲之迷戀難忘的女子，便是燕龍的母親，不意這場冤孽繼而轉到雙方的子女身上，不但凌雲曾對女扮男裝的燕龍傾心，自己在三年前見到燕龍後，竟也對她難以忘懷，癡情不能自已。

他想著父親的無奈傷心，想著胡兒的悲慘命運，忽又想到自己發現燕龍是個女子時的情景：他跟著她來到虎山後的山洞中，見到她哀然望向死去的母虎和兩隻小虎的神情。他忽然閃過一個念頭：「燕龍抱傷堅持去救兩隻幼虎，那時的她才是眞正的她。她讓我送毒信給空照，跟我說那些話，自是故意激我離開。」想到此處，他再也克制不住，心想：「無論如何，我都應回去找她，盡力保護她周全。」

天色剛明，他便去找段青虎和師弟等，請眾人先回虎山，說自己要在外多留一陣。

眾人擔心他孤身一人，問他要去何處。淩霄道：「我要去找龍幫中人，助他們奪回龍淚劍。」當下說出龍淚劍被江西寧王奪去之事。段青虎皺眉道：「寧王想造反的事情，我們本地人老早聽說了。他在南昌籌備了好幾年，聽說還養了一群武林高手，想借重他們起事，只怕不是容易對付的。」

淩霄聽了，更是擔心。其餘眾江湖豪客多爲好事之人，聽到這等大事，都道：「這場熱鬧百年難逢，我們定要跟去看看。」當下眾人約定，段青虎和虎嘯山莊眾豪客先去南昌，淩霄則回頭去找燕龍。

他知道龍幫眾人便在後面不遠，騎馬向西，沿原路回去。行到午後，來到一條小路上，忽聽遠處傳來兵刃相交之聲。他勒馬慢行，凝神聽去，過了一陣，又聽噹的一聲。淩霄心中一動，縱馬向聲音來處奔去，卻見一株大樹下三人圍著一人，正持劍相鬥。那三人都是四十來歲，留著鬍鬚，身穿寬大的杏色袍子，手持長劍，結成劍陣，將敵手圍在中心。三人中一個瘦小如猴，一個身形肥胖，另一個頭髮花白，高大粗壯。劍陣中那人一身布衣短褂，手持雙劍，面貌俊美異常，正是燕龍。

淩霄一呆，連忙下馬，上前觀戰。卻見燕龍站在中心，臉色微白，神情鎮定，眼簾下垂，竟然並不望向敵人。那劍陣一發動，她便快捷無倫地出劍刺向三人，阻止劍陣。那三人繞著她緩步轉動，伺機進攻，每次劍陣被擋住，神情便更加凝重了一分。

淩霄又看數招，已看出這三人無法傷到她，燕龍也無法脫出劍陣。這麼拖下去，遲早有一方會先累倒，燕龍孤身一人，又是內傷初癒，形勢甚是不利。她安立不動，便是爲了節省精力，想找到劍陣的空隙，一舉破敵。

又過了幾招，那胖子首先沉不住氣，大喝一聲，陡然攻上，勢道凶猛。燕龍讓開一步，三人便是要抓住這一瞬即逝的空隙，立時發動劍陣，三柄長劍同時向燕龍攻去。她身周三尺處有如織起一道銀色的光網，好似有二十多柄劍同時向她擊刺砍劈。只聽噹噹之聲連響，燕龍雙劍舞動，不急不徐地將劍招一一擋開。三人臉上都露出驚詫之色，陣勢略緩，絕沒想到世上竟有人能擋開這淩厲無比的連攻劍陣。那瘦子跨步上前，一劍向她肩頭刺去。燕龍似乎躲避不及，這劍從她肩頭劃過，刺破了衣服。便在此時，那瘦子慘叫一聲，噹的一聲，長劍落地，向後躍開。凌霄已看出燕龍意在誘敵，那瘦子攻上時，她左手劍揮處，已將瘦子的右腕斬下。

那三人臉色大變，向後躍開。老者冷冷地道：「辛龍若果然身手不凡，崑崙三仙甘拜下風。」燕龍輕哼一聲，說道：「崑崙三仙久不出山，與龍幫無冤無仇，爲何定要置在下於死地？」

老者哈哈一笑，說道：「龍頭在峨嵋金頂打敗正教各派，威名遠播。我們崑崙派十餘年來在江湖上聲銷跡匿，早想捲土重來。我等若能打敗閣下，立時便能重建本派聲望。嘿嘿……原來我們畢竟是癡心妄想。」燕龍道：「果然是癡心妄想……」

便在此時，那胖子忽然悄聲欺上前，長劍急出，刺向燕龍後心。這招極爲險狠，趁她正與老者說話時悄沒聲息地刺去，劍尖離她後心已不到一寸。

忽聽叮的一響，那胖子的劍被打飛了出去，燕龍已回身出劍，斬向胖子的手腕，在他手臂上劃出一道長長的血痕。那胖子臉色蒼白，心知他這劍若沒有被打歪，他這隻手腕也已不保了。

燕龍抬頭望去，卻見一人站在數丈外，正是凌霄。她微微一呆，知道是他發暗器相救，一時不知他爲何會來到此地，轉向崑崙三仙道：「你們運氣不壞，醫俠在此，我便饒過你們三條老命。這就給我滾回崑崙山去吧！」

那老者望向凌霄，心知他在旁觀看甚久，剛才那胖子出手偷襲，絕非光明之舉，三人本想在這荒山野地中，只要能殺死辛龍若便好，更沒想到要遵守什麼武林規矩，豈知竟都被人看在眼中。老者臉上發熱，長歎一聲，向兩個師弟道：「走吧！」三人向西奔去，轉眼不見影蹤。

燕龍對敵崑崙三仙，雖略占上風，卻已覺心跳氣喘，額上流汗，她自知重傷之後，內力難以在短時間內恢復，暗暗心驚，回劍入鞘，伸衣袖抹去額上汗水。

凌霄來到她身前，讚道：「好劍法。」

燕龍掩不住驚訝之色，問道：「凌大哥，你怎會來這裡？」

凌霄直言道：「我回來找妳。」燕龍呆了呆，脫口問道：「你……你遇見扶晴了麼？」凌霄點了點頭。燕龍臉色微變，移開目光。

凌霄心想她多半猜知扶晴會對己投懷送抱，微覺尷尬，說道：「她來找我，跟我說了些話，並無他事。」

燕龍輕歎一聲，說道：「你不用騙我。」凌霄道：「燕兒，我若騙妳，怎會有臉來見妳？」燕龍抬起頭，說道：「你來找我，究竟有什麼事？」凌霄吸了一口氣，說道：「扶晴去後，我想了一夜，決定回來找妳。我……我不想讓妳離開我。不論妳要去作什麼，我都要盡我所能，保護妳周全。」

燕龍聽了，雙眉微蹙，轉過頭去。凌霄鼓起勇氣，才向她說出這幾句話，見她不語，心中怦怦亂跳，生怕她會板起臉拒絕自己，或嚴辭將自己趕走。他雖是成名的神醫俠客，此時站在心愛女子的面前，卻直如剛將文章交給老師批改的童生，心中七上八下，只能靜靜等候她的回應。

過了好一陣，燕龍才搖頭道：「凌大哥，你不該如此對我。我怕你以後會後悔。」凌霄道：「我不會後悔。」燕龍聽他口氣堅決，怔然抬頭望向他，心中激動，低聲道：「但盼我也不會後悔。」

凌霄聽她說出這句話，才鬆了一口氣，問道：「妳怎地孤身在此？龍幫的人呢？」燕龍道：「他們還在後面。我先走一步，路上卻被那三個崑崙派的傢伙圍攻。若非你剛好到來，我也不知能不能全身而退。」凌霄道：「他們不是妳的對手。」燕龍微微一笑，說道：「你若不來，我多半會負傷，但也不會讓他們活著離開。」凌霄想問她爲何獨自先走一步，卻忍住沒有問出口。

原來燕龍那夜聽了扶晴的一番話後，心中不禁擔憂扶晴眞會作出什麼事來，思前想後，終於決定一個人先行趕來。她卻不知扶晴臨走前來找她，便是意在激她，扶晴所見過嘗過的男女感情實較燕龍多上太多，眼見兩人各自有意，卻要生生分離，又是可惜，又是好笑，當下去向燕龍透露自己有意色誘凌霄，果然讓燕龍擔上了心。燕龍深知扶晴容色絕美，嫵媚無方，天下男子誰能抵擋得了扶晴的誘惑？她心中對凌霄也自有情，只是深自壓抑，不願顯露，受此一激，忍不住心中衝動，便決定趕來找他。

第六十三章　攜手同行

兩人此番重見，都拋下了許多的包袱，少了許多的顧忌。兩人牽了馬，並肩向東去。當時天色已晚，二人來到一個小鎮中用晚膳。旁邊一桌十來個漢子高聲談著江湖中事，一個瘦長漢子道：「峨嵋金頂這一戰，可精采了！那龍幫中的幾個護法，武功竟然勝過正教武林的首腦，當眞是乖乖不得了。」

另一人道：「可不是？連一向從不下虎山的醫俠都出了手，可見大夥對龍幫確然十分忌憚。依我說，龍幫遲早要稱霸天下，識得時務的，便該及早投入龍幫，爲龍頭效力！」

又一人哼了一聲道：「龍幫中人都是雪艷胡的傳人，非我族類，你還投靠他怎地？」前一人道：「非我族類又如何？龍幫中美女如雲，嘿嘿，我要能拜倒在石榴裙下，也足夠了。」一人道：「龍幫的扶晴娘子艷絕天下，只可惜已是龍頭的夫人！」另一人笑道：「這位龍頭夫人眞是不得了，大約只有『美如天仙』可以形容，加上那份動人心魄的媚勁，天下有誰抵擋得住？武當王道長怕也是被她勾走了魂魄，才丟掉手中長劍的。嘿嘿，辛龍若好大的艷福！」眾漢子談起扶晴，都吃吃而笑。

一個肥胖漢子呸了一聲，罵道：「他媽的，龍幫勢力龐大，龍頭武功絕頂，面貌英俊，這是標準的英雄配美人，你們這般談論他的夫人，還要命不要？」眾人一聽，都靜了下來。

另一人問道：「我聽人說他面貌醜陋已極，才總是戴著面具。你怎說他面貌英俊？」肥胖漢子道：「這你就不知道了。後來正教五大派一起去圍攻龍幫，還是醫俠出手回護，才保住了龍幫。那時醫俠揭下他的面具，才發現原來他與龍頭乃是舊識。當時看到龍頭面容的人，都道世上不能有比他更英俊的男子了。」原先那人道：「原來辛龍若如此英俊，他第一次在江湖上大顯身手，不知爲何要掩藏眞面目？」另一人道：「他定是不想讓人認出了。這人行蹤隱祕，若是人人知道他長得如何，豈不失去了神祕？」瘦長漢子道：「龍頭武功絕頂，他便孤身走江湖，又怕誰了？我聽說他與醫俠對決，最後還是龍頭讓了醫俠，自己才受了傷。」

又一人道：「確是如此。我猜醫俠也是看在扶晴娘子的面上，才去回護龍幫。我聽說扶晴娘子後來還追上虎嘯山莊的人，專門去向醫俠道謝，這其中定有不可告人的私情。我想這醫俠和龍頭兩人，遲早要爲了這女人再打一架。」另一人道：「醫俠正當壯年，長年隱居虎山，不近女色，未免反常。此番若非被那艷媚無邊的扶晴娘子勾去了魂魄，又怎會肯大駕出山？」眾人七嘴八舌，談論不休，燕龍和凌霄坐在角落，竟然誰也沒來注意他二人。

燕龍向凌霄微微一笑，低聲道：「我害你成爲茶餘飯後閒談的材料，眞正對不住。」凌霄在昏暗的燈光下望著她絕美的容顏，早已癡了，微笑不語。

那群人正說得熱鬧，忽聽一人冷冷地道：「通通給我閉上了鳥嘴！」凌燕二人回頭望去，卻見說話的是個身形高大的漢子，一身粗布衣衫，頭上包布，看來像是個塞外來的駝馬販子。他單獨坐在一角的桌上，正自獨飲。眾江湖漢子聽他發難，都是一怔，靜了下來。那瘦長漢子看出這人不是尋常人物，上前拱手道：「這位兄臺貴姓大名？」

那販馬漢子冷笑道：「你也配問我的姓名？」

眾閒漢見他如此狂妄，都自惱了，紛紛罵道：「我們自談自話，干你屁事了？」「你才給我閉上狗嘴。」「快滾一邊去吧！」

那販馬漢子倏地站起，說道：「龍幫的事情，豈是你們這等渾帳可以隨便談論的？」

瘦長漢子道：「請問閣下是龍幫中人麼？」那販馬漢子道：「不錯！你們人人在地上爬一圈，發誓永遠不敢對龍幫有一句不敬之言，我才放你們出去。」

閒漢聽說他是龍幫中人，都是一驚，瘦長漢子忙陪笑道：「我們有眼不識泰山，閣下是尙施護法麼？是里山大俠麼？」那販馬漢子不答，忽然衝上前，抓住了一個胖子，隨手便將他扔出了門外。那人在地上滾了好幾圈才停下，只摔得鼻青臉腫。接著那販馬漢子又隨手抓起另一個漢子扔將出去，一連扔了八九人，竟沒有人能抵擋他半招。剩下五六人都是大驚失色，販馬漢子暴喝道：「還不快爬？」餘人哪裡還敢多說一句，紛紛爬在地上，發誓此生再不敢對龍幫出言無禮，才一一爬出去了。

便在此時，一人大笑著走進門內，說道：「好極，好極！我正要找龍頭挑戰，你幫我去下戰帖吧！」一伸手，抓住了瘦長漢子的背心，將他提了起來，向那販馬漢子扔去。瘦長漢子原本爬在地下，被他一把抓起，身不由主地向店內飛去。這一擲勢道猛烈，販馬漢子躲避不得，便伸手接住了，卻見那瘦長漢子臉上發黑，竟已在這一抓一擲下斃命。

販馬漢子心中一驚，抬頭向來人看去，卻見他不過四尺高矮，頭上包了一塊白布，一張臉看來有四十來歲，身材卻如八九歲的小童。他臉色微變，說道：「原來是太白神童！」太白神童道：「不錯，你倒有些眼光。你是龍幫的什麼人？」販馬漢子道：「在下雲龍英。」

凌霄聽了這名字，不禁一呆。莫非這人便是當年曾去神算莊求籤的少年龍英？多年之前，他曾特意來到陽谷，告知自己一段往事，點醒自己便是凌霄。他此時仔細向雲龍英打量去，但見他面目果然似曾相識，只是滿面風霜，較之十多年前已蒼老了許多。

太白神童搖頭道：「沒聽見過。辛龍若在哪裡？」雲龍英冷冷地向他瞪視，說道：「龍頭的名字，豈是你能叫得的？」

太白童子悠然道：「你快去找你們龍頭，給他看看你的右手，告訴他太白神童向他挑戰。一個月後，在此見我。」雲龍英舉起右手，只見一隻手已成墨綠色，自己剛才伸手接住他擲過來的漢子，竟已中毒。他哼了一聲，喝道：「龍頭怎屑跟你這般陰毒小人動手？」猱身上前，揮左掌攻向他。凌霄心想：「這人性情剛烈，中了毒還上前跟人拚命。」又想：「聽他口氣，似乎是龍幫中人，如何不識得燕兒？」他轉頭去看燕龍，卻見她臉上神色也甚是詫異。

太白童子皺眉道：「這麼急著送死？」從袖中閃出一根蛇型棍棒，直指雲龍英的咽喉。這招又快又狠，眼看便要刺穿雲龍英的咽喉，便在那一剎那，雲龍英的身體忽然向後飛去，坐倒在一張椅上。太白神童的蛇棍差了數分，沒能刺傷他。

太白神童哼了一聲，冷笑道：「今兒來的人可不少啊。」他已看清，出手相救的竟有四人；兩個是坐在左首的道人；一個是剛走進門，全身白衣的青年；還有一人是坐在角落的漢子。其中一個道人首先站起身，笑道：「你殺了他，我們讓誰去向龍頭報信？姓雲的，我無貪道人、無欲道人也要向辛龍若挑戰，快替我們去傳話吧！」

剛走進來的白衣青年逕自在一張桌旁坐下，卻見他眉目英俊，臉如冠玉，容貌極爲清秀。他自言自語道：「向辛龍若挑戰，你們也配？」

太白神童和無貪道人、無欲道人一起望向他，說道：「閣下也是龍幫中人麼？」

白衣青年道：「不是！」轉頭向雲龍英道：「你去傳話給辛龍若，說風流神劍向他挑戰。」

無貪道人哼了一聲，說道：「原來是你！」似乎對這風流神劍頗爲忌憚，退回桌旁坐下。

太白神童道：「是我先向他挑戰的，姓雲的，你得先將我的話傳到。」

雲龍英哼了一聲，他中毒後又催動內力和人過招，半身已不能動彈，更說不出話來。便在此時，一人走到他身邊，拉起他的手，兩指搭上他的脈搏，從背後藥箱中取出一個藥瓶，倒出一顆藥丸，餵入他口中，說道：「吃下了。」接著一手握住他中毒的右手腕，一手搭在他肩頭，暗運內力，雲龍英的手指尖漸漸滲出一粒粒的綠色水珠。

雲龍英眼見他運功替自己驅毒，望向他的臉，但見他面目依稀相識，凝神細看之下，不禁又驚又喜，脫口道：「你、你是……」

凌霄點了點頭，說道：「別說話。」繼續運使內力，逼出他手臂上的毒性，直到毒性盡除，才道：「沒事了。」雲龍英心中兀自激動，望著凌霄，說不出話來。

旁邊太白神童、無貪道人、無欲道人和風流神劍等眼睜睜地望著凌霄替雲龍英治毒，竟無人敢出聲阻止。凌霄望向太白神童，說道：「這腐尸毒太猛烈，以後不能用了。」太白神童哈哈大笑，說道：「你是什麼人，管得了我？」

凌霄道：「我是凌霄。」太白神童笑聲忽止，覺得口中多出了什麼事物，又覺一股內力逼得他透不過氣來，便將那事物吞了下去。他大驚失色，卻聽凌霄道：「你吃了克制腐尸毒的藥物，以後再出手施動這毒，自己便會毒發身亡。」

太白神童臉色蒼白，有如死人，站在當地說不出話來。過了良久，才拱手道：「多謝醫俠饒我性命。」回身走出，轉眼不見影蹤。

無貪道人走上前來，拱手道：「醫俠好俊的手段！貧道早想領教醫俠的神劍，請醫俠賜教。」凌霄正要回答，無貪道人忽然閃出長劍，刺向雲龍英。這劍十分險狠，他明明向凌霄挑戰，卻忽然偷襲雲龍英，長劍幾乎刺上他的胸口之時，忽聽一聲慘叫，無貪道人向後飛去，倒在地上，不知死活。

雲龍英驚出一身冷汗，回頭看去，卻見角落桌旁坐了一人，桌上橫放著一柄長劍，劍尖沾血，才知出手的竟是此人。雲龍英見這人看來不過二十來歲年紀，面貌俊美，劍法竟快狠如此，心中一凜，走上前去，向他躬身道：「多謝閣下相救。」

那人正是燕龍。她抬頭望向雲龍英，開口道：「你從回疆回來的麼？」雲龍英一怔，說道：「是。」燕龍道：「很好。我要去南昌，你帶了手下先行入城，等我號令。」雲龍英聞言一驚，低頭望見她手邊的雪刃，登時認出是龍頭，躬身道：「屬下遵命！」

無欲道人大喝一聲，衝上前來，叫道：「你傷我師兄，我跟你拚了！」雲龍英正要拔刀抵擋，忽聽凌霄道：「讓他去吧。」燕龍道：「醫俠饒了你的命，還不快滾？」雲龍英回過頭，卻見無欲道人臉色灰敗，眉心、鼻頭、下頦各有一點鮮血流下，竟是燕龍出手所刺。雲龍英就站在燕龍面前，竟完全沒有看見她如何出手，出劍之快，實是不可思議。

無欲道人大叫一聲，抱起師兄，奔了出去。

坐在一旁的白衣青年忽然笑道：「好，好！」站起身走向燕龍，說道：「這位想必便是辛幫主了。」燕龍並不起身，抬頭望向他，說道：「正是。」那青年道：「你怎不問我的姓名？」燕龍道：「我不想知道。你若說出了自己的姓名來歷，我就不便殺你了。」

白衣青年臉色一變，轉向凌霄道：「閣下敗在辛幫主手下，如何不思報仇？」燕龍接口道：「凌大俠並未敗在我手下。輸的人是我。」

白衣青年笑道：「原來如此！你既輸給凌霄，那我也不用找你動手了。凌大俠，我向你討教劍術。」

凌霄道：「我無意與人動手。」白衣青年冷笑道：「醫俠只會救人，不會殺人麼？」燕龍在旁冷冷地道：「你打不過醫俠。你若向他出手，他不會殺你，我卻會殺你。」

白衣青年雙眉豎起，望向燕龍，忽然一劍快如閃電地向燕龍刺去。燕龍抽出雪刃擋住，起身迎戰，轉眼已和白衣青年交了數十招。凌霄見那白衣青年劍法飄逸流轉，又見他眉目俊秀，單眼皮，薄唇緊閉，十分眼熟，看著看著，心中登時浮起一個滿臉高傲之色的少年，脫口叫道：「江離！」

那人果然便是江離。他聽凌霄叫出自己的名字，收劍退開，微笑道：「凌霄，你還認得我！」

燕龍也退開幾步，收劍坐下。江離望向她，說道：「辛幫主好快的劍。改日再討教。」燕龍點頭不答。江離向凌霄一揖，二話不說，逕自離去。

雲龍英望向凌霄，又望向燕龍，忽然拜倒在地，說道：「雲龍英拜見兩位！」凌霄忙扶他起來。心中有無數疑問想問他，卻不知該如何開口。

燕龍坐著受了他的跪拜，擺手道：「坐下吧，吃了飯再說。」

三人一起吃了晚飯。燕龍和雲龍英顯然從未見過面，卻似乎知道不少彼此的事情。燕龍問起他在回疆的經歷，雲龍英說了一些風物人情。之後她邀雲龍英去外面走走，凌霄知道他們要談幫中事情，便留在客房中。不久燕龍回入客房，雙目紅腫，似乎哭過。凌霄忙問：「怎麼了？」

燕龍搖頭道：「沒什麼。我得知有位前輩過世了，心裡難過。」過了一陣，又道：「凌大哥，我想去華山掃這位前輩的墓。你可能留在這兒等我麼？」

凌霄道：「華山離此有十多日的路程，妳內力未復，我陪妳去吧。」燕龍沉吟半晌，才道：「好，我們便一起走一趟。」

第六十四章 虎俠之墓

次日清晨，二人折向北行。路上燕龍問道：「凌大哥，那位風流神劍江離是什麼人？」凌霄道：「他是常清風老前輩的弟子。」燕龍微微一驚，說道：「就是號稱武功天下第一的常清風麼？」凌霄道：「正是。」燕龍道：「這人的劍法十分精妙，我從未見過，可是常清風自創的武功？」凌霄道：「不錯，那是常老前輩年輕時創出的劍法，叫作風流劍法。」

燕龍問道：「你見過常老前輩麼？」凌霄道：「見過。我在峨嵋與妳對敵時，曾使出他教我的一套劍法，叫作春秋劍法。」燕龍恍然道：「原來你那時使的劍法，便是常清風所傳！這春秋劍法威力極強，你當時若繼續使春秋劍法，我便無法抵擋。凌大哥，你那時爲何又使回虎蹤劍法？」

凌霄自己也未曾想通，說道：「我也不知道？」

燕龍望向他，說道：「你使春秋劍法時人占上風，隨時能置我於死地，你當時一心要殺我，絕不會對我手下留情，怎會變招相饒？」

凌霄回想當時情景，忽然醒悟，說道：「我知道了！正是因爲我一心要殺妳，才無法使出春秋劍法。這劍法的主旨在於『中正平和』四字，一旦心中懷有殺意憤恨，便無法掌握劍旨，難以使出其中招術。」

燕龍笑道：「這劍法忒地古怪。天下除了你醫俠以外，大概沒有人能使劍而不帶殺氣的了。我若學了這劍法，大概一招也使不出來。」凌霄歎道：「我打傷妳後，心中後悔萬分，不只是因爲我傷的是妳，更是因爲……因爲我不知自己竟能對人生起這般強烈的殺意和恨意。」燕龍道：「你那時以爲我欺負了雲兒，要殺我也是應當的。若有人欺侮我的妹子，我也會這麼恨他，也要殺死他才甘心。」

凌霄搖頭道：「憤恨和殺意只會損傷妳自己，燕兒。這道理我也不是很懂，我只曉得不管別人如何傷害妳、欺侮妳，妳都不該讓憤恨占據妳的心思。」

燕龍凝望著他，說道：「這世上傷你最重、欺你最深的，無非是段獨聖。難道你不恨他？」

凌霄默然，不願觸及這個話題。他與段獨聖之間的恩怨錯綜複雜，儘管段獨聖百般折磨於他，凌霄卻並未因此對段獨聖懷藏深刻仇恨。這是因爲他太過了解段獨聖，看透了段獨聖一切行爲之後的動機；他深深體會到，一個擁有強大靈能的人，要能克制自我私心，不走上邪路實在很難。當年若非母親捨命讓他離開獨聖峰，他極可能也會成爲和段獨聖一模一樣的魔頭。他也知道段獨聖確實非常欣賞看重自己，有心讓他繼承火教教主的大位。他更知道自己當年自絕靈能，對段獨聖的傷害有多麼深重。連他自己都很難說清這麼多年來，究竟是段獨聖傷害自己較重，還是自己傷害段獨聖較重，更不知是誰該恨誰比較深。燕龍見他神色沉重，便未再問下去。

過了一陣，燕龍想起一事，問道：「凌大哥，你說你的春秋劍法是向常清風學得，爲何江離卻不會使？他若會這劍法，我便打不過他了。」凌霄道：「這劍法是常老前輩不久前才創成的，或許未及傳給江師兄。」燕龍側頭想了想，不再言語。

兩人經成都、劍閣，出七盤關，來到陝西境內。燕龍慣著男裝，兩人同行時往往共寢一室。凌霄想起扶晴的話，對她加意尊重愛護，雖同室共眠，卻從無越禮之行。二人都是內家高手，夜間原本甚少睡眠，燕龍更是大半夜都在打坐練功，往往終夜不睡。

凌霄與她相處愈久，愈覺得她異於常人。她舉手投足間有著掩不住的尊貴氣質，談起話來，又覺她滿腹心事，總帶著幾分神祕難測；偶爾戲謔說笑，又如小女兒般調皮可喜，惹人憐愛。凌霄問起她的童年往事，雪族習俗，歷代雪艷事跡等等，燕龍似乎從未和人說起這些，見有人這麼願意聆聽，十分驚訝，兩人往往暢談到半夜，意猶未盡。凌霄一路對她悉心照顧，對她的關懷愛惜一日比一日深重。他自然知道燕龍並非尋常女子，也不奢求要將她占爲己有，只要能看到她的倩影笑容，與她朝夕相見，便已心滿意足，更無他求。燕龍對他的關懷深感於心，這段路走下來，不知不覺中二人的感情已由互相傾慕，轉成了互相依賴體惜。

又行數日，二人來到華山腳下的一個小鎮。燕龍道：「咱們須得先準備些乾糧。上到半山腰，便沒路可行了，須得走好幾日的山路。」

二人便去小鎮中採買準備。晚上兩人在客店中吃了晚飯，燕龍忽道：「凌大哥，你陪了我這麼多日子，未免太麻煩你了。明日上山，不如我自己去吧。」凌霄奇道：「卻是爲何？」

燕龍以手支頤，沉吟一陣，說道：「這位前輩原本與你大有干係，但是你若去了，可能會有危險。」凌霄問道：「那妳不會有危險麼？」燕龍道：「我不會有事，我只擔心你。」凌霄道：「燕兒，這位前輩是誰？爲何祭掃他的墓，我會有危險？」

燕龍歎了口氣，說道：「我曾在他面前發下重誓，一切依他的遺命而行，我只怕……他會遺命要我殺了你。」

凌霄一驚，脫口道：「卻是爲何？」

燕龍道：「你對我好，但大概不會甘心被我殺了。不如你不去，我便不用殺你，免得兩家不便。」凌霄心中不信，說道：「他若遺命要妳殺我，妳當眞便動手麼？」燕龍歎道：「當然不會。唉，我只是自己胡思亂想，誰曉得他有什麼遺言？咱們還是一起去吧。」

兩人次日便即縱馬上山，燕龍說話甚少，似乎憂心忡忡。凌霄不信她眞會出手殺己，也沒有放在心上。兩人循著山路而上，才上數里，便見一片絕美景觀映入眼簾。華山山勢險峻奇奧，雲霧繚繞，瞬息萬變，煞是奇觀；山間古松矯立，奇石四矗，兩人放慢馬蹄，不時停下歎賞山勢之奇，流雲之美，都覺胸懷大暢。

那幾日天氣極熱。兩人來到一片瀑布之下，便讓馬去飲水，兩人在瀑布旁下歇息。燕龍望向那瀑布，童心忽起，說道：「我去玩玩水。」脫下鞋子，捲起褲管，跨入碧綠的池水中。那溪流甚淺，卵石鋪地，燕龍走出數十步，便來到了瀑布之下。她抬頭望去，見一道激流從千尺危崖上奔騰而下，水勢勁急，落下後打在石頭上，水花四濺，形成一片薄霧，在陽光下閃耀出繽紛色彩，霎爲奇觀。她招手叫道：「凌大哥，你來看！」

凌霄走入池中，抬頭看到這般美景，也不由得讚歎。

燕龍一笑，忽然撈起一片水向他潑去。凌霄不防，登時被潑了一身的水。他笑道：「好啊，妳偷襲我！」也潑水回去，兩人在池中互相潑水，玩得不亦樂乎。凌霄奔上前去捉她，燕龍笑著躲避，跑到瀑布之旁。凌霄一個箭步，上前捉住了她的手臂，笑道：「往哪裡逃？」燕龍此時身上被水濺得濕透，凌霄心中一動，情不自禁地伸手摟住了她的身子。燕龍一呆，臉上通紅，卻並未掙開。兩人在瀑布下相擁，都感到從未經歷過的悸動。

燕龍輕聲道：「凌大哥，我很高興你那日回頭來找我。」凌霄道：「自我離開妳那刻起，便知道自己心中萬分捨不得妳。」燕龍道：「我也是一樣。我只擔心你跟我在一起，不免捲入江湖紛爭，遭遇危險。」凌霄搖頭道：「我只要能與妳相伴，所願已足。妳在江湖中不免遇上諸般凶險，我自當與妳一同面對。」燕龍甚是感動，說道：「凌大哥，你對我這般，我真不知該如何報答你。」

凌霄緊緊擁著她，低聲道：「燕兒，不要再說這些報答不報答的話。」

燕龍伏在他的懷中，耳中聽著澎湃的水聲，心中充滿平靜喜悅。

兩人相擁了一陣，燕龍忽然打了個寒戰，凌霄怕她著涼，催她去換衣服。燕龍在樹叢後換上乾淨衣衫，探出頭來，正見到凌霄脫下上衣，將濕透的衣衫攤在大石上晾乾。燕龍望見他背上肌膚布滿暗紅色的灼痕，形狀各異，觸目驚心。

燕龍極爲震驚，直看得呆了，忍不住快步走上前去。凌霄聽見她的腳步聲，轉過身來，但見燕龍目不轉睛地望著自己身上的灼紋，想避開已來不及，只能站在當地。燕龍伸出手，輕輕撫摸他胸口的灼痕。她冰冷的手指劃過那些猙獰的紋路，指尖微微顫抖。

凌霄吸了一口氣，伸手握住了她的手。這些傷疤較十年前已淡退許多，但仍張牙舞爪，述說著種種不堪回首的殘酷往事。十多年來他每隔數月便得承受烙印重燃的煎熬，生不如死，而且年年加重。他默默咬牙忍受，從未跟人說起，連雲兒都不知曉。這些時日他與燕龍同行，歡喜愉快，如在天上，早將毒咒之事置諸腦後。他並不願意讓燕龍見到身上的灼痕，但自己又豈能永遠瞞著她？

燕龍眼中含淚，低聲道：「太殘酷了。」

凌霄身子一震。他伸臂將燕龍摟在懷中。她的身軀是那麼的柔軟，那麼的溫暖。他心底升起一股新興的希望和勇氣，現在有了她在身旁陪伴，我一定得繼續撐下去。不論肉體上的煎熬有多痛苦，人生還是值得活的。

但他隱隱聽到自己心底微弱的聲音：我怎能讓她見到自己身受毒咒煎熬的情狀？她會願意跟我這樣的一個人廝守一生麼？

兩人無言相擁，各自想著心事。

當夜兩人便在瀑布旁睡了一夜。又行數日，到得一處林口，再無道路，便棄馬在山林中覓路。燕龍道：「這地方我只來過兩次，也不知找不找得到？」兩人一路摸索，在深山古林中走了十來日，來到一片峭壁之下。

燕龍喜道：「到啦。」仰頭望去，那峭壁高百來丈，頂部深入雲霧，高五十來丈處黑黑的，似乎有個洞穴，卻瞧不清楚。燕龍道：「這位前輩的遺體便在那洞穴之中。凌大哥，我們一起上去。」

凌霄抬頭望去，見那峭壁筆直而立，表面光滑，如何能攀援上去？卻見燕龍走到左首，伸手到石壁中一探，青苔跌落，露出一個小小的石孔。她藉此向上攀爬，果然一路上去都有石孔，有幾處石孔並不排成一線，往左或往右彎出尺許，燕龍試探數次，才找到下一個石孔，緩緩向上攀去。凌霄隨後跟上，但見她身形輕盈，攀爬如此陡峭的危壁，似乎毫不費力。

不多時，二人便爬到洞口，鑽了進去。洞中黑沉沉的，燕龍燃起火摺，才見到那洞穴甚寬，之後是一條通道。二人沿著通道走去，轉了幾個彎，來到一個較大的山洞之中。但見山洞正中盤膝坐了一個老人，雙目緊閉，面頰枯槁，臉色灰白，顯然已經死去多時，屍身卻未腐爛。凌霄登時一驚，認出這人便是多年前在虎穴中教過自己內功劍術的老瘋子，也就是虎俠！

燕龍神色哀戚，走上前去，在虎俠遺體前跪倒，磕了三個頭，掉下淚來。

凌霄自見到雲龍英後，已暗暗猜到燕龍要來掃的可能便是虎俠的墓，此時眞的見到他的遺體，也不由得震驚，上前跪下，向虎俠拜倒。

燕龍抹去眼淚，從虎俠手邊拿起一個鐵匣，取出幾張紙來，坐下細讀，讀完將紙放入懷中，說道：「凌大哥，請你在此等我一下。」用火摺子點起一枝蠟燭，將火摺子交給凌霄，自己持燭繞過虎俠的遺體，來到洞後。洞後又有一甬道，燕龍獨自走了進去。

凌霄持著火摺在洞中走了一圈，四處觀望，最後回到虎俠身前，凝望著虎俠的臉容，心中有千百個問題，只等燕龍給自己解答。忽聽洞外聲響，似乎有人正攀爬山壁，凌霄當即熄滅火摺，奔出甬道，探頭望去。卻見已有五人進入洞口，當先一人正是火教護法張去疾，其餘爲流星趕月吳隙、無法無天石雷、天宗道長和一名火教教眾。

凌霄甚是驚詫，這荒山野地，洞穴又如此隱密，火教中人卻是如何尋來的？他心中動念，是否應立即去尋燕龍，與她聯手抗敵？但聽張去疾道：「應是這裡了。大家小心，王老虎奸險狡詐，即使死了，也當提防。」五人先後走入通道。

凌霄背靠山壁而立，握緊長劍劍柄，準備出奇不意先出手斬傷幾人再說。不料便在此時，他忽覺身上一陣痠麻，心中大驚，知道這是毒咒就將發作的先兆。果不其然，身上灼痕驟然如火燒般劇痛起來，忍不住悶哼一聲，跌坐在地。

張去疾聽到聲音，奔上前來，見凌霄坐倒在地，神色痛苦，先是一愣，才又驚又喜說道：「是你！」

凌霄痛得說不出話來。張去疾知道機不可失，更不多說，跨步上前，揮掌便向凌霄打去。凌霄感到一陣陰寒掌力襲上胸口，如被錐刺，氣血翻湧，吐出一口鮮血。張去疾微微冷笑，神色恭敬中露出一分得意揶揄之色，說道：「聖子，教主日夜期待你回心轉意，回歸聖峰。你倔強固執了這麼多年，不時受教士咒術之苦，卻是何苦來哉？說不得，為了你好，我只得強行帶你回去了。」轉向石雷道：「快綁起了他。神火聖子內功劍術超凡入聖，待他毒咒解除，即使身中我的修羅掌，說不定仍有辦法逃走，還是綁起來妥當。」石雷答應了，取出繩索將凌霄綁起。凌霄躺在地上，毒咒加上內傷，他非得咬緊牙根才不致大叫出聲，更無力抵抗。

張去疾望向洞中，說道：「人說王老虎就是死在這兒，我們去看看。」當先走入，吳隙、明海等在後跟上，石雷提起凌霄，也隨後跟上。

一行人來到大山洞之中，看見虎俠遺體，張去疾臉上變色，竟不敢近前，說道：「四處搜索，看這洞裡藏了什麼事物。」四人在洞中翻找，但除了些盤碗等生活用品，更無他物。

張去疾望向山洞後的甬道，說道：「我進去看看。」拿起火摺，當先走入。不料一陣陰風吹來，竟將他手中火摺吹熄。接著洞中一暗，另外幾人手中火摺同時熄滅。張去疾喝道：「有敵人！」揮掌護住身周，只覺肩頭一痛，似乎被暗器打中。又聽吳隙怒罵道：「賊子！」石雷大吼一聲，似乎都受了傷。五人連忙貼石壁而立，持兵器護住身周，過了半晌，卻再無聲息。張去疾一驚，叫道：「凌霄呢？」石雷俯身去摸，凌霄竟已不知去向。

張去疾咒罵一聲，叫道：「快追！」五人往洞口奔去，低頭一看，卻見一人揹負著凌霄，正快捷無倫地攀下山壁。五人連忙先後跟下，直追而去。轉眼那人已落到地面，往上連射數枚銀色暗器，打中了天宗道人的背後和那名教眾的腿部。兩人慘呼一聲，先後從山壁上跌落。張去疾回身揮掌打落暗器，繼續往下爬，與石雷、吳隙落到平地。只見那人早已隱入樹叢，不見影蹤。

石雷見這人身形快捷如鬼魅，忍不住罵道：「他媽的，那是什麼人？」

張去疾從肩頭拔起一枚暗器，冷冷地道：「龍鱗鏢。是龍頭辛龍若。快追上了！」三人當即入林追趕。

救了凌霄的人便是燕龍。她強壓心中慌亂，展開輕功在林中快奔。她在甬道中遠遠見到凌霄忽然倒地，隨即被張去疾打傷綁起，心中極為驚訝：「凌大哥是怎麼了？」她見凌霄已落入他們手中，自忖敵不過這五人聯手，便不立時出手相救，只隱伏在山洞中，直到五人防衛稍稍鬆懈，才突然出手打熄火摺，救走凌霄。

凌霄身形高大，此時她背負著他，畢竟難以快奔。張去疾和吳隙追趕漸近，射出三枚餵毒透骨釘，燕龍繞到一株大樹後避開了，但腳步已受阻。她難以甩脫追兵，眼見張去疾等離己只有十來丈遠近，伸手入懷，陡然回身，射出十餘枚龍鱗鏢。龍鱗鏢是雪族的獨門暗器，扶晴在峨嵋絕頂曾以此技射傷正教諸人。燕龍此時以雨花手射出十餘枚龍鱗鏢，去勢勁急。張去疾奔在最前，總算他反應極快，連忙一個滾地，避開了三枚，但燕龍發鏢手法奇特，另有一枚直向地上射去，正中他背心。吳隙怒吼一聲，揮鏟打落了數枚，左臂、右頰卻各中一枚。石雷方才在墓穴中背心已中了一枚龍鱗鏢，落在後頭，此時肩頭又中了一枚。

三人高聲怒罵，又舉步追上。燕龍只阻得他們一阻，便又成三追一逃的局面。此時火教三人已瞧出龍頭只有孤身一人，三人聯手當能收拾得他下，更能俘虜凌霄，如此良機，豈能錯失？更加緊追趕。

燕龍奔出一陣，回身又射出一串龍鱗鏢，那三人早已有備，連忙閃避，一枚也沒打中。燕龍心中焦急：「我跟他們惡鬥一場，尚有勝算，卻難以保住凌大哥。如何才能救得他的性命？」低頭向凌霄看去，卻見他臉色煞白，雙目緊閉，神色痛苦，似已昏去。燕龍抬起頭，忽見一峭壁矗立眼前。她一怔，隨即醒悟：「我在林中不辨方向，又繞回到了虎俠墓旁。」

她腦中靈光一閃，忽然想起一事，立時舉步向峭壁西側奔去。張去疾等三人已然追近，見她轉而向西，便又追趕上去。峭壁之西不出數百步，便是一個懸崖，再無去路。張去疾等見她奔上絕路，都是大喜，忙從後圍上，將她逼到崖邊。

豈知燕龍奔到崖口，並不停步，縱身向崖外跳去，轉眼消失在雲霧之中。張去疾等大驚，心想：「難道便這麼逼死了他們？」

三人一齊趕上，華山頂上雲霧瀰漫，未到崖邊，腳下已全是白茫茫的一片，三人小心邁步，走到崖口，向下望去。那山谷深有千丈，極目望去，只見雲霧飄浮聚散，哪裡還有燕龍、凌霄的人影？

三人相顧愕然，石雷忽叫：「在那裡！」伸手指去，果見十來丈外雲霧略開，隱約見到一個人影。原來這千丈危崖之外，層層雲霧之中，竟有極窄的石樑通路，燕龍知道落腳處，抱著凌霄飛身在樑上奔行。不多時雲霧合攏，燕龍的背影便又消失。三人紛紛射出暗器，卻都消失在雲霧中，也不知打到了沒有。

張去疾等見到手的大功勞竟就此飛去，大感惱怒可惜，但此時三人下半身都裹在雲霧之中，連腳下土地都望不見，哪裡能找得到懸崖外的路徑？但就此廢然而退，卻也不甘，一時彷徨無策。

第六十五章 谷底抉擇

卻說凌霄毒咒發作加上中了張去疾的修羅掌，全身疼痛難忍，昏迷了過去。此時他略略清醒，但聽耳中盈滿風聲，臉上寒風刮面，全身又溼又冷又痛，難受已極。他微微掙扎，只想落下地來，卻覺抱著自己的雙手忽然收緊，身子劇烈晃動了一下。他睜開眼來，正看到燕龍的側面，只見她眉心微蹙，額上全是汗水，神色凝肅。他知道燕龍正抱著自己，兩人相隔雖近，其間仍有雲霧相隔，竟看不眞切她的面目。他聽燕龍低聲道：「別動，咱們剛才險些摔下去了。」輕輕吸了口氣，又提步向前走去。

凌霄臉向天上，看到遠處蔥鬱山峰聳立，兩人似是在半空中行走，腦中一陣迷糊，又昏了過去。

燕龍數年前曾來過此處，知道這條通路險峻無比，石樑爲天然所生，崎嶇狹窄，寬度大多只容一足，有些地方石樑中斷，須得跳躍而過，還有數處石樑間隔太大，其間古人以粗鐵鏈銜接。凌霄醒來之時，正當燕龍走在一條鐵鏈之上，幸而將近盡頭，凌霄一掙扎，燕龍雖失去平衡，仍憑著絕頂輕功，及時躍上了下一個石樑，才沒摔將下去。這一路她全憑腳下感覺和多年前的記憶，邁步向前行進。走了數十丈有餘，那石樑漸漸轉下，終於接連上了對面的崖壁。那崖壁甚是陡峭，卻比全身懸空要好上百倍了。燕龍靠在山壁上，伸手抓住了一株自石壁斜伸而出的松樹，這才喘了口大氣。她解開腰帶，用腰帶將凌霄綁在自己身後，緩出雙手來。抬頭仰望，那崖高數百丈，攀上去難如登天。腳下山谷深不見底，只隱約見得一些樹木。她權衡難易，當即決定向下落去。

這一段山崖爬得雖艱辛，卻遠不如方才在石樑上行走的驚險。過了約莫一頓飯時分，燕龍便負著凌霄落入了谷底。這一路自石樑至谷底，非輕功絕高者不可辦。燕龍自幼苦練輕功，在山崖間細繩上行走的本事堪稱武林第一。饒是如此，此番為逃追殺，又揹負了一人，也直累得她手腳痠軟，全身脫力，雙足一落地，便癱倒在地。

她喘了幾口氣，將凌霄放下，但見他痛得縮成一團，呻吟出聲，忙伸手解開他上衣，見他身上灼痕火紅如燒，不禁臉色大變。

她正急思對策，忽覺背心一涼，感到一柄利器抵在自己背心。她絕沒料到這谷底竟會有人，而饒是她平日警醒過人，卻也全沒覺察到有人來到自己身後。她不禁寒毛倒豎，暗想：「我身後的究竟是人是鬼？」

但聽那人陰森森地道：「別動。一動我就殺了妳。」

燕龍吸了一口氣，望向倒在地上的凌霄，心中只有一個念頭：「如何才能救得他的性命？如何才能減輕他的痛苦？」

凌霄在毒咒發作之中，神智漸迷，忽覺一隻冰涼的手觸及自己胸口，不多時那掌上傳來的寒氣便傳遍全身，有如久旱甘霖，讓苦痛煎熬略微減輕。這感覺何其熟悉！是了，是那虎穴中的女子！他心中又驚又喜：在他身邊的只有燕龍，他等待了七年的神祕女子，竟然便是她！自從他在龍宮見到自己的小刀後，便有此懷疑，之後卻始終不曾向燕龍詢問。並非他不想問，而是內心深處暗暗期盼，甚至相信燕龍便是虎穴中的神祕女子，而毒咒之事太過恐怖痛苦，因此他始終不敢跟燕龍提起。如果燕龍就是那女子，那麼她應該老早知道自己身受毒咒的情形，卻爲何從未向自己問起？

此時他已無法多想，只能將全副心神用在忍受抵抗劇痛之上。他身上的咒術一年重過一年，比起七年前要嚴苛得更多，即使得到神祕女子相助，其痛苦仍非人所能忍，即使他竭力壓抑，仍不禁呻吟慘叫，數度昏厥。

過了將近一日一夜，凌霄身上的毒咒才解除了，疼痛慢慢減輕。他漸漸恢復神智，低聲喘息，伸手握住了那隻助他減輕痛苦的手，低聲道：「燕兒，謝謝妳。我……我……」她並未將手抽開，反而握住了他的手。凌霄感到心頭一陣溫暖，續道：「七年來，我沒有一日忘記妳的恩情。那年來到虎穴中助我的，原來就是妳！我能夠振作起來活下去，全是因爲妳的幫助。妳再也別離開我了，好麼？」

身邊那人沒有回答，只輕輕歎了一聲。凌霄忽然全身一震，他與燕龍朝夕相處已有一些時日，直覺感到這聲歎息不是燕龍所發！他勉力睜開眼，抬頭望去，不由得一呆。身旁這人果然不是燕龍！他連忙放開手，坐起身，凝望著眼前這全身黑衣的陌生女子。但見她面色蒼白，若有病容，一雙眼睛極黑極深沉，年紀大約比自己大上幾歲，約莫三十上下。她的臉容並不甚美，卻有種超凡出塵的氣質，讓人一見便肅然起敬。

黑衣女子凝望著他，面無表情。凌霄想起自己方才將她錯認爲燕龍，說了那些話，臉上一紅，說道：「請姑娘恕罪。敢問姑娘是？」

那女子的臉上有若罩著一層冰霜，嘴唇也乏血色，眼神中卻含藏著無盡的溫柔關懷。她輕輕地道：「快別說話，好好躺著。」語音柔和，一如春日和風，讓人全身鬆弛，昏昏欲睡。凌霄重又躺下，感到身下是一張柔軟的床鋪，睜眼望去，似乎處身於一間茅屋，屋中布置簡潔樸素，一塵不染。他回想毒咒發作的前後，記起自己被張去疾打傷，燕龍抱著自己下崖飛奔，在雲霧中行走等零碎片段，但之後的一切就很模糊了。他記得有人助自己減輕毒咒之苦，而自己以爲那便是燕龍而驚喜交集。想到燕龍，他忍不住問道：「我的同伴呢？」

那黑衣女子微微搖頭，說道：「她沒事。你別擔心，先好好睡一覺，身子要緊。」凌霄聽著她輕柔的語音，感到一陣難言的平和舒適，似乎一輩子從沒感到如此愉悅安詳。他閉上眼睛，沉沉睡了過去。

睡夢中，他感到那女子仍坐在自己身旁，替自己調理飽受咒術荼毒的身體。他回想起那一年在虎穴中受她撫慰的時光，自己對她的想念渴望、倚賴需求，此時她終於再次出現，似乎心底一個巨大的空虛陡然被塡滿，感到難以言喻的滿足。

他睡了不知多久，才慢慢醒來，感覺神清氣爽，全身舒坦。除了胸口被張去疾打傷處仍隱隱作痛外，更無平時毒咒發作後的痠麻餘痛。他從床上坐起，但見那黑衣女子仍舊坐在床邊，冰冷的臉上那對溫柔的眸子卻直望著自己。

凌霄道：「多謝姑娘。請問姑娘如何稱呼？」

黑衣女子望著他，說道：「你不認識我，但我已認識你很久了。我叫張熚，我是張煒的女兒。」凌霄一呆，隱約憶起，他被禁閉在獨聖峰上時，多次與張煒以心交談，張煒曾提起段獨聖在他面前殺死了他的兒子，也曾提到他有個女兒。難道這女子便是張煒的遺孤？

黑衣女子張熚點頭道：「是的。我爹爹死後，使將我託付給虎俠。我一直跟在虎俠身旁。多年前我去虎山上替你紓解毒咒之苦，也是奉虎俠之命。」

凌霄忽然想起那柄小刀，正想開口詢問，張熚已從懷中取出那柄小刀，說道：「當年我怕你自殺，取走了這柄小刀。幸喜這許多年來，你都好好地活著，未曾再動那傻念頭。」

凌霄聽到此處，倏然驚覺：這女子與自己往年一般身負靈能，能夠望見自己心中的念頭！自己不論想什麼，她都有如能聽見一般，隨口回答。他感到一陣驚悚，他自十多年前失去靈能以來，再未遇見擁有靈能之人。現在他才知道，平凡人在擁有靈能之人面前，處境何其軟弱無助，何能不膽戰心驚？

張燁微微搖頭，說道：「你不必擔心害怕，我對你絕無惡意。虎俠去世後，我便住在這山谷中等你，我料知你會來，也知道你需要我的幫助。往年我爹爹曾祕密將一些靈能轉移給我，連段獨聖都不知曉。如今我仍保有一些靈能，是世上除段獨聖以外，唯一能克制你身上咒術的人。」

凌霄脫口道：「當眞？」

張燁凝望著他，眼神中愛憐橫溢，說道：「不錯。你的毒咒一年重過一年，一次重過一次。七年前我若未曾出手替你調理，你更撐不過這許多年。如今你每次發作都超過一日夜。當你發作超過兩日夜，便很可能在發作時猝然死去。若長達三日夜，那你便必死無疑。留在我身邊，我能減輕你身上的毒咒之苦，讓你多活許多年。」

凌霄身爲醫者，對自己身體的狀況自然十分清楚。他原也估計自己沒有太多時日可活，能撐到今日已屬奇跡。但如果自己能多活一些時日，期間並能減少痛苦，天下豈有這等好事！想來王守仁得知自己有辦法延長他的壽命時，也曾有過同樣的喜出望外之感。

凌霄吸了一口長氣。他受咒術纏身十餘年，所經歷的苦楚絕望實非常人所能想像。他可以預想自己在這山谷中的茅屋中長住下來，在張燁的身邊享受無止無盡的平和安逸，寧靜舒適。他低聲道：「若得如此，夫復何求！」

張燁微微點頭，說道：「這就是了。你安心留在這兒，我會好好照顧你的。」她伸出冰冷的手，輕輕握了握他的手，說道：「餓了吧？粥快煮好了，我去端來。」站起身出門而去。

凌霄坐在床邊，傾聽窗外細微的輕風鳥囀，夾雜著張燁拿碗盛粥的聲響，一切都是如此的平靜愉悅。他心底卻忽然升起一股不安：但是燕龍呢？自己下決心向她表白時所說的言語陡然浮上心頭：「我不想讓妳離開我。不論妳要去作什麼，我都要盡我所能，保護妳周全。」當時她說道：「凌大哥，你不該如此對我。我怕你以後會後悔。」自己堅決地回答：「我不會後悔。」燕龍則低聲道：「但盼我也不會後悔。」

這段對話言猶在耳，自己卻想留在此地，留在另一個女子的身邊，再也不離開。燕龍究竟去了何處？她當時見到自己毒咒發作，想必極為震驚。但她為何不告而別？此時又身在何處？是否平安？

他再也無法克制，站起身，來到門口。見張燁手中托著木盤，盤中放著一碗粥，走入房中，說道：「趁熱吃吧。」她顯然知道凌霄心中的疑問，卻若無其事地將粥放在桌上，擺好匙羹，坐在桌旁等候。

凌霄遲疑一陣，知道在她面前藏不住任何心事，她既不肯出聲，只好自己問出口：「請問跟我同來的姑娘，她去了何處？」

張燁坐在當地，抬頭凝望著他，直望到他渾身不自在時，她才開口道：「她已經走了。她明白你必得留在此處，絕不會怪你。」

凌霄感到更加不安，卻說不出是什麼原因。他站在門口良久，肚中確實餓極，卻不願坐下吃粥。他道：「請問她是何時離開的？我要去找她。」

張熚蒼白的臉龐顯得極爲沉肅。她垂下目光，聲音冰冷，說道：「你不能去找她。你一見到她，就不會回來了。我清楚預見，她將引你走上死路。」

凌霄聞言一呆。張熚露出痛苦之色，說道：「她害你已經夠深了。你被她騙下虎山，在貴州爲了救一個無足輕重的小官大耗內力，又在峨嵋和她一場大戰，對你的身子傷害極重。之後你又花了不知多少眞氣精力去救回她的命，甚至被她迷得神魂顛倒，癡癡地跟在她身邊，縱情放肆，任性自私，莫爲此甚。你身上毒咒愈來愈嚴重，若再跟她糾纏下去，只有死路一條！」

早在凌霄剛下獨聖峰時，他便知道自己命不長久，別人威脅要置他於死地，出手暗殺，或預告他的死期，對他來說都不關痛癢，處之泰然。長久以來，他便養成了對自己的性命並不十分顧惜的心態，此時聽張熚這麼說，並不覺得受到威脅，只感受到她對自己的情急關心，不禁感動，說道：「多謝姑娘關懷。然我早將生死置之度外，無論如何，我不能對不起她。」

張熚眼中含淚，輕輕地道：「你若想活多過一年，唯一的辦法便是留在我身邊，不要離開。你就算不爲自己想，也要爲她想。你跟在她身邊，不但減損自己的性命，同時也害了她。她昨日見到你毒咒發作的情狀，你想她心中作何感想？你讓她愈陷愈深，以後的痛苦也將愈來愈深。放下吧！」

凌霄望著張燁的淚眼，想起她對自己的關懷溫柔，數年前自己曾對她魂縈夢牽、心存遐想，內心不禁掙扎。他回想當時自己渴求的只是減輕毒咒的痛苦，對未來懷抱些許卑微的希望。然而燕龍的出現改變了這一切；她的蓬勃生氣爲他的生命注入了新的源泉，他不再害怕痛苦或死亡，只覺得能在她身邊一日，便是一日快活。燕龍確爲自己心之所繫，情之所向。張燁於己雖有恩有義，她能給予自己的畢竟僅止於生存。如果必得在求生和摯愛之間作一選擇，自己會毫不猶豫地選擇後者。即使須繼續背負毒咒的折磨，死亡的詛咒，他也不願與心愛的人分離，也要珍惜那短暫卻甜美無比的聚首時光。

張燁觀望他的心思，冰冷的臉上顯出異常的激動憤怒，說道：「你若眞那麼想死，虎俠和我爹爹花了這許多時間心血保住你的性命，所爲何來？你若眞想死，這就自殺罷了！」說著掏出凌霄的小刀扔出，匡噹一聲落在他身前的地上。

凌霄當然不知道，這柄小刀由扶晴帶離龍宮，爲燕龍收去，之後又被張燁從燕龍身上搜出。他望著小刀不語，靜立許久，心中愈來愈確定自己不該留下。如果自己爲了貪生怕死而留在張燁身邊，捨棄心中眞正關懷戀念之人，如此活著不如死去得好。他俯身撿起小刀，收入懷中，向她長拜，說道：「張姑娘，大恩不言謝，我去了。」

張燁轉過頭不答，身子顫抖，咬牙切齒地道：「你今日一去，便永遠別再回來！我會盡我所能，讓你深深痛悔今日的決定！」

凌霄離開了張燁的茅屋，逕自走出數十丈。放眼望去，但見身處於一荒僻的幽谷之底，當時燕龍背負自己往下攀落，想來便是落入了這谷中。他信步而行，走出一陣，腦中想著張燁臨別時的詛咒，忽然感到毛骨悚然，倏然想起：張燁擁有靈能，燕龍在谷底遇上她，豈是她的對手？如果張燁對燕龍充滿敵意，又豈會輕易放過她？他立即回身，快步來到茅屋之外。但見房門緊閉，凌霄心中升起一股不祥之感，正想敲門，忽聽屋中傳出張燁的聲音，她冷冷地道：「妳都聽到了，他被妳迷到這等不要性命的地步，妳寧不慚愧？」凌霄聽到這幾句話，心中不禁一跳：燕龍果然在此！剛才張燁說她已離去，要自己不必擔心等等，自是爲了安撫自己的謊言。

屋中無人回答。張燁又道：「虎俠信任妳是一回事，但妳對凌霄作出的事，我絕不會坐視。妳要不便自我了斷，要不便發下毒誓，此生再不見他的面。快快決定！」

屋中靜了半刻，才聽燕龍的聲音道：「我兩樣都不作。」

張燁冷哼一聲。但聽燕龍又道：「快鬆了我的綁縛。我感激妳出手救他，不會追究妳對我的無禮。」張燁冷笑一聲，語音中充滿威脅，低聲道：「早在妳認識他前，他已是我的了！妳妄想從我手中奪走他，我豈能讓妳活下去？」

燕龍靜默不語，過了一陣，才道：「張姑娘，虎俠照顧妳一世，妳竟是如此報答他麼？」

張燁聲音冰冷，緩緩地道：「妳以爲自己很重要，以爲我不敢殺妳，是麼？」燕龍道：「不，我知道妳敢殺我。妳在獨聖峰上長大，有什麼不敢作的事？虎俠死後，世上還有誰管得了妳？但妳若以爲自己殺得了我，卻也未免太低估了我。」

張燁笑了起來。屋中隨即傳出一聲驚呼，接著便聽得乒乓家具倒地之聲。

凌霄大驚，立即破門衝入茅屋，但見燕龍坐在桌邊，左手持著雪刃，右手仍被綁縛在椅背上，雙眼直視張燁，冷然道：「妳看得見我的心思，反應卻快不過我的劍，又有何用？」

張燁背靠牆而立，臉上神色又是驚恐，又是憤怒。她頸邊一道淡淡的血痕，滲出幾粒鮮紅的血珠，手中緊握著一柄匕首。她瞥眼望見闖進門來的凌霄，臉色霎時蒼白如紙。

凌霄連忙取出小刀，上前替燕龍割斷手腳上的繩索。見她手腕足踝繩痕深陷，似乎已被綁縛了不短的時間。她想是使用縮骨法一類的功夫，一手掙脫了綁縛，危急中出劍自衛傷敵。

燕龍轉頭望向凌霄，眼神沉靜，緩緩說道：「張姑娘說的都是眞話，你應當留下。你決沒有對不起我，我也決不會怪你。」

凌霄望著她的臉，更加堅定了早先的決定，說道：「我不留下。我要跟妳去。」燕龍眼睛亮了起來，神色歡喜中又帶著深刻的憂慮。她吸了口氣，點了點頭。

張燁眼睜睜地望著凌霄和燕龍二人，臉色鐵青，說道：「我不是說過了麼？你一見到她，就再也不會回來了。這女人將引你走上死路！我清楚看到了你們的未來。記著我的話，你們絕不會有好下場的！」

燕龍站起身，平靜地道：「妳看得見，我們看不見。但瞎子也得走路，也得活下去。」語畢緩步走出茅屋。

第六十六章　龍幫因由

凌霄跟上燕龍，快步離開，將張燁的茅屋遠遠拋在身後。走出許久，燕龍才放慢腳步。她看來十分虛弱，臉色蒼白，腳步踉蹌。凌霄扶她坐下，查看她手腕和腳踝上的傷痕，雖只是皮肉之傷，他看在眼中卻不禁心痛，忙替她敷藥包紮。

燕龍抬頭向他一笑，笑容頗帶苦澀，說道：「小傷而已，沒有大礙。」凌霄問道：「她對妳作了什麼？」燕龍道：「也沒什麼。我一落入谷中，她便制住了我，將我綁起關在柴房中，關了幾日。我餓得很。」

凌霄聽她說出這一句，忍不住微笑，說道：「我也餓得很了。」一摸懷中，所幸乾糧袋仍在。兩人爬到山坡之上，在一塊大石上並肩坐下，分吃乾糧。

燕龍吃了一陣，才打破沉寂，說道：「張燁這人雖怪了點，但她確實能保住你的性命。」凌霄道：「我知道。但我仍決定離開。」燕龍也道：「我知道。」頓了頓，才道：「我並不想你死，但也沒有讓賢的雅量。你若想留在她身邊，我自無言，只有一走了之。你既決定走，我便不會讓她強留你。」

凌霄完全能明瞭她的心思，伸手握住了她的手。燕龍一邊吃，一邊卻怔怔地流下淚來。凌霄心頭感到一陣辛酸，他知道她在爲自己哭泣，也在爲兩人的未來哭泣。他伸臂將她擁入懷中，燕龍哭得更加傷心了。他們在過去數刻中，各自作了極其重大的決定：凌霄決定放棄紓解毒咒、延長性命的機會，而燕龍決定不顧張爗的警告，繼續讓凌霄陪伴在自己身邊。

燕龍哭了一陣，才止了淚，說道：「很早以前，虎俠便告訴了我你身中毒咒的事。你發作時獨自躲到山上受苦，他都看在眼中。但是，直到如今我親眼見到了，才知道你這十年是怎麼過的。人人都知道當年你作出了犧牲，卻不知道你的犧牲竟如此巨大。如今這擔子不只是你一人的，也是我的。不論未來如何，我心永如今日。」

凌霄望著她，心中激動難已。這個自己心目中尊貴絕美、堅強幹練的女子，竟有如此柔情的一面，而她的一縷柔情正纏繞在自己飽受折磨的生命之上。他顫聲道：「我……我不配妳這樣待我。」燕龍低聲道：「你配的。我已下定決心，這個擔子你一個人背負太重，讓我來與你共擔。這條路太辛苦，讓我陪你一起走到底。」

凌霄望著她眼中的堅決和深情，心中震動：她對自己用心之深刻長遠，決不在自己之下。他忍不住伸臂緊緊摟住了她，心中明白，不論是對是錯，是苦是樂，他這一生再不可能放得下她。

當日兩人又往谷中的深林走去，只想離張燁愈遠愈好。夜晚兩人找了個凹陷的山壁睡下了。次日清晨，燕龍醒轉過來，見凌霄仍熟睡未醒。她望著他的臉，微微一笑，感到精神一振，站起身四下望去，抬頭見遠處一小方光明從谷口射入，看來這幽谷總有數百丈深。山壁之下有一口潭水，深不見底。燕龍在林中繞了一圈，未能找到出路。她回到山壁旁，凌霄剛剛醒轉，坐起身來，伸手撫胸，微微皺眉。

燕龍問道：「你身上如何？我見張去疾打了你一掌，受傷重麼？」凌霄運氣在身上走了一圈，說道：「還好。我自己調理一下便可。」

燕龍放下心，便讓他閉目調息，自己來到潭水邊洗臉梳頭，看見潭中游魚肥大，一時興起，便拔雪刃刺去，她出手快捷，游魚不知躲避，轉眼便刺中了七八條魚。凌霄睜眼見到了，笑道：「殺雞焉用牛刀，刺魚何用雪刃！」燕龍哈哈大笑。她生起火，烤了魚吃。

燕龍坐在凌霄身邊，若有所思，抬起頭，說道：「大哥，我該告訴你的事情，今日便都跟你說了。卻不知該從何說起？」

凌霄早已思索良久，說道：「我想知道關於虎俠的事。」

燕龍點點頭，說道：「好，我就從虎俠說起。你與虎俠淵源甚深，你應已知道，當年在虎山虎穴中教你武功的老人，便是虎俠。」凌霄點頭道：「是。但我始終想不通，他爲何特意來山中傳我武功？」

燕龍道：「他曾跟我說起此事。那是因爲大護法張煒曾告訴他，你是令段獨聖十分忌憚的火教聖童，他很好奇，想知道你是怎樣的一個孩子。在見到你之後，他直覺認爲你是世上唯一能對付段獨聖的人，因此才將一身武功傾囊相授。」

凌霄微覺驚訝，搖頭道：「我所能作的，只不過是讓段獨聖失去靈能罷了。」

燕龍道：「只不過？你令段獨聖失去靈能，已是天大的功績了。早在三十年前，虎俠已看出火教的野心，一心想摧毀火教，殺死段獨聖。但他並無靈能神通，自不是段獨聖的對手。他率領十多位正教領袖攻上獨聖峰，卻令當代武林精英在那一役中全遭殲滅。虎俠當時身受重傷，勉強逃脫，隱匿躲藏，隨即派了兩個手下去拜見神卜子，求問消滅火教的祕密。」

凌霄點了點頭，說道：「我知道。那二人，便是大護法張煒和雲龍英。」

燕龍道：「正是。雲龍英在火教追殺下，奮力逃出，將籤辭轉述給了虎俠。虎俠感念他的忠勇堅毅，傳了他一套武功，送他到西北去避難，直到虎俠去世前，才傳令他回歸中原。我見到他回來，便知道虎俠已經過世了。」凌霄點了點頭。

燕龍續道：「後來虎俠蓄意洩漏部分籤辭，就是當年在江湖上傳得沸沸揚揚的『十八字嘔血籤辭』。他的用意，自是希望中原群雄能團結起來，攜手共抗火教。然而即使中原武人同心聯手，也抵擋不住火教的靈能咒術。最終中原武林的存亡，全取決於你的一念之間。」

凌霄想起大風谷中的慘狀，自己當時決定捨身解救正教領袖，確然只在一念之間。又想起自己在獨聖峰上所經歷的磨難，即使事隔多年，仍感到難言的恐懼驚悚，身子不禁一顫。

燕龍望著他，說道：「當年若非你挺身而出，以自身性命要脅火教放過正教領袖；若非你在獨聖峰上強忍折磨，堅不屈服，武林中人便都是死路一條了。虎俠對你的堅忍執著敬佩不已，十分欣慰他沒有看錯了你。」

凌霄默然不答；或許事實是如此，但他始終認爲自己只是作了應當作的，並不覺得有何了不起或值得敬佩之處。

燕龍又道：「你消除了段獨聖的靈能咒術，大大減低了火教的威脅。當火教勢力稍挫之際，虎俠便潛心思索，領悟到要對付段獨聖的邪教，不能只從武功一路入手，更覺正教諸派各自爲政，門戶之見甚深，無可彌補，須得另起爐灶。因此他暗中結集幫會，從三山五嶽、五湖四海的江湖好漢、平民百姓、達官貴人中吸收幫眾，立誓攜手相抗火教。他四處遊訪，宣揚立幫宗旨，幾年下來，號召了上千人眾，幫眾散居各地，販夫走卒、皇室顯貴都有。你見過的飛影、落葉、雲龍英等，都是虎俠的手下。他將這祕密幫會取名爲龍幫，在五盤山上興建了龍宮。」

凌霄聽到此處，恍然道：「是了！龍幫的興起如此突然，又專挑火教作對，我早該猜知立幫之人熟知籤辭，隱密而有大魄力，除了虎俠，更無他人。」忽然想起供在龍宮的那塊染血石板，問道：「那龍宮之寶，是怎麼回事？」

燕龍道：「當年跟著虎俠攻上獨聖峰的正教高手全數喪命，他們拋灑的鮮血染紅了獨聖宮前的石板地。虎俠處心積慮取得了這塊石板，供在龍宮之中，一來是爲了紀念爲撲滅火教而犧牲的至交好友，二來是爲了提醒自己，不爲他們報仇誓不罷休。」凌霄又問道：「我的小刀，卻爲何也放在石板旁？」燕龍想了想，說道：「我原本也不知道這柄小刀有何意義，只知道虎俠珍而重之地將它供在石旁。我後來問了他，他才告訴我這是你的刀，也告訴了我張燁取走小刀時的情況和因由。他爲了紀念你的犧牲和痛苦，你的勇氣和毅力，才將小刀供在血石之旁。」

凌霄甚覺震動，他從不知虎俠竟對自己如此重視。他望向燕龍，問出心中最大的疑問：「燕兒，妳卻爲何會接掌龍幫，成爲龍頭？」

燕龍微微一笑，說道：「我知道這定是你最想不通之處。當年虎俠手創龍幫，勢力漸成，但段獨聖已練成了陰陽無上神功，獨聖峰守衛嚴密，要殺死他仍舊極難。虎俠年紀逐漸老去，便想找個繼承人接掌龍幫。他一生沒有收弟子，唯一學過他的武功的，只有雲龍英和你。雲龍英遠在西北，你則已爲武林犧牲太多，他不忍心再將你捲入。加上你名聲太響，火教時時盯著你，無法從事龍幫這般隱密的工作，你又與正教眾人頗有交情，更不適宜接掌龍幫。於是他找上了我。」

凌霄點頭道：「虎俠極有眼光。天下除了妳之外，更無他人有本領擔此重任。但妳身爲雪族雪艷，他卻是如何說服妳接掌龍幫的？」

燕龍微微苦笑，說道：「你不用捧我。這其中更有緣由。那年我逃離雪族，來到中原，遇見了虎俠。他無意中看到了我的冰雪雙刃，便問我雙刃的來由。我說是我母親傳給我的，他便告訴我他就是虎俠，也就是……就是我的外祖父。」

凌霄不禁大奇，說道：「原來虎俠竟是胡兒的父親？」燕龍點頭道：「是的。上一代的雪艷來到中原大展身手，虎俠又是當時中原第一劍客奇俠，他二人會走在一處，也是很自然的。虎俠一生沒有娶妻，卻曾與雪艷同行兩年。他知道雪艷回去後生下了一個女兒，還曾去西北看她，這對冰雪雙刃就是他送給我娘的，因此他一眼就認了出來。我娘自然知道自己的父親是誰，我幼年時，她曾對我說，她若死了，我可以去中原投靠虎俠，還跟我說了很多虎俠的事情。」

凌霄怔然，當時他發現燕龍是胡兒的女兒、雪艷的傳人，已感到不可思議，沒想到她竟也是虎俠的外孫女。

燕龍又道：「我那時只道虎俠早已死去，不敢置信。直到他說出他在雙刃柄上刻下的字，我才相信了。他得知我是雪艷，十分驚訝，便問我來到中原有何意圖。我說雪族在西北天山居住，常受外族侵略欺壓，我想來中原找到無敵於天下的武學書譜，以保家邦。虎俠便說，與其在外族侵略下生存，不如乾脆回到中原拓地定居，永除後患。他說可以幫我族的忙，我若答應替他除去段獨聖，他便將龍幫龍頭之位交給我，讓雪族掌管龍幫。他並教我稱雄武林的大計。第一步，在中原收伏眾多黑幫邪教，翦除火教的羽翼，另起勢力，吸引火教注意；第二步，以奪取龍湲劍爲由，向正教挑戰，懾服各大門派；第三步，聯合率領正教諸派，一同消滅火教。此後龍幫在江湖上勢力壯大，又對中原有功，雪族要遷居中原，江湖上自是人人歡迎。他知道我們一族人雄心勃勃，與火教絕非朋友，與正教諸派也無交情，領掌龍幫再適合不過。他將龍頭之位傳給我之後，便隱居華山，不再干預幫務，只偶爾在後指點。我曾來華山他老人家隱居之處找過他幾次，請問幫中大計，因此才熟知此處地形。」

凌霄這才明白，燕龍如何在短短三年內建立起勢力雄厚的龍幫，何以四出收伏黑幫邪教，又何以與正教爲敵，揚威江湖，原來其中竟有這般的因由。

燕龍抬起頭，說道：「當時我雖知他是我的外祖父，又被他一番話說得心動，卻仍猶疑不決。虎俠看出我並未被他說服，便鼓動我上虎山去見你一面。」

凌霄一呆，問道：「這卻是爲何？」

燕龍微微一笑，說道：「當時我也不明白，現在卻好生佩服虎俠的深思遠見。他跟我說了許多你的事情，讓我無法不生起好奇之心。他想讓我親眼去見見你這個曾與火教頑強對抗的傳奇人物，好讓我作出決定。結果也確實如他所料，我見到你之後，便決心接掌龍幫，繼承他消滅火教的志業。」

凌霄甚覺尷尬，說道：「原來妳當年上山來，竟是另有企圖。」

燕龍笑道：「我不只是另有企圖，更是心懷鬼胎。我除了去向你學石風劍之外，也想試探你的武功，並想看看你這個人。」

凌霄想起自己當年毫不知情，渾未想到她竟是專程上山來觀望自己，更不知道自己究竟給了她什麼印象。他想問她爲何在見了自己之後才決定接掌龍幫，卻不知該如何啓齒。

燕龍凝望著他，說道：「大哥，我石風劍學了，也見識了你的劍術。但是最讓我驚訝的，還是你這個人。你知道我最驚訝什麼？我驚訝於你的平和溫厚，你的近人。我聽了你的事跡，以爲你如此硬氣，定是個狂狷傲慢、倔強不群的人物。你年紀輕輕便爲武林立下大功，醫術劍術超卓，名聲極響，多半因此自得自滿；你自絕神通、身受毒咒，可能因此自暴自棄；你飽經折磨、身世悲苦，或許因此自憐自傷。但我見到的你，卻完全不是這樣。你是那麼的謙虛平實，沉靜安穩，好似這一切都不曾發生過一樣。我當時才明白爲何虎俠和少林派如此尊重你，視你爲維護中原武林安危的關鍵。我也才領悟爲何段獨聖如此忌憚你，他發現不論他如何折磨你，你都不曾被他誘上邪路，偏離正道。這股正氣，正是世間少見，能夠抗制火教的唯一力量。」

凌霄聽她如此盛讚自己，不由得赧然，說道：「妳將我想得太好了。我只不過是因爲自知命不長久，什麼也不在乎，只求多過一些平靜的日子，能與師父一起行醫，看著雲兒長大，便心滿意足了。」

燕龍點頭道：「我感受得到，你的平靜下藏著一股認命消沉。我也看出你的一顆心都在雲兒身上，對她關懷備至，唯有看著她天真無邪的笑容，看著她平安快樂地長大，你才有意願活下去。老實說，我當時心中對雲兒還眞有點兒嫉妒。」

凌霄聽她這麼說，不知該如何回答。他回想當年燕龍突然出現在虎山，有如在自己死水般的生活中投下一顆大石，激起陣陣波濤，改變了自己與雲兒的關係，也改變了自己。他原本自制嚴苛，不曾對任何女子動情。但燕龍的神祕絕美和傳奇身分，對他便如天邊可望而不可及的一顆耀眼星辰，加上他只道燕龍已有伴侶，離去後又再未回來，自己注定只有單相思的份，才放下自制，任由自己對她思念傾慕，難以自已。他想到此處，不禁生起隱憂：今日二人終於走到了一起，他難道不擔心段獨聖會對她下手？或許自己仍是錯了，根本不該對她顯露情意，陷她於險境？

燕龍似乎看透了他的心思，微微一笑，說道：「你不必為我擔心。我一直假扮男裝，便是不願讓火教知道你我的關係。再說，我身為龍頭，就算你我並無瓜葛，段獨聖一般要殺我。你我都清楚，任何你關心在意的人，都是你的致命傷。與其是雲兒，不如是我。至少我能夠保護自己。」

凌霄暗暗點頭，世上武功超卓、手下眾多，能夠對抗火教、足以自保的女子，非她莫屬。自己若不能放心她，天下再沒有能讓自己更加放心的女子了。他仍舊搖頭，說道：

「燕兒，這條路太危險，太痛苦，我不願妳走上這路。」

燕龍緩緩說道：「在我見到你之後，就已下定決心要走這條路了。犯險吃苦，我都不怕，都要陪伴你走到底。」

凌霄心中感動已極。他知道自己孤獨寂寞的路上終於有了個相知的伴侶，也終於明白了虎俠當年要她上虎山見自己的用心：她是虎俠送給自己最大的至寶。

第六十七章　潛龍出谷

之後數日，二人便在谷中安住，凌霄練功療傷，燕龍四處勘探地形，尋找出谷途徑。

這日二人同坐吃魚，凌霄想起一事，問道：「張去疾他們怎會找來此地？」

燕龍微微皺眉，說道：「我也不知道。張熚一直跟在虎俠身邊，應當知道一些內情，但如今要去問她也太遲了。依我猜想，可能是虎俠晚年的侍從背叛了他，在他死後，說出了虎俠隱居之處和墓穴所在。段獨聖多年來急於知道籤辭內容，因此派張去疾來尋找。虎俠墓中自然沒有留下任何線索，我們卻不巧正撞上了他們。」

凌霄問道：「妳知道籤辭的內容麼？」

燕龍神色嚴肅，說道：「是。虎俠數度問我是否準備好了，我說我連龍幫都願意接掌，怎會害怕聽取籤辭？但他仍猶豫再三，才將籤辭告訴了我。」凌霄點了點頭，知道聽取籤辭，便如同抬著千萬珍寶穿越鬧市一般，無時無刻不得防備火教襲擊搶奪。他自己懷藏籤辭多年，爲此吃過極大的苦頭，往事點滴在心，不由得爲燕龍擔心起來，伸手握住了她的手。

燕龍微微蹙眉，說道：「我問過虎俠許多次，他爲何如此相信這無人能解的籤辭？他說神卜子乃是當世第一算仙，他臨死前所卜的籤辭，絕對眞實。霄哥，你怎麼看？」

凌霄沉思一陣，他早已知道，爺爺定是和自己以前一般，擁有宿命通，因此能夠卜算未來，精準無誤。父親凌滿江因沒有神通，才始終無法學會爺爺的家傳絕藝。他緩緩說道：「我親眼見到我爺爺卜出這張籤辭，我相信它確實含藏了消滅火教的祕密，只是我們不明白而已。」

燕龍搖頭道：「我始終想不明白。籤辭的頭兩句講的是段獨聖的興起和虎俠的隱藏，容易理解。第三句所說的異龍，雖說今日應驗在龍幫身上，但虎俠也是因爲知道了籤辭的內容，才將自己手創的祕密幫派取名爲龍幫，稱首領爲龍頭。不然他何不取個別的名字？」

凌霄凝思半晌，說道：「事在人爲。爺爺雖卜出了這段籤辭，但人們要如何依照籤辭去達成目的，卻仍是未知之數。任何卜卦都非定數，籤辭的出現本身便已改變了許多事情，而我們今日的每一個決定和作爲，也將影響事情的走向。」

燕龍點了點頭，說道：「十年前籤辭眞稿流傳出來，多虧得你和少林性覺長老全力守護，籤辭的最後兩段才未被火教得知。段獨聖後來得知了『異龍現，江湖變』一段，因此眼見龍幫壯大，心中不免忌憚，更加想取得籤辭的最後一段。如今虎俠過世，張煒犧牲，性覺長老圓寂，世上知道完整籤辭的，應只有雲龍英、少林方丈和你我二人了。」凌霄道：「少林羅漢堂主空照大師也是知道的。」

燕龍點點頭，說道：「好極。少林空相方丈年紀老去，已無精力對抗火教。空照頭腦清楚，性情剛正，是一大助力。」凌霄道：「我曾與空照大師談起，都隱約猜知龍幫相應了籤辭中的『異龍』，並懷疑龍湲劍是否就是『靈劍』。」燕龍道：「不錯，虎俠也有此懷疑，才讓我去挑戰峨嵋，索討龍湲劍。至於這柄劍中有何祕密，他卻也未曾參透。我在峨嵋得劍又失劍，也未有機會一探究竟。」

凌霄沉吟道：「卻不知那江西寧王爲何要奪劍？我聽青虎大哥說，江西寧王早有心起兵叛變。」燕龍道：「聽說江西寧王朱宸濠與段獨聖關係密切，對他言聽計從，尊敬非常。此番寧王奪得寶劍，多半即將興兵叛變，篡取帝位。寧王若叛變成功，眞當上了皇帝，天下便等同落入段獨聖的掌握了。虎俠急於殺死段獨聖，便是因爲他知道段獨聖是個一心想征服天下的不世梟雄，不會甘於只作個邪教教主或稱雄江湖，定然另有遠大圖謀。」

凌霄聽了，臉上變色。他回想往事，緩緩說道：「虎俠所見甚是。我曾見到……我曾在獨聖峰上的水晶壁中看見一些未來的景象，其中便有段獨聖統領軍馬，身登皇位的情景，並看見……看見我站在他身邊，輔佐他一統天下。壁中影像不一定會實現，但顯然反映出了他的志願及嚮往。」

燕龍聽了，靜了一陣，才道：「我早先未曾跟你說出我和虎俠的關係，還另有一層因由。虎俠將龍幫交給我後，一直有一事放不下心，那就是你了。他眼見你劍術日益精進，以後正教中武功能與我匹敵的，便只有你一人了。他曾說過，你少年時靈能強大，長成後武功卓絕，好似一柄雙刃鋒快的寶劍，不論爲惡爲善，力量都將極爲強大。段獨聖爲何那麼想迫你屈服，便是因爲他早已看出你確有輔佐他征服天下的能耐。你離開獨聖峰後，虎俠曾上虎山，親眼見到你身受毒咒之苦。他極爲驚詫，生怕你撐不上多久，便會屈服投降。沒想到十多年來你始終未曾屈服，這確非一般人所能作到。虎俠爲此更加憂慮，生怕你將妨礙龍幫大計，更怕你有一日會禁不住毒咒的煎熬而歸服段獨聖，段獨聖必將如虎添翼，火教也將勢力大增。因此，虎俠曾動過念要殺死你。」

凌霄自知虎俠並沒有殺了自己，仍不由得出了一身冷汗。如虎俠這般的人物，別說當時自己武功未成，便是武功已如今日，他想要殺掉自己，當眞是猶如探囊取物，再輕易不過，不知自己如何能活到此時？

卻聽燕龍道：「但虎俠畢竟是個重義的人。他當年不肯讓雲龍英自盡以防籤辭洩漏，更加不忍心傷害於你。我聽說他有心殺你，也大力勸他不可。他知道讓你活下去風險極大，但他寧願賭這一賭，也不願意眞正加害於你。」凌霄點了點頭，說道：「虎俠行事作風，確實不負爲一代奇俠。」

燕龍取出虎俠遺書，說道：「我原本以爲他會遺命讓我殺你，卻是以小人之心，度君子之腹了。其實虎俠晚年一心想找出破解陰陽無上神功的祕密，他聽說段獨聖是在大漠中學得這功夫，曾去大漠中尋找，卻始終沒有找到線索。他遺書中說在烏梁素海附近有座喇嘛廟，廟中有一柄神劍，可以除妖破邪，並說其中可能藏有破解陰陽無上神功的祕密。」說著將遺書遞過去給他。

凌霄接過遺書，細細讀了，沉吟道：「莫非這柄劍才是靈劍？」燕龍道：「虎俠也無法確知。我們眼下只有這個線索，自當去一探尋究竟。」凌霄道：「正是。」

又過數日，凌霄內傷痊癒，內力也已恢復了七八成。燕龍道：「咱們養好了傷，這就該出去啦。」

出谷之路位在張燁的茅屋之後。兩人不願再次經過她的茅屋，也找不到其他的出路，便從燕龍落谷時的原路攀爬而上。到得崖邊，兩人都是精神一振。燕龍辨別方位，尋找下山的路徑。走不多時，來到一片樹林前的空地。

忽聽一人冷冷地道：「作了十幾日的縮頭烏龜，這可出來了吧！」便聽吶喊聲響，百來名黑衣人從四面八方奔將出來，團團將二人圍住。

凌霄一驚，卻見張去疾身穿大紅法袍，緩步走出，滿面得意之色。想來火教諸人不甘放棄，窮追不捨，召來附近教眾，繞過山谷，守住谷口。己方只有二人，凌霄又是內傷剛癒，情勢大爲不利。

燕龍冷冷地道：「張去疾，你若不想在此喪命，還是快快退去爲妙。」

張去疾仰天大笑，說道：「大龍頭，你倆已是甕中之鱉，還這麼胡吹大氣。有種得很！有種得很！」

燕龍傲然道：「憑你這些蝦兵蟹將，便想阻住龍幫龍頭的去路，也未免太異想天開了吧？」

張去疾道：「要從龍幫手中捉妳，確是不易。然此刻妳孤身一人，要捉妳卻是不難。」燕龍道：「你怎知我是孤身一人？」張去疾笑道：「是了，我教神火聖子也在此，是兩人，不是一人。」燕龍笑道：「你稱他爲聖子，似乎還有幾分尊敬之心。你日前出手打傷他，不怕貴教教主怪罪麼？未免你更添罪惡，我也不要他出手相助，你有膽捉我，這便動手吧！」

凌霄見她有恃無恐，微覺奇怪。燕龍向他道：「凌大俠，你且在旁觀戰，看我如何收拾這幫邪教小子。」緩步上前，站在中心。

張去疾哼了一聲，左手一揮，三十六名幫眾取出鐵棍，棍尖鋒利，對準了燕龍。凌霄見棍尖在日光下閃著紅光，心中一驚，說道：「棍尖餵了劇毒，萬萬不可沾身。」

張去疾微笑道：「聖子好眼光。這絕命紅也不會眞要了她的命，只會讓咱們大龍頭一生癱瘓，乖乖的跟我回去聽神聖教主發落。動手！」

那三十六人發一聲喊，一齊出手。燕龍飛身躍起，冰雪雙刃出鞘，銀光閃處，便有四名黑衣漢子向後倒去，已被燕龍不知用什麼手法刺死。她足不落地，雙劍在兩根攻來的木棍上一點，在空中一個筋斗，雙劍分刺，又殺了兩名教眾。她身子斜飛，落下地來，在三十根鐵棍間進退趨避，身形快捷，如鬼如魅，那諸多鐵棍竟然連她的衣衫也碰不著。過不多時，燕龍又殺了十人，鐵棍陣只剩二十人，威力大大減弱。燕龍站在棍陣中心，雙劍飛舞，轉眼便已破了這棍陣。卻聽張去疾呼喝指揮，又有十多人持棍上來遞補，三十六人分作三圈，將她層層圍在中心。

凌霄此時身在陣外，想要躍進相助，卻被陣勢擋住，只聽張去疾叫道：「將他也圍住了！」便見又是三十六人手持鐵棍，圍將上來，凌霄揮劍護在身前，展開輕功，闖將出去，但那陣法靈動出奇，火教教眾久經習練，霎時左右包抄，又將凌霄圍在中心。他陷入棍陣，自知輕功不如燕龍，便使出春秋劍法，將圍攻眾人逼在兩丈之外，無法近身攻擊，如此雖立於不敗之地，自己卻也無法脫身出陣。

忽聽頭上傳來一聲冷笑，一個聲音道：「以多勝少，好不要臉！」只見一團白影從樹梢飛下，噹噹噹噹數聲，將圍攻凌霄的幾根鐵棍棍頭都削斷了。凌霄回頭望去，卻見那是一個白衣青年，面如冠玉，神采飛揚，手中長劍如一道白虹，寒光湛然；劍是切金斷玉的寶劍，人是俊秀瀟灑的英俠，正是江離。

原來江離前次去向燕龍挑戰不成，便去尋得了一柄寶劍，擬再去向燕龍挑戰，追上華山，正巧碰到凌燕二人受火教教眾圍攻，當即出手相助。此時他仗著寶劍鋒利，削斷了十來個棍尖，將圍攻眾人逼退五六步，卻見林後又湧出三四十個黑衣人，手持熟鐵棍，攻將上來。江離叫一聲不好，他的寶劍雖利，卻難削斷熟鐵，與凌霄二人又被圍住，兩人竄高伏低，躲避棍尖，伺機反擊。此時三人都遭棍陣圍攻，而棍尖餵有劇毒絕命紅，只消劃上了肌膚，便能讓人全身癱瘓，處境不利已極。三人雖不呈敗象，卻也逃不出去，束手就擒是遲早的事。

燕龍一側頭，見凌霄和江離也受圍攻，其外又有黑壓壓的不知多少火教教眾，心想：「調了這麼多人來，竟是想活捉我。」心中急速轉念，四顧張望，忽見遠處一株大樹之上一個紅衣少女端立樹梢，向自己揮手，她心中大喜，朗聲道：「邪火教眾，若是誠心悔悟，棄暗投明，我龍幫便不趕盡殺絕！」

張去疾大笑道：「死到臨頭，還在說這些唬人的話？抓下了他！」

燕龍又說一遍，忽地揚聲叫道：「都出來吧！」

只聽山谷四周數百人一齊呼應，聲震山谷：「謹遵龍頭號令！」只見山壁上、崖洞中、樹叢後一批批身穿青衣的龍幫幫眾，各從隱藏之處現身，竟有四五百人之眾，在外圍住了火教眾人，一時成了螳螂捕蟬，黃雀在後之勢。

這一下不但張去疾大驚失色，連凌霄也大吃一驚：「燕兒一直陪我在山谷中養傷，什麼時候布置了這些幫眾？」

燕龍趁著眾人驚惶之際，清嘯一聲，展開雪地遊輕功，劍隨身走，將身邊三十來人盡數殺死。她躍出棍陣，面對著張去疾，冷然道：「我早說我不是獨自一人，你卻不信。」

張去疾面如土色，但他畢竟是火教護法，臨危不亂，叫道：「抓下了醫俠，大家便有活路！」從袖中揮出千刺鐵鞭，上前攻向燕龍。

圍攻凌霄和江離的三十六人爲了活命，更加緊攻擊。燕龍知道張去疾意在纏住自己，讓自己分不出手去救凌霄，輕哼一聲，叫道：「舞雩、曉嵐，動手！」

龍幫幫眾當即圍將上來，舞雩當先衝上，接過了張去疾的鐵鞭。燕龍緩出手來，便去助凌霄解圍。她手中雪刃白光閃動，倏然刺出，連中四名教眾的咽喉，登時倒地斃命。江離見她出手精準，喝一聲采，手中寶劍遞出，砍中了一名教眾的肩膀。江離因觀看燕龍的劍法，略一分心，猛地那名被砍的教眾和身撲上，抱住他的腰部，將他摺倒在地。另一名教眾挺棍急刺，正中江離肩頭。

凌霄大驚，叫道：「江離！」卻見江離寶劍寒光閃處，已將抱住他和刺中他的兩人攔腰斬斷，翻身站起，伸手拔出了肩頭的鐵棍，鮮血噴出。凌霄已奔到他身邊，出指如飛，點了他傷口四周的大穴，阻止毒性擴散。燕龍接過棍陣的圍攻，叫道：「張去疾，拿解藥來，放你活命！」

張去疾此時與舞雩對敵，相持不下，眼見教眾一一遭龍幫幫眾殺戮，棍陣在燕龍、凌霄手下，也撐不上多少時候，當即叫道：「龍頭一言九鼎，可不能反悔！」

燕龍道：「決不反悔。」張去疾道：「好！這是解藥，白色內服，紅色外敷。拿去了。」從懷中掏出一個犀角瓶，擲了過去。凌霄接住，當即著手替江離解毒。

舞雩停下手來，凝目望著張去疾。曉嵐在一旁掠陣，叫道：「舞雩姊姊，別放走了他，待咱們的朋友毒性解除了，再放人不遲。」舞雩當即舉起長劍，擋住張去疾的去路。

張去疾冷笑道：「我張某是這樣的人麼？」

曉嵐道：「你是怎樣的人，我可不知，我只知道加入火教的人，不是貪戀權位，便是殘狠糊塗。」

張去疾斥道：「胡說八道！我聖火教徒，以拯救天下黎民爲己任，以榮升天堂爲目標，以解除人心痛苦爲職志。如何與貪戀權位、殘狠糊塗扯得上干係？」

曉嵐道：「你拯救黎民？我只見你招人入教，騙人錢財，毀人家庭，污人妻女。榮升天堂？我只見你以一套荒謬迷信的故事，讓人甘心爲你賣命，還道死後能登上什麼聖火天界。解除人心痛苦？你販賣救贖之方，讓人以爲信了你，便可以解除現世痛苦，便胡作非爲，也不會受到因果報應，最後人人身受苦果。你貪戀權位，才會爲段獨聖賣命，以保住教中高位。你殘狠糊塗，才會自焚女兒，殘殺無辜。今日龍頭饒你一命，下回可沒有這麼容易了！」

張去疾冷冷地道：「教外之人，果然言語荒誕，顛倒是非。妳怎知死後沒有烈火地獄？怎知神聖教主不是發了大願力來拯救世人的火神之子？他智慧高超，無人能及，所作所爲更是高深難測。我一生爲神聖教主賣命，便因我有慧根，能懂得神聖教主的教誨。似你們這般的無信之人，連見到教主一面的機緣都沒有，死後將個個墮入烈火地獄，被焚燒七七四十九世才止。你們若不及早悔悟，再與教主作對下去，待教主親自出手，定教你們一個個死無葬身之地！」

曉嵐冷笑道：「好個慈悲的神聖教主！」

張去疾道：「對付不信正法的邪魔外道，便應趕盡殺絕！」

曉嵐大聲道：「正是如此。對付邪魔外道，便應趕盡殺絕。龍頭，今日我們便送張護法去見他的火神吧！」

燕龍歎道：「多行不義必自斃。我身爲一幫之主，自當言而有信。」

凌霄見江離服藥之後，脈象平穩，說道：「解藥生效了。」燕龍點點頭，說道：「舞雩，讓他去吧。」

張去疾哼了一聲，帶了剩下的部屬，在龍幫幫眾圍視下，逕自去了。

燕龍走過來探看江離的傷勢，見他服藥之後，已無大礙，只是手腳仍不靈便。江離素來高傲，此時見了燕龍的武功、率領幫眾的氣度，又蒙他索取解藥相救，不禁折服，說道：「辛幫主武功高絕，在下甘拜下風，衷心佩服。」

凌霄見他收起狂傲之氣，微覺驚訝。辛曉嵐走近前來，行禮道：「龍頭，凌大俠，兩位一切安好？」

燕龍微笑道：「我們沒事。曉嵐，這位是風流神劍江離江大俠，妳來見過了。江大俠，這是我族妹辛曉嵐，這回的布置全是她一手策劃，可精采得很哪。」曉嵐嘻嘻一笑，說道：「龍頭過獎了。我不過是聽龍頭之命辦事而已。」

凌霄忍不住道：「燕兒，原來妳事先已有布置，竟連我也瞞過了。」

燕龍轉頭望向他，說道：「凌大哥，我陷你於險境，好生過意不去。我們到得華山腳下時，我手下便告知火教中人也將上華山，我便傳令舞雩和曉嵐前來接應。卻不料火教中人來得如此之快，在峭壁前便跟我們動上了手。事過十餘日，我知道曉嵐定已布置妥當，這才出谷，曉嵐果然不負我所望。」說著拉起曉嵐的手，向她一笑。

曉嵐微笑道：「我們早幾日找不到龍頭和凌大俠，頗擔心了一陣。但見張去疾率了一批人埋伏在這谷口，便知兩位定然無恙，便也守在此處，恭迎兩位出谷。」

燕龍道：「我們也不算無恙。都是我太過大意，竟讓凌大俠被火教奸人偷襲，受了內傷。凌大俠在谷底將養數日，幸喜已然痊癒。這回又波及江大俠受到毒傷，真是過意不去。」

江離自曉嵐走近後，便一直盯著她的臉。此時曉嵐轉過頭來，見到他的神色，臉上微微一紅，說道：「江大俠義勇豪俠，見到龍頭與醫俠兩位有難，儘管情勢艱險，仍舊挺身相助，小妹好生佩服。」

江離道：「不敢！似辛姑娘這般的女中諸葛，才真令人佩服得緊。」

曉嵐今年一十七歲，出道未久，名聲未顯，從未有人如此當面稱讚，心下甚喜，微笑道：「我一個小小女子，算得什麼？」

第六十八章　風流神劍

凌霄、江離隨龍幫同行下了華山。江離毒傷未復，行動不便，曉嵐命人用擔架抬他下山，自己在旁陪伴。一行人來到山腳龍幫的分舵住下。

當日晚間，曉嵐來到燕龍房中，交給她一封麻紙書寫的信，上面插著一枝火紅色的羽毛，神色嚴肅，說道：「長老十萬火急，讓人快馬送來的，昨日才剛送到。」

燕龍見到那信，臉色一變，立即展開，她匆匆看完後，愁眉深鎖，神色沉重，低聲道：「來得這麼急！」

她抬頭望向曉嵐，曉嵐搖頭道：「別族還好，和碩特卻甚難對付。」燕龍沉吟道：「我們有多少時間？」曉嵐道：「少則半年，多則一年。」燕龍閉目沉思，說道：「此地我們暫且抽不開身。妳回信跟長老說，今年冬天我們是不能回去的了。總要等到明年春夏交接時，才能回去。」

曉嵐點點頭，告辭出去，在門外撞見了一人，卻是江離。她微微一呆，行禮道：「江大俠，你身子可沒事了？」江離回禮道：「多謝辛姑娘相問，我身上毒傷已解除了。我想求見龍頭，請問方便麼？」

曉嵐點頭答應，替他通報了，燕龍便請江離進屋坐下，問起來意。江離道：「辛幫主，此番蒙幫主相救，在下感激不盡。想我上回不自量力，竟大膽向幫主挑戰，思之甚覺汗顏，還請幫主勿怪。」燕龍道：「江大俠的風流劍法高妙之極，我也是很佩服的。」

江離謙遜了幾句，話鋒一轉，說道：「辛幫主，在下有個請求，還盼您能應允。」燕龍道：「但我所能，定當盡力。江大俠請說。」

江離神情認眞，說道：「在下想加入龍幫。」

燕龍一怔，說道：「閣下已是江湖上成名的俠客，不知爲何想加入本幫？」

江離道：「不瞞辛幫主，閣下的行事爲人讓我好生欽佩。我想跟隨幫主，在江湖上闖出一番事業。」

燕龍沉吟道：「江大俠願意爲本幫出力，本座自是感激。但加入龍幫並非小事，我須與幫中之人商量過後，才能定奪。」

次日，燕龍便跟舞雩、曉嵐和飛影等說了此事，問他們有何意見。曉嵐道：「江大俠在危急時出手相救凌大俠和幫主，是個俠義人物。他加入本幫，定可成為本幫助力。」舞雩也無異議。飛影道：「他是凌大俠的朋友，人品應是信得過的。」

燕龍道：「好，我便讓他隨行，觀察三個月後，再引他入幫。」側頭想了想，又道：「飛影，不如我先讓他回家一趟，請你暗中跟去看看。」

曉嵐暗覺這是多此一舉，張口欲言，燕龍已道：「我們並不明白他的底細，還是當多留三分心。飛影，江離武功甚高，你須小心謹慎。」飛影躬身答應。

商量底定後，燕龍請江離過來，說道：「江大俠，我昨日與幫中之中商量過了，全體都一致歡迎你加入本幫。你可與我等同行，三個月訓誡期過後，我便正式引你入幫。我龍幫幫規甚嚴，你須謹慎遵守。」江離大喜，向她長揖道謝。

燕龍道：「不用多禮。你可知我龍幫宗旨為何？」江離道：「行俠仗義，鏟惡除奸。」

燕龍道：「誰為惡，誰為奸？」江離道：「殺人放火為惡，傷天害理為奸。」燕龍微微一笑，說道：「你說得是。但我龍幫並非只為此而成立。你聽好了，我們龍幫意在稱雄江湖，屈服武林所有門派幫會，成為天下第一大幫。」

江離一驚，說道：「幫主竟有這等大志，我眞正是以燕雀之心，度鴻鵠之志了！」

燕龍望著他，微笑不答，當下又說了幫中規矩戒條。她未能信任江離，自未說出虎俠創始龍幫的前後和龍幫的眞正宗旨。

燕龍又道：「你已加入龍幫，此後供本幫驅策，不得違背。現下你隨我等去南昌奪取龍湲劍，此行甚是凶險，大夥很可能都會送命。」江離熱血沸騰，說道：「赴湯蹈火，我自當追隨幫主！」

燕龍聽他說得激昂，點頭道：「甚好。但你應先回家一趟，向親人辭行。」江離道：「我另有他事去辦，你回來後，與舞雩等一起上路便是。」

「多謝幫主體諒。寒舍便離此處不遠，請幫主等我一日，我快去快回。」燕龍道：「我另有他事去辦，你回來後，與舞雩等一起上路便是。」

江離告退出來，便去找凌霄，笑道：「凌兄，我有個好消息要告訴你。你一定料想不到，我已入了龍幫！」

凌霄甚是驚訝，問道：「當眞？」江離十分得意，說道：「不錯。自我父親過世後，我便隨師父隱居華山。師父訓誡我不可輕入江湖，因此我極少下山。此番有機緣加入龍幫，正好追隨龍頭作一番事業。」凌霄想起江離的父親華山派掌門人江聲雷一代英雄，卻死於火教之手，頗爲惋惜，說道：「龍幫人物都非等閒，江兄加入龍幫，定然十分相得。」

江離點頭道：「正是。凌兄，幫主要我先回家一趟，向親人辭行。我二人少年一別，久未見面，往後也難有機緣再謀相聚，不知凌兄可願與我一同回家一趟麼？」

凌霄聽他相邀，便答應了。他跟燕龍說了此事，燕龍也沒有說什麼，只道：「江離是個人才，他加入龍幫自是好事。霄哥，我們要去大漠的事十分隱祕，我並未告知幫中各人，請你也莫與他人說起。」凌霄答應了。

當日凌江二人便並轡往南去。江離已脫去少年時的高傲凌人，顯得謹慎沉默。二人分別多年，談起少年時好強爭勝、比武打架的往事，當時的憤恨仇視早已消失，只留下對少年時代的懷念。

江離問起峨嵋金頂上的一戰，凌霄簡單說了。江離歎道：「龍頭的風範武功，實在讓人敬佩得五體投地。他身邊的舞雩尊者武功高強，曉嵐姑娘聰明機巧，也令人欽服得緊。」凌霄點頭稱是。

江離又問起虎山上的諸事，並問揚老和凌雲如何。凌霄道：「師父都好。雲兒今年初嫁人了，夫君便是龍幫的里山。」江離記憶中的凌雲還是個五六歲的小女娃，睽別多年，她竟已長成出嫁，不由得歔歎不已。

兩人一路談話敘舊，來到一個小鎮上。江離道：「寒舍便在前面，凌兄該來見見我兩個犬子。」凌霄奇道：「你已有兒子了？」江離笑道：「我十七歲娶妻，我娘還嫌我只替她生了兩個孫子不夠哩。凌兄，你有幾個孩子了？」凌霄道：「我尚未成家。」

江離甚是驚訝，說道：「我隱居在華山，都常聽聞虎山醫俠的名頭，不只江湖人物，便連官宦世家、富戶鄉紳都想將女兒嫁給你。難道這麼多年沒有一個女子你看得上眼麼？」凌霄搖頭苦笑，說道：「並非我看不上眼，只是緣分未到吧。早幾年雲兒還小，我想等她大些了，找到了歸宿，再去想自己的事。」

古時男女婚嫁甚早，大多遵父母之命，十五六歲便與門當戶對的人家訂下親事。凌霄母親早逝，父親出走，師父又是個歸隱山林的世外之人，從來沒有長輩催他完成終身大事，加上他自知處境艱危，爲毒咒所纏，遂堅決推拒了一切提親之議，因此他年過三十仍未成家，在當時甚是少見。他之前因爲身受毒咒、擔心段獨聖加害，從未有室家之想，其後見到燕龍，對她一往情深，心中自然再也容不下別的姑娘。他此時已與燕龍相互交心，但二人未來能否結縭，畢竟仍是未知之數，想到此處，心中不禁又是甜蜜，又是悵惘。

江離領凌霄來到他家，才到門口，便見兩個綁著沖天辮的小男孩兒跑出門來迎接，同聲叫道：「爸爸回來了！」正是江離的兩個兒子。長子江晉已有七歲，幼子明夷三歲，都甚是活潑，見有客人來，十分好奇，繞著凌霄問長問短。江離的妻子郝氏是北方人，一口京片子說得甚是利落，十分勤儉能幹的模樣。

凌霄在江家坐了半日，心中不由得想：「江兄弟身爲常清風老前輩的關門弟子，少年時文武全才，何等聰明俊秀，不知怎地長大了卻沒沒無聞？他自稱風流神劍，這名聲卻並不響亮，似乎只在華山左近較爲出名。」

江離與家人告別後，便與凌霄啓程上路。凌霄問道：「江兄弟常在江湖上行走麼？」

江離微微皺眉，似乎不願被問及此事，只道：「沒有。自我那年去虎山學醫之後，師父便不准我離開華山。成家以後，更加少有機會出門。」

凌霄點了點頭，心想：「江兄弟若能如近雲那般闖蕩江湖，也是一位瀟灑的俠客。他一心加入龍幫，或許便是爲此。」

二人循來路回去，與龍幫眾人會合。其時燕龍已然離開，江離便隨舞雩曉嵐等同行。凌霄問曉嵐龍頭的去處，曉嵐道：「她沒有說。她說你知道的。」

凌霄自然知道她要去大漠，便與龍幫眾人告別，策馬向北行去。不出幾日，來到潼關。晚上他獨自在客房之中，聽得門上輕敲了三下，連忙起身開門，卻見一人悄然立在門外，巧笑嫣然，正是燕龍。凌霄極爲歡喜，握住她的手，笑道：「我等妳好久啦。」

燕龍走進房中，微笑道：「這回去大漠的事，我沒讓任何人知道，連龍幫中人都未曾告知。我也不想讓人知道我與你同行，因此先走一步，再與你會合。」

兩人數日未見，便好似分別了許多年一般，拉著手坐下說了許多話。燕龍問江離家中如何，凌霄說起他的兩個兒子如何活潑可愛，燕龍笑道：「你羨慕他有兒子麼？」凌霄微笑不答。燕龍臉上一紅，轉過頭去。凌霄道：「我羨慕他，他倒羨慕我沒有拖累呢。」

燕龍一笑，說道：「你老大年紀，還是個單身王老五，自然要羨慕人家有妻有子了。你別著急，總有一日會輪到你的。」

凌霄此番重見到她，心中欣喜難言，忍不住笑道：「若輪到我，兩個兒子怎麼夠？」燕龍笑道：「啊喲，我得趕快拿這話去警告世上姑娘家，看還有誰敢嫁給醫俠？」凌霄道：「有妳在我身邊，哪裡還有別的姑娘敢來嫁我？」燕龍啐了一口，笑道：「我道你是個老實人，說話竟也這麼油嘴滑舌！」

二人一路談笑，沿著黃河向北，再折而向西，出了長城，進入韃靼袄兒都司所轄的河套地區。燕龍道：「我們此行甚是隱祕，最好裝扮一下，別讓人認出了。這樣吧，你既是個醫者，我們便扮作買賣藥材的商人，不易被人拆穿。」當下二人買了幾套行旅商販穿的粗布衣服，學蒙古人包起了頭，又買了一些藥材，裝作是剛從中原採辦了藥材，回向西北的商旅。

二人打點好了，便並騎往烏梁素海行去。此處正是陰山之南，黃河之北，放眼望去，只見草原一望無際，在暮色中閃爍著金光。凌霄從未到過塞外，見到這等壯闊的景象，也不由得胸懷大暢。燕龍回到久違不見的草原，更是心神激蕩，眼望滿天艷紅如火的彩霞，和霞空下蒼茫無垠的草原，深深地吸了一口氣，聞著那股草原上特有的清香，忽道：「霄哥，我們快馳一陣如何？」凌霄道：「好！」

二人縱馬在草原上快馳，寒風刮面，耳中聽得狂風呼嘯而過，煞是暢快。二人馳出好一陣，才先後跳下馬來，仰天躺在草地上，望向草連天、天連草的天際。凌霄呼出一口氣，讚道：「這地方眞好！」

燕龍悠然道：「我小時候便生長在這大草原上。你喜歡麼？」凌霄道：「是。此地景色雄壯，令人心胸開闊。」兩人握著手，並肩躺了一會兒，都覺十分暢快。燕龍見天色將晚，坐起身笑道：「若不是草原上生活太苦，我定要長久住在這兒。現在已入冬，一到晚間便寒冷得緊，我們得趕快找地方投宿了。」

二人便又上馬，向水草處馳去，找到一處蒙古包。燕龍會說蒙古語，便去跟牧民打交道，租了一個帳篷住下。

蒙古人甚是好客，當夜請二人去火堆旁吃烤肉，飯後大家圍著火唱歌跳舞。蒙古女子熱情爽朗，便有幾個過來請兩個客人跳舞。凌霄長住深山，哪裡見過這般熱鬧場面，紅著臉不肯去。燕龍帶笑望著他，也不勉強，兩人早回帳篷休息。

那牛皮帳子甚小，只有一個床位，一條被氈。兩人對望一眼，都有些尷尬。凌霄道：「妳先睡吧。」燕龍笑道：「我慣居寒地，不怕寒冷，我瞧你可不成。」拿起毛氈披在他身上。

凌霄怎好意思，反將毛氈披在她身上，兩人互相推讓，只差沒展開輕功躲避，動起拳腳來，都不禁好笑。凌霄笑道：「我們這樣推推讓讓，相敬如賓，可不太見外了麼？」燕龍臉上一紅，轉過身去，低聲道：「你欺我不是漢人，我可懂得，相敬如賓是說人家夫妻相處，我們又不是夫妻，你說這個作什麼？」

凌霄心中對她萬分尊重疼惜，並無邪念，當下將毛氈披上她肩頭，輕輕摟住了她的身子，低聲道：「燕兒，妳說得是。我隨口說說，妳別介意。我自盼有一日，能有幸娶妳為妻，與妳長相廝守。」

燕龍心中溫暖，低聲道：「我也是一樣。」轉過身，將他也攬在毛氈之中，兩人相倚躺下。燕龍聞著被氈的味道，許多回憶湧上心頭，說道：「你聞聞，這羊毛的臊味兒多重。我小時候聞慣了，現在反而覺得很親切。我七八歲前都和蒙古人住在一起，每夜和我娘共用一條羊毛氈子，那味道比這還要濃。我們每日清早天還沒亮就得起來，幫人趕羊出去吃草。有時趕幾十頭羊，有時幾百頭。我娘騎術很好，她一個人可以趕幾百頭羊，一頭都不會走失。我還是嬰兒時，她便讓我坐在她身前，跟她一起騎馬放羊，五六歲時，我就能自己騎馬了。」

凌霄笑道：「我卻是到了十五六幾歲才第一次騎馬，比妳晚了十年。那時我初次下山，我義弟近雲教了我好幾日，我才能騎在馬上不摔下來。」

燕龍一笑，說道：「原來你是個南方佬，不會騎馬。我小時候卻是長在馬背上的，成日騎馬。只有冬天時，我娘在雪地裡教我練輕功，才算是腳踏實地。那時我們生活雖苦，我卻覺得挺好玩的。後來回到雪族，從早到晚便是練功，反而沒什麼意思了。」

她靜了一陣，忽然歎了口氣，說道：「我娘獨自帶我長大，實在很辛苦。我……從小是個沒有父親的孩子。我總怕……」卻說不下去。

凌霄柔聲問道：「怕什麼？」

燕龍咬著嘴唇，身體微微顫抖，低聲道：「這是個詛咒麼？我娘沒有父親，我也沒有父親。我很怕我的孩子也會如此，我很怕他會跟我和我娘一樣不幸，我怕他會恨我，問我爲什麼生下了他，卻讓他從小就沒有父親？」

凌霄怔然，說道：「燕兒，妳難道擔心我會離開妳？我定會盡心照顧妳一世，當然也會照顧我們的孩子。」燕龍不語。凌霄緊緊摟住了她，柔聲道：「我們對彼此的心，難道世上還有什麼能讓我們分開麼？」

燕龍靜了一陣，才道：「除非我們死了。」凌霄心中一沉，歎了口氣，說道：「不錯，除非我們死了，才會離開對方。燕兒，爲了妳，我會好好地活下去，不令我們的孩子如妳或是妳母親一般，從小沒有父親。妳相信我麼？」燕龍猛然想起凌霄身上毒咒未解，心中極爲後悔不該提起此事，徒然令他難過，低聲道：「我當然相信你。」

二人靜默下來，靠在一起，各懷心事地緩緩沉入夢鄉。

第六十九章 降龍萬敬

次日清晨，兩人尚未醒來，便聽遠處馬蹄聲響，似有十多騎快馳近前，來到蒙古包外。一人下馬問道：「喂！有沒見到一個身穿黑衣的漢人騎馬來此？」說的竟是漢語。

凌霄和燕龍走出帳篷去看，卻見來者共有十多人，都是勁裝結束，凌霄看當先幾個人面目好熟，腰間佩帶細劍，才想起他們是秋霜派弟子，彭家英和吳家華兩個大弟子都在其中。這些人不復當年錦衣華服的意氣風發，衣帽舊陋，頗有些潦倒困蹇之態。另外八九個漢子也身帶刀劍，卻看不出是什麼門派的。

凌霄低聲道：「那幾個是秋霜派的弟子。」燕龍點了點頭，說道：「秋霜派曾歸伏火教，爲虎作倀，後來見正教勢力漸強，才脫離火教，在武林中名聲甚差。不知他們老遠跑來大漠作什麼？」

卻聽吳家華、何家菲大聲向蒙古人喝問，眾蒙古人都說沒看到穿黑衣的漢人來到。一個帶刀的漢子道：「彭大俠，那小賊明明是往這個方向來，錯不了的。」彭家英一揮手，叫道：「大家搜！」眾人便四下散去，一間間帳篷搜索，許多蒙古女人孩子見到他們凶神惡煞的模樣，都嚇得尖叫起來。

凌霄向燕龍道：「他們可能認得出我，我們是否該避開？」燕龍道：「不要緊，我替你裝扮一下便是。這些人不知在找誰，多半不干我們的事。」當下替他抹黑了臉，用布包了頭，看來便像個蒙古漢子。二人走出帳篷，向那蒙古包的族長道謝，收拾起包袱，打點馬匹，準備上路。

卻見彭家英站在一旁，對一個老漢道：「木老鏢頭，這人膽子倒大，竟敢動您老人家的事物！」

那老漢歎道：「可不是？我鎮威鏢局走了幾十年的鏢，與黑道白道一向交好，從沒人敢動我們的東西。這是老夫最後一趟走鏢了，沒想到竟碰上這等事！」彭家英道：「你說那人穿黑衣，像是火教中人，可看得準麼？」木老鏢頭道：「那是不會有錯的。」

燕龍和凌霄聽到火教，對望一眼，便不急著走了。燕龍低聲道：「昨夜火堆旁，我注意到一個人。」凌霄點頭道：「他來火堆旁拿了東西吃，吃完便走開了。我看出他身有武功，莫非就是他們在追的人？」

這時秋霜弟子紛紛回來，都說沒有找到人。吳家華道：「木老鏢頭，您老請放心。有我秋霜派彭大俠在此，什麼人都能將他揪出來！」木老鏢頭打躬道謝，說道：「有勞各位秋霜英雄了，老夫感激不盡。」彭家英道：「受人之託，忠人之事，木老鏢頭不用客氣。」

凌霄心想：「秋霜掌門褚文義人品雖差，至少武功不差。他留下的這群弟子則人品武功皆差，不過幾年的時間，竟淪落到替鏢局作打手了。」

便在此時，但聽一聲慘呼，眾人一驚，連忙奔過去看，卻見一座小帳篷外倒了兩個人，一個赫然便是秋霜馬家莨，另一個是個鏢師，兩人滿臉鮮血，喉管已被割斷。秋霜眾人臉色大變，各自抽出長劍，圍在帳篷門外，紛紛喝道：「大膽賊子，快滾出來！」「竟敢傷我秋霜門人，我等定要將你碎屍萬段！」

卻見帳幕一掀，一個人影閃了出來，長劍揮處，又刺死了兩個鏢師。秋霜弟子發一聲喊，圍攻上去。凌燕已看清那人是個三十來歲的漢子，一身黑衣，劍法狠辣已極。吳家華喝道：「賊人！還不放下劍投降，我可饒你一條命。」

那黑衣漢子冷笑道：「秋霜四俊，英華芳菲，都是狗屁！」長劍揮處，已將三弟子李家芳的右臂齊肩砍了下來。四弟子何家菲嚇得呆了，手腳發軟，雙膝一彎，跪倒在地。彭家英和吳家華聯手鬥那漢子，只能勉強撐住。

凌霄見彭吳二人的劍術較往年已進步甚多，秋霜劍法原本十分精妙，不意二人在這黑衣漢子手下，竟兀自防守多、攻擊少，暗暗納罕。燕龍握住凌霄的手，低聲道：「你別動，讓我出手。」凌霄點了點頭。只見那黑衣漢子長劍到處，又砍傷了吳家華大腿，彭家英顯然也撐不了多久。吳家華按著大腿傷口，退到一旁，怒喝道：「渾蛋賊人，你到底是什麼來頭？」

那人嘿嘿冷笑，說道：「聖火神教蘇厲，你聽過麼？」長劍刺出，正中彭家英手腕，長劍噹一聲落在地上。木鏢頭已嚇得呆了，噗通一聲便跪了下來，求道：「請大爺高抬貴手，你拿去的事物，我們也不敢要了，還請大爺饒過我們的小命！」

蘇厲哼了一聲，向眾秋霜弟子和鏢師環望一周，冷冷地道：「你們自己戳瞎了眼睛，割下右手，我便放你們走路。」秋霜眾人臉色難看已極，但自己敗在別人劍下，還有什麼可說的？便在此時，忽見一個蒙古商販大步走了過來，向蘇厲抱拳說了幾句蒙古話。蘇厲瞠目不答，旁邊一個翻譯說道：「這位爺說你功夫好，要向你挑戰。」

蘇厲仰天大笑，說道：「蒙子不知天高地厚，好！你出招吧。」

這蒙古人自然便是燕龍了。她原本無心出手相救秋霜派的人，但想試探這蘇厲的底細，便假扮蒙古人出手挑戰。她不等蘇厲說完，已揀起彭家英的長劍，向蘇厲當心刺去。蘇厲見這劍來勢凌厲，一愣之下，連忙揮劍格開。燕龍長劍不斷擊刺，招招古怪，並不刺向對手穴道或胸腹，只刺向他臉面手腳，招術險狠。這柄細劍到了她手上，自是威力倍增，蘇厲左右閃避，被她連攻二十多招，竟然無法還手。燕龍見他心神紛亂，跨步上前，左腿一伸，已將他絆倒。蘇厲一個蹎蹼，連忙站穩了，眼前白光一閃，對手的劍已指在自己眉心。他大驚失色，叫道：「饒命！」

燕龍收回劍，用蒙語說了幾句，一旁的翻譯道：「這位爺說蒙古人討厭小偷，不歡迎你，要你立即交出偷去的東西，趕快走吧。」

蘇厲臉色甚是難看，從懷裡掏出一個布包，扔在地上，回身便走。燕龍轉向秋霜眾人，又說了幾句，說完便走開了。翻譯道：「這位爺說你們好大的膽子，敢到族裡來隨意搜索，打擾族裡的女人小孩，要你們一一去道歉賠罪，不然要你們全都死在這裡。」

木老鏢頭和秋霜眾人見這位蒙古英雄出手救了自己性命，又奪回了失物，正感激涕零，想去向他拜謝，但聽他放下狠話，不禁面面相覷。木鏢頭立刻道：「是，是。這位英雄高義相救，我等粉身難報。剛才對貴族諸位多有得罪，我等誠心謝罪。」

燕龍再不去看那些秋霜弟子一眼，回頭見凌霄已不在當地，知道他去追蘇厲了，便留在帳中等候。秋霜弟子和鎮威鏢局的人過來拜謝，都被她轟了出去。

過了一個時辰，凌霄才回到帳中，燕龍忙問：「如何？」凌霄道：「我一路追去，見他進入了一間寺廟。那寺廟便在一個大湖邊上，不知是否便是虎俠所說的喇嘛廟？」

燕龍問了他追蹤的方向，微微皺眉，說道：「你看到的大湖，多半便是烏梁素海了。至於那廟是否虎俠遺書中提到的廟宇，倒也難說。」凌霄道：「他將到廟門，便有許多穿黑衣的火教徒出來迎接，我便沒有跟進去看。」

燕龍點了點頭，沉吟道：「蘇厲，蘇厲。這人劍法不壞，若非他輕敵，應可接我一百招以上。你可知他是誰？」凌霄道：「可是火教中的重要人物？」燕龍道：「他是火教尊者萬敬的徒弟。」凌霄啊了一聲，說道：「火教『萬無一失』四大尊者之首，降龍萬敬？」燕龍點了點頭，說道：「這人是段獨聖以下的火教第一高手，武功絕不在你我之下。難道他也來到了此地？但火教應當不會知道我們要來大漠才是。」

凌霄道：「莫非他們猜想虎俠已發現了什麼祕密，料到有人會來追尋，因此預先去那廟裡守住？」燕龍沉吟道：「有此可能。如此說來，那廟中或許確實藏有什麼祕密，我們必得去探個究竟。」二人商量一陣，決定上路西行，另找宿頭，等到晚上再去探看那廟的情況。

二人並騎向西。凌霄道：「我見過張去疾、吳隙、石雷等人出手，萬敬號稱火教尊者之首，卻從沒聽說他在江湖上露面。」

燕龍道：「他行蹤隱祕，不喜歡露面，我到現在還未查出他的來頭。聽聞這人武功比張去疾等都高，是火教裡最難對付的三個人之一。」凌霄問道：「除了段獨聖和萬敬之外，那第三人是誰？是張去疾麼？」

燕龍搖頭道：「不是。張去疾是個眞正的信徒，對火教的教條深信不移。他聰明絕頂，竟然對段獨聖那套古怪的教法全數相信，倒也頗爲奇怪，但也顯出這人有其無可救藥的盲點。其他三個尊者都不難對付，石雷是流氓出身，因段獨聖救過他的命，才對他死心塌地。吳隙嘛，只要段獨聖有金錢美女給他，他就肯爲教主賣命。易燃已失去了一腿，不足爲慮。」頓了一頓，又道：「我說的那第三個人，是張去疾的妻子張夫人。她從未現身，但火教幾次大敗正教，都出於她的策劃。我還聽說獨聖宮中的大小事情都由她一手掌管，如同火教的大執事一般。」

凌霄甚是驚奇，說道：「我從沒聽過這張夫人的名頭，她當眞這麼厲害？」燕龍緩緩點頭，說道：「她是隻老狐狸，奸詐之極。我聽說還是她先信了火教，才將張去疾也拉入教的。」凌霄嗯了一聲，不禁想起張瑞娘，她年幼時曾被親父母推入火坑，以顯示對段獨聖的忠誠，令人思之不寒而慄。但自己兩次上獨聖峰，都未曾見過這個張夫人，對她毫無印象。他想了一陣，說道：「她能在獨聖宮中掌權，定是很得段獨聖的寵信了。」燕龍撇嘴道：「可不是？她與段獨聖的關係頗不尋常，聽說曾是段獨聖的寵妾，因此才這麼有威勢。」

正說話時，忽聽蹄聲響動，一群三十來騎從後奔來，燕龍微微皺眉，說道：「又是秋霜派那些傢伙麼？」那群人不多時便趕了上來，卻見騎者個個衣著破爛，竟是一群乞丐。凌霄和燕龍都是一呆，卻見為首的是個老丐，鬚髮灰白，一張橘皮臉，身形瘦削，正是丐幫幫主吳三石。群丐面目嚴肅，似乎在趕路，對二人並未留心，縱馬越過二人，遠遠地去了。

凌霄道：「那是丐幫幫主吳三石。」燕龍奇道：「這大漠之上，怎地跑來這許多武林人物？」兩人縱馬緩緩前行，不多久又聽得身後蹄聲響起，二十多騎奔了過來，騎得都是上好的馬，馬上乘客全身白衣，都蒙著面，看身形似乎是女子。一群人縱馬疾馳，也超過了二人。

凌霄和燕龍更覺奇怪。燕龍沉吟道：「這些女子看來也會武功，難道他們在追丐幫的人？」凌霄道：「也可能是在追蘇厲。」二人討論不出個頭緒，心下都甚是疑惑。將近午時，來到一條河旁，卻見丐幫和那群白衣女子都在河邊停下吃午飯，彼此隔得甚遠。

凌霄和燕龍來到兩批人中間，讓馬去河邊喝水，取出乾糧裹腹。過不多時，吳三石走了過來，上前向眾白衣女子抱拳行禮，說道：「在下丐幫吳三石。各位可是百花門人麼？」

一個蒙面女子走上前回禮道：「正是。見過吳幫主。」

吳三石道：「我幫與貴門甚少交往，我等來此乃爲追討一件失物，多半與貴門無關，雙方該當互不侵犯才是。」那女子點了點頭，說道：「吳幫主明白人說明白話。我們橋歸橋，路歸路，互不干涉，敝門自不敢無端打擾了貴幫弟子。」吳三石拱手道：「甚好。」回身走去，經過凌霄和燕龍時，向他們打量了幾眼，沒有說什麼，回去命弟子取水煮飯。

凌霄道：「原來她們是百花門人。剛才說話的蒙面女子，應該便是百花門主白水仙。不知她們跑來大漠作什麼？」

燕龍沉吟道：「事情當眞古怪。這兩批人怎會都跑來這裡，又是爲了不同的事？」凌霄道：「我也想不出。」燕龍道：「這吳幫主十分細心老練。他們在百花門的下游飲水，若不去招呼一聲，搞不好便給不明不白地毒死了。」

丐幫和百花門人各自休息了一陣，便先後上路。凌霄和燕龍在後緩緩跟上，來到烏梁素海南端的一個小鎮。二人在鎮上找了個客店，寄放馬匹藥材，便去向人探問附近有無喇嘛廟。客店老闆說左近有許多小廟，大的廟卻只有一間，叫作扎拉合布寺，就在小鎮以北幾里，烏梁素海的東岸。燕龍向凌霄道：「不如我們扮成了香客，去看看那廟有什麼古怪。」二人當下去街上買了些香燭，徒步向北走去。

那廟座落在烏梁素海旁的山丘之上，居高臨下，只見層層屋宇綿延不絕，不知有多少間房舍。土紅色的泥牆在碧藍的天空下顯得分外惹眼，廟宇屋頂上牽著幾十條細繩，掛著五彩咒旗，迎風招展。廟的主屋頂上安置著一個漆金的法輪，兩旁馴鹿跪地雙拱，法輪上又有傘蓋寶幡法螺等物裝飾，金光耀眼。

凌霄道：「我之前跟蹤蘇厲，看他便是走進了這座廟。」燕龍道：「這是紅教寺廟，應當便是虎俠遺書中所說的寺廟了。」

需知藏傳佛教自元代起便盛行於蒙古，原以紅教為主。永樂年間出了宗喀巴大師，別立黃教；明成祖又立哈立麻為大寶法王西天大自在佛，是為白教法王。各教寺廟的裝飾和喇嘛的服裝頗有差異，燕龍自幼生長在蒙古，自已看出這廟隸屬於紅教。

燕龍又往那廟打量去，心中忽覺一陣不安。她知蒙人多崇喇嘛教，對之並不陌生，此時看到這寺廟，卻覺得有點不大對勁，至於是哪裡不對，卻也說不上來。

要進入廟中須得經過一道長長的斜坡，斜坡盡頭是一道石階。凌霄和燕龍上了斜坡，拾級而上，見來那廟裡朝拜的信眾不少，蒙人藏人都有，有的手中拿著轉經輪霍霍旋轉，有的拿著念珠不斷喃喃持咒。二人來到石階盡頭，便見一塊空地，地上爬滿了人，在作大禮拜；進去則是一座殿堂，裡面甚是陰暗，點著幾百盞黯淡的油燈，堂上供滿了各式各樣的金身佛像和花果供品。殿外有一圈金色的筒狀法輪，許多信眾繞廳走動，不斷撥動法輪，發出嗚嗚聲響。

凌霄從未見過喇嘛廟，甚覺新奇。燕龍領著他走進殿內，跪倒膜拜，捐了香油錢，又出去繞著殿堂走了三圈。兩人低頭而行，眼光卻不時注意廟內的情況。只見整座廟只有這個殿堂是開放的，其他房舍都大門緊閉。燕龍走近一扇門，立時便有兩個喇嘛走上來攔住，喝道：「嘿！不能進去！」

燕龍用蒙古語道：「平時都開著門，今日爲什麼關上了？」兩個喇嘛互望一眼，竟然不會說蒙語，用漢語道：「這裡面是聖地，只有出家人能進去。」燕龍便合十退開。兩人無處可去，便又回去殿內。凌霄抬起頭來，忽然噫了一聲，燕龍順著他的眼光看去，只見供桌上放了一個三尺高的塑像，面貌清俊，竟是段獨聖！燕龍一驚，握住了凌霄的手，低聲道：「我們出去。」

二人走出大殿，從石階走下，燕龍低聲道：「這廟已被火教占據了。我剛才就覺得有點奇怪，原來是因爲這廟太過肅靜，沒有喇嘛走來走去。一般寺院規矩再嚴，屋頂上也總有幾個喇嘛閒坐聊天，這地方的喇嘛多半都被關起來了，剛才那幾個，是假的。」凌霄點頭道：「火教多半挾持了廟中的喇嘛，信徒卻並不知道，仍舊前來朝拜。」

正說話間，將要來到斜坡口，忽聽一人高聲道：「萬敬，你用卑鄙無恥的手段奪去了本幫的打狗棒，有種的便出來一決死戰！」聲音蒼老粗厚，正是吳三石。

丐幫弟子叫了一陣，便向斜坡上走來，走上了石階。燕龍和凌霄對望一眼，隨後跟上。

吳三石又喊道：「萬敬，你是隻不要臉的縮頭烏龜麼？有種的便給我滾出來！你自知打不過我，才趁我徒弟王泥腿練功時忽施偷襲，奪走打狗棒。哼，這棒子若在老子手中，你敢來奪麼？」

忽聽啪的一聲，旁邊一扇木門飛開了，一個黑衣漢子躍了出來，站在殿前，正是蘇厲。卻聽他冷笑道：「這棒子是我拿的，你的徒弟打不過我，你想來也打不過我師父，還有膽子叫陣？」

吳三石怒道：「渾帳小子，殺死泥腿的就是你了！」蘇厲傲然道：「不錯！你待怎地？」吳三石仰天大笑，說道：「不怎地，我怎敢得罪降龍萬敬的徒弟？」一句話未畢，突然身子向前衝出，手中鐵棍化作一道黑影，向蘇厲當頭打去。蘇厲沒想到他這一招攻出之前竟毫無徵兆，趕忙閃身避開，吳三石使出打狗棒法，一招接一招，逼得他不斷躲避，竟連拔劍的空隙都沒有。蘇厲額上流下冷汗，知道自己一條小命不免送在此處，忽然喀啦一聲，右手腕劇痛，已被吳三石鐵棍打中，腕骨立折。吳三石喝道：「我要爲我徒弟報仇！」鐵棍戳向他胸口。

忽然一道綠光閃出，一根碧綠的竹棍挑開了鐵棍，正是打狗棒。持棒之人長鬚及胸，一雙濃而黑的倒八字眉高高軒起，眉宇間充滿殺氣，正是降龍萬敬。

凌霄和燕龍同時握住了對方的手，心中驚詫不已。那萬敬陡然出現在殿前，身法快極，二人竟都沒有看清他是如何躍出來的。

吳三石瞪著萬敬，冷笑道：「你總算出來了！」萬敬手持打狗棒，冷冷地道：「世間寶物，有力者得之。龍幫奪走龍湲劍，不也是如此？這打狗棒既然被我等奪走，你有本事便來奪回，沒本事就乖乖認栽。」他說話一字一頓，十分不自然，好似剛學會說話的小兒般，又像嘴巴曾受過傷，口齒不靈便。

吳三石道：「好！就看老叫化有沒有這個本事。」跨上一步，揮棍向他打去。萬敬凝目望向他的棒法，隨手用打狗棒擋住，意態閒暇，似乎全不將他凌厲的攻勢當一回事。吳三石大喝一聲，加快攻勢，鐵棍如附骨之蛆，繞在萬敬身前身後，招招攻向他要害。萬敬嘿了一聲，叫道：「好！」出棒招架。又過二十來招，吳三石忽然叫道：「我知道你是誰了！」萬敬罷手退開，冷冷地望著他，說道：「你說什麼？」

吳三石冷笑道：「你以爲藏身火教，別人就認不出你了麼？你是少林派的空智！你當年背叛師門，被空如大師逐出門戶，後來又去峨嵋偷學武功，嘿嘿，了不起！你身兼少林峨嵋兩派之長，野心不小！」

萬敬臉色一變，雙眉豎得更高，眼中露出殺意。他緩緩從腰間拔出長劍，說道：「你不說破，我還能饒你一命。」

吳三石舉起鐵棍，蓄勢以待，兩人相對凝立。

第七十章 芙蓉狐狸

忽聽一個蒼老的聲音道：「吳老哥，這個人交給我！」卻見一個垂老婦人緩步來到殿前，身旁跟了一個二十出頭的少女。那老婦人頭髮花白，滿面皺紋。

吳三石甚是驚訝，說道：「張三婆婆！妳不是已遠走海外了麼？」

那張三婆婆彎腰咳嗽，啞聲說道：「我是來報仇的！」望向萬敬，冷冷地道：「我兒去疾在那可恨的邪火教裡愈陷愈深，你姓萬的誤導我兒，也有一份！我今日用這把老骨頭跟你拚了！」

萬敬哼了一聲，說道：「令郎得以加入聖火神教，全靠令賢媳引導，我可不敢居功。」張三婆婆冷笑一聲，說道：「瑞娘，妳站到一邊去，奶奶要動手了。」那少女應了一聲，走了開去。

凌霄甚是驚詫，聽這老婦言語，似乎是張去疾的母親。她喚身邊少女瑞娘，而自己親眼見到瑞娘自戕，親手埋葬了她，她怎麼可能還活著？況且這少女面目完好，顯然不是瑞娘。凌霄心中甚是疑惑，低聲向燕龍說了，燕龍一時也想不透這是怎麼回事。

吳三石道：「張三娘，待我先奪回敝幫的打狗棒再說。」張三婆婆不理他，陡然伸手向萬敬抓去，兩人瞬間交了十多招。萬敬一掌推出，張三婆婆躲避不及，肩頭中掌，身子向後飛出。那「瑞娘」驚呼一聲，吳三石不暇細想，迎上一步，伸掌扶住張三婆婆的肩頭。便在此時，張三婆婆忽然回身，雙手齊出，點了吳三石身上八處穴道。吳三石吐出一口氣，雙眼圓睜，望向張三婆婆，滿臉不可置信的神色，身子緩緩倒下。

張三婆婆笑了起來，一口清亮語音說道：「姓吳的，你沒有料到吧？」

吳三石恍然大悟，怒喝道：「劉芙蓉，原來是妳！妳逼自己的婆婆遠遁海外，還有臉假扮成她的樣子，眞正無恥已極！」

「張三婆婆」笑得如花枝亂顫，聲音轉成嬌嫩，媚聲道：「我有什麼辦法呢？萬大哥想要你的打狗棒，我不得不幫他的忙啊。」伸手提起了他。眾丐幫弟子見幫主受騙被擒，都是又驚又怒，紛紛抽出兵刃，衝上前動手。萬敬走上一步，舉起打狗棒，冷然道：「見打狗棒如見幫主！」

眾弟子一愣之際，劉芙蓉和那「瑞娘」已拔出匕首攻向眾弟子。二女出手狠辣，當先的幾個弟子當即斃命。丐幫弟子素來重義，餘下弟子中竟無人逃走，齊聲喝道：「有種的將我們全都殺了！」

劉芙蓉笑道：「這麼想死麼？」匕首揮處，又殺了兩人。萬敬道：「都抓了起來。」回身走入邊門。數十名火教徒奔了出來，向丐幫弟子攻去。劉芙蓉一笑，收回匕首，說道：「瑾兒，我們也走吧。」伸手提起吳三石，當先走入門中，那少女也跟著進去了。不多時丐幫弟子便全被打倒抓起，趕入門中。

燕龍生怕凌霄出手干預，緊緊握住了他的手。其實凌霄又何嘗看不出，萬敬武功極高，加上劉芙蓉在旁，火教徒圍繞，自己二人便出手，也無法救出吳三石和全數丐幫弟子。這時兩個火教徒走過來喝道：「看什麼？全滾出去！」二人便跟著其他信眾一起走下石階。

此番火教在他們眼下傷人擄人，二人竟無力干涉，只能任由他們抓走丐幫弟子，心中都甚是難受。走出數里，將近城鎮，燕龍才道：「他們沒有立刻殺了吳三石，看來是蓄意要抓住他，他和丐幫弟子一時還不會就死。只不知他們抓起吳三石有何意圖？」

凌霄沉吟道：「萬敬似乎對打狗棒法很有興趣。」燕龍搖頭道：「他武功已這麼高了，打狗棒法雖神妙，他又怎會稀罕？」側頭想了想，忽問：「霄哥，你識得百花門人麼？」凌霄道：「識得幾位。」

燕龍眼睛一亮，說道：「如今只能找百花門幫手，才有希望救出丐幫中人。但我們不知百花門為何來此，恐怕她們不肯管這閒事。」凌霄微一遲疑，說道：「我若去找她們，她們或許會答應相助。」燕龍奇道：「是麼？莫非她們曾欠你的情？」

凌霄點了點頭。他想起多年之前，自己曾用靈能引點白水仙走向隱居之路，導致百花門叛離火教，令火教失去了毒術這隻毒牙。他回憶當年白水仙空靈絕艷的容色，高傲非凡的氣度，也想起她親身背負自己在紅杏林中奔跑的情景，不自禁伸手摸上肩頭，知道當年斑斕神蛛留下的八個墨綠疤痕，仍深印在自己的肌膚之上。他並不知道，因這斑斕神蛛險些傷了他的性命，白水仙此後便嚴禁百花門人使用這沒有解藥的至毒毒蛛。他當年曾觀照到白水仙對自己不同一般的心意，但當時他還只十來歲年紀，還很年輕，並不能完全明白；這時他年歲既長，雖明白了，卻已心有所屬，無法領受。

他收回心神，向燕龍簡單說了少年時遇見白水仙的前後，以及自己如何與蕭百合聯手，救出落入火教手中的白水仙等情。燕龍感受敏銳，聽出他語音中的一些異樣，開口問道：「白水仙當眞那麼美？」凌霄臉上一紅，點頭不語。燕龍笑道：「那我可一定要見見她了。」凌霄道：「她是否仍記得那麼多年前的事情，我就不知道了。」燕龍微微一笑，說道：「她怎麼可能不記得？我若有幸遇見少年時的你，不管隔了多少年都不會忘記的。」

二人回到鎭上，便分頭去打聽百花門人的行蹤。燕龍在鎭上走了一圈，回到客店取馬時，忽聽背後一個細柔無比的聲音說道：「你在找誰？」燕龍尚未回頭，便覺腦中一陣昏沉，她立時警覺，回身抽劍刺出，馬棚口卻已無人。她感到全身痠軟，坐倒在地，隱約聽得凌霄的聲音道：「她是我的朋友。」那細柔的聲音輕聲道：「啊！多有得罪。」

燕龍昏去了一陣，睜開眼時，發現自己躺在凌霄懷裡，面前坐著兩個白衣女子，約莫四十來歲年紀，一個媚艷如水，清靈如仙，另一個卻像位少奶奶，高貴矜雅，兩人四隻眼睛直直地望著自己。燕龍被她們看得臉上發熱，忙坐起身來。

凌霄喜道：「妳醒啦。燕兒，這位是百花門白水仙門主，這位是北山盜王蕭百合夫人。」燕龍向二人點頭爲禮。白水仙一雙水靈靈的眼睛直望著燕龍，臉上神色雖是一派淡然，眼神卻顯得十分複雜，似是驚歎，似是贊許，似是絕望，又似是覺悟。她微微一笑，說道：「好標緻的人兒！」蕭百合笑道：「醫俠的眼光，那是沒得說的。」兩人眼尖，見到凌霄抱著她的神態，自已看出燕龍是個女子。

凌霄臉上紅了紅，說道：「兩位來此，不知是爲了何事？」

白水仙神色嚴肅，說道：「我們是來追殺本門叛徒的。」

燕龍聽了這話，啊了一聲，說道：「我知道了！那叛徒就是張夫人，是麼？」

白水仙點頭道：「姑娘好聰明。不錯，劉芙蓉原本出自百花門，是百花婆婆的弟子。後來她愛上了張去疾，百花婆婆便讓她嫁了，但要她立下毒誓，此後永不使用百花門的武功毒術。她成爲張夫人後，原本還算安分，後來被段獨聖吸引入了火教，竟反叛本門，將載有本門所有毒術解藥的解藥譜交給了火教。」蕭百合在旁聽著，恨恨地呸了一聲。

白水仙歎了口氣，又道：「當年我百花門歸附火教，便是因爲被這叛徒出賣，爲形勢所逼，不得不假意歸順。那年我蒙醫俠相救之後，百花門人便隱居躲藏，銷聲斂跡，伺機除去劉芙蓉，奪回解藥譜。但她長年住在獨聖宮中，難以下手。這回我們察訪到她與萬敬一起出來，便從後跟上，追到了大漠之上。」

凌霄點了點頭，說道：「我們今日在那寺廟中，確實見到了劉芙蓉。」白水仙眼睛一亮，說道：「是麼？」她又道「我們在路上碰到丐幫的人，不知他們卻是爲何而來？」凌霄道：「丐幫中人來此，是爲了奪回被萬敬搶去的打狗棒。此刻丐幫眾人已被火教擒住，我想請求二位出手相救。」當下說出吳三石等被擒的經過。

蕭百合罵道：「去她娘的，劉芙蓉這隻騷狐狸，愈來愈會騙人了！」她這麼一個形貌高雅的貴婦竟然口出粗言，凌霄和燕龍聽了都不禁一怔。

白水仙道：「她從小便多心計，現在更是變本加厲，難以對付。」燕龍道：「她再奸詐，在兩位姊姊手下也難討得了好去。」蕭百合聽了，向她一笑道：「加上妹妹妳，我們三個自能收拾得下她。」

當下四人約定子夜時分，聯手攻入札拉合布寺。白水仙取出兩粒百花丸子遞給二人，說道：「劉芙蓉毒術甚是厲害，兩位服下這辟毒藥丸，十二個時辰內可以不受剛猛毒物的侵害。」便與蕭百合去召集百花門人。

子夜未到，凌霄和燕龍先往北去，來到廟外，觀察廟內的動靜。天黑後廟門便已關上，信眾也都散去，偌大一座寺院靜悄悄地毫無人聲，甚是詭異。忽然廟門中走出一群三十來個黑衣人，身上都帶了刀劍，成隊往南方走去，像是要去和什麼人對敵。凌霄和燕龍對望一眼，凌霄道：「我跟上去看看。」燕龍點了點頭，說道：「小心在意，快去快回。」

凌霄便施展輕功，跟著那群人去。卻見那群人腳步輕快，直往小鎮走去。凌霄伏在草叢中悄聲跟上，卻聽一人道：「張夫人說那些女子會使毒，很不好對付，大家小心了。夫人給的藥丸，都含在口中了麼？」眾人低聲答應。凌霄心想：「原來劉芙蓉已知道百花門人來到此地，派人出來對付她們。」當下在那群人進入小鎮前，突然躍出，拳掌兼施，將一眾黑衣人盡數打倒，點上穴道。他看了看大色，心想百花門人應已出發，心裡擔心燕龍，便回頭趕往喇嘛廟。

燕龍獨自在廟外等候，過了良久，凌霄都未回來，她不由得有些擔心。塞外夜間極冷，燕龍雖自幼生長在大漠，一陣寒風吹過，也不由得縮了縮身子，輕輕向著雙手呵出一口氣，在空氣中凝聚成一團白霧。忽聽一個嬌柔的聲音在背後響起：「這位大哥，你在等誰啊？」燕龍一驚回頭，卻見一個白衣女子站在身後，正是白水仙。她吁了一口氣，笑道：「原來是妳。」白水仙笑著走上前來，說道：「你行事須小心些，那賤人十分狡詐，我們得打起十二萬分的警戒才行。」伸手在她肩頭輕輕拍了一下。燕龍感到肩頭微微一疼，立時沉肩躲避，卻已不及，頓覺全身發軟，內力竟一點也提不起來，她心中大驚，左拳揮出，打向她的面門。

那女子格格嬌笑，霎時退出三四丈，笑道：「小夥子，老娘要你栽，你就不得不栽！」燕龍又驚又怒，才知道自己上了劉芙蓉的當，她易容術極精，扮成白水仙唯妙唯肖，黑夜中自己竟未能分辨。她又試著提起內力，內息卻似消失得無影無蹤。她不知自己是中了百花門的奇毒「柔情煙」，這毒物能令人全身痠軟，無法提起內力，因它並非霸道的毒藥，百花丸子便不能防範。

便在此時，一個人影奔了回來，卻是凌霄。劉芙蓉搶到燕龍身後，伸掌抵住她的背心，令她不敢妄動，低聲道：「不許作聲。」

凌霄見到她二人，走上前來，說道：「水仙門主，妳也到了。」

劉芙蓉道：「是啊。你準備好了麼？」凌霄見燕龍向自己使眼色，不由得一凜，問道：「水仙門主，妳的手下呢？」劉芙蓉道：「我讓她們隨後跟來。」凌霄看出燕龍似乎不敢動彈，心中更加疑惑，問道：「水仙門主，我這位兄弟可是得罪妳了麼？」

劉芙蓉輕哼一聲，冷然道：「你這兄弟膽敢對我直視，好生無禮，我因此小小地懲罰他一下。」她只道白水仙天生潔癖，多半會如此說話，卻沒想到燕龍是女扮男裝，凌霄一聽，便知這白水仙是假的，當下道：「是麼？我這朋友不知天高地厚，竟敢對百花門主如此輕慢，眞是對不住。」走上前，拉住了燕龍的手臂，潛運內力傳入她體內。

劉芙蓉忽然驚叫一聲，抵在燕龍背心的手掌竟被凌霄的內力震開。原來凌霄和燕龍的內息可以相通，他從掌中運過一股渾厚內息，傳到燕龍背心，劉芙蓉沒想到燕龍中毒後體內仍能有如此強大的內力，手掌如被火燒一般給震了開去。她反應極快，立時後退，轉身便奔，凌霄急追上去。但見劉芙蓉身法好快，轉眼已竄入了寺廟大門，直往殿上奔去。凌霄從後發掌，劉芙蓉感到後心一股大力襲來，大驚失色，身子不由自主往前跌去，撲倒在地。

凌霄大步追上前，正想出手制住劉芙蓉，便在此時，忽聽身後一人冷冷地道：「醫俠大駕光臨，恕未遠迎。」

凌霄一聽此人說話的語調，便知是萬敬到了。他轉過身來，果見萬敬站在左首五丈遠處，冷然望著自己。

劉芙蓉趁此一滯，立即躍起身來，口中叫道：「萬大哥，快殺了他！」

萬敬緩緩走近，凌霄見他每一步都凝重已極，全身上下沒有一絲破綻，眼神靜定而冷酷，一股殺氣直逼而來，心知遇上了大敵，站在當地向他回望，卻並不拔劍。萬敬停下步來，二人相對凝視，都不稍動。

此時燕龍也已來到殿上，劉芙蓉知道萬敬就將與凌霄對決，一個分心便會落敗，當即竄上前來，伸手直向燕龍抓去。燕龍自也知道不能打擾凌霄心神，忙展開輕功走避。她雖中毒，腳下的功夫仍舊不弱，劉芙蓉一時追不上她。燕龍心想：「躲入房舍中，較不易被她抓住。」便閃身奔入一間旁殿。

劉芙蓉喝道：「小子別跑！」隨後追了上去，便在此時，兩個人影從黑暗中閃出，擋在劉芙蓉身前。其中一個面貌和劉芙蓉一模一樣，一身白衣，正是白水仙和蕭百合到了。蕭百合微笑道：「師妹，妳看她扮成妳，扮得多像！」白水仙冷冷地道：「師父的易容術，她倒是學去了不少。」

劉芙蓉見到這二人，臉色大變，有如見到了鬼魅，轉身逃去。白蕭二人隨後追上，三個女子如輕煙一般，竄入了層層內殿之中。

燕龍眼見劉芙蓉被白蕭二人追跑，正想出殿去看凌霄，一瞥間見到殿中站了一人，卻是劉芙蓉的女兒張瑾兒。張瑾兒見到她，低呼一聲，似乎十分害怕，顫聲道：「什麼人？別過來！」

燕龍心想：「我先制住了她再說。」提步向她欺去，伸手去扣她肩頭穴道。她手指將要碰到張瑾兒，忽覺腳下一鬆，這地上竟藏有機關，兩扇鐵板陡然打開，她登時向下跌去。燕龍提氣上躍，卻覺內息懶散，提不起勁，便直直地落了下去。她反應極快，左手揮處，幾枚龍鱗鏢向上飛去，打向張瑾兒。張瑾兒一驚，閃避不及，右腿中鏢，一個不穩，也向下跌去。那地牢總有十來丈深，燕龍將落到底時，雙腿微屈，使巧勁穩穩落地，並未受傷。她聽得張瑾兒也已落下，忙讓開一步，張瑾兒輕功不及她，但反應極快，落地時滾了一圈，卸去了下跌的力道。燕龍伸手點向她的穴道，張瑾兒右手一翻，一柄匕首直向燕龍面門刺去，招術狠辣已極。燕龍內力雖失，出手畢竟比張瑾兒快上許多，右手已抓上她的肩頭，點了她的雲門穴。張瑾兒全身一麻，倒地前匕首脫手，向燕龍小腹擲去。燕龍側身避開了，皺眉心想：「這小姑娘出手忒地歹毒。」又點了她身上多處穴道，讓她昏厥過去。

第七十一章 打狗棒法

燕龍抬頭仰望，見那兩塊鐵板已然合上，不由得暗罵一聲，心想：「我竟失手在這對母女手中，真是可恨。」她沿著石壁向上爬去，推向那鐵板，因身在半空，無法借力，更推之不開，只好又退下來。她環望身周，見那地牢約莫三丈見方，牆壁都是粗石所製，甚是堅厚，第四面牆上有扇鐵門，門上一個方孔透入光線。忽聽鐵門外傳來一陣怒罵：「有種的便打死了老子！這般折磨人算什麼狗熊？你要我教你打狗棒法，我教你個狗屁棒法！」

燕龍一呆，走到門邊，從門上方孔看出去，卻見門外又是一間囚室，一個老丐委頓在地，身上血跡斑斑，三個黑衣人站在他身前，其中一人正是蘇厲。卻聽他道：「你不肯教，不過賠上自己的一條老命。我師父言而有信，你若教了他打狗棒法，他保證不傷你性命，也不會為難丐幫弟子。」

吳三石罵道：「放屁！放屁！你師父是個奸險無比的大叛徒，你是個無恥黑心的小渾蛋，我便沒生眼睛，也知道你們的話信不得。」

蘇厲怒道：「你要知道好歹！這打狗棒法也不是什麼了不起的武功，你為何如此吝嗇？」吳三石冷笑道：「既然沒什麼了不起，你師父又爲什麼要學？再說，他一肚子奸詐陰毒的卑鄙手段，哪裡需要什麼武功？」

蘇厲道：「我師父是看得起你，才要學你的打狗棒法。你固執不肯，我們便打死了你又怎地？」吳三石道：「你打死我好了！你以爲我不知道你們的意圖麼？你師父要學打狗棒法，是爲了對付醫俠，是麼？」

蘇厲似乎怔了怔，喝道：「胡說八道！我師父武功勝過醫俠百倍，怎會懼他？」吳三石笑道：「你師父是怕了他的虎蹤劍法。昔年本幫趙漫老幫主曾以打狗棒對敵虎俠，略勝他一招，天下誰不知道？我告訴你，凌霄是我的朋友，老子絕不作出賣朋友的事，萬敬想學這棒法，跟我到地獄裡去學吧！」

蘇厲臉色通紅，冷冷地道：「你喜歡多吃點苦頭，也由得你。」便在此時，一人匆匆奔入，說道：「尊者在大殿上和人動起手了！」蘇厲皺眉道：「什麼人？」那人道：「不知道，那人使劍，已和尊者拆了幾百招了。」蘇厲一驚，說道：「能和師父過這許多招的，除了凌霄還有誰？」立時向外奔去，其餘火教徒關上囚室的門，都跟了出去。

燕龍伸手去推身前鐵門，卻紋絲不動，知道外面有門閂一類，便拔出雪刃，沿著門緣伸入，將門閂的鐵拴挑起，推門走入隔壁囚室。

吳三石聽得門開，轉頭見門中走出一個俊秀的青年，不由得驚訝，問道：「你是誰？」

燕龍不答，快步奔到通向外的鐵門前，卻見那門十分厚重，已然鎖上，門外站了十多個守衛，要逃出去實是萬分困難。她歎了口氣，回過頭來，苦笑道：「吳幫主，我本是來救你的，卻也失手落入了牢籠。」見吳三石身上傷痕累累，雙手雙腳都被打得血跡斑斑，慘不忍睹，她歎道：「可惜我不是醫俠，不然便可以試著替你治傷了。」

吳三石嘿了一聲，問道：「閣下何人？」燕龍搖頭道：「我還是不說得好。」吳三石道：「我在路上見過你。和你一道的，便是凌霄吧？」燕龍道：「正是。」吳三石嘿了一聲，說道：「我果然沒有看走眼。」

燕龍皺起眉頭，思索如何才能逃出此地。她知自己內力無法引動，一時三刻不能恢復，就算逃出了這扇鐵門，也難以衝殺出去。忽聽吳三石道：「你既來了，那麼在外面和萬敬動手的，眞的便是凌霄麼？」燕龍點了點頭，心想凌霄與萬敬決鬥，勝敗實屬難料，他若知道自己被擒，定會分心而敗，不由得又憂又急，在室中來回走動，無法停下。

吳三石看在眼中，說道：「你想他打不打得過萬敬？」燕龍道：「難講。」吳三石道：「勝算有幾分？」燕龍道：「四五分。」吳三石點了點頭，問道：「你爲何不出去相助？」燕龍道：「我中了劉芙蓉的毒，身上的內力使不出來，不然我還待在這裡作什麼？」

吳三石靜了一陣，忽道：「我念出三百字叫化打狗歌訣，你好好聽著。」

燕龍一呆，問道：「作什麼？」吳三石道：「你聽著便是，多問什麼？」當下低聲念出三百多字的口訣。

燕龍走近他身旁，靜心而聽，聽了兩遍，便已記在心中，說道：「前輩可是要我將這口訣帶出去，傳給丐幫的繼承人麼？」

吳三石道：「不是。我要教你打狗棒法，咱們才能衝出這天殺的牢房。」

燕龍聞言心裡一震。吳三石又道：「你學得了三分，咱們便能打將出去。你要學不成，咱們兩個連同凌霄，就不免一起死在這鬼地方啦。小夥子，這棒法甚是複雜，學不學得成，要看你天資如何了。」燕龍微微一笑，說道：「爲了相救凌大哥，我盡量學會便是。」

吳三石卻不知當今天下學武功最快最敏捷的高手，就在自己眼前，又向他打量了幾眼，才道：「這打狗棒法最精妙之處，就是它全講究一個巧勁。你想我們叫化子常常幾日討不到吃食，餓得半死，被狗追咬時多半已是奄奄一息，逃都逃不走，哪裡還有力氣打架？這棒法令最虛弱的人亦能施巧勁退敵，即使內力全失，也可使動打狗棒法禦敵。」當下開始講解打狗棒的三十六招。他手腳受傷，只能勉強坐在地上比劃，燕龍悟性奇佳，三十六招看過後，已全數記住，配上那叫化打狗歌訣，在腦中想過一遍，想通了各招，從地上揀起鐵門閂，向吳三石道：「請前輩指教。」從第一招到最後一招，使了一遍。

吳三石只看得呆了，沒想到天下竟有人能學武功學得如此之快，張口結舌了一陣，才道：「很好，很好！這棒法你……你以前學過麼？」燕龍道：「沒有。我使得若還可以，咱們這便衝出去。吳幫主，請你出聲引人開門。」吳三石點點頭，便叫了起來：「老子受不了痛啦！小渾蛋快進來，我這便教你打狗棒法。」

門外一個侍衛聽了，連忙去通知蘇厲。過不多時，守衛打開了牢門，蘇厲走近前來，望向吳三石，微笑道：「吳幫主願意教了麼？」吳三石道：「丐幫規矩，打狗棒法向來單傳，我只能教給一個人。我要教你呢，還是你師父？」蘇厲道：「你先教我吧。」吳三石道：「好！你靠過來。」蘇厲走上幾步。

便在此時，燕龍已從門後陰影處跳出，鐵門閂到處，正打在蘇厲肩上。這一閂打得甚重，蘇厲肩骨劇痛，連忙退開，拔出長劍喝道：「什麼人？」燕龍笑道：「我是吳幫主的化身，你沒看過他老人家脫胎換骨，變成個年輕小子的傳奇故事麼？」

蘇厲一時想不出這人如何會出現在囚室中，長劍揮出，向她攻去。燕龍施展打狗棒法，將蘇厲逼得退到角落，俯身揹起吳三石便向門外衝去，鐵門閂揮處，門外的侍衛一一慘叫倒地。

蘇厲怒吼一聲，仗劍從後追上，燕龍輕功極高，已沿著門外甬道竄出數丈。蘇厲畢竟是萬敬的徒弟，提氣追到二人身後一丈處，一劍向吳三石的背心刺去。燕龍回身應戰，吳三石看得親切，叫道：「好狗不擋路，殺狗眞英雄，狗眼看人低，搖尾乞憐狗，棒打癩皮狗，犬馬來生報！」燕龍依著他叫的招數出招，只將蘇厲打得無法還手。吳三石出了一口惡氣，大感痛快，哈哈大笑道：「好！將這隻凶惡的渾帳狗往死裡打！」

蘇厲聽他口中叫的似乎便是打狗棒法的招數名稱，又是驚歎，又是豔羨，見燕龍手持鐵門閂使打狗棒法，棒法使得靈動已極，幾乎不用吳三石指點，心中驚疑：「這人定是丐幫弟子，前來救他，但他卻是如何跑進那囚室的？」

又過十多招，燕龍一招「惡犬也低頭」，門閂當頭劈下，壓在蘇厲的劍上，只差一寸便打上了蘇厲的腦門。蘇厲撤劍退開，驚然變色，額上出汗，忽然叫道：「是你！你是那個蒙古人！」燕龍冷笑道：「不錯，就是我！我上回饒你不殺，這次可沒有這麼客氣了。」她知道自己中了毒，若要眞打，再過數招便會支持不住，便出言恫嚇。蘇厲果然驚駭無比，又後退了一步。燕龍叫道：「接招！」向前躍出，這次卻不是打向蘇厲，而是打向牆邊的油燈。但聽劈啪聲響，三盞油燈同時熄滅，燕龍也已趁黑拉著吳三石向外奔去。

她快步急奔，轉過一個角落，外面已有光線，面前一道石階直通向上。她負著吳三石奔上石階，此時外面又有幾個守衛過來攔阻，她施動打狗棒法將眾人打得七零八落，直向外闖去。

地牢的出口正在一個園子裡，她奔出以後，便關上鐵門，順手上了閂，將所有追兵都關在了地牢中。她就趁著月色奔出園子，穿過一座偏殿，來到一片天井中。卻見天井之中站了三個女子，各自凝立不動，正是白水仙、蕭百合和劉芙蓉三人。蕭百合手中持著一條細長的鞭索，索旁有無數細小的毛，好似一條巨大的蜈蚣；劉芙蓉手中拿著一對分水蛾眉刺，白水仙卻是空手，長長的袖子垂到地上，在夜風中輕輕飄動。

燕龍停下步來，與吳三石二人屏息而觀。吳三石低聲道：「她們正向對方使毒，我們別太靠近了。」燕龍微微點頭。忽見蕭百合長索抖動，好似活了一般，從半空中向劉芙蓉緩緩游將過去。劉芙蓉蛾眉刺揮出，銀光一閃，竟將那索斬下了一段。蕭百合哼了一聲，手一抖，收回了長索。劉芙蓉微笑道：「大師姊，妳的武功退步了不少啊，竟然不是小妹的對手了。」便在此時，那截被斬下的蜈蚣索忽然扭動起來，爬上了劉芙蓉的腿。她大驚失色，尖叫一聲，彎腰用蛾眉刺去挑那蜈蚣索。白水仙的身子一晃，已然欺到劉芙蓉身前，長袖往劉芙蓉臉上揮去。劉芙蓉尖聲慘叫，伸手蒙住雙眼，回身往一間屋子奔去。

白水仙和蕭百合隨後追上，燕龍也跟著奔出，見前面三女二追一逃，奔入一間屋頂極高的大殿之中。燕龍才跨入殿中，便聽兵刃相交之聲不絕，殿中兩人持劍相鬥，正是凌霄和萬敬。凌霄使開春秋劍法，萬敬使動少林功夫和峨嵋劍法，二人身上都已被汗水濕透，想是已劇鬥甚久。

燕龍見凌霄並未落敗，吁了一口氣，轉頭見劉芙蓉已躲到角落，白水仙和蕭百合緩緩逼上，劉芙蓉顫聲道：「二師姊，妳的武功毒術果然是本門第一，小妹好生佩服。當年師父決定將衣缽傳給妳，沒有傳給大師姊，確有先見之明。」

白水仙皺眉道：「到此地步，妳還想挑撥離間，難道不想要個痛快的麼？」蕭百合冷冷地道：「本門叛徒有何下場，妳應該清楚。芙蓉妹子，我跟妳一向親近，怎能不好好伺候妳？」劉芙蓉知道這兩人若存心折磨，自己定會死得慘不堪言，舉起蛾眉刺，便向自己胸口刺下。白水仙和蕭百合凝望著她，竟然並不阻止。劉芙蓉只覺手臂僵硬，蛾眉刺舉到一半，便噹的一聲落在地上。她臉色有如死灰，知道自己已中了大師姊的殭尸毒，雙臂竟再也不聽使喚，眼睛也模糊了起來。

燕龍來到白蕭二人身後，說道：「兩位姊姊請先不要殺她。」白水仙和蕭百合回過頭來，卻見燕龍已將吳三石放下，提起鐵門，躍到凌霄和萬敬相鬥的圈外。此時二人仍纏鬥不休，出劍極快，似乎只看到劍影，看不到劍身；每劍遞出都貫注了渾厚內力，圈內勁風鼓動，燕龍竟無法走近三丈之內。凌霄略顯不敵，出手沉穩，多取守勢；萬敬則著著搶攻，招招致敵死命。燕龍看了半晌，已覺手心流汗，生怕凌霄一個失手，便會喪命，當下看準了二人的出招進退，高聲叫道：「萬敬，這便是打狗棒法，你看好了！」湧身縱入圈中，鐵門到處，已將二人的劍格開。她使的全是巧勁，出手極準，竟然一招間便將這正盡全力拚鬥的兩大劍術高手分開。

凌霄和萬敬都極爲驚訝，各自後退，凌霄見是燕龍，叫道：「燕兒！」

萬敬向她望去，哼了一聲。他方才打鬥時對身旁事物不聞不見，罷手後一瞥眼，已看到劉芙蓉委頓在地，心中大震，喝道：「誰敢傷她！」

燕龍道：「萬敬，你若要劉芙蓉的命，便交出打狗棒來。」萬敬哼了一聲，毫不遲疑，叫道：「好！」左手一揮，已將插在腰間的打狗棒扔過來，凌霄伸手接住。

萬敬大步上前，來到劉芙蓉身旁。白水仙和蕭百合忌憚他的武功，退開幾步。劉芙蓉雙目已瞎，全身顫抖，叫道：「萬大哥！」萬敬扶起了她，冷然向殿中眾人環視一周，逕往殿口走去。凌霄和燕龍沒有攔他，白水仙和蕭百合也不敢去攔。

萬敬走到門口，燕龍忽然歎了口氣，說道：「萬敬，今日合我二人之力，才僥倖擋住了你。我在峨嵋金頂與醫俠對決落敗，受傷後功力大退，再也無能與你對敵。醫俠出手太過仁善，你自已看出，他不是你的對手。你要成爲武林第一高手，已不用將我二人放在眼中，該去找更強的對手挑戰了才是。」

萬敬回過頭凝望著燕龍，眼中發出異樣的光芒。他自已聽說龍頭和醫俠在峨嵋金頂那場驚世之戰，也知道龍頭在該役中受了傷。方才此人出棒精妙，只一招便分開了激鬥中的二人，非絕頂高手莫辦。當下冷冷地道：「原來你就是辛龍若。你說這話，是什麼意思？」

燕龍道：「武林中有言：『正空相，邪獨聖』。想那空相大師年近九十，武功再強，畢竟已是風燭殘年，勝之不武。正教之中，再無人是你敵手。」萬敬哼了一聲，說道：「還有常清風。」

燕龍搖頭道：「常清風號稱武功天下第一，但他不遵古法，好創新招，自作聰明，加上多年來隱居避世，沉迷於武學外的琴棋釋道之說，志氣消磨，身體衰弱，又怎能與你相提並論？若是他年輕個二十歲，或可與你一拚，現在卻已太遲了。」

萬敬半信半疑，說道：「你怎知道？」燕龍指著凌霄道：「醫俠的師父是常清風的好友，常清風不時派弟子去虎山向揚老索取藥物，醫俠自然很清楚。」

萬敬向凌霄望去，凌霄點了點頭。燕龍這話說得十分巧詐，常清風向揚老索藥確是實情，凌霄因此點頭，至於他是否同意燕龍先前說的那些，就不得而知了。萬敬心想：「醫俠應不會騙人。」當即不再說話，抱起劉芙蓉大步走出，轉眼消失在門外。

白水仙和蕭百合見她放走了劉芙蓉，都甚覺不忿。燕龍道：「兩位不用著惱。我放走她，其實對百花門大有好處。」

蕭百合悻悻地道：「什麼好處？」燕龍道：「他與劉芙蓉之間早有私情，妳們想必已看出。妳們若在萬敬面前殺死劉芙蓉，他定會找妳們報仇。」白蕭二人見識到萬敬的武功，知他極不好對付，心中都是一凜。

燕龍又道：「再說，妳們剛才若殺了她，也無法奪回百花門的解藥譜，畢竟難以脫離火教箝制。我放她走，或有辦法令她將解藥譜交回貴門。」白水仙忍不住問道：「什麼辦法？」燕龍道：「我此刻還沒想出來，但我定當盡力替妳們辦到。」白水仙和蕭百合對望一眼，一齊向她行禮道：「妹妹若能助我們奪回解藥譜，我等感激不盡。」白水仙看出她中了劉芙蓉的柔情煙，取出解藥替她解毒，燕龍謝過了。

凌霄過去查看吳三石的傷勢，但見他手腳重穴被點，筋肉受損，顯然受過極嚴苛的拷打，不由得皺起了眉頭，沉思半晌，說道：「吳老前輩，你的傷勢不大樂觀。我只能盡力一爲。」吳三石搖頭道：「凌兄弟看著辦就是。」凌霄在他傷口敷上虎骨接續膏，又從懷中取出一把金針，分別在他手腳穴道扎下。

吳三石望向燕龍，問道：「凌兄弟，你這位朋友，便是龍幫幫主辛龍若麼？」凌霄道：「正是。」吳三石微微點頭，說道：「好聰明機巧的人物。」

燕龍走了過來，向他拜下，說道：「我們此回能夠脫離險境，全靠了貴幫神妙的打狗棒法。幫主大度權宜，危急中將棒法傳給晚輩，晚輩此後絕不會輕易使動，也絕不會傳與他人。」吳三石點了點頭，說道：「甚好。有你這話，我就放心了。」

此時百花門人已闖入廟中，下毒將火教徒毒死了大半，救出了被俘虜的眾丐幫弟子。丐幫眾人趕到殿上，衝上圍繞在吳三石身旁，眼見幫主受傷甚重，手腳殘廢，有的痛哭失聲，有的大聲咒罵，群情激動，憤恨不已。一名老丐問凌霄道：「凌神醫，幫主傷勢如何？」凌霄此時已扎完他手腳三十二處大穴，說道：「幫主手腳重穴被點，所幸受傷未久，及時醫治，應能挽救。我以金針治療，過得一個月，氣血暢通，便能恢復個五六成。但手腳上功力不免減退。」

吳三石笑道：「老叫化子還有兩條腿走路、兩隻手吃飯，便心滿意足了。醫俠神術，名不虛傳。老夫欠兩位和百花門相救之恩，絕不會忘。就此別過。」丐幫弟子也向凌霄和燕龍拜謝，白水仙和蕭百合不願與人相見，已然不聲不響地走了。丐幫此番栽了個大跟頭，眾人死裡逃生，都不願在這廟中多待，吳三石一聲令下，眾丐幫弟子便抬起他離開了喇嘛廟。

第七十二章　喇嘛神廟

凌霄握住燕龍的手，問道：「妳中毒如何？」燕龍道：「就是內力無法提起。剛剛服了水仙門主的解藥，現在已好些了。」

二人談起方才的驚險，都是心有餘悸。凌霄問起燕龍被擒的經過，燕龍說了。凌霄問道：「張瑾兒和蘇厲仍被關在地牢中麼？」燕龍道：「我不知道？我們去看看。」二人來到園中地牢的門口，卻見鐵門已開，原本被關在裡面的火教徒都已逃出。凌霄仍不放心，去牢房內看了一圈，見張瑾兒確實不在其中，才放心出來。

燕龍道：「霄哥，你心地忒好，生怕那位張姑娘沒被人發現，死在地牢中。」凌霄歎道：「那位姑娘應是瑞娘的妹妹。她的姊姊爲了救我而自盡，我不願見她也喪命。」

燕龍點了點頭，說道：「你可知我爲何放走萬敬？」凌霄想了想，才明白其意，說道：「妳要他去挑戰段獨聖？」燕龍道：「正是。剛才我們若合二人之力，加上白水仙和蕭百合兩位，應不難殺死萬敬。但我要殺的是段獨聖，眼下殺不殺萬敬都無關緊要。我在他走前說的話，便是激他去向段獨聖挑戰。這人一心想成爲武功天下第一，不惜上少林、峨嵋偷學武功。這樣的人若向段獨聖挑戰，段獨聖就算不死，也非大傷元氣不可。」

凌霄道：「他劍術確然高明之極，是我遇過最可怖的一個劍客。」燕龍道：「我在地牢中想像你和他交手，著實擔心。你二人長久打下去，情勢定然對你不利。你不及他出手狠辣，終不免為他所傷。」凌霄想起方才一場劇戰，委實驚險萬分，長長地吁了一口氣。燕龍道：「萬敬心高氣傲，劉芙蓉雙眼失明，中毒甚重，他們應不會再回來了。倒是這廟中有什麼古怪，我們該好好探查一下。」凌霄點頭稱是，當夜二人便在廟中找了間空屋睡下，準備天明後再去探究。

次日燕龍體內毒性盡去，凌霄也已休息足夠。二人吃了一些乾糧，便向廟後走去。燕龍在廟後找到一間上了鎖的倉庫，裡面關了幾十個喇嘛，便將眾喇嘛放了出來。燕龍問起因由，眾喇嘛說一個半月前火教眾人突然闖入，占領了寺廟，將大家抓了起來，關在此地。

燕龍問道：「他們來這裡作什麼？是來找什麼東西麼？」一個喇嘛道：「我聽他們說，似乎是來尋找聖壇的。」燕龍問道：「什麼是聖壇？」那喇嘛道：「本寺裡有一個聖壇，傳說其中藏有寶物。」燕龍道：「他們找到了麼？」那喇嘛搖頭道：「聖壇在長老們閉關的殿裡，他們進不去。」燕龍奇道：「為什麼進不去？」那喇嘛道：「長老的閉關處是鎖著的，他們怎能進去？」

燕龍沉吟一陣，翻譯給凌霄聽了，說道：「我們該去瞧瞧那聖壇到底是什麼。」便問那喇嘛：「你可能帶我們去貴寺長老的閉關之處麼？」

三四個喇嘛便引二人往廟後走去。凌霄和燕龍跟著他來到寺院最後也是最高的一座殿堂之外，見兩扇銅製的大門緊閉著，門把上還繞了幾層的粗鐵鍊，鐵鍊生鏽，顯是久未開啓。凌霄問道：「這殿堂沒有別的出路麼？」

一個會說漢語的喇嘛道：「沒有。長老們在裡面閉關三年三個月又三日，時候未到，不會出來，外人也不能進去。」燕龍道：「他們難道不吃東西？」喇嘛指著牆角一個小洞道：「我們平日就從這裡傳遞食物進去。」

凌霄驚道：「火教占領寺廟一個半月，無人送飯，裡面的人豈不都要餓死了？」喇嘛道：「我們前幾日仍聽到誦念聲，長老們顯然還活著。」

凌霄和燕龍對望一眼，心中都甚是疑惑：「萬敬他們來找聖壇，卻爲何不闖入這殿堂？難道他們忌憚這殿中閉關的長老？若是如此，他們絕不會好心替他們送飯。這些人一個多月不吃東西，怎麼還能活著？」

燕龍道：「裡面藏有糧食，是麼？」一個喇嘛搖頭道：「裡面有水，但沒有食物。長老們功力高深，入定以後往往幾日不吃不動，那也是常見的事。」

凌霄問道：「你們今早聽到長老們的聲音了麼？」幾個喇嘛互相看看，都道：「沒有。」另一個道：「好像……好像已有幾日沒有聽到了。」

凌霄道：「我們得立即開門，救出殿中長老。」

眾喇嘛聽他這麼說，都沒了主意。凌霄便取過一柄斧頭，砍斷了門上的鐵鍊。眾喇嘛見他輕輕一揮，鐵鍊便應聲斷裂，都極爲驚奇，發出驚歎之聲。凌霄伸手去推銅門，竟紋絲不動。他雙掌抵在門上，運起內力，凝力推去，兩扇門才緩緩向內打開。卻見裡面漆黑一片，一股酥油酸味撲鼻而來，闃然無聲。

燕龍朗聲問道：「請問各位長老都安好麼?」殿上無人回答。眾人心中都想：「人怕是已死了幾個。」眾喇嘛視該殿爲神聖之地，站在門外不敢進去。

凌霄和燕龍跨入門檻，並肩走入，卻見屋內連一扇窗戶也無，昏暗已極，似乎坐著許多人，卻看不清楚。便在此時，忽然一陣極低極沉的聲音從四面八方同時響起，二人都是一驚，但聽那聲音嗡嗡然持續不斷，雖低而能震動屋瓦，動人心弦。此時二人已然聽出，那聲音乃是殿中之人同聲誦念之聲，只因它太過低沉厚重，乍聽之下竟不似人能發出的聲音。

凌霄低聲道：「收攝心神。」燕龍點了點頭。那聲音愈來愈響，有如連續不斷的悶雷，震人耳鼓，似乎能直打到人的心底去。燕龍感到一陣頭昏，心神激蕩，腹中翻騰欲嘔，伸手抓住了凌霄的手臂。凌霄暗運內力助她抵抗，站在當地，竟不稍動，閉上了眼睛，似乎整個人都融入了誦念聲之中。他雖失去靈能，卻覺知這一屋子的僧人都具有超凡神通，所念咒語與自己曾學過的咒術實有異曲同工之妙，只是內容溫和敦厚，不似火教咒術的霸道陰狠。

又過一陣，燕龍再也無法支撐，坐倒在地。凌霄覺察到她無法抵受，來到她身後，雙手扶在她肩上，運氣助她平定心神。燕龍閉目調息，才感到好過了些，但仍覺頭昏目眩，只想掩住耳朵，或是遠遠逃走。

那誦念聲又持續了一陣，陡地劃然而止，接著砰的一聲，兩扇銅門在身後關上，殿中一片黑暗，不見五指。燕龍暗叫不好：「莫非這是火教布下的陷阱？」她出盡全力抵禦誦念聲，此時已是精疲力盡，全身痠軟，只能坐著不動。

卻見面前十丈之外，一盞小小的油燈亮了起來。那燈持在一個老喇嘛的手中，他弓著身子坐在一張方凳上，燈光下只見他滿面傷疤，五官醜陋已極，雙眼昏黃混濁，在搖曳閃爍的油燈下更顯可怖。

凌霄行禮道：「晚輩擔心各位絕食日久，自作主張，劈門闖入，打擾了諸位清修，萬分過意不去，還請各位大師見諒。」

那老喇嘛黃濁的眼珠微微轉動，一瞬不瞬地看著他，緩緩地道：「你是什麼人？」說的竟是漢語。

凌霄道：「我姓凌名霄，是漢地來的醫者。」

老喇嘛道：「你在我們的『降魔驅邪千字明咒』下行若無事，絲毫不受影響，可見你心無邪念，常不離清淨，値得敬佩。請問你來本寺，意欲何爲？」

凌霄道：「我們來此，是想尋找一柄能除妖破邪的神劍。」

老喇嘛似乎微覺驚訝，移動了一下身子，說道：「神劍？本寺的興起，正起源於一柄劍。這柄劍向來爲本寺的鎮寺之寶，但早在一百五十年前，這劍就已被人取走了。」凌霄一呆，說道：「請問大師，這劍卻是被何人取走的？」老喇嘛答道：「朱元璋。」

這三字一說，燕龍還不知道，凌霄卻不禁訝異，說道：「大明的開國皇帝取走了這柄劍？」老喇嘛點了點頭，說道：「據寺中記載，朱元璋那時還沒有當上皇帝。他是個出家人，來本寺掛單，臨走時便將這劍取去了。」

燕龍開口道：「請問大師，這柄劍究竟有何神奇之處？」

老喇嘛緩緩地道：「這柄劍本身並沒有神奇之處，神奇的是劍的主人。這柄劍，便是元世祖忽必烈的佩劍。」抬起頭來，說道：「想當年我蒙古鐵騎橫掃歐亞，西征歐陸，東呑朝鮮，北侵羅煞，南拓中原，創立亙古未有的大帝國。而立下征服漢地大功的，便是世祖忽必烈大汗。他拓疆辟土、揮軍南下之時，手中握著的，就是這柄劍。」他說到大元帝國的盛況，混濁的眼中似乎射出了光芒。他停了一陣，又道：「但元世祖年老之時，悔悟自己殺人太多，皈依佛法，深刻懺悔，因而在此建立了本寺，並將殺人無數的佩劍捨在寺裡，盼望寺中高僧能替他超度所有死在劍下的冤魂。這柄劍後來落入了朱元璋的手中，他起兵叛變，收回了漢地，成爲大明的開國皇帝。」

燕龍問道：「請問大師，這柄劍是什麼樣子的？」

老喇嘛說了幾句蒙古語，伸手向左首指去。

凌霄和燕龍順著他的眼光望去，卻見左首一盞油燈亮起，一個高瘦喇嘛點燃燈後，便將之高高舉起。凌霄和燕龍這時才看見殿中樑下掛著一排排的絲綢彩畫，色彩鮮豔，畫中有諸佛菩薩、天女護法，有身穿紅色僧袍、盤膝而坐的喇嘛，也有奇形怪狀、面目猙獰的護法。那高瘦喇嘛以油燈照亮的掛畫，正中坐著一位紅衣喇嘛，雙膝盤起，偏袒右肩，右手中持著一柄劍，劍身碧藍，柄上以金銀紋裝飾，凌霄和燕龍見了，心中都是一震，這柄劍，不正是峨嵋派的鎮山之寶龍湲劍！

凌霄定了定神，問道：「大師說這劍被朱元璋取去了，請問大師可知道這柄劍的下落麼？」

老喇嘛道：「我並不很清楚。但聽說朱元璋的孫子接位爲皇帝後，他的叔叔起兵叛變，將他趕出了皇宮。有人說這位皇帝逃出宮時，身上便只帶著這柄劍。這皇帝後來下落不明，傳說他逃到了西蜀，躲在山裡，出家爲僧。此後便沒有人知道這柄劍的下落了。」

燕龍問道：「請問這柄劍中，是否藏有關於武功的祕密？」老喇嘛搖了搖頭，說道：「你若問元世祖征服天下的武功，祕密便在於蒙古鐵騎的驍勇善戰。你若問朱元璋何能以一介平民而身登大寶，祕密便在於他廣得人心。至於其他的祕密，老僧就不知道了。」他靜了一陣，又道：「關於這柄劍的事，老僧就知道這麼多了。你們還有什麼要問的麼？」

凌霄道：「沒有了。多謝大師指點，我等感激不盡。多有打擾，還請恕罪。」便向老喇嘛行禮，和燕龍退了出去。眾喇嘛又將銅門關上，纏繞起鐵鍊。

凌霄和燕龍相偕走出了寺廟，信步來到烏梁素海邊上。當日天氣清朗，晴空萬里。二人並肩坐在湖邊，想起殿堂中眾閉關喇嘛低沉懾人的誦念咒語聲，都甚覺驚險。燕龍不熟悉明朝史事，便向凌霄問起。凌霄道：「朱元璋便是大明的開國皇帝。他的太子早死，他自己駕崩後，便將皇位傳給了皇太孫，是為建文帝。後來建文帝的叔叔燕王朱棣篡位，自立為帝，是為成祖。建文帝假扮成和尙逃出京城，就此失蹤。聽那位大師所言，他很可能逃去了西蜀峨嵋，為避成祖追殺，眞的出家為僧，這柄劍或許因此流入峨嵋派手中，成為峨嵋的鎭山之寶。」

燕龍甚是訝異，說道：「我聽說龍淩劍是峨嵋第六代掌門風塵大師的佩劍，莫非這位風塵大師便是建文帝？」凌霄道：「這就不得而知了。風塵大師出現在江湖上時，正是成祖駕崩以後。若他眞是建文帝，很可能因他害怕成祖追殺，一直在峨嵋隱姓埋名，直到成祖死後才敢現身。風塵大師是峨嵋派歷來武功最高強的一位傳奇人物，打敗天下無數高手，自他以降，峨嵋才建立了武林第二大派的威名。若說風塵大師便是建文帝，那也不是沒有可能的。」

燕龍道：「原來關於這柄劍的傳言：『龍淩寶劍，武林翹楚。劍定天下，咸尊九五』，竟都非虛言。元世祖仗劍征服中原，果然是『劍定天下』；朱元璋取劍起義，果然是『咸尊九五』；而建文帝身為至尊天子，逃難入江湖，而成為武功高手，樹立峨嵋一派的威名，實在不愧稱為『武林翹楚』了。」

凌霄沉吟道：「這樣一柄大有來頭的古劍，怎會藏有破除段獨聖神功的祕密？」燕龍道：「那位老喇嘛說他不知劍中藏有別的祕密，看來我們得再奪回劍來，慢慢參研。」思索片刻，又道：「此刻龍淚劍多半已送到了寧王手中，不知他會否將劍交給段獨聖？段獨聖若將這劍毀去，那祕密便永遠淹沒了。」凌霄搖頭道：「這柄劍如此重要，他若眞有征服天下的野心，定然不會將之毀去。」燕龍道：「你說得是。霄哥，咱們這就去南昌，伺機奪劍。」

第七十三章　火女悲歌

卻說凌霄和燕龍沿著黃河向南，趕往南昌。這日二人來到河南大城洛陽，見城中許多人都往一個方向趕去，好似有什麼盛會慶典一般。二人心中好奇，便跟著人群擠去，來到一座廟宇前。那廟宇甚是高大，建築華美，雕樑畫棟，足可容納千人的大殿中已黑壓壓地擠滿了人。凌霄和燕龍抬起頭來，卻見那廟中供著一座五丈高的巨像，赫然便是段獨聖。二人相對皺眉，原來這是間火教的廟宇。燕龍道：「這麼多人聚集在這裡，不知爲了何事？」

旁邊一個老婦人聽到了，轉過頭來笑道：「原來兩位是新信。今日聖火明主派了傳教護法張去疾大師來此說法，兩位眞有耳福，恰好來到這裡，得以聽聞高深教理。」

凌霄和燕龍對望一眼，心想：「原來張去疾要說法。」二人便在角落坐下。卻見火教徒中有的閉目靜坐，有的高聲辯論教法，有的交換修學經驗，十分熱絡。燕龍低聲道：「世上怎有這麼多人吃飽了沒事幹，跑來信這邪教？」凌霄搖了搖頭，低歎道：「一言難盡。」但聽各人說話用辭古怪，若非自己少年時曾日日聽張去疾演說教法，直是半個字也聽不懂。又想起凌雲所述被誘入教的經過，心知教內和教外的人直如活在兩個不同的世界，心想：「一旦入了這邪教，便完全脫離了現實，再要離開就很難了。」

過不多時，大堂前一陣騷動，一人大聲喊道：「張護法到了！」卻見堂上走出一個溫文儒雅的中年人，一身火紅法袍繡金鑲銀，頭戴高冠，外表極爲莊嚴，正是張去疾。眾信徒肅然起身，恭敬禮拜。張去疾在當中壇上坐下了，雙手交疊，提在腰間，閉目靜坐。所有信眾也都依樣坐著，霎時殿中一片寂靜。

過了一陣，張去疾睜開眼來，開始說法。他從明王的神祕身世開始說起，接著說了許多明王的神通聖跡，以及他老人家如何慈悲偉大的故事。張去疾口才甚好，臺下信徒很多都聽得感動掉淚。凌霄望著張去疾的臉，想起在獨聖峰上受他傳授教法整整一年，痛苦不堪，只覺說不出的噁心恐怖，便想離去，但殿中坐了許多人，要擠出去也不容易。

張去疾讚歎完明王的崇高偉大後，又講解爲什麼人人都應相信火神，爲什麼要將身心都托付給明王，如何才能跟隨明王同登聖火天界，歸證清淨寶殿。講到後來，燕龍完全聽不明白，眾信徒卻似乎得聞珍貴眞理，欣喜若狂，有的不斷點頭，有的臉上露出會心的微笑。

說到最後，張去疾道：「火神和明王的神通，那是沒有人能懷疑的。大家今日有緣聚集在此，我便施展本教的神通大能，讓諸位增進信心。」拍了拍手，一個少女被人抬上臺去。她雙腿軟軟垂下，似是殘廢。張去疾道：「這個女孩兒幼年因不信火教，受到火神處罰，瘸了雙腿。而今她已痛改前非，對火神恭敬崇拜，但雙腿始終沒有好起來。我今日在火神神像前，明王大能庇祐下，要讓她能再次走路。」凌霄和燕龍對望一眼，都不知張去疾在搞什麼鬼：兩人看清了那少女的臉面，卻正是他的女兒張瑾兒。

只見張去疾閉目凝神，口中喃喃念咒，忽然伸手向張瑾兒指去。張瑾兒全身顫抖，忽然向後倒下。過了一陣，緩緩爬起，竟然站起身來，腳步雖仍不穩，卻已能走路。信眾見了都高聲歡呼，稱讚明王和張護法的神功。

燕龍再也忍耐不住，高聲叫道：「張去疾，那不是你的女兒張瑾兒麼？她從來沒有瘸腿，演戲倒演得不壞！」

張去疾聞言，臉色一變，站起身來，喝道：「什麼人在這裡胡說八道？」

燕龍朗聲道：「你父女兩個串通了演戲，欺騙善男信女，眞是不要臉！火教早已失去神通，你們若眞有神通，又何須這般串通假扮？」

眾信徒聽人出言揭穿譏刺，都大爲驚訝，紛紛轉頭去看是誰在此大放厥辭。張去疾喝道：「邪信之徒，竟敢在此妖言惑眾！諸位信徒，快將這人抓住了！」信眾早已慣於聽從火教指揮，竟不再去想剛才這幕神通乃是串通作假，紛紛高聲呼喊，爭相衝向燕龍和凌霄。二人見群情激動，早已施展輕功，竄出門外。廟內廟外人擠人，火教徒又怎追得上二人？

凌霄和燕龍回到客店房中，談起剛才的見聞，都覺十分可悲可笑。燕龍向凌霄問起火教教法，凌霄簡略說了，又描述了火教吸引信眾的種種手法。燕龍曾聽里山說起凌雲被騙入教的經過，當時只道凌雲年輕識淺，天真無知，才會輕易上當。此時她聽了凌霄的解說，才知火教吸收教徒的手法極爲高明，一般人甚難抗拒，而一旦入了教便極難脫身，思之實讓人不寒而慄。

到得半夜，忽聽一人來到門外，腳步輕盈，似乎身負武功。兩人登時醒覺，但聽那人走到了隔壁門外，敲了敲隔壁的房門。不多時，隔壁房門開了，一個中年人的聲音驚訝道：「張姑娘，妳怎麼來了？」那張姑娘輕輕哼了一聲，走進門內。凌霄和燕龍都甚覺好奇，一齊側耳聽去。

但聽那張姑娘走入隔壁房中，關上了門，冷冷地道：「余大夫，你給的藥沒用。我吃了三日了，都沒有效果。」

那余大夫道：「怎會沒用？我這打胎藥十分靈驗，妳再多吃幾日，一定有效。」張姑娘道：「我……我不能等了！你幫我直接打下了孩子吧。」余大夫啊喲一聲，連聲道：「不成的，不成的。我……我只懂得賣藥，打胎這等事我不會，作不來的。姑娘妳找別人吧！」接著低呼一聲，似乎被那張姑娘制住了，卻聽她低喝道：「你不作也得作！」

余大夫呻吟幾聲，哀求道：「張姑娘，我眞的不會，眞的不成……妳老行行好，放過我吧！妳老另請高明，我眞的作不來！」那張姑娘不斷相逼，余大夫只是哀求拒絕。張姑娘喘了幾口氣，似乎不知該怎麼辦，過了一陣，才道：「那你去幫我找個大夫來。」余大夫忙道：「沒問題，沒問題。我知道城東有位林大夫，經驗豐富，定可幫姑娘作這事。」

張姑娘道：「好。你立即去找他來。這兒是五十兩銀子，你要他來這裡替我動手。不准向他說出我的姓名，也不能說出我的形貌。知道了麼？」余大夫連聲答應，開門跑出去了。

凌霄和燕龍相對愕然，聽這張姑娘的聲音十分耳熟，似乎便是張瑾兒，她怎會懷了孩子？又怎會跑來找大夫打胎？燕龍低聲道：「我去看看。」悄聲去窗縫望了隔壁一眼，回來道：「果然是她。」凌霄道：「這是人家私事，咱們還是別理會吧。」

過了半個時辰，余大夫果然帶了一個人回來，悄悄走入房中，關嚴了門，說道：「張姑娘，這位便是林大夫。」張瑾兒道：「五十兩銀子夠麼？你今夜便能幫我動手麼？」一個男子的聲音道：「銀子夠的，夠的。我已帶上了用具。姑娘，打胎可不是容易的，等下要痛要流血，妳都不可出聲。知道了麼？」張瑾兒沒有回答，大約是默許，又道：「廢話少說，快動手吧。」

燕龍聽到此處，不禁打了個寒戰，淩霄也皺起眉頭。二人心想這是人家姑娘的隱私，只好裝作沒有聽見。

又過了半個時辰，隔壁忽然傳來一陣騷動，接著便聽砰的一聲，似乎是什麼事物掉落在地，余大夫驚道：「林大夫，這……這是……怎麼回事？」那林大夫不斷喘氣，似乎甚是驚慌，低聲道：「我也不知道，她這麼流血不止，我可從沒見過。老余，我不管了，這銀子我也不能要了，你好自爲之！」接著門開了，一人快步奔出。余大夫叫道：「林大夫，你快回來啊！你怎能就這樣撒手不管？你……你……」那林大夫卻頭也不回地去了。余大夫只好又回入門中，在房內不斷走動，口中喃喃自語，顯然已嚇得慌了。

淩霄和燕龍聽得隔壁出事，早已坐起身來，對望一眼，淩霄道：「我去看看。」奔到隔壁房外，從門縫望去，但見那余大夫正手忙腳亂，不斷拿布去擦拭鮮血，床邊已堆滿了血布。原來林大夫打了胎之後，張瑾兒便流血不止，他不料會發生這情況，更不會處理，竟自溜了，留下余大夫在那裡急得滿頭大汗。

淩霄見狀大驚，立即推門闖入。余大夫見有人進來，嚇得跳起足有一尺高，尖聲道：「這不關我事，不是我弄的！」淩霄低聲道：「你讓開。」到床邊探視張瑾兒，卻見她下半身和雙腿已沾滿了深紫色的鮮血，還不斷有血湧出，她的呼吸愈來愈微弱，命如懸絲。淩霄取過藥箱，餵她服下虎山續息靈藥，讓她吊住一口氣，伸指點了她小腹子宮四周的穴道，又用金針刺上她後腰和腿旁的穴道，取過白布擦去血跡，過了一陣，流血才漸漸止住。

凌霄鬆了一口氣，回過頭去，見那余大夫戰戰兢兢地坐在椅上，燕龍站在一旁，臉色蒼白，低聲問道：「她……她沒事麼？」凌霄點了點頭，說道：「血總算止住了。」燕龍吁了口氣，說道：「她流了這麼多血。」

余大夫也走過來看，拍拍胸口道：「她不會死吧？」凌霄道：「還不知道。」余大夫又緊張起來，連連頓足，說道：「我原本不肯幫她弄的，那個天殺的林大夫，蒙古大夫，庸醫一個！」

凌霄聽他自己也一竅不通，竟還稱別人爲庸醫，說道：「你自己也不懂醫術，卻賣什麼藥？」余大夫板起臉，說道：「我賣藥是賣藥，可不幫人治病。這賣藥跟治病是兩回事，大大的不同。天下善醫者原本不多，全都忙著治病，卻讓誰來賣藥？只有靠我這樣的人了。」

燕龍聽他嘮嘮叨叨，說道：「這位姑娘要是死了，你這賣藥的也脫不了關係。今晚的事你一個字也不許向別人說，不然，哼哼，我定要扯你上衙門，向縣太爺告你一狀。」

余大夫大驚，忙道：「我一個字也不敢說，一個字也不敢說。我什麼也沒看到，我從未見過兩位，也沒見過這張姑娘，更沒看到她打下來的孩子，和這些血……」燕龍喝道：「夠了！給我乖乖坐著。沒人跟你說話，便給我閉上嘴。」余大夫這才閉上嘴，趕忙在一旁坐下，不敢亂動。

燕龍去床邊替張瑾兒清洗身上血跡，又替她穿好衣裙，蓋上了棉被。張瑾兒在大漠上曾使計相害，令她跌入喇嘛廟的地牢中，又以匕首相攻，出手狠辣，燕龍如何也沒想到自己竟會在她奄奄一息時看護照顧她，頓覺世事難料，有時就如一場戲般。

凌霄對余大夫道：「你賣的藥呢？」余大夫聽他相問，心想這是開口的時機，便道：「嘿，我的藥都是仙藥靈藥，名家配方，靈驗無比。」凌霄去他藥簍中看了幾樣，都是消瘡、打胎、滋陰補陽之類的藥物，他聞了藥的味道，已知道其中只有些尋常的補藥之類，搖頭道：「這些藥都是騙人的。」余大夫不服氣道：「你知道什麼？這些都是難得的仙藥，多少人用了都靈的。不信你自己試試？」凌霄也不跟他爭辯，說道：「這裡三十兩銀子，你拿去作點別的生意，別再賣假藥了。這簍藥都留在這裡吧。」

余大夫看到錢，笑得雙眼瞇起，連聲道：「原來是大主顧，大主顧。我還能進藥，您老還要多些什麼，儘管跟我說，我這就去多進一些，我還有上好的狗皮膏藥，專治癬瘡，更有滋陰補陽的靈藥……」燕龍聽得不耐煩，回手擲出一柄雪刃，叮一聲插在余大夫頭旁牆上。她冷冷地道：「你聽好了，你若敢再賣假藥，我砍下你的一雙手，外加一條舌頭，看你還怎麼作這騙人勾當。」余大夫張口結舌，臉色煞白，靠牆站著，再也說不出半個字。

凌霄道：「我們帶她走吧。」燕龍收了雪刃，抱起張瑾兒，回到隔壁房中，將她放在床上。二人沒想到會遇上這尷尬事情，只好守在她床邊，低聲談著話，最後才靠在一起睡了一會兒。

張瑾兒一直昏睡到次日中午才醒，睜眼看到凌霄坐在床旁，滿面驚恐，顫聲道：「你是誰？我在哪裡？」凌霄道：「妳昨晚流血很多，現在血已止了。我們還在客店之中。」

張瑾兒臉色雪白，想撐著坐起，卻全身無力。燕龍道：「好好躺著。放心吧，我們不會跟任何人說的。」張瑾兒看到她，更是驚詫，說道：「你……是你！」燕龍道：「是，我們在喇嘛廟交過手。妳放心，我不是趁人之危的人。」

張瑾兒歎了口氣，轉向凌霄凝望良久，臉上神色十分奇特，忽道：「你就是凌霄麼？我姊姊就是為了你自殺的，是麼？」

凌霄歎了口氣，點了點頭，說道：「瑞娘她……那是很久以前的事了。我始終不曾忘記她的恩情。張姑娘，妳在這兒好好休息，等妳好些了，我便送妳回到妳父母身邊。」

張瑾兒忽然流下淚來，說道：「我不能回去！我……還沒上聖峰承恩，便失了清白。這事總有一日會暴露出來的，我……我還是早點兒死了的好。」

凌霄和燕龍無言以對。張瑾兒情緒激動，哭了一陣，才又沉沉睡去。她再次醒來時，燕龍已叫了些清粥小菜送來房中，讓她吃了一些。張瑾兒臉上全無血色，吃過粥後又躺下，雙眼瞪視著屋頂，眼中充滿了憂慮恐懼。

凌霄望著她，歎口氣道：「張姑娘，妳姊姊當時也曾想脫離火教，卻始終不敢。妳若害怕回去，不如就此離開這個邪教吧。」

張瑾兒搖頭道：「離開火教？那……那不成的。我爹爹媽媽都在火教，火教以外的人我一個也不認得，火教以外的事情我什麼也不知道。我……我若離開了火教，還能去什麼地方？還能怎麼生活？」

燕龍見她失魂落魄的模樣，也不由得心生憐憫，說道：「脫離火教的人很多，妳若願意，我自可安排將妳藏在隱密之處，讓他們再也找不到妳。」

張瑾兒呆了一陣，再搖頭道：「我不能離開火教。我發過誓要效忠聖火明王，一生一世遵從明王的指示。我……我不能半途逃脫，這樣大家會很失望的。你們不要再跟我說話了！你們這些教外邪信之徒，我不會被你們誤導誘惑的！」忽然又哭了起來，嗚咽道：「我不要回去，我不敢回去。他們會處罰我的，我……蘇厲這負心薄倖的混小子！他明知我不能在承恩前失身，卻還要這麼對我！我恨他！我要在明王面前告發他，眼看他受七日七夜的烈火之刑！」又道：「娘，妳明明是明王身邊的人，爲什麼還要跟萬伯伯相好？爹若知道了，一定會殺死妳的。妳……妳爲了隱瞞這事，竟要我跟他的徒弟相好，我恨妳，我恨你們！」

她一會哭一會罵，凌霄和燕龍見她暫失神智，只能默然而聽。張瑾兒又說了許多家裡教中種種荒唐污穢之事，二人聽得心中難受，這麼一個年輕姑娘的心底竟有這許多苦恨創傷，委實令人惻然。張瑾兒說著說著，精神冉也支持不住，又昏睡了過去。燕龍替她擦去滿臉淚痕，凌霄搭了她的脈，歎道：「她身體應能漸漸恢復，但是她的心……唉，我就不知道了。」

次日清晨，張瑾兒已能坐起身來，神色平靜了許多，說道：「多謝兩位照顧。我要走了。」凌霄甚是擔心，問道：「妳此時回去不會有事麼？」張瑾兒咬著下唇，說道：「我還是得回去。我娘瞎了眼睛，她很可憐，我得去照顧她。我爹……哼，他對娘就像仇人一樣。自從明王說他倆的緣分不好，要我娘去服侍他起，爹對娘就很冷淡，總說她是個魔障。我怕娘會被爹欺負，我得留在她身邊照顧她。」

凌霄默然。燕龍道：「張姑娘，我有一事相勸，還盼妳能聽信。妳母親以往甚得段獨聖的寵信，如今她失明殘廢，難保段獨聖不會遺棄反目，萬敬也不定能保得住她。妳們母女若要自保，應將百花門的解藥譜好好收起，藉毒術護身，切勿將解藥譜交給段獨聖。」張瑾兒聽了這話，點了點頭。燕龍又道：「妳母親背叛百花門，百花門人揚言天涯海角都要取她性命。她若將解藥譜歸還百花門，我可保證百花門人不再出手傷害她。」張瑾兒望向她，點頭道：「我會去勸我娘的。」

凌霄道：「張姑娘，妳若決定脫離火教，隨時來找我們。我們定會保護妳周全，好好照顧妳。」

張瑾兒咬著下唇，向凌霄望去，眼神中露出悲哀、迷惘和感激，低聲道：「我……我不知道。」快步走出門去，再也沒有回頭。凌霄和燕龍望著她的背影，心中都覺一陣難言的哀悵。

第七十四章　虎山生變

張瑾兒離去後，已是仲春二月，凌霄長久未回虎山，心中掛念，便想回虎山一趟。他向燕龍說了，燕龍道：「我跟你一道去吧，也好去拜見你的師父。」凌霄甚是歡喜，二人便沿著黃河向東，來到虎山腳下。

凌霄來到山腳，便覺得有些不對。他知段青虎夫婦和一班江湖豪客多半已到了南昌，但留守虎山的黃虎柳大晏行事謹慎，山腳一向設有警衛，此時山腳屋舍卻空蕩無人，門戶緊閉。他推門而入，卻見屋內凌亂不堪，地上扔了十多樣兵器，似乎經過一番打鬥。凌霄臉色一變，忙去各屋探視，只見第一間屋中躺滿了死屍，都是留守山莊的江湖漢子；他又去內室，見地上躺了兩人，卻是柳大晏夫婦。他連忙去探二人鼻息，知是被人點了重穴，昏倒過去，也不知在此昏迷多久了，忙替他們解穴。

柳大晏睜眼看到他，第一句話便是：「快去看你師父！」凌霄不暇多想，舉步便往後山奔去。燕龍見到這等變故，也極爲驚詫，連忙跟上。

凌霄奔到虎嘯山莊揚老屋外，但見屋門虛掩，心中感到一陣強烈的不祥，他推開門，進屋便見地上躺了兩個死屍，正是老僕人老劉和劉嫂。凌霄自童年起便與二人熟識，此時見到二人的屍身，不由得又驚又悲，抬頭叫道：「師父，師父！」衝入其他屋中尋找，前後看了一圈，卻不見揚老的影蹤。他回到屋中，俯身檢視二具屍體，見二人都是胸口中掌，內臟被震碎而死。

燕龍來到他身後，低聲道：「是被重手震死的。」凌霄點了點頭，回頭望向她，說道：「妳看得出是誰下的手麼？」燕龍皺起眉頭，沉吟不語，臉色微變，搖了搖頭，說道：「我看不出。」

凌霄心神激動，站起身道：「柳二哥定有線索！」當下又回到山腳，凌霄告知揚老失蹤、老劉夫婦喪命等情，柳大晏黯然搖頭，說道：「我未能保護令師，好生慚愧。」抬頭見燕龍站在門口，目中露出疑問之色。凌霄道：「這位是龍幫龍頭辛幫主。」

柳大晏臉色大變，目眥欲裂，向燕龍喝道：「你……你還有臉來此？」燕龍睜大了眼睛，說道：「怎麼？」柳大晏怒道：「你道我還被蒙在鼓裡麼？凶手便是龍幫的尙施！哼，我還道他是好人，原來竟是如此奸險的小人！他定是受了你的指令來此行凶，你還有臉來此？」

燕龍怔了怔，說道：「我確曾派尙施來此，但你怎知他是凶手？」柳大晏怒道：「我怎麼不知道？」跳起身來直向燕龍衝去。凌霄伸手攔住，說道：「柳二哥，請你詳細說出事情經過。」

柳大晏喘了一口氣，恨恨地道：「尙施那奸賊幾日前來到虎山，說感激虎嘯山莊在峨嵋出手保護龍幫，特來道謝。我便好生招待於他。昨日他說想去山上拜訪揚老，我讓鶯兒和正平領他去了。他們這一去便再沒有回來。我晚上擔起心，上去後山看看，剛到揚老大夫的門口，便聽鶯兒大叫：『尚師傅！』接著聽到屋內傳來打鬥聲響。我搶將進去，便見一群青衣人衝了出來，將我打退。我聽正平不斷人叫：『你們要將師父帶去哪裡？』那群人道：『我們龍幫行事，怎容你這小子多問？將他一起帶走了！』龍幫陰險狡詐，竟施出這等下賤手段！姓辛的，醫俠待你不薄，你這麼幹，可對得起自己的良心麼？你說，你們將揚老先生、我女兒和正平他們都擄去哪裡了？」

燕龍呆了半晌，轉頭望向凌霄，見他臉色鐵青，心中一涼，說道：「霄哥，我沒有指使尚施來此下毒手。你相信我麼？」

凌霄心頭大亂，一時無法言語，避開了她的目光，並不回答。燕龍聽他不答，知道他已對自己生起了莫大的疑心，一咬牙，伸手解下腰間冰雪雙刃，放在桌上，緩緩地道：「你若認定此處血案若是我手下所爲，便用此劍取我性命。你心中若還有懷疑，我便去徹查此事。殺人者若果眞是我手下，你便不殺我，我也會自己作個了斷。」

凌霄不答，也沒有伸手去取劍，屋中一片死寂。燕龍吸了口氣，回身向屋外走去。柳大晏衝上前擋住了她，喝道：「你……這樣就想走了麼？」

燕龍冷然道：「我留下了雙劍，還不夠麼？憑你也想攔我？」凌霄道：「柳二哥，讓她去。」

燕龍將到門口，忽然回頭，慘然一笑，說道：「你後悔了麼？」凌霄不答。燕龍跨出門去，腳步輕盈，遠遠去了。凌霄耳中聽得她的腳步聲漸漸遠去，望著桌上橫放的兩柄雪刃，只覺一顆心不斷地下沉，腦中一片空白。

他呆了不知多久，才被柳大晏出聲喚醒。凌霄定了定神，跟隨他去探看山腳屋中的眾江湖漢子，有的已然斃命，有的還奄奄一息。他一一施救，又與柳大晏去後山挖了數個墳坑，將老劉、劉嫂和其他死者都掩埋了。凌霄心中哀痛難已，在墳前靜立，柳大晏等勸他回去，他全不回答。直到天色全黑，他才回到師父屋中。剛一進門，便見黑暗中兩行字閃閃發光，但見對面牆壁上寫著：「若要你師父師弟和未婚妻的命，立即孤身來京城天壇！龍幫字。」字跡乃以螢光粉之類書寫，在黑夜中才顯露。

他面對著這兩行張牙舞爪、飽具威脅的字跡，不禁震驚。他靠著牆坐下，雙目不離那兩行字，心中思潮起伏：「下手的眞是龍幫麼？但除了龍幫中人，還有誰有能耐綁走師父？他們抓走師父和師弟，顯是爲對付我而來。燕兒與我如此親近，怎會出手對付我？柳二哥言之鑿鑿，出事時尚施顯然在師父屋中。打死老劉和劉嫂的手法像是少林的重手掌力，天下有此掌力的沒有幾人，尚施就是其中一個。」

轉念又想：「燕兒邀我同去大漠，莫非就是想將我引開，讓手下來作這事？她當時臉色爲何一變？她是否想起了什麼事，卻沒有說出？」最後又想：「未婚妻？那是誰？柳二哥說他們將師妹和小河一起綁走了，難道他們以爲小河是我的未婚妻？」

他在黑暗中思前想後，屋外風聲呼嘯，夜氣寒冷，他卻半點也不覺得。他自回虎嘯山莊後，腦中便一片混亂，無法好好想事情。此時在寒冷的暗夜中獨坐，才漸漸冷靜下來，認為龍幫的嫌疑仍舊最大。他伸手拿起燕龍留下的冰雪雙刃，想到她的明眸笑靨，二人的白頭之約，心中一陣痛楚：「為什麼會發生這等事？如果出手的正是龍幫，那定是燕兒下的令。她說曾令尚施來此，一切自是出於她的指令。為什麼？為什麼？」心中強烈希望這全都是誤會，但他親手掩埋了這麼多的屍體，這些人都是他相處多年、十分親厚的朋友，如果這真的都是出於她的指使，他能原諒她麼？

他雙手抱頭，自己若仍有靈能，便能將前因後果看個清楚，也或許能阻止這場悲劇。但他若能看透燕龍的心思，得知她與自己同行同宿、海誓山盟之時，竟背著自己設下這等險惡奸計，自己是否寧可被蒙在鼓裡，全不知情？

次日清晨，他便騎快馬趕往京城。他擔憂師父和師弟，馬不停蹄地向北馳去，八日後便進了京城。他問了路徑，來到天壇。當地遊人甚多，他在各處走了一圈，來到回音壁前。忽見一個白衣人坐在場心，頭戴斗笠，遮住了面目。凌霄走上前去，那人站起身，壓低了聲音道：「跟我來。」回身走去，輕功竟自不弱。凌霄隨後跟上，那人領著他離開天壇，走了半個時辰，才來到一座極大的庭園之中。凌霄覺受敏銳，已看出這秀麗恬雅的園林中布滿了危機埋伏：假山後，小亭上，樹叢裡，都潛伏了身帶殺氣的高手，總有二三十人。他沉住氣，跟著那白衣人來到一座平臺之上。

卻見臺上站了一個青袍老者，形貌平凡，拱手道：「醫俠大駕光臨，恕我等未曾遠迎。在下龍幫吳心海。」

凌霄看出這人武功並不甚高，龍幫的菁英他大多見過，卻從未聽過此人的名頭，當下只道：「我師父呢？」

吳心海道：「你不用著急。龍幫相請令師來此，並無惡意。只因醫俠大駕難請，我等只好出此下策。龍幫行事向來光明，今日之事，其實也十分簡單。只要醫俠能打敗這位兄弟，我等便保證不傷害令師的性命。」說著向那帶路的白衣人一指。

凌霄望向那人。但見白衣人掀開斗笠，露出一張白晳清俊的臉，嘴角帶著揶揄的微笑，正是江離！

凌霄見到他行走的身形，已覺得這人十分熟悉，多半是自己認識的人，沒想到竟便是江離！他愕然道：「是你！」

江離冷笑道：「不錯，是我。若不是我，令師怎肯跟我們來？也虧得龍幫兄弟相助，我才得此機會與你決鬥，一償我平生之願！」

凌霄心中又怒又悲，怒的是江離竟出手綁架自己的師父，悲的是這件事果然是龍幫所爲，他並未錯怪燕龍！

便在此時，他察覺到平臺四周伏滿了武功高手，知道自己就算打敗了江離，也不易離開此地。他歎了口氣，說道：「江兄，我無心與你交手。」

江離揚眉道：「怎麼，你不敢麼？」

凌霄緩緩地道：「我不在乎輸贏，也不在乎自己的生死。只要你承諾放過我師父和師弟，你便殺了我也沒關係。」江離眼中發出異光，說道：「你號稱醫俠，在江湖上好大的名頭，原來卻仍如少年時一般，不過是個膽小如鼠的懦夫！你不跟我決鬥也可以，在此對我磕三個響頭，發誓一生臣服於我，我便放過你。」凌霄道：「你便放過我，臺邊的這些朋友呢？你邀我來此，擺明是要我的命。」江離見他竟發現埋伏在臺邊的高手，甚是驚訝，心想：「他怎會知道？」舉目向平臺四周望去，卻哪裡看得到半個人影？他咬牙望向凌霄，說道：「龍幫想要你的命，已經籌劃很久了。我既已加入龍幫，自當聽從龍頭號令。眼下我想要的只是打敗你，讓你俯首承認是我的手下敗將！快拔劍！」

凌霄感到一陣強烈的心痛。他當然知道江離已加入龍幫，今日他出手對付自己，自是奉了龍頭之令。他心想：「燕兒若要置我於死地，隨時出手便是，我必心甘情願就死，何須如此大費周章？又何須牽連虎嘯山莊其他人？除非她別有圖謀。」他知道燕龍心計甚多，很多龍幫中事她都不曾告知，卻料不到她會險狠若此，暗中對虎山下此毒手！

當時燕龍獨自離開虎嘯山莊，心中一片淒楚，有如自溫暖的春陽下陡然跌入冰冷的深淵。她與凌霄數月來情感漸深，已到了要托付終身的地步，不意竟發生這等意料之外的禍事，令她不得不留劍黯然離去。她靜下心來，將事情細細想了一遍，知道只有兩種可能：

一是此事確是龍幫所爲，因雪族或龍幫中人不願見她與凌霄走得太近，故意破壞他們之間的關係。二是有人假藉龍幫之名出手，目的自然也是要破壞龍幫和虎嘯山莊間的關係。她尋思：「雪族中人對我衷心服從，龍幫中人也絕無貳心，應不會有人膽敢背著我來幹此事，多半是他人栽贓。除了火教，還有誰有這等能耐？」又想：「須得找到尙施，才能弄清眞相。不知他是否平安？」

她定了定神，傳令龍幫幫眾探詢尙施的下落。一直到晚間，竟都沒有尙施的消息。她心想：「他可能在揚老屋中留下了線索。」次日天明，她便又回到揚老屋外，靜立一陣，確知凌霄不在，才走進屋去。她心想：「我擔心虎嘯山莊空虛，派遣尙施來此保護揚老，豈知剛好遇上外敵來襲。火教想必也是抓著了這個弱點，才趁霄哥不在時攻上虎山，將揚老劫持了去。」

她前後看了一圈，細察打鬥的痕跡，注意到對門牆上似乎有字跡。當時天色已明，她留心觀察下，才看到那兩行以螢光粉寫下的字，心中大爲擔憂：「他們抓去霄哥的師父和師弟，顯然打算藉此要脅霄哥屈服。霄哥此時定已趕去天壇了，他們會如何對付他？」又看到那未婚妻三字，不由得一呆：「霄哥的未婚妻？那是什麼人？」

她又在屋中仔細觀察，發現牆角尙施留下的龍幫暗號，心想：「我先去找尙大哥再說。」當下跟著記號尋去。那記號沒多遠便出現一個，筆劃匆匆，顯然情勢甚是緊急。燕龍一路跟去，來到數里外一個小鎭。她見記號止於一家藥舖前，在外探視了一圈，繞到屋後，躍了進去。店後有間小屋，燕龍從窗縫中看去，卻見屋中一張床榻，上面躺了一人，床旁坐著一個女子，正餵床上之人服藥。那女子道：「你的傷還須多休養數日，才能好轉。外面在找你的人不少，你還是靜下心歇歇吧。」床上那人歎了口氣，說道：「太過煩勞姑娘了。」

燕龍聽出正是尚施的聲音，當即推門而入，果見尚施躺在榻上，臉色蒼白如紙。燕龍搶上前去，問道：「尚大哥，你沒事麼？」床旁女子聽得人來，揮手便向來人射出三枚金針。燕龍伸手接住了，卻見那是個十六七歲的少女，容色秀美，眉目間頗帶英氣，正是凌霄的師妹柳鶯。柳鶯見她輕易接下自己的金針，滿臉驚訝之色，問道：「閣下何人？」

尚施已撐著從床上坐起，說道：「龍頭，這位是凌莊主的師妹柳鶯柳姑娘。柳姑娘，這位是敝幫龍頭。」柳鶯啊了一聲，凝目望向燕龍，說道：「是燕少俠！原來你便是龍頭？小妹多有失禮。尚師傅冒命相救，小女子感激不盡。」

燕龍問道：「他的傷不要緊麼？」柳鶯道：「尚師傅受了內傷，所幸並非直接中掌，休養數日，應能恢復。」燕龍放下了心，問起虎嘯山莊中發生何事。

尚施臉色甚是難看，搖頭道：「屬下未能完成任務，願領龍頭責罰。」燕龍道：「你不必自責。來人是火教麼？」尚施道：「我看不準。當時我和揚老大夫、柳姑娘、段小兄弟在山莊中，忽然有個青年來訪，說是揚老大夫的故人。揚老大夫出去見他，沒多久這人便發難，偷襲制住了揚老大夫。我和他的手下交手，來人武功竟都不弱，我在多人圍攻之下受傷，危急中柳姑娘助我逃出，一直來到此地。敵人搜索不斷，都虧柳姑娘機警，引開來敵，又替我療傷，我才得保住性命。」

燕龍點了點頭，說道：「柳姑娘，來人已將你師父和師弟綁走了。」柳鶯驚道：「幫主可知道他們的下落？」燕龍道：「我還未查出他們被帶往何處，但我想他們暫時應無生命危險。你可知來找令師的青年是誰？」柳鶯道：「我從未見過這人。他長得十分俊秀，我聽師父稱他江賢姪。」

燕龍倏然站起身，說道：「原來如此！下手的定是江離。」皺起眉頭，沉吟道：「他應和龍幫中人在一起才對，怎會跑來此地幹下這事？」

尚施奇道：「這姓江的和幫中之人在一起？」燕龍道：「這人是常清風的徒弟，與揚老大夫和凌莊主都相熟。我們在華山遇到他，他說想加入龍幫，我便派飛影去探查他的底細，才知他母親妻子都是火教徒，他要入幫，擺明是想爲火教作臥底。我當時想將計就計，讓他帶些假消息回去，才讓他跟著曉嵐和舞雩一道。哼，他卻膽子不小，竟敢冒充龍幫來算計虎嘯山莊！」

她心中激動惱怒，在屋中走了一圈，對柳鶯道：「柳姑娘，江離以令師性命要脅，逼凌莊主去京城，令師兄不知出手的是火教，只怕防範未嚴，但他應能應付。倒是令師處境危險，我這便去設法相救令師，再想法替令師兄解圍。」

柳鶯行禮道：「辛幫主盡力解救家師和大師哥，小妹粉身難報。」燕龍道：「令尊錯認出手綁架殺人的乃是龍幫，此間誤會，還請柳姑娘代爲解釋。」柳鶯道：「辛幫主請放心，我這便去尋家父，說明誤會。」

燕龍望向尙施，說道：「你受了傷，便在此將養幾日，待傷好了再說。我讓龍幫中人前來接應。」尙施甚覺慚愧，說道：「這次出了這般大事，我未能完成龍頭的指示，實在汗顏！」

燕龍搖了搖頭，說道：「我低估了火教的能耐，只派你一人來此，才讓你受危。你性命無礙便好了，好好休養吧。」柳鶯道：「尙師傅的傷，將養數日便能恢復，辛幫主不用掛心。」

燕龍向柳鶯望去，心知她年紀雖小，已十分懂事能幹，尙施有她照顧著，應可放心，當下道：「柳姑娘，此處多多偏勞妳了，在下好生感激。」回身出屋，躍出了圍牆。

第七十五章　真相大白

燕龍得知下手者竟是江離和火教，心中惱怒已極，立即傳密令給飛影，讓他向江離的家人下手，又找曉嵐來見。曉嵐聽聞虎山生變、尙施失蹤，連夜從南昌趕到山東，立時來見燕龍。她見燕龍臉色不善，不禁心驚，忙問：「姊姊，怎麼回事？」

燕龍冷冷地道：「我將江離交給妳時，說了什麼？」曉嵐道：「你要我看著他，不讓他隨意離開，並要我傳給他錯誤的消息。」燕龍道：「不錯。既是如此，他怎會跑來虎山綁架揚老？」曉嵐大驚失色，說道：「這裡的事情是……是他作的？」

燕龍將經過說了。曉嵐顫聲道：「我……我眞沒想到事情會如此。江離他……他當時說有個好友遇上危險，須得趕去解救，我才讓他去了，他說三日便回，沒想到……沒想到他竟是去作此事！」燕龍道：「妳一向細心，怎會受他欺瞞至此？」曉嵐低下頭，咬著嘴唇，說道：「是我輕忽了。」

燕龍望著曉嵐，忽道：「曉嵐，妳對江離生了感情，是也不是？」曉嵐聽她口氣嚴峻，心中驚愧，低頭不答。燕龍搖頭道：「曉嵐，妳怎能如此糊塗？我不是跟妳說得很清楚麼？江離的母親和妻子都是虔誠的火教徒，要妳多加防範，妳竟轉眼便將我的話忘了麼？」曉嵐默然，眼淚湧上眼眶。

燕龍自己也曾嘗過爲情顚倒的滋味，此時見了曉嵐的神情，心中雪亮，不意這個小妹子對江離的感情已如此之深。她歎了口氣，說道：「曉嵐，江離家中已有髮妻幼子，自己又是個火教徒，妳對他的感情再深，又能如何？妳記得清月麼？她受那姓王的火教徒引誘，失了貞節，慘死在山西，我永遠都忘不了她的遭遇。曉嵐，江離就是妳的王淵。我不要妳跟清月走上同一條路。」

曉嵐眼淚撲簌簌地落下，說道：「這我何嘗不知？但我就是管不住自己。妳自己……不也犯過同樣的錯誤？」燕龍微微一征，放軟了語氣，說道：「不錯，我也犯過錯。因此我雖惱怒，卻不會處罰妳。」曉嵐咬著嘴唇不語。燕龍拉起她的手，歎道：「曉嵐，妳聰明絕頂，卻在感情上如此不智。」

曉嵐伸手抹淚，鎮定下來，抬頭道：「姊姊，是我錯了。我定要設法救出揚老大夫。」燕龍凝望著她，說道：「曉嵐，我一向信任妳。妳莫再讓我失望！」

曉嵐點了點頭，當即傳令，讓龍幫所有眼線報上一切線索。二人又四出打探消息，到得晚間，已查出揚老等人極可能被囚禁在保定的天水宮。燕龍微微皺眉，說道：「我聽說那天水宮是火教關閉叛徒的牢房，布滿陷阱，極難攻入。」曉嵐道：「我們在教中的內應已取得天水宮內的地圖，要闖入應不是問題。」燕龍道：「好。我們先去救出揚老，再去京城尋凌大俠。」

二人當即向北去，將到保定府，卻見面前大道上站了三個老人，中間那名老者身形高大，白鬚白髮；右首的老者形貌儒雅，有如一位教書先生；左首老者敞開衣衫，露出毛茸茸的胸膛，腰間掛著一柄牛刀。燕龍和曉嵐登時勒馬，對望一眼。

那白鬚老人雙臂張開，攔住了路，說道：「這位可是龍幫龍頭辛幫主？」燕龍見他站得甚遠，這一張臂的勁風卻直傳到自己身上，知道遇上了高人，當即一躍下馬，說道：「正是。請問閣下何人？」

白鬚老人臉色一沉，說道：「好啊！你膽子不小，竟敢出手綁架我常清風的老友！」

燕龍聽他便是號稱武功天下第一的前輩高人常清風，心中念頭急轉，回頭一望，卻見另兩個老人已閃身攔在自己身後，心中大急：「這老頭子便是常清風，另兩個定也是九老中的人物了。我打不過這三個老頭子，若說出綁架者乃是江離，他們又怎會相信？」當下行禮說道：「常老前輩，在下膽子再大，也不會敢動德高望重的藥仙揚老。」

常清風輕哼一聲，說道：「人說你武功高強，狡詐善辯，果不其然！我們聽聞了確實消息，不容你狡辯！」後面那老者拔出牛刀，怒吼道：「跟他多說什麼？宰了乾淨！」揮刀上前，直往燕龍頭頂斬去。

這人正是屠夫趙埲，他一聽聞虎山出事，立即趕到虎嘯山莊，從柳大晏口中得知是龍幫下的手，當即召了好友常清風和文風流出來相救。三人又急又怒，一起追上，正碰上燕龍和曉嵐向北趕去，便將二人攔下。

燕龍見他刀法威猛，忙展開輕功躲避。她看了幾招，便知這人外功雖猛，卻非自己之敵。她並不出手反擊，只不斷縱躍閃避。她心知二人交手時常清風自顧身分，絕不會出手夾擊，但自己若打敗了趙埲，換成常清風出手，自己便難以抵敵，只能先拖延一下再說。

三老中武功以常清風最高，他站在一旁負手而觀，眼見這人年紀輕輕，武功便已如此精湛，對付趙埲游刃有餘，卻不下殺手，也不由得驚訝，心想：「這人生得這麼俊秀，武功又與霄兒不相上下，偏偏入了歧途，委實可惜！」當下說道：「老埲且退下，讓我來收拾此人！」說著大步走上前來。

趙埲倒也聽話，收起牛刀退了開去。燕龍不得不停手，但見常清風高大的身形來到眼前，心中也不禁暗自驚慄。

常清風雙手負在身後，雙眼凝視著燕龍，說道：「你出招吧。」

燕龍身邊沒了雪刃，只好從曉嵐腰間拔出長劍，說道：「晚輩得罪了！」一劍遞出，常清風絲毫不動，只將眼光指向燕龍左臂。燕龍當即變招，常清風眼光又移向她右肩。燕龍又轉了七八招，常清風的眼光不斷移動，始終直指著招數的破綻，絲毫不差。燕龍額上出汗，她曾在萬敬面前說常清風「不遵古法，好創新招，自作聰明」，又說他「多年來隱居避世，沉迷於武學外的琴棋釋道之說，志氣消磨，身體衰弱」，自然都是信口胡說，此時但見常清風更不必出手，便已將自己的招數盡數剋死，才知他武功已達到高絕的地步，遠非自己所能仰望企及。她眼見自己不是常清風的敵手，再打下去也無濟於事，便收起長劍，說道：「晚輩遠非敵手，不打也罷。」

常清風點點頭，森然道：「你還有什麼話說？」

燕龍道：「一人作事一人當，你們扣住我便是，放了我妹子去吧。」常清風道：「好！我們也不願爲難這位小姑娘。」

燕龍向曉嵐望去，雖只是一個眼神，卻已說了千言萬語。曉嵐會意，微微點頭。她與燕龍相處日久，早有一分外人難及的默契，知道她無法從這三老手中逃脫，便想讓自己去京城救凌霄一命。曉嵐心中自然萬分擔憂這些老人會取她性命，但她從燕龍的眼神中已看出她處境雖險，卻十分鎮定，心中明白：「她並不在乎自己的性命，即使死了，也要想法救出凌霄。」當此情境，自己也只能盡力爲燕龍完成心願，一咬牙，策馬離去。

燕龍站在三老中間，拍了拍身上灰塵，微笑道：「各位要如何處置我，都請便了。但你們若想再見到你們的老朋友，最好還是先別傷我。」

趙埲怒喝：「無恥小賊，到此地步，還敢來威脅你爺爺？」燕龍道：「就是到此地步，才要威脅你。好端端的，我可不敢得罪九老中的人物。」

文風流道：「別多說了。你將揚老關在何處，快快叫人放了他。」燕龍眼睛一轉，說道：「揚老此時在保定，不如便請三位跟我一起去放人。」趙埲大步上前，喝道：「小賊，莫想在你爺爺面前使什麼奸計！」伸手往她的肩頭抓去。燕龍側身避開，文風流已欺到她身後，點向她背心穴道。燕龍叫道：「三個老頭子，卻來欺負一個姑娘！」

文風流和趙埲都是一呆，登時收回手來。趙埲仔細向她臉上望去，罵道：「好小子，果然是個姑娘！」常清風卻道：「我們找錯人啦。龍頭怎會是個女子？」

燕龍笑道：「常老前輩竟如此看不起女子麼？龍頭偏偏就是個女子，你不信也得信！」三個老頭仍是將信將疑，互相望望。趙埲喝道：「管妳是男是女，既然有膽子綁去揚老，我們便不會讓妳有個好死！」

燕龍道：「你要殺我，也得先找到揚老才行。你道聽途說，就認定是龍幫出手綁架，怎知不是別人栽贓？冤有頭，債有主，莫要算錯了帳。」文風流道：「我們在虎山都問清楚了，出手的是一個姓尙的，正是龍幫的護法之一，是也不是？」

燕龍歎了一口氣，說道：「你們既不相信我的話，我現在說什麼都沒有用。我和凌霄是好朋友，怎會下手相害他的師父？」

常清風搖頭道：「霄兒是個正直的孩子，怎會跟妳這樣的妖邪女子相交？」燕龍道：「前輩若不信，爲什麼不去問他？」趙埲道：「凌霄不在虎山，不知上哪去了，莫非也被妳抓了去？」

燕龍歎道：「我只抓得住他的心，他的人麼，我卻還沒本領抓走。」

趙埲聽了，大爲光火，伸掌便往她頭上打去，喝道：「我先斃了妳這滿口胡言的小妖女！」燕龍向他直視，眼中全無懼意，趙埲見了她的眼神，這一掌卻打不下去。他怔了怔，才撤掌喝道：「妳休想騙過我們！我便暫且寄下妳的小命。快帶我們去放了揚老！」

燕龍輕輕吸了一口氣，說道：「我原就要帶你們去的。」在三老的監視下翻身上馬，向北馳去。

北京城的庭園中，凌霄獨自面對著江離，心中感到無比的傷痛。江離往站在臺角的吳心海望去，大聲道：「埋伏那麼多人作什麼？我跟他決鬥，哪需要任何人守在旁邊？要他們全數退去！」

吳心海咳嗽了一聲，說道：「大家只是來觀戰的，都出來吧！」臺邊陡然出現了三十多人，都穿青衣，身帶刀劍，默然不語。凌霄向眾人環望一眼，說道：「原來龍幫臥虎藏龍，有這麼多的高手。只是各位要我的命，不知是為了什麼？」

眾人紛紛叫喊道：「你出手傷害龍頭，我等怎能饒你？」「我龍幫意欲稱雄天下，所有異己都要剷除了。」「你今日已逃不過了，束手就擒吧！」「哼，醫俠稱雄一世，也要栽在龍幫手中！」

眾人呼喝聲中，凌霄默然站在臺心，恍若未聞，待眾人叫聲略歇，他忽然轉身向著臺邊一個青衣人道：「你是蘇厲！」

那人身穿青衣，一張臘黃臉，容貌與蘇厲完全不同。但凌霄在大漠上見過蘇厲出手殺傷秋霜派弟子，其後跟蹤他去喇嘛寺，對他的聲音身形已記在心中，他此時澄心靜慮，竟從三十多人的叫喊聲中認出了蘇厲的聲音。那人大驚，強笑道：「你胡說什麼？在下是龍幫王九。」

凌霄淡淡地道：「原來各位是火教中人。我原本便想，龍幫應不至於如此卑鄙，也不會想取我性命。若是火教，我心中便少了幾個疑問。」眾青衣人臉上變色，絕未想到這麼容易便被他看穿了身分。

江離大聲道：「他們是什麼人，都不干你的事！找你來的是我，是我要向你挑戰。你若不敢，便乖乖束手就擒。你若打得過我，諒這些人也不敢攔你。」轉向臺邊各人道：

「你們誰也不許插手，聽到了麼?現在通通給我退開！」眾人對江離似乎甚是恭敬，一齊垂手退開，霎時間全數散入園中，連吳心海也跟著去了。

江離向凌霄瞪視，冷冷地道：「凌霄，我那日在客店中向你挑戰不成，現在你可躲不掉了吧！」凌霄並不回答，也不拔劍。

江離縱躍上前，大聲道：「凌霄，你出手啊！人人都說你是武學奇才，說你有多麼了不起。哼，他們都瞎了眼，看不出我江離比你更加厲害，我師父是天下第一高手，我又怎能不成爲天下第一？」

凌霄望著他，陡然明白：「他要的不只是我的命而已，他去虎嘯山莊殺人，是要讓我嘗受失去親人的痛苦。他綁架我師父作爲威脅，是要我在他面前認輸求饒。這一切不過是因爲嫉妒兩個字。」又想：「但他怎會和火教中人在一起?他不是加入了龍幫麼？」心中不禁甚爲師父和師弟擔憂，他們若被江離或龍幫抓走，他還不致太過擔心，但他們卻是落入火教手中，能否平安脫險，便十分難說了。他望向江離，心中思量：「上回在客店中見到他與燕兒動手，他的劍術已臻上乘，不易對付。我便打敗了他，他多半會惱羞成怒，仍舊不肯放過師父。難道我該故意輸給他?我若落入火教手中，更加無法救出師父。唉，這件事原來是火教所爲，我竟錯怪了燕兒。」他心中動著這些念頭，早將一己的生死榮辱置之度外，神情沉靜中帶著哀傷。

江離望著凌霄的臉，心中又是憤恨，又是奇怪：「這人爲什麼仍舊沒有怒意，沒有殺氣？」他無法了解凌霄，從少年時便不了解。他不能明白為什麼揚老和自己的師父對他這般稱讚喜愛，為什麼他們從來不曾對他發出同樣的讚美？為什麼凌霄少年時武功低微，遠非自己對手，長成後卻能成為天下聞名的劍術大家？為什麼凌霄性情溫和無爭，卻能成為武林中人人仰望的醫俠？為什麼他能有這一切，自己卻不能？

凌霄和江離在平臺上相隔五丈而立。江離眼中露出火一般的光芒，手握劍柄。凌霄卻低頭望著地上的青石板，眼中露出悲哀之色。他擔心師父和師弟的安危，如果非得打敗江離才能救出師父，他也只得一戰。但他何嘗想與江離決鬥？晨風吹過林間，江離緩緩向他走近，拔出長劍，喝道：「凌霄，拔劍！」凌霄抬起頭望向他，吸了一口氣，拔出長劍，兩人相對凝視。

便在此時，忽聽一人笑道：「常老前輩得到這武功天下第一的名號，不知他是否每回打架，都先綁架了對手的親人，才每戰必勝？」江離一驚，回過頭去，卻見一個紅衫少女站在場邊上，臉帶微笑，雙目直視自己，正是辛曉嵐。江離一呆，說道：「嵐姑娘！妳……妳怎會來此？」

曉嵐走上幾步，說道：「自然是龍頭要我來的。」

江離眼中露出殺意，說道：「龍頭怎知我在這裡？他要妳來作什麼？」曉嵐道：「你邀凌大俠去天壇相見，離火教大本營忘歸園不遠，誰都猜得到你定會帶凌大俠來此。至於龍頭要我來作什麼，那也很簡單。她讓我來傳一句話給凌大俠，也順便傳一句話給你。」

江離惡狠狠地道：「妳若要阻止我跟他決鬥，再也休想。」曉嵐道：「我無意阻止，只想讓兩位公公平平地打一架。」轉向凌霄道：「凌大俠，龍頭已洞悉火教陰謀，並平安救出了令師，請你放心。」

凌霄聞言一喜，抱拳說道：「多謝姑娘相告。」

江離冷笑道：「胡說八道，絕無可能！」曉嵐冷然望著他，說道：「你將揚老先生藏在天水宮的地窖裡，那也不是如何隱祕的地方。令師常老前輩、文風流、趙埄三位一起出手，加上龍頭，你說救不救得出人？」

江離臉色煞白，說道：「你們便救出了揚老，凌霄的未婚妻和師弟還在我手上。你不要他們的命了麼？」曉嵐道：「當然要的。因此龍頭已請了閣下的高堂、賢妻和兩位公子去龍宮作客了。」

江離又驚又怒，喝道：「滿口胡言，妳別想騙我！」

曉嵐從懷中取出兩片金鎖，提在手中，說道：「這是兩位令郎頸中的鎖片，你瞧仔細了，應是沒有錯吧？」江離見到那兩片金鎖，全身顫抖，臉色更加蒼白。凌霄在旁看了，甚覺不忍，說道：「嵐姑娘，龍頭不會傷害兩個孩子的，是麼？」

曉嵐向他望去，說道：「龍頭豈是傷害老弱幼子的人？江公子剛才這般威脅你，我也依樣威脅他，這就是眼前報，還得快。」她嘴裡說得輕鬆，心中已如在淌血。她不敢再去看江離的臉，退後一步，說道：「兩位要動手，這就請吧。」

凌霄搖頭道：「剛才情勢對我不公平，現在卻對你不公平。」

江離仰天大笑，說道：「什麼公平不公平？我仍舊可以殺死你！」忽然斜刺裡向右衝出，長劍揮處，竟然直向曉嵐刺去。曉嵐看到劍光時，已然不及，驚呼一聲，卻見影子一晃，凌霄不知如何已擋在自己身前，長劍出處，指住了江離的胸口。

江離臉如死灰，凝立不動。凌霄望著他的臉，這一劍卻如何刺得下去？

曉嵐流下眼淚，心中只想：「他竟要殺我？」她一咬牙，叫道：「凌大俠，快殺了他！他加入龍幫，知道得太多，龍頭說決不能放了他去……」凌霄搖了搖頭，收回長劍，說道：「請你放回我師弟師妹和山莊中人。」江離道：「你須答應放過我的兒子。」凌霄點了點頭。江離向後退出幾步，轉身急奔而去。

凌霄和曉嵐大步離開了忘歸園。隱身在園中的火教中人震於凌霄的武功，竟無人敢出來攔阻。

出了忘歸園，曉嵐再也忍耐不住，掩面痛哭起來。凌霄不知她對江離的感情，只道她深入險境，幾乎喪命，心中害怕而哭泣，便說道：「嵐姑娘，多謝妳前來報訊，妳……妳沒事麼？」

曉嵐拭淚道：「我沒事。凌大俠，龍頭有生命危險，你得立即趕去，才能救得她性命！」凌霄忙問：「她怎麼了？」曉嵐道：「她在去往天水宮相救令師的路上，遇到了常清風、文風流和趙埲，他們以爲綁架令師的便是龍幫，截下了她，我怕他們誤會未解，會對她下毒手。」

凌霄大驚，說道：「什麼！快帶我去找他們！」曉嵐道：「他們在保定府，我……我其實並不知道令師是否已被救出。我們快去大水宮看看！」

二人上馬急行，出京向南，趕到了保定，來到天水宮外，卻見宮內死屍遍地，無一生者。凌霄查看死者身上傷痕，看出有幾個是死於趙埲的牛刀，說道：「他們來過此地，應已救走了我師父。」曉嵐臉色微變，說道：「就怕令師若也受賊人欺騙，認定是龍幫下的手，那姊姊的處境只有更加危險。」凌霄大急，說道：「他們……他們此時卻去了何處？」

曉嵐在天水宮中走了一圈，察看打鬥痕跡，說道：「姊姊並沒有出手。你看，這裡並沒有雪刃的痕跡。」凌霄歎道：「雪刃並不在她身上。在虎山時，她將雙劍留了下來。」

曉嵐一呆，想起燕龍當時身受嫌疑的處境，竟須留下雙刃作爲憑押，不禁自責難過無已，喃喃道：「姊姊，我對不起妳。」她低下頭，忽然注意到地上一塊翠綠色的衣角，上面還綴了一塊細小的青玉。她俯身拾起了，觀看良久，拿給凌霄看，問道：「凌大俠，你見過這等質料麼？」凌霄道：「沒有。衣服上綴著玉，這是女子留下的麼？」

曉嵐雙眼一亮，叫道：「我知道了！這是玉衣和尙留下的。」凌霄知道玉衣和尙是師父的朋友，自己少年時首次下山時，曾打算去衡山紫蓋峰尋訪玉衣和尙，卻終究未曾去成。但聽曉嵐皺眉道：「我聽說玉衣和尙出身少林，只因他嫉惡如仇，脾氣急躁，殺人太多，才被請下少室山去。他若也來到這裡，姊姊只怕……」再也說不下去，伸手掩口，淚水已盈滿眼眶。

凌霄心想常清風等若認定凶手是龍幫中人，極可能會不問情由便殺了燕龍，想到此處，憂心欲狂，說道：「我們……我們該去哪裡找她？」

曉嵐踱了幾圈，說道：「凌大俠，玉衣和尚的別寺就在十里外的端木山上，我們盡快趕去，說不定還來得及。」她雖如此說，自己卻也沒有幾分把握。兩人當即向端木山趕去。

第七十六章　別後重逢

曉嵐的輕功不高，於是凌霄托住她的手臂，快步攀上端木山。直到傍晚，兩人才來到一間寺廟之外，廟口並無任何匾額，大門敞開。二人走了進去，見廟內十分陰沉。兩人直入內殿，那廟雖舊，廟中諸般事物卻乾乾淨淨，一塵不染。曉嵐忽然低呼一聲，說道：「有人！」卻見佛像前的蒲團上一個老僧背對門口而坐，一身青衣，似乎便是玉衣和尚。他靜坐不動，黑暗中便如一塊石頭，兩人剛進來時竟都未看出廟中有人。

凌霄走上幾步，躬身道：「老師父……」忽見一道黑影迎面打來，竟是那老僧揮出禪杖，攻向自己咽喉，出手快極。凌霄將曉嵐推到身後，順勢跪下，避過了這一招，那禪杖又倏然揮出，攻向曉嵐。凌霄拔劍在杖上輕輕一點，那杖便偏了數寸。老僧又攻幾招，一招比一招狠辣，凌霄一一揮劍化解，心中驚異：「他背向而坐，出招竟能精妙若斯。」

老僧收回禪杖，冷冷地道：「小子闖入無名寺，好大的膽子。看在你對佛禮敬的份上，饒你不殺。我不喜歡人打擾，快滾出去吧。」

凌霄道：「晚輩凌霄，想請問家師是否在此。」老僧一怔，回過頭來，卻見他臉頰枯瘦，雙目深邃，臉上滿是凶狠悍氣，若非作出家人打扮，簡直便是一條江洋大盜、凶惡匪徒。那老僧在黑暗中望向凌霄，說道：「你就是凌霄？」凌霄道：「是。老師父可是玉衣和尚麼？」老僧道：「正是。」向他打量了幾眼，又看了曉嵐一眼，忽然說偈道：「愛欲如火，焚心蝕腸。去愛斷欲，頓悟淨理。」又道：「你進去吧。女施主請留在此處。」

凌霄向曉嵐望了一眼，曉嵐道：「不必擔心我。」凌霄便向玉衣和尚行禮，走入廟後。

只見廟後好大一間廳堂，紅磚地上坐著一個矮胖老者，正是師父揚老。他身周圍繞著坐了三人，各出右掌，虛抵空中。對面而坐的是個白鬚老者，紅光滿面，正是常清風；左首是個禿頭老者，身邊放著一個桃型大袋；右首是個文士模樣的老者，雙目緊閉，這兩人並未見過。三人頭上都冒出蒸氣，顯是在爲揚老治傷。

凌霄見師父平安，心中大喜，緩緩走近，盤膝坐下。他靜心運氣，感覺出三老正為揚老打通肺脈。凌霄知道師父這幾年染上輕微咳疾，此番似乎又受了內傷，當下也盤膝坐下，伸出右掌，加入三老合成的氣圈。他將一股渾厚的內勁傳入圈內，調理揚老身上的氣息，不到一盞茶時分，揚老便呼出了一口濁氣，睜開眼睛，臉上露出微笑。旁邊三老同時撤掌而息，一齊向凌霄看去，禿頭老者首先叫道：「咦！」常清風也甚是驚訝，啊了一聲。

凌霄向師父拜倒，喜道：「天幸師父平安！弟子掛念得緊。」揚老見到他，十分歡喜，微笑道：「我沒事，累你擔心了。」又道：「常老你見過了。這位是古隱，這位是文風流文老師。這是我徒兒凌霄。」

凌霄向古隱和文風流行禮。那禿頭老者笑道：「剛才你出手替令師治傷，我還道是星月老或是康老到了，原來是世侄，真教人驚訝無比。」文風流道：「我聽說你和近雲義結兄弟，好生歡喜。古人桃園三結義，你和近雲、點蒼許飛結義，頗有古風。近雲他都好麼？」他說話溫文，神態儒雅，便似一位老學究般。凌霄道：「我去秋在峨嵋見到近雲一面，他一切都好。晚輩初出江湖時處處受近雲兄弟照顧，心中長存感激。」

常清風忽然大哭起來，說道：「你們都有好弟子，我卻沒有！」

古隱瞪眼道：「我也沒有，你哭什麼？」過來拉住凌霄的手，笑吟吟地道：「江離找你決鬥，結果如何？」

常清風插口叫道：「你還問結果如何？他既已回來，自是我徒兒輸了！」

揚老歎了口氣，說道：「你別擔心，依霄兒的性子，定是讓他去了。」凌霄怕常清風難過，沒有多說，只點了點頭。常清風哭道：「你的弟子有仁有義，我的弟子卻卑鄙無恥，真令人慚愧汗顏，無地自容！」

文風流道：「昔日司馬牛曰：『人皆有兄弟，我獨亡！』子夏曰：『商聞之矣：「死生有命，富貴在天。」君子敬而無失，與人恭而有禮，四海之內，皆兄弟也。君子何患乎無兄弟也？』風老，你若有這般的胸襟，則四海之內，皆弟子也。」這話說得不怎麼通，常清風卻收了淚。文風流又道：「你徒弟不肖，那也不是什麼大不了的事。有些人生了兒子不肖，也是有的。」古隱道：「正是。所謂大義滅親，風老若要大義滅徒，卻不忍心，我們幾個老朋友放著是作什麼的？自當出手相助。」

常清風大聲道：「我自己的徒兒，我自己處置！」一個粗厚的聲音道：「你便不清理門戶，我也要宰了這小子，將他切成十七八塊！」一個屠夫模樣的老者大步走進門內，正是趙埲。

他走上前，拍拍凌霄的肩頭，笑道：「小子，你可來了。」轉向揚老道：「你沒事了？」揚老道：「沒事了，麻煩了你們幾個老頭子。誰去叫了玉衣進來吧，讓他守了這麼久的門，辛苦他了。」不多時玉衣也走了進來，六老七嘴八舌地說了好一陣，竟沒半句提到燕龍。凌霄早已急得額上流汗，正想插口詢問，古隱忽然歎了口氣，說道：「可惜我們發現江離是個渾蛋發現得太晚，可憐了那個女娃娃。」趙垶道：「可不是？都怪我出手太重，沒問情由，便一掌打死了她。」

凌霄一聽，如遭雷擊，眼前一黑，身子一晃，幾乎要昏了過去。揚老連忙扶住了他，說道：「霄兒，你可知他們說的是誰？」凌霄點了點頭，眼淚已滾出眼眶，哭道：「我……我竟來遲了一步！」

玉衣和尚哈哈大笑，說道：「古隱和趙垶就喜歡打誑語，你幹麼相信他們的話？」趙垶呸了一聲，說道：「原來他眞對那女娃娃有情。她卻不是騙我們的！」

揚老臉帶微笑，拉起凌霄的手，走到古廟後院，卻見院中一個八角亭中二人正自隔桌對奕，左邊是個灰衣道士，正是遙遙道人；另一人全身裹在一件銀白色的狐裘中，只露出一張白裡透紅的臉，煞是嬌美，卻正是燕龍！她黑亮的雙目凝視著棋盤，竟然並不回頭。凌霄歡喜若狂，叫道：「燕兒！」奔上前去，一把將她抱了起來。燕龍雙頰暈紅，微笑道：「在大家面前，不丟人麼？」

凌霄放她下地，仍舊擁著她不放，說道：「我可擔心死了。」燕龍任由他抱著，伸手替他擦去淚痕，向眾老望了一眼，微笑道：「你擔心什麼？就憑這幾個老頭子，怎麼殺得了我？」

趙垶怒道：「妳落入我們的掌握，我們隨時可以取妳性命。只不過大家聽妳說得天花亂墜、煞有介事，才饒過妳一條小命。妳還要說嘴？」

燕龍白了他一眼，說道：「我若乖乖被你殺了，你便向霄哥磕一萬個頭，也賠他不來。」趙埄逕自發怒，卻無言以對。

古隱笑道：「埄子這凶神惡煞，竟被一個小女娃剋了，眞是惡人自有惡人治。霄兒，這女娃娃不壞，你給我好好照顧她，不然我第一個不放過你。」趙埄板著臉道：「你敢和這小妖精在一起，我第一個不放過你！」

遙遙道人笑道：「霄兒，這些老頭說的話，你都當作放屁，不用聽他。說句實話，我老道士從來沒見過手段這般厲害，卻又這般可愛的人兒。」燕龍盈盈一福，說道：「前輩過獎了。」

常清風冷冷地道：「誰誇獎妳了？辛幫主，我想向妳要兩個人。」燕龍望向常清風，說道：「晚輩自當將兩位江公子交到前輩手中。」文風流忍不住道：「妳派人去抓這兩個孩子，手段太過陰毒，幾近小人所爲。」

燕龍面不改色，冷然道：「若有人冒我之名，去綁架我心上人的師父師弟，又要殺死我的心上人，我還能對他客氣麼？」文風流和趙埄聽她說得理直氣壯，都不禁啞口無言。

燕龍走上前，向揚老盈盈拜倒，說道：「若非揚老前輩一力回護，晚輩這條命只怕難以保住。晚輩誠心拜謝。」揚老扶她起來，說道：「不用客氣。我第一眼見到妳，便覺得妳與儀兒有些相像，沒想到妳果眞是虎俠的後人。」燕龍道：「揚老前輩照顧我姨娘多年，大恩大德，晚輩感激不盡。」揚老搖了搖頭，歎道：「只可惜她畢竟回天乏術，年輕早夭。」

凌霄聽得大奇，開口想問，揚老已道：「霄兒，我這就跟老朋友們去了。你好好保重。這位姑娘對你情深意重，可別辜負了她。」凌霄臉上一紅，點頭答應。便聽哈哈呵呵笑聲不絕，揚老、常清風、遙遙、文風流、古隱、趙埲、玉衣七人都已不見影蹤，只遠處傳來遙遙的聲音：「辛幫主，咱們改日再下完這一局。」燕龍道：「自當奉陪！」

七老走後，廟中便剩下凌霄和燕龍二人。凌霄望著她，歡喜不禁，忍不住又伸臂抱住了她，說道：「他們剛才騙我說妳死了，我當眞嚇了一跳。」燕龍微笑道：「這些時日我將他們騙得團團轉，他們心有不甘，爲了報仇，才故意嚇你一下。他們知道讓你著急，可比打我一頓還更令我難受。」

凌霄心中感動，說道：「燕兒，我不該懷疑妳。」燕龍搖頭道：「江離這人很工心計，此番設計縝密，難怪你會信以爲眞。我自不會怪你。」凌霄仍道：「不，我讓妳受冤離去，又險些被眾老所傷。這全是我的錯。妳能原諒我麼？」

燕龍歎了口氣，說道：「我若眞惱你，便不會留在這裡等你來了。哪日我眞惱了你，你便想再見我一面都難。再說，不信我的人可不只你一個。我跟那幾個老頭子說起你我的交情，他們竟然沒有一個相信，都說你這麼淳厚正派的人，怎會愛上一個毒辣奸詐的妖女？嘿，他們可疼愛你得緊。只有你師父最了解你，他一見到我，就猜知我和虎俠、雪豔胡頗有淵源，也相信我是值得你相交的人，不讓其他人爲難我。」

凌霄歎道：「幸好師父平安脫險。」燕龍道：「你離開虎山後，我便想到火教可能會對虎山下手。雲兒此刻受龍幫保護，虎山便只剩下你師父了。但你師父精明警覺，武功高強，我並不十分擔心，只派尚施去虎山見機保護。我卻沒想到火教會派江離來下此毒手。」她抬頭望向凌霄，說道：「除了威脅你之外，你可知道他們為何要擒走你師父？」

凌霄腦中靈光一閃，驚道：「籤辭！」

燕龍點頭道：「不錯。我在虎山時，才忽然想起此事。你師父雖不曾見到籤辭，但他當年將之帶離虎山，想必知道籤辭的緊要。段獨聖因此猜想你必曾跟他說起籤辭內容，認定他是世上另一個知道籤辭的人。火教為何會大舉向他下手，便是為此。如今你師父有他那群老朋友保護，自不會再有危險。」

凌霄想起一事，問道：「妳向我師父拜謝時，我師父提起儀姑娘，那是怎麼回事？」燕龍道：「你跟隨你師父這麼久，可聽他提過他的妻子沒有？」凌霄道：「沒有。我只知道他老人家有個女兒。」燕龍道：「揚老從未娶妻，哪裡來的女兒？這個女兒是虎俠托給他撫養的。那時虎俠和雪艷生了第一個女兒，將她留在中原，第二個孩子才是我娘，是雪艷回到西北後生下的。虎俠獨闖天涯，江湖凶險，又不會照料嬰兒，便將孩子托給了他的至交揚老。揚老將她當成自己親生女兒一般疼愛，那時他並不知道孩子的母親便是雪艷，只知道她的父親是虎俠。因這孩子體弱多病，揚老才帶了她隱居，專心為她治病。」

凌霄恍然大悟，說道：「難怪我爹第一眼見到儀姑娘，便說她長得很像胡兒，原來她們本是姊妹！」燕龍道：「正是。儀姑娘便是我的姨娘，我第一次上虎山去找你時，得知她已死去，特地去了她的墓前祭拜。」凌霄道：「原來如此。」他多年來習慣每月去儀姑娘墳前清掃焚香，想起當年那次見墓前多出了鮮花，甚覺奇怪，卻全未想到竟是燕龍前來祭拜，更想不到燕龍與揚儀竟有這等關係。

燕龍問起曉嵐前去相救的經過，凌霄說了。燕龍聽曉嵐最後鼓動凌霄殺江離，輕輕歎了口氣，說道：「這孩子比我想像中的還要堅強。」凌霄問道：「怎麼？」燕龍道：「她已能自制，不再感情用事了。江離在龍幫臥底時，曉嵐等已給了他不少假的信息。曉嵐明知你不會殺他，那時故意這麼說，便是想讓他以爲自己所得的信息爲眞。」

凌霄想起當時情況，沒想到曉嵐小小年紀，已有這等心機，問道：「妳讓江離帶去了什麼訊息？」燕龍道：「小的不去說，大的一件便是萬敬和劉芙蓉有叛心，曾來與我們聯絡。我想讓段獨聖對這二人心生懷疑，不再信任，便能除去兩個厲害對頭。」

凌霄點了點頭，提起曉嵐，想起她還在殿上等候，說道：「剛才玉衣大師攔住了曉嵐，她應仍在外邊等。」二人出去尋找，曉嵐卻已走了。燕龍呆了一陣，歎道：「她代我去天壇替你解危，我一生都不會忘記她的恩情。」

二人當下起程向南，往南昌去。這日飛影來見，燕龍問道：「獨聖峰上有什麼消息？」飛影道：「峰上出了幾件大事。第一件是張夫人失寵，不再是獨聖宮的大執事了。聽說她帶了女兒離開了獨聖峰，不知所蹤。第二件是段獨聖似乎對萬敬起了疑心，將留守獨聖峰的工作轉派給張去疾，遣萬敬出來南昌辦事，又派了吳隙、石雷出來監視萬敬。」燕龍聽了，微微一笑，說道：「要弄得對頭窩裡反，咱們才有機會。」

凌霄知道這都是燕龍精心策劃而成，也不禁佩服她深謀遠慮，心想：「虎俠果然有遠見。這等事情除了燕兒以外，還有誰作得來？」

第七十七章 四時劍陣

又過數日，凌霄和燕龍在龍幫掩護下進入南昌城。那時已是盛暑五月，許多武林人士在過完年後便已趕到南昌，伺機奪劍，但寧王守衛極嚴，眾人始終沒有機會下手。當時寧王只道江湖人物不久便會散去，豈知聚集在南昌的武林豪客竟愈來愈多，除了較大的門派之外，許多小一點的門派幫會也趕來南昌看熱鬧。武林九大派中，武當、雪峰和點蒼都是在年前便抵達南昌，已在城中待了幾個月。

卻說當時許飛在峨嵋金頂回護龍幫龍頭，回到點蒼山離闇觀後，便去向師父稟報，請罪領罰。上清道人甚是不快，卻也不便深責，要他戴罪立功，在寶劍交到寧王手中之前將之截下，歸還峨嵋派。許飛便率了點蒼三十多個師兄弟向東行去，行了月餘，來到九江，離南昌只有二日的路程。一眾人正行在大道上，忽見前面數十騎向東奔去，瞧服色竟是武當和雪峰兩派，大聲吶喊，不知在追趕什麼人。凝目看去，但見眾人之前四騎飛快奔過，正是江寧四姝。許飛一揮手，叫道：「找到對頭了，大夥圍上！」點蒼眾人縱馬搶上，迎頭截住四騎。不多時武當、雪峰和點蒼三派數十人已將四女團團圍在中心。

武當為首者正是李乘風，他對許飛點頭示謝，向四女道：「四位姑娘，妳們已無處可逃，快將龍淚劍交出來！」

秋露大聲道：「我們不給，你待怎地？」雪峰司馬諒乃是雪峰眾人的首領，聽她出言無禮，當下怒道：「我待怎地？小姑娘不知天高地厚，我們舉手便殺了妳四人！」

小妹冬雪道：「我道諸位都是男子漢、大英雄，卻來欺侮我們四個弱女子，好不要臉！」司馬諒聽了，輕哼一聲。

夏雨道：「司馬少掌門，你這麼急著奪劍，卻是為了什麼？」

司馬諒道：「龍淚寶劍乃是正派武林至寶，怎能落入妳們這等妖邪手中？」秋露呸了一聲道：「什麼妖邪？你才是妖邪！」

夏雨轉過頭去，問道：「李道長，許少掌門，你們奪劍又是為何？」

李乘風道：「這劍乃是峨嵋派的鎮山之寶，我們受託奪回寶劍，歸還峨嵋。」

夏雨笑道：「子璋和尚不是已將寶劍輸給了龍幫麼？怎麼這劍還是峨嵋的鎮山之寶？」李乘風啞口不對，許飛道：「妳們趁龍頭受傷之危，從他手中奪去這劍，手段殊不光明。龍幫奪劍又失去，峨嵋自可取回保管。」司馬諒也道：「正是，龍幫既然保不住寶劍，咱們人人都能來爭奪。」

夏雨道：「這麼說來，李道長和許少掌門都是爲峨嵋派奪劍，而雪峰卻是爲了自己奪劍。」

李乘風和許飛轉頭向司馬諒望去，心中都想：「武當、點蒼兩派與峨嵋交好，奪到龍淚劍定會送還給峨嵋。雪峰若得到劍，多半便自己吞沒了。」不由得對雪峰眾人起了防備之心。

春風見眾人遲疑不前，從懷中取出一物，向天空扔出，那是一枝流星火箭，飛上數十丈，在空中炸開。許飛一驚，說道：「這裡離南昌不遠，她們的幫手轉眼便到。李師兄，司馬師兄，我們快動手，擒住她們再說！」

李乘風派二十名師兄弟去道上攔劫四女的援兵，自己則看了許飛一眼，心想：「對付四個弱女子，難道你一個人不夠？」峨嵋之役時他留守五龍宮，未曾見過四人的武功，當下只勒馬在旁觀鬥。

許飛已與三個師兄弟躍下馬來，長劍出鞘，向四女攻去。四女連忙拉馬避開，卻都是一驚，馬韁竟已被許飛等人斬斷。四人當即一躍下馬，抽出寶劍，和許飛等人交起手來。

許飛在往峨嵋的道上曾與四女交過手，險些敗在四人手下。他在東來路上，與三個師兄弟研討破敵之方，想出了一套劍法呼應之法，四人各將一女纏住，令四女不能聯手對敵。這一著甚是有效，四女在點蒼弟子古松劍快攻之下，始終無法聯手，落了下風，但仍能勉強撐住。

司馬諒見點蒼四人一齊出手，卻老久也收拾不下四女，心中焦躁，揮劍上前夾攻，一劍直指冬雪的後心。夏雨跨上一步，揮劍擋開。春風喜道：「二妹，劍陣！」四人心意相通，立時開始使動自幼練熟的「四時劍陣」。

司馬諒的武功原比許飛的師兄弟們高上許多，豈知他這麼一插手，不但沒幫上忙，反而破壞了許飛等四人的計畫，讓四女藉機聯起手來。四女的四時劍陣威力極強，有如一個四頭八臂的武功高手，攻者搶攻，守者緊密，十餘招過後，許飛的三名師兄都受傷退去。

許飛甚是惱怒，暗想：「司馬諒搗什麼亂？」但此時和他聯手，也不能發作，只能專心應敵。李乘風也已看出四女劍陣的厲害，他方才看到許飛和師兄弟纏住四女的手法，已知其中訣竅，拔劍從圈外攻去，快劍連刺四女背心。許飛大喜，趁四人各自擋開李乘風的攻勢，微微一頓之際，長劍直進，逼得春風退出兩步，四時劍陣登時緩了。司馬諒也藉機隔開秋露，將她逼到一角。餘下夏雨和冬雪則和李乘風纏鬥。

便在此時，許飛瞥眼見司馬諒長劍直指秋露咽喉，眼見便要取她性命，心中一動，叫道：「勿傷她性命！」上前揮劍格開。司馬諒怒道：「你幫她作什麼？」許飛也甚怒，喝道：「這劍陣非你所破，打贏了她們龍湲劍也不歸你有，你想殺了她們，將寶劍占爲己有，再也休想！」

司馬諒大怒，回過劍來，向許飛攻去，二人鬥將起來。許飛多年前曾在土地廟外為保護凌霄而與司馬諒決鬥，小勝他一招，結下仇恨。雖說司馬諒事後被父親司馬長勝嚴厲處罰，禁閉多年，令其悔過，他卻從未忘記輸給許飛一劍的恥辱。這時兩人挑起新仇舊怨，竟在敵人之前對起劍來。

春風見許飛出手相救秋露並與司馬諒打了起來，趁機去和妹妹們聯手攻擊李乘風。李乘風在春風、夏雨、冬雪三人圍攻之下，尚是游刃有餘，現下秋露也緩出手來加入戰團，四姊妹組成四時劍陣，李乘風幾招之間便于忙腳亂，噹一聲響，長劍被夏雨的寶劍斬成二截，飛了開去。

許飛見李乘風遇險，忙揮劍相助，司馬諒見情勢不對，也從外夾攻，變成三人聯手對敵四女。說也奇怪，四姝的武功各自平平，合在一起使動四時劍陣卻威力奇大，敵強，她們愈強，與這三個武林大派第二代的佼佼者鬥在一起，竟然不分上下。

過不多時，武當派出去的弟子騎馬快奔回來，叫道：「不好了，大隊士兵出城來，說是要接寧王的四個姬妾進城。搞不好……搞不好便是她們四人！」

李乘風等都是一驚，不由自主停下手來。他們三路人馬一路追來，並不知道四女的底細，此時才知四女竟是江西寧王的姬人。夏雨哼了一聲道：「你們現在罷手，未免太遲了！」但聽東方蹄聲如雷響，總有數千軍馬向此趕來。

李乘風吸了一口氣，心知自己和武當眾師兄弟武功再高，也難在千百軍隊圍攻下全身而退，一時不知該否轉身逃跑。司馬諒可沒有他的膽識風度，叫道：「眾師兄弟，還不快走！」轉眼雪峰諸人已騎馬逃得不見影蹤。許飛率領點蒼眾人，站在李乘風和武當門人之旁。

頃刻間，寧王的軍馬已來到眼前，一名面貌凶惡如土匪的首領當先搶上，向春風、夏雨、秋露、冬雪四女行禮，說道：「四位娘娘在上，閔念四迎接來遲，罪該萬死。」

夏雨冷冷地道：「閔四爺，這些人一路纏著我們不放，你將他們處置了吧！」閔四爺道：「是！」眼望武當、點蒼兩派弟子不過六十多人，自己手下一千兵馬，輕而易舉便收拾下了，當下馬鞭一指，便要下令圍攻。

秋露忽道：「二姊，放過了他們吧。」春風也道：「武當李乘風，點蒼許少掌門，都是當世英雄人物，咱們以多欺少，勝之不武。」

夏雨道：「好吧！既然妳們都這麼說，便放了他們去。閔四爺，我們進城。」當下閔四爺率了手下軍士，護送四女回向南昌。

李乘風定了定神，他在強敵面前挺立無懼，維護武當一派的威名，但自己和三十多個師兄弟都去鬼門關走了一遭，想想各人的性命竟操控在這幾個小姑娘的一念之間，不由得搖頭歎息，臉色灰敗，向許飛抱拳道別，率領師弟們往南昌行去。

許飛望著寧王軍隊退去揚起的塵埃，不知該慶幸自己留下了一條命，還是懊悔沒能早些打倒四女，取得寶劍。正要進城，忽見遠遠一騎奔了回來，馬上乘客身形婀娜，正是秋露。她縱馬來到許飛身邊，低聲道：「許少掌門，剛才多謝你出劍相救。龍淚劍確實不在我們身上，早幾日主子已讓人將劍接回去了。我……請你諒解，我們也是身不由己。」

許飛點了點頭，二人相望一陣，秋露才掉轉馬頭，快馳而去，追上三個姊妹。

許飛心神激蕩，又是歡喜，又是難受。歡喜秋露顯然對自己頗有情義，但想到她竟是寧王的姬妾，心中不由得一陣黯然。

這邊燕龍和凌霄在龍幫的掩護下，進了南昌城。段青虎夫婦和虎嘯山莊眾人已在城中，黃虎柳大晏與女兒柳鶯會合後，也趕來了南昌。凌霄便去與五虎和虎嘯山莊眾人相會，燕龍則來到龍幫在城中的巢穴。

扶晴已在那兒等她，一見到她，便微笑問道：「這幾個月來，過得可開心麼？」

燕龍想起這些日子與凌霄朝夕相處，雖迭經凶險，卻甜美無比，嘴角忍不住露出微笑。她瞪了扶晴一眼，口中說道：「我開不開心，干妳什麼事？」扶晴笑道：「啊喲，新人送入房，媒人丟過牆。妳謝也不謝我一聲？」

燕龍臉一沉，說道：「妳那時去跟他胡說些了什麼，我還沒找妳算帳呢。」扶晴笑道：「妳聽聽，他呀他的，我瞧你倆是親近得很了。」

燕龍不再讓她取笑，正色問道：「龍淚劍的事如何了？」

扶晴已來到城中幾個月，答道：「城裡大家搶得熱鬧，但還沒有人得手。我和落葉潛入寧王宮中數次，查出龍涘劍被藏在宮中的一個迷陣之中，我們在宮中的臥底已取得了迷陣的地圖。」燕龍點頭道：「好，我們明晚便去宮中奪劍。」扶晴道：「還不這麼簡單。今日傍晚寧王發出布告，說明晚在宮中大宴武林豪傑，舉行比武奪劍。」

燕龍一怔，說道：「比武奪劍？」

扶晴道：「正是。布告上說，明晚宴會上誰的武功最高，便可贏得龍涘劍。城中各門各派的武林人物看了布告，看樣子大都準備去赴宴。」

燕龍沉吟道：「這定然是個陷阱。寧王千里迢迢從峨嵋奪得寶劍，怎會再讓別人奪去？」扶晴道：「我也這麼想。我們也去瞧瞧麼？」

燕龍正低頭凝思，忽聽一人來到門外，燕龍聽他的腳步聲，已知是誰，便道：「落葉，還有什麼消息？」

門外那人正是落葉。他推門進屋，行禮道：「啓稟幫主，我們在寧王宮中的眼線據報，萬敬和石雷兩人今日去見了寧王，三人密談良久，看樣子火教將全力相助寧王叛變。」燕龍點了點頭，說道：「寧王宮中龍潭虎穴，現在更得火教相助，不可輕忽。扶晴，明夜我們兩人喬妝改扮了，去探探情況。落葉，你和飛影去探火教在南昌的巢穴，並打聽獨聖峰上有何動靜。」落葉接令去了。

卻說凌霄和段青虎等會合之後，柳大晏已向眾人說了虎山上的變卦，眾人得知是火教下的手，都義憤填膺，痛罵不絕。劉一彪聽聞養父母死在江離手下，更是悲痛逾恆。

段青虎等原是南昌人，在本地交遊甚廣。他與凌霄說起寧王陰蓄異志已久，招兵買馬，勢力已成，叛變隨時可起，局勢實是一觸即發。段青虎也說起贛南巡撫王守仁上任不久，是位精通兵法的文人大將，幾個月間將便將贛南盜匪收拾得乾乾淨淨。

凌霄一驚，說道：「王守仁？我識得他！」當即問明了巡撫官邸所在，前去拜見。那夜他正替王守仁搭脈時，剛好寧王刺客來襲，凌霄發射金針嚇退刺客，救了王守仁一命。

王守仁告知凌霄寧王曾明言邀他相助反叛，被他嚴辭拒絕後，看來寧王已決意殺他滅口。凌霄便勸王守仁勿留險地，應及早離去。

凌霄說起自己入城，意在相助龍幫奪回落入寧王手中的龍湲劍。王守仁問起凌霄身上毒咒如何，凌霄簡略說了遇見張燁的前後，以及自己留在燕龍身邊的決定。

王守仁聽了凌霄對這兩個女子的敘述，沉吟良久，說道：「這兩個女子，一個掌握靈能，一個掌握龍幫，當是誅殺段獨聖和撲滅火教的關鍵。」凌霄聞言不禁點頭，好生佩服王守仁見事深刻。但他與張燁決裂到此地步，不但不知張燁此刻身在何處，又怎能期待她出手相助自己與燕龍撲滅火教？兩人又談起別來境遇，世局變化，直至深夜。

次日，凌霄送王守仁平安離開了南昌城。他回來後聽聞寧王廣邀武林人士去寧王宮中赴宴，比武奪劍等情，便去找燕龍，問她如何想法。

燕龍道：「咱們在火教的臥底回報，說今夜晚宴並無設下陷阱，你可以去露個面，讓正教各門派知道你來了。我和扶晴暗中去瞧瞧便是。我聽聞火教中人已來到寧王宮內，你赴宴時需多加小心。」

凌霄得知許飛和點蒼弟子也到了城中，便去點蒼派下榻的客店相尋。點蒼弟子卻說許飛獨自去鄱陽湖畔走走，尚未歸來。

當日晚間，凌霄便與段青虎和柳大晏等去寧王宮中赴宴。卻見到席者有武當、峨嵋、長青、雪峰、點蒼、泰山等大派的首腦，往年的九大派中只有少林、華山和秋霜派無人出席。江湖上素負盛名的四大武林世家，除了趙家無人前來之外，秦少嶷、梅滄浪、盛冰等掌門人都到了。另外大刀門、快劍門和其他的門派幫會、江湖游俠等也來了不少，濟濟一堂，總有六七百人。寧王宮殿極大，前廳擺起幾十桌酒席，竟然毫不擁擠。內殿門口站了十名手持長矛的守衛，禁衛森嚴，圍牆和大門四周卻並無守衛，如此安排，顯示出寧王無心將眾人困在宮中，並無敵意。

群雄一邊讚歎王宮的華美，一邊留心宮中侍衛的行動，各自就座後，低聲竊議，竟無喧譁之聲。凌霄與五虎在廳角一桌坐下，游目四顧，心想：「不知火教的人在何處？」

眾人坐定後，一個侍衛走了出來，朗聲道：「寧王世子英祿小王爺駕到！」眾人聽他說話中氣充沛，顯是內家高手，都不由得一凜。又想：「寧王貼布告請我們來，他自己卻不出面，只派了兒子來。」

卻見一個衣飾華貴，約莫二十來歲的貴介公子從內堂走了出來，向眾人抱拳道：「各位英雄豪傑請了，父王得知各位光降敝宮，好生歡喜，特派小王出來迎接眾位佳賓。小王已備下美酒佳肴，請各位盡興享用。」

眾人哪有心思喝酒吃菜，峨嵋派的子璋和尚性子急躁，大聲道：「那龍湲劍呢？布告上不是說要比武奪劍麼？」

寧王世子道：「那龍湲寶劍，眼下自是在我父王手中。父王想要各位比的，並非只是武藝。不瞞各位說，我父王有事相求眾位英雄，在座哪位英雄若能情義相挺，助我父王完成一件心願，父王便將以龍湲劍相贈。」

眾人面面相覷，不知寧王想要江湖豪士幫他作什麼。但聽寧王世子又道：「至於父王之所求，各位用過酒菜後，小王自當告知。」

泰山派的長方道士大聲道：「我們怎知劍確實在寧王手中？」

寧王世子道：「我父王有幾個侍妾，各位可能已經見過了。父王為感各位盛情，特令她們出來為各位侍酒。」一拍手，門簾後款步走出四個女子，分穿紅、綠、黃、白四色羅衫，手捧銀製酒壺，一齊向群雄行禮。王崇眞、子璋和尚和司馬長勝等在峨嵋金頂親見四姝奪去寶劍，李乘風、許飛和司馬諒則更在南昌城外和四女動過手，已知她們是寧王姬妾，此時在寧王宮中見到四人華服盛裝，仍不由一怔。廳中其他武人也都安靜下來，呆呆地望著四女。

卻見四姊妹一般的姣好美貌，一般的身形婀娜，當眞比詩中的女神還縹緲，比畫中的仙子還動人。四女行禮之後，便走到席間爲群雄斟酒勸酒，眾人才發覺四女雖是姊妹，性格卻迥然而異。春風溫柔嫵媚，夏雨聰慧多智，秋露大方豪爽，冬雪憨稚可喜。眾人眼見四女竟是寧王的姬妾，都是又驚又惱。驚的是四女如此容色武藝，卻甘作貴族家妾；惱的是各人無緣博得美人青睞，美人卻已身有所屬。

眾人再去看寧王世子時，卻見他早已轉身進了內室。武林群豪眼見酒菜豐盛，人美如花，都胃口大開，狼吞虎嚥，不多時便吃得杯盤狼藉。

第七十八章 咸尊九五

飯後寧王宮中侍者又奉上茶點，眾人漸覺不耐，鼓譟起來。又過了一陣，寧王世子才又走了出來，身邊跟了一名長鬚老者，手中捧了一柄長劍，劍鞘拔出一半，露出一截碧藍色的劍身，正是龍湲劍。

眾人目光都集中在那劍上，霎時大廳中全靜了下來。那長鬚老者氣度凝重，神色冷肅，眾人大多不識，只有凌霄認出他便是火教尊者降龍萬敬。凌霄游目看去，卻見無法無天石雷也站在前面，只是他身子矮，一時沒有看見。

寧王世子道：「各位英雄請了：這柄寶劍，便是名聞天下的龍淚寶劍。小王曾聽說：『龍淚寶劍，武林翹楚。劍定天下，咸尊九五』。但我總覺甚難明白：武林中人，就算你武功再高，寶劍再利，最多也只是稱雄江湖，贏得天下第一的名號了，如何能『劍定天下，咸尊九五』？」

許多江湖武人並不知道「咸尊九五」的意思，紛紛相詢，才知「九五」乃指皇帝之寶座。卻聽寧王世子又道：「我父王因此想出了一個解釋，能使關於這柄劍的傳言成眞。各位若能助我父王成就一番大業，我父王不但以寶劍相贈，甚至封王冠侯，統領一方，金銀財寶，各位眼前這四位姬妾，還有父王其他的嬌妾美姬，都願慷慨相贈，毫不吝惜。這便是『劍定天下，咸尊九五』的眞義！」

凌霄聽他如此牽強附會，心想：「看來他並不知道這柄劍的眞正來頭。」

王崇眞、子璋等大派掌門聽到此處，自都猜到寧王起兵篡位的圖謀。寧王此時是個王侯，怎能封別人爲王爲侯？自然是當上了皇帝以後的事了。許多武人聽到有爵位、錢財、美女相授，都起了貪念，留神傾聽。

寧王世子又道：「父王想請各位去作的，也不甚難。諸位願意協助父王的英雄豪傑，請隨小王來到內廳，待小王爲各位詳說。」登時便有數十名武人起身上前。

忽見一人衝上前去，揮刀砍向萬敬。接著一聲慘叫，那人身子向後飛出，鮮血狂噴，竟已被萬敬揮龍湲劍砍成二截。眾人見狀，都是譁然。

段青虎驚道：「那是大刀門的蔣老大，他一手大刀聽說使得出神入化，竟在一招之間便被殺死！這老者是什麼人？」

凌霄道：「那是降龍萬敬。」段青虎一驚，他早聽聞「萬無一失」四大火教尊者的名頭，知道萬敬武功極高強，這一下出手，屋中群豪都爲之震懾。寧王世子道：「請各位自重！父王的寶劍，只賜給爲父王建功立業之人。」

凌霄聽到此處，微微皺眉，忽見一個白髮老婆婆向他走來，走到他身邊時，像是累了，便在他桌旁坐下，指了指茶杯。凌霄見她年長，便替她倒了茶。那老婆婆喝了一口，低聲道：「多謝了，霄哥。你別作聲，我是燕兒。」

凌霄一呆，聽聲音正是燕龍，但那老婆婆身形佝僂，滿面皺紋，實在看不出半點燕龍的影子，想是經過精妙的喬妝改扮。他微微一笑，伸手到桌下輕輕握住了她的手。燕龍並不看他，低聲道：「看來他動手在即，才敢明目張膽地號召武林中人爲他辦事。你猜他想要大家幫他作什麼？」

凌霄想了想，說道：「我猜想他多半想讓江湖人物去刺殺皇帝。」燕龍點頭道：「我也是這麼猜想。霄哥，寶劍在萬敬手中，寧王守護嚴密，此時不易奪出。我這就去火教的巢穴探探，看能否從那入手。」凌霄道：「我想寧王不會讓火教將劍拿出王宮。我們可於今晚潛入宮中奪劍。妳說如何？」燕龍道：「好。龍幫在城西梧子里的朝和坊落腳。晚上亥時，我們在那裡見。」凌霄點了點頭，燕龍便起身走開，轉眼消失在人叢中。

凌霄放眼望去，卻見進往內廳的門口有三十多名侍衛守著，要跟入內廳的武林人士須得立誓效忠寧王，保守祕密，才能進去得聞密令。許多大派的掌門人都不願歸附寧王，紛紛離去。凌霄當下也和五虎一起離開，回到下榻處後，自己又回轉，施展輕功潛入寧王宮中，藏身內廳之外的一株大樹上，宮中侍衛和屋中火教高手竟都全無知覺。內廳中燈火通明，中央一張大桌上放擺了一幅地圖，畫的都是一方方的屋宇，桌旁圍了百來名江湖豪客。寧王世子指著其中一方，上有朱色圈記，說道：「眾位英雄，請看這京城地圖，此處便是當今皇帝終日盤桓流連的豹房。父王想請各位去辦的大事，便是取下正德皇帝的首級。誰拿正德的首級來呈給父王，誰便可封王，得到龍湲寶劍和無數金銀美女。」

眾人聽了，盡皆嘩然。寧王世子揮手要眾人安靜下來，冷冷地道：「各位已發誓效忠寧王，決不洩漏密令。各位的名號幫派小王都已查清楚了，誰有膽子向外人透露半個字，本座自有辦法找出閣下的家人親友、師父徒弟的所在。」眾人聽了，都是一凜。寧王世子環望眾人，見有的躍躍欲試，有的擔心害怕，卻無人有異心。寧王世子當下詳細說了豹房的守衛和布置，最後要屋中各人歃血爲盟，效忠寧王，共襄盛舉。

凌霄聽到此處，悄悄溜下樹來，飛身出了王宮，向城西龍幫藏身處去。

燕龍離開寧王宮後，便和扶晴二人除去了裝扮，向東行去，來到火教在南昌的總壇。

她見那總壇乃是一幢廟宇般的巨屋，屋內裝飾華美已極，從屋頂到樑柱、牆壁、地板全是上好的楠木，只是盡數漆成紅色，顯得十分詭異。正殿中央一座巨大的神壇，供著一尊三丈高的段獨聖塑像，四周放滿了各種供品和擺飾，都是鑲金嵌銀的珍貴之物，在火光下甚是耀眼。廟中擠滿了信眾，有的不斷向塑像膜拜，有的默念禱祝，有的盤膝靜坐。壇前兩個大香爐香火鼎盛，功德箱中裝滿了錢財。扶晴道：「火教可有錢得很哪。」燕龍道：「這種神龕只是火教斂財的手法之一，火教的錢財大多從與貪官污吏分贓得來。我們去後面瞧瞧。」

當下二人悄悄躍上屋頂，向廟後掩去。但見數十名教眾分守四方，守衛森嚴。燕晴二人輕功極高，避開守衛，一直來到廟後的正堂之中。見吳隙正在堂中坐著，似乎在等候什麼人。不多時，教徒領著一個女子走了進來，稟道：「啓稟尊者大人，人帶上來了。」

卻見那是一個十七八歲的少女，生得甚是白淨清秀。燕龍心想：「吳隙雖沒有修習陰陽無上神功，但聽說十分貪花好色。沒想到他也這麼到處強奪良家女子，實在囂張。」

不料吳隙神色十分嚴肅恭敬，上前請她坐下了，說道：「姑娘，我手下說妳在尋找醫俠凌大俠。妳是從虎嘯山莊來的麼？」

那少女神色輕佻，側目道：「是又如何，不是又如何？」

吳隙道：「我要問清楚了，才能決定能否引妳去見凌大俠。現在城中很亂，凌大俠對頭又多，妳若是敵人派來的奸細，我自不能讓妳去見他了。」

那少女笑了笑，說道：「我不是什麼奸細。告訴你也不妨，我正是從虎嘯山莊來的。你是莊主的朋友麼？爲何帶我來這裡？」吳隙道：「我是凌大俠的好朋友。我帶妳來這裡，因爲我得替凌大俠擋下不速之客。姑娘，妳是凌大俠的什麼人？」那少女道：「我名叫小河，是凌莊主未過門的妻子。」

此言一出，屋內吳隙和屋外燕晴二人都是一呆。燕龍微微皺眉，側頭見扶晴撇了撇嘴，神色顯得十分不以爲然。

吳隙道：「妳當眞是凌大俠的未婚妻子？」小河道：「我騙你作什麼？快帶我去見莊主！」吳隙哈哈大笑，說道：「妙極，妙極！凌霄的未婚妻子，竟然落到我的手中！」小河這才驚覺上當，站起身來，怒道：「你到底是誰？凌莊主呢？」

吳隙笑道：「我是凌霄的好朋友，所謂有福同享，妳是他的妻子，不如今晚便來服侍我一夜吧！」上前一步，扣住了她手腕。小河奮力掙扎，但她武功低微，又怎能逃脫吳隙的掌握？

燕龍道：「動手！」和扶晴一起從屋頂躍了下去，落在堂中。吳隙見到扶晴，已是一驚，再見龍頭，更是臉色大變。扶晴走上前去，微笑道：「這個小姑娘，我們龍頭想接去了，吳尊者答不答應呢？」

吳隙右手甩出流星鍾，左手制住了小河的腦門穴道，喝道：「扶晴娘子，妳再走近一步，我立時取了她性命。」扶晴笑道：「那再好不過，你殺死凌大俠的未婚妻子，我便可以嫁給他啦。」吳隙聞言一呆，扶晴已欺上前去，揮右掌震開吳隙的左手。燕龍也已欺近，雪刃刺向吳隙胸口。吳隙知道自己在這二人手下絕對討不了好去，放開了小河，向後一個筋斗避開，奪門而逃。

扶晴將小河抱起，和燕龍二人施展輕功，飛身出了火教總壇。火教眾人追趕出來，兩人早已去得不見影蹤。

扶晴問小河道：「姑娘，妳當眞是凌大俠的未婚妻子？」小河見扶晴容顏絕美，登覺自慚形穢，心想：「莫非她也對莊主有情？」當即壯氣說道：「自然是的。妳是誰？」燕龍道：「扶晴別鬧了，咱們快走吧。」扶晴道：「我鬧？這種事怎能不問個清楚？小河姑娘，我是龍幫的扶晴娘子。妳姓什麼？」小河道：「我姓衛，我叫衛清河。」扶晴又問：「妳和凌大俠究竟是什麼關係？」

小河微微一笑，顯得十分得意，說道：「我和莊主是再親密不過的伴侶。我在虎嘯山莊已住了三年，白日服侍莊主穿衣吃飯，晚上也與他同被共寢。我是莊主心中最疼愛的人，他一日也不能沒有我服侍，時時要我相伴。莊主感念我的情義，已答應我在明年內和我完婚。」

她對凌霄一片癡情，凌霄卻對她不假辭色，避之唯恐不及，長久下來，這個滿懷夢想的少女竟眞的作起白日夢來。自從凌霄下山去追尋凌雲後，她心中思念凌霄，便開始向人述說自己和凌霄的關係有多麼親密，說了幾次以後，自己也漸漸地深信不疑。幾個月後，她便自封為凌霄的枕邊伴侶、未婚妻子了。那時江離來到虎山，聽小河自稱是凌霄的未婚妻子，信以為眞，才將她和揚老、段正平等一起綁架了去，想藉此要脅凌霄。後來江離放了他們，小河回到虎山後，聽說凌霄去和江離決鬥，逼他放回自己，更覺他情深義重，對自己無比重視，便決意去找他。她聽說柳大晏要去南昌找凌霄，便要求他帶她同去。柳大晏婉轉拒絕了，小河不肯罷休，索性自己追來了南昌。她宣稱自己是凌霄的未婚妻，行止招搖，自然立刻吸引了火教的注意，將她擒住。

扶晴一路上又詢問小河關於虎嘯山莊和凌霄的事情，小河細細道來，凌霄愛吃什麼，愛用什麼，種種起居習慣都一清二楚，如數家珍。

不多時，三人回到城西朝和坊龍幫藏身處，舞雩候在門口，見二人回來，稟道：「幫主，凌大俠已到了。」燕龍點了點頭，扶晴將小河放下，說道：「衛姑娘，凌大俠便在屋內。」

小河大喜，衝入房中，一看到凌霄，便奔上前去，撲在他懷中抽抽噎噎地哭了出來，說道：「莊主，我……我……被那壞人捉了去，吃了好些苦頭，險些便再也見不著你了！」

凌霄甚是驚奇，問道：「小河姑娘，妳怎麼來了？」小河哭道：「我來找你啊。我聽說你在南昌，便下虎山來找你，沒想到才進城，就被火教那些壞人捉了去。」

凌霄見她楚楚可憐的模樣，心想她年紀輕輕，上回被江離擒去，想必受了不少驚嚇，此番孤身南來，一路上定然經歷了不少辛苦委曲，便輕拍她背，安慰道：「沒事了，別害怕，我會保護妳周全的。」

小河止了淚，仍舊依偎在凌霄懷中，說道：「莊主，我此後便留在你身邊，再也不離開了，只要你不嫌棄我，便讓我服侍你一輩子。」

燕龍看在眼中，也不說話，轉身走出房去。

扶晴隨後跟出，燕龍問道：「其他人都準備好了麼？」扶晴道：「尚施、舞雱、里山都在外待命。」

燕龍坐下來，展開寧王王宮的地圖，與扶晴討論該從何潛入，從何退出。過了一陣，她對采霖道：「時候差不多了。采霖，妳去跟凌莊主說，我們該出發了。」采霖應聲入屋，不多時出來，臉色甚是奇怪，說道：「凌莊主說，他今夜不能跟幫主同去辦事了。」

燕龍聞言一怔。扶晴哼了一聲，說道：「這算什麼？我去找他！」燕龍搖頭道：「扶晴，算了。」扶晴怒道：「妳顧全大局，願意隱忍遷就，不去計較這什麼未婚妻的事。但他如此行事，可對得起妳麼？」

燕龍輕歎一聲，收起地圖，說道：「我們走吧。」

燕龍在虎山見到江離所留字跡時，便曾疑惑凌霄的未婚妻是指何人。凌霄後來猜想江離多半誤認小河是自己的未婚妻，卻也沒有深究其中原因。他不知道燕龍也曾看到江離的留字，因此從未想到要加以解釋。現在燕龍見忽然冒出個自稱是淩霄未婚妻子的女子，在扶晴的追問下，兩人之間又似乎眞有些不明不白。眼下情勢緊急，她不願在這節骨眼去追究此事，心知此行入宮若有凌霄相助，成算大增，因此仍沉住氣，等他同行。但聽他竟決定不去，倒是驚訝多於不惱怒，心中一酸，暗想：「我卻沒想到，他心中竟是如此取捨輕重。」當下咬牙不去多想，帶了尙施、扶晴離去，往寧王王宮出發。

第七十九章　夜闖王宮

三人悄沒聲息地躍入寧王王宮的圍牆，其時已過子夜，到寧王宮中赴宴的武林人士都已散去，前殿一片漆黑。三人避開王宮守衛，分頭去探索守衛布置，約定一盞茶後在原地聚會。

燕龍向北尋去，來到一間偏房，聽見房中傳來人聲，她躲在暗處，向窗內望去。卻聽一人道：「帶她們上來！」一個宦官模樣的人快步奔了出去。燕龍向房中瞧去，見地上鋪了厚厚的錦織彩毯，燦爛瑰麗，桌椅都是檀木所製，布置得極爲奢華。牆邊站著兩排侍衛，手持長矛，守衛森嚴。居中一人服飾華美，斜靠在一張太師椅上，身旁兩個侍女伺候著。那人已近中年，身形略肥，短眉鼠目，行止輕佻，雙目無神，一望而知是長年沉迷酒色，不能自拔。不多時，春風、夏雨、秋露、冬雪四女身披繡花錦緞衫裙，身上環珮玲瓏，款步走進，一齊跪下拜倒，嬌聲道：「婢子叩見大王。」

燕龍心想：「這胖子便是寧王了。」但見寧王擺手道：「起來。」四女又磕了一個頭，才站起身，畢恭畢敬地垂手低頭而立。寧王一雙細眼在四人身上瞄來瞄去，忽地吃吃笑起來，說道：「妳們好！好！嘖嘖，多日不見，一個個都更美了！」叫道：「春風！妳過來。」春風應道：「是，大王。」步上前去，跪在寧王跟前。

寧王伸手過去，用力擰了一下她的左頰，笑道：「出門一趟，有沒有遇上年輕英俊的小夥子啊？」春風低頭道：「回大王，婢子不敢。」寧王笑道：「妳不敢，秋露一定敢。秋露，妳過來。」秋露走上前去，也跪了下來，說道：「回大王，秋露便有天大的膽子，也不敢背叛大王。請大王明鑑。」語音微微發顫。

寧王冷笑道：「妳們幾個在外面作過些什麼，本王可清楚得很。哼哼，妳們之中誰要是敢作什麼對不起本王的事，看我將妳打得半死，發爲女奴，讓那些低三下四的人作踐到妳求生不得，求死不能。」四女一齊跪下道：「婢子不敢。」

寧王哈哈大笑，說道：「諒妳們也不敢！好，妳們四個，跟我去內宮。本王好久沒跟妳們親熱了，今夜要妳們四個好好服侍。」四女如釋重負，一齊嬌聲答應，跟著寧王走入內宮。

燕龍心想：「這人叛變在即，竟仍如此沉迷女色。」眼見此處守衛森嚴，不想打草驚蛇，便悄悄退了開去，在北方又巡視了一周，回到圍牆邊與扶晴、尙施相會。扶晴道：「迷陣入口便在宮西的花園之中。」三人當下向西奔去，來到一個園子之中。扶晴停下步來，低聲道：「留心，我們來到迷陣的入口了。」

燕龍和尙施放眼望去，但見園中布滿了奇石、假山、樹叢、池塘、涼亭、月洞門，路徑曲折隱蔽，極爲難辨。扶晴向前探路，燕龍伸手拉住她的衣袖，作手勢要她伏下。卻見一個守衛悄沒聲息地從假山後轉出，三人立時隱身暗中，那守衛並未發覺，走了開去。過了半晌，又一個守衛從樹叢後鑽出，巡視過去。三人都想：「此處守衛嚴密，卻該如何進去？」

正想時，忽見五個人影躍入圍牆，腳步輕快，都是武林中人。一行人悄聲奔向園中，三個侍衛陡然從暗中躍出，揮刀向五人砍去。那五人連忙揮兵刃應戰，但黑暗中不熟地勢，武功又不及，不一會便都被殺死。幾個侍衛將五人拖走，又隱身於暗處。

尙施低聲道：「這五個是蓬萊派的。」燕龍點點頭。只見一批批的江湖豪客先後來到寧王宮中，顯是大家心同此念，都想來宮中奪劍。許多孤身前來的江湖豪傑都被守衛輕易擊斃，之後來了一群五十多人，卻是峨嵋和武當、點蒼三派聯手攻入。宮中侍衛見入侵者人多勢大，派出大批侍衛出來抵擋，武藝竟都十分高強。

尙施道：「這些侍衛不是尋常人物。我見過其中幾個的身手，應是火教中人。」燕龍點點頭，說道：「機不可失，我們趁亂現在進去。」

宮中侍衛和武當、點蒼正打得激烈，三人穿過一排假山樹叢，深入迷陣。

尚施道：「聽說這迷陣是依八卦所布置，除了容易迷失之外，還有很多陷阱，大家當心。」扶晴從懷中取出一張地圖，說道：「我們在宮中的探子畫出這張迷陣簡圖，園子正中應有一座三丈高的假山，便是藏劍所在。我們須從左首的小路繞過去。」當下由扶晴領路，三人沿著地圖所畫路徑走去。

那園子的布置便如尋常庭園，只是道路盤曲，峰迴路轉，處處假山石塊峥峋林立，黑暗中好似猛獸的爪牙一般，怵目心驚。扶晴忽然噫的一聲，驚道：「那是什麼?」燕龍和尚施都抬頭望去，卻見一座假山上數百點青光閃動，甚是詭異。尚施道：「那是燐光。想是石頭中藏有燐，晚間便會發光。」接著一路的石頭都有燐光，三人藉著微光，辨別道路，緩緩行去。

走了一陣，忽聽鑼聲大響，園外人聲喧鬧。尚施道：「此時已是二更，想是里山和舞雩在寧王宮中放起了火。」過不多時，但見一群人闖入了迷陣，竟是峨嵋、武當和點蒼派眾人。想來眾侍衛趕去救火，江湖人物見無人阻擋，便都闖進了迷陣。燕龍道：「這些人不識道路，不足為慮。但人多手雜，總是多了風險。咱們快去尋劍。」當下避開正派眾人，續向前行。

三人武功均高，一路雖遇上七八個陷阱和十多個守衛，但都輕易避開解決了。又行一陣，見面前出現一片池水，池中一個小島，島中一座三丈高的假山，掩映在樹叢之中。扶晴道：「島上那假山便是了。」燕龍問道：「如何過去？」

扶晴在池邊走了一圈，指著一處說道：「這裡有橋。」

卻見那橋只是一條細細的鐵索，牽在水面之下。扶晴道：「這橋十分古怪，我們的探子說道只能踩上第三、五、七、十一、十三、十七節。」當下燕龍在前領路，心中默數，踩上鐵索，尚施跟在其後。兩人過了鐵索橋，扶晴從對岸扔過一條長索，尚施接住了，二人將繩索兩端綁在樹上。扶晴輕輕一躍，上了那繩，便從繩索上走過。她心中好奇，伸足去點那鐵索橋的第十二節，那段果然喀啦一聲，落入水中。扶晴吐了吐舌頭，忙快步走到小島上。

三人繞著假山走了一圈，只東面有一道人造的瀑布，卻不見任何通路。燕龍道：「他們怎會將劍藏在這麼偏僻的地方？」

扶晴道：「這迷陣原是用來困住敵人所造的。這座假山之下有一通道，連接到寧王的藏寶室，再接到寧王寢宮，原是讓寧王危急時藉以逃脫的密道。寧王從寢宮進入藏寶室，將劍藏在其中，只道不會有人知道這迷陣中另有通道。」三人當下在假山四周細細尋找，尚施用劍柄敲著山壁，敲到瀑布之後時，忽聽一處聲音空洞，說道：「在這裡了！」他穿過瀑布，仔細看了那處山壁，似乎有道隙縫。尚施抓住了石塊，用力一推，那山門果然向內滑去，露出一個人高的洞口，裡面黑沉沉地，似乎是個長長的甬道。

燕龍道：「我們探探。尚大哥，請你守在這裡，若有人來，便向甬道中吹哨傳警。」扶晴點起一支火把，尚施遞給燕龍一柄鑰匙，說道：「這是飛影從寧王侍衛總管身上竊得的藏寶室鑰匙。聽說通道中有許多陷阱機關，妳們得當心點。」燕龍點點頭，接過鑰匙放入懷中。尚施又道：「妳們一切小心。」當下扶晴執起火把，燕龍手持冰雪雙刃，二人穿過瀑布，走入甬道。

那甬道甚是狹長，燕龍跨入三四步，便聽左邊一聲輕響，一枝長矛飛了出來，顯是由機括所發。她揮劍打落，隨即又有三枝長矛從不同方位射將過來，燕龍揮劍一一打下。扶晴左手持著火把，右手使動匕首，在後跟上，將從後方飛來的長矛打落。燕龍道：「這機關總有完盡的時候，我們向前走！」二人都是暗器高手，雪族的獨門暗器絕技龍鱗鏢，全族中只有她二人練成。此時甬道中火光搖曳，不易看清，二人一步步向前走去，全靠聽聲辨別，憑著精絕劍術，將射向二人的數十枝長矛全數打下，一枝也未能射到她們身上。天下有此本領的只有寥寥數人，一般武人便有七八人一起，也難以安然穿過這飛矛陣。

走出約十多丈，長矛果然停下，二人繼續往前行去。那甬道地下甚是平滑，一別剛進洞口時的粗石路面。扶晴見火把將要燒完，便揀起兩枝長矛點著了，再向前行。燕龍忽覺腳下一鬆，地上石板直直向下落去，燕龍一驚，縱身後退，卻覺腳下又是一鬆，更無藉力之處，身子便向下跌去。扶晴立時揮出白綢，叫道：「抓住了！」燕龍伸手抓住，才沒再往下跌。扶晴忽覺腳下也是一鬆，她急速動念，右手握著白綢，左手運勁將一枝長矛插向身旁石壁，那矛在她內勁鼓動之下，一半深入石壁。扶晴又用力將另一根長矛插入石壁，此時腳下石板也向下落去，扶晴身子懸掛在半空中，只憑藉著兩枝長矛，才未跌下。燕龍在下面已抓住了白綢的一端，靠緊石壁，施展游牆功向上攀爬，到了扶晴身邊，也伸手抓住了一枝長矛。那矛的一頭插入山壁，另一頭仍在燃燒。

二人喘了口氣，向下望去，但見地上共有四塊石板掉落，露出一個大洞，黑沉沉的深不見底，此時一塊碎石從破洞邊緣滑下，過了好一陣，才聽得噗通一聲，下面竟是個水池。燕龍心有餘悸：「我剛才險些便摔了下去。這洞如此深，跌下去恐怕便再也爬不上來了。」

幸而那石壁甚是粗糙，二人攀在石壁之上，猶能施展游牆功，一人取下一枝長矛，攀著石壁續往前行。過了石板地段，甬道又恢復粗石地面，二人落下地來，再向前行。

走出十來步，忽見面前一扇石門，擋住去路。燕龍走上前，見其上嵌著一塊圓形大石，正中刻了幾個字：「鬼門之關，入者必死」。扶晴道：「呸，什麼鬼門關？」燕龍伸手去推那圓石和石門，都紋絲不動。她細看那石門，卻見那行字下畫了幾條線，有的是一直線，有的中間斷開，她問道：「這似乎是卦象。扶晴，妳看得懂麼？」

扶晴練的是武當內功，自然熟悉《易經》六十四卦，見到那些橫紋，說道：「這是第四六卦地風升卦。《易經》中說：『升，元亨，用見大人，勿恤，南征吉。』」閉上眼睛，想了一下方位，說道：「南方應是這門的左邊。」果見左邊石壁上另畫了一卦，卻是火雷噬嗑卦，其旁另有四個卦象，各是澤風大過、天山遯、澤水困、雷水解。

扶晴凝視那些卦象，好一陣才道：「這石門可不簡單。」燕龍道：「妳快解釋給我聽。」

扶晴指著一個個卦象，說道：「這門上畫著地風升卦，表示石門是可以打開的，而打開之法在南方。妳看這邊牆上另有幾個卦象，第一個是火雷噬嗑，表示這門開了後會再落下，好像嘴巴合起一般。《易經》說：『噬嗑，亨，利用獄』。我們須得有決斷，門一開便立即穿過。下一卦是澤風大過，『大過，棟橈，利有攸往，亨』。我們過了石門後，頭上會有事物落下，須得往前才能避開。再下一卦是天山遯，『遯，亨，小利貞』。表示我們退後，才不至走入下一卦澤水困；遯卦是第三十三卦，我們得退出三三得九步。又下一卦是澤水困，『困，亨貞，大人吉，無咎有言不信。』這是說我們若不信，定會被困在裡面。最後這一卦是雷水解，『利西南，無所往，其來復吉。有攸往，夙吉』。這應是說，往西南行去，便不會再有危險。」

燕龍聽得甚是驚奇，問道：「那麼這門怎樣才能開啓？」扶晴道：「這些卦分別是第四十六、二十一、二十八、三十三、四十七、四十卦。」伸手去按那圓石之上的各個方位，依次按了這六個方位後，那門果然緩緩升起。扶晴道：「我們快過去！」二人待那門升到半人高，便持著火矛從下鑽過。才過石門，便聽轟的一聲，那門重又落下。扶晴道：「快，往前去！」二人展開輕功，往前奔出數丈，身後一聲巨響，一條石樑砸了下來，正落在二人身後，險險避開了。扶晴道：「後退九步。」二人向後退出，卻見面前數道鐵棍從頂上落下，正將二人方才所在之處罩住。

燕龍和扶晴互望一眼，都慶幸扶晴看懂了那些卦象的意義。扶晴道：「之後便容易了。但這石門不知如何才能再開？」二人便在門前四下尋找，扶晴在門的西南方見到一個機關，說道：「這應是開石門的機關了。」伸手去搬動，果然石門緩緩打開，不再落下。二人向甬道另一頭看去，見甬道彎向左前方，扶晴道：「這正是西南方，我們往下走吧。」

二人經過飛矛、地落、石門三關，終於來到甬道盡頭的一扇鐵門之前。扶晴喜道：「這定是藏寶室的門了。」忽聽甬道外隱隱傳來尖銳的哨聲，扶晴驚道：「是尙施傳警！」燕龍道：「我們已到了藏寶室門口，豈能無功而返？我去找劍，妳先出洞去，助尙施擋住來人。」扶晴道：「好，妳一切當心！」轉身奔出甬道。

燕龍手持火把，望向那扇門，但見那門便是一塊鐵板，已年久生鏽，既無門柄，也無鎖孔。她用劍柄在門上輕敲，聽出那門約有三寸厚，門後似是一間空室。燕龍心想：「寧王要用此門逃命，不會將它封死，但這門多半只能從內開。它的鎖若是兩面可開啓，我應能從外用同一柄鑰匙開鎖。」她便用劍柄耐心在鐵門邊上敲擊，看能否找到鎖孔。

敲到左下角時，忽聽一處聲音略有不同。她用火把照去，見那處便是鏽鐵，並無異狀。她用雪刃刮下鐵鏽，運勁砍去，深入鐵門一寸。連砍幾下，鐵門中果然露出一個小孔，似是一個鎖孔。

燕龍心中一喜，取出鑰匙，插入匙孔。那鎖似乎十分陳舊，燕龍使勁搬動，喀啦一聲，那鎖果然開了。她伸手推門，忽然風聲響動，左右各有一柄斧頭砍下。燕龍雙劍圈轉，雪刃鋒快無比，登時將二斧砍斷，跌將下來。燕龍連忙俯身接住了二斧，以免它們落地出聲，驚動室中之人。

燕龍凝神靜聽一陣，再無機械之聲，也無人聲，才推開鐵門，見其後是一間方室，對面另有一扇門，想是通往寧王寢宮的門戶。她跨入那方室，火光下見其中堆滿了各樣珍奇寶貝，抬頭望去，左首牆上橫掛著一柄長劍，似乎便是龍湲劍。

她伸手取下了，拔劍出鞘，但見劍身碧藍，寒光閃動，確是龍湲寶劍。這是她第二次得到龍湲劍，其過程艱難卻絕不遜於第一次在峨嵋金頂從正派眾高手中奪劍，微微一笑，抬頭望向對面的門，心想：「劍已得手，不如我就此去殺了寧王，或可免除一場大亂。」卻聽甬道中又傳來扶晴的警訊，甚是緊急，燕龍心中一凜，還劍入鞘，將劍揹在身後，快步奔出甬道。

第八十章 得而復失

燕龍就將奔到洞口，隱隱聽得洞外傳來兵刃相交之聲，來人似乎不少。她察覺前方洞中有呼吸之聲，放慢了腳步，忽覺勁風微響，二柄兵刃分從左右攻來。燕龍反應極快，手中長矛揮出，逕攻二人臉面，隨即向前跨出避開攻招。那二人陡見火光撲面，都是一驚，各自收招退開。燕龍將長矛扔在地上，拔出雪刃護住身周，但聽風聲響動，那二人已從後攻上。燕龍回過身來，火光下見那二人身穿黑衣，臉上以布蒙住，一言不發，一使鐵鍾，一使滾螳雙刀，向她交錯攻來。燕龍雙手揮舞雪刃，在昏暗的甬道中和二人交起手來，一時打得難分難解。燕龍見二人武功都屬少林，卻非出家人，功力竟都極爲深厚，心中疑惑大起：「這些人若是宮中侍衛，定會呼喚同伴。若是少林弟子，卻爲何蒙面？」須知少林乃是武林第一大派，自重身分，門規極嚴，門下弟子在和人動手前定須自報姓名，說明自己是少林弟子，絕不可能這般蒙著面和人鬩鬥。燕龍愈打愈是驚訝：「這二人武功不在石雷、張去疾等之下，不知是什麼來頭？」

此時身在險地，燕龍下手狠辣，招招攻敵要害。那二人逕自守住，奮不顧身，招招來奪龍湲劍。燕龍見這二人志在必得，非得殺了他們才會罷手，自己一時三刻無法殺死二人，又不願纏鬥下去，清嘯一聲，雪刃陡然挑出，將那使雙刀者的一柄刀擊飛，隨即回身向洞口奔去。那二人毫不停頓，隨後追上。燕龍不想再被二人纏住，展開輕功快奔。快到那瀑布時，昏暗中見瀑布中似有一人影。燕龍揮舞雪刃，在身前開路，快步穿過瀑布，那人斜身避開，揮劍攻來，燕龍一矮身，從對手劍下穿過，反手刺了一劍。那人劍勢奇快，擋開攻擊，長劍圈轉，又擋住了燕龍的去路。

燕龍看他出了這幾招，不由得一怔，月光下卻見那是個三十來歲的男子，也蒙著面，眼神如火。而他所使的劍法，正是燕龍父親家傳的秦家劍。

這麼一阻，後面那二人已然追上，和那男子聯手，又與燕龍纏鬥起來。正此時，燕龍已見到尙施和扶晴二人在瀑布外，正與十多個蒙面人交手，情勢甚是不利。

燕龍入宮之前，已探明了宮中侍衛實力，也知道火教若要相助，會有些什麼人出手，估量情勢，自己與尙施、扶晴三人入宮奪劍應已足夠。至於正教各派來奪劍者，她更未放在心上。不意劍已得手，宮中竟冒出這群不知來歷的蒙面人，將三人纏住。燕龍心中不禁想：「霄哥若同來，情勢便又不同。我們四人中，總有一人能持劍逃出去。」想到此處，心中一酸，不願再想下去。她放眼望去，尋思：「里山和曉嵐去宮殿放火，引開侍衛，待火熄了，侍衛和軍隊便將回頭來此抓人。我們和這些人纏鬥下去，搞不好全要被寧王抓起。」忽見北方一枝青色火炮沖天飛起，燕龍心中大驚：「這是曉嵐的緊急信號，要我們立刻退去！」

側頭望去，但見扶晴與尚施兩人已顯不敵，扶晴驚叫一聲，背後中劍，眼見便要死在那群蒙面人手下。燕龍劍法一變，使起秦家劍來。那男子見她也會使秦家劍，大吃一驚，後退了一步。燕龍不再遲疑，右手一揮，噗通一聲，將龍湲劍扔入水池當中。

那群蒙面人見了，一齊奔到池邊，紛紛跳下池去撈劍。燕龍衝上前抱起扶晴，與尚施先後踏上接連小島的繩索，奔上岸去，沿原路出了迷陣。將要出園時，卻見迎面一排軍馬，隊列整齊，攔在園口之前。那軍馬之中火教徒雜列，有若銅牆鐵壁。

燕龍吸了一口氣，低頭望向扶晴，見她背後中了一劍，雖非致命，卻已流了不少血。扶晴低聲道：「你們快想法出去，不要管我。」燕龍搖頭道：「我們一起出去。」眼見軍隊緩緩向前逼近，開始向園中射箭，矢箭有如雨點般落入園中，燕龍與尚施忙回身躲入迷陣的假山之後。

燕龍喘著息，腦中急思對策，忽聽身旁一人喚道：「燕兒！」燕龍一驚，見身邊多出了一人，正是凌霄。他道：「寧王和火教已派出大隊人馬出來圍捕，我們得趁火教高手到來前闖出宮去。」

燕龍見他到來，鬆了口氣，知道事情有了轉機，說道：「扶晴受了傷。」凌霄道：「讓我看看。」便去查看她背上傷口，快手替她包紮了，說道：「我二人分頭衝出去，引開注意，讓尚施帶扶晴先逃出去。」燕龍點了點頭，說道：「我們在中門會合。」

凌霄當即大喝一聲，從園中衝出，奔向寧王軍隊，手中長劍舞動，劈下空中無數羽劍，千百枝流箭竟一枝也射不近他身邊五尺。眾士兵都看得呆了，侍衛總管喝道：「什麼人？快攔下他！」眾士兵、侍衛大聲吶喊，圍將上去，但各處流箭如雨，誰敢欺上前去？

卻聽火教中人大叫：「是神火聖子！」火教教徒原對凌霄心懷敬畏，此時見他神威凜凜，更是驚恐無比。眾侍衛想衝上去攔截，但自忖沒有凌霄的劍術，魯莽奔入流箭之中，只怕反被流箭所傷。侍衛總管也看出這點，忙要眾士兵停止射箭。流箭一停，凌霄更是所向無敵，搶了一匹馬，便向百千軍馬中衝去。

正此時，火教石雷、吳隊已率眾趕到，二人見到凌霄，一起搶上圍住，凌霄在馬上和二人交起手來。這麼一阻，數百名士兵已團團將他圍住。

便在此時，燕龍也已衝出迷陣，雙刃出手，叫道：「龍頭在此，火教妖孽過來領死吧！」吳隊見到大對頭辛龍若，立時迎上前，揮流星錘攻去，燕龍低頭避過，施展輕功搶到石雷身後，揮劍向他刺去。火教眾人見到龍頭，都大聲吶喊，圍將上來。燕龍身形快極，火教眾人竟自圍她不住，她幾個起落，已穿入士兵包圍，飛身躍上一匹馬，來到凌霄身邊，叫道：「快走！」二人並騎，聯手在侍衛、士兵、火教徒之中衝殺出去，當者披靡。眾士兵緊追上去，但震於二人威勢，不敢逼近。凌燕二人向東奔去，直闖寧王宮室。

此時寧王已然發現寶劍被竊，下令侍衛總管死命奪回。侍衛總管身負重任，眼見凌燕二人往寧王宮室奔去，生怕二人驚動了寧王，忙派副總管率了半數侍衛和軍隊去攔截二人。他見龍淺劍並不在二人身上，自己便不去追，率眾守在園口，派侍衛入園搜尋。吳隊和石雷見到這兩個大對頭，怎肯輕易放過，率領了火教徒急追上去。

尙施趁眾人圍攻凌燕二人，抱著扶晴出了迷陣，幾個侍衛、軍官上來阻攔，都被尙施揮掌震開了。此時守在園口的士兵又開始放箭，尙施揮劍擋禦，向外硬闖。混亂中忽聽一人高聲叫道：「雪艷！尙施！」卻是雪族語言。尙施聽這語音好熟，大喜叫道：「里山，我在此！」只見二騎急速奔近身前，正是里山和舞雩。里山見到他，揮劍砍倒幾個侍衛，伸手將他拉上馬來，舞雩一邊揮劍打落矢箭，一邊接過了扶晴，將她放在身前鞍上。里山問道：「雪艷呢？」尙施道：「她和凌大俠在一起，往寧王宮中去了。」

舞雩道：「我們去接應麼？」尙施道：「我們先送扶晴出去。雪艷和凌大俠聯手，應能自保。」舞雩道：「東西得手了麼？」尙施搖頭道：「沒有。我們先出去再說。」四人相聚，精神一振，揮舞兵刃打下飛箭，騎馬衝殺出去，不多時便闖出了寧王宮。

此刻在園中搜索的侍衛已發現龍湲劍在那群蒙面人手中，侍衛總管即刻率領手下入園，團團圍住了迷陣中的小島，高聲叫道：「大膽匪徒，快快放下武器投降，交出劍來，我可饒你一死。」

眾蒙面人已將龍湲劍從池中撈出，持在爲首的使雙刀的蒙面人手中。那人並不答話，一揮手，率領眾人從池中的繩索奔過，衝殺出去，與寧王軍隊侍衛交起手來。一場混戰之下，蒙面人的人數畢竟太少，在寧王侍衛圍攻下漸顯不敵，不多時已有四人被殺死。那使雙刀的首領眼見情勢不利，只好重施燕龍的故技，將劍向後一扔，又丟入了池塘之中。寧王侍衛連忙入池撈劍。那群蒙面人趁亂一一越過圍牆，逃出宮去。

侍衛總管雖保住了寶劍，臉色卻十分難看。一名侍衛問道：「總管，要追上去麼？」侍衛總管搖頭道：「不用追了！大家回來，將園中其他的狗崽子都抓了起來！」一名軍官罵道：「他媽的，這些蒙面渾蛋是什麼來頭？」

侍衛總管哼了一聲，緩緩說道：「我若沒看走眼，那使雙刀的名叫常空，使鐵錘的名叫萬里。這兩人乃是皇帝御前侍衛中的頭號人物。副官，請你立即去向王爺報告此事。」那副官大驚失色，立即策馬奔向寧王宮室。

當夜進宮奪劍的武林各派人士，仍被困在西園迷陣之中，再也走不出去。侍衛總管派人入迷陣圍捕，輕而易舉便抓到了一百多人。武功較高的如王崇眞、李乘風、許飛、子璋和尚、司馬長勝、錢書奇等都逃了出來，但峨嵋、武當、點蒼、雪峰、長青各派的弟子已有許多被擒住。

原來此事寧王早有預謀，前晚宴請武林人士，出示龍湲劍，便懷有兩個目的：其一是以劍爲賞，鼓動武林人士去暗殺皇帝，相助自己叛變；其二便是以劍爲誘餌，寧王料定不肯合作之武林人士定會潛入宮中奪劍，便設計引眾人進入迷陣，一網打盡。他抓起這些人，也是一舉數得；一來省得這些人再來奪劍生事，二來避免武林中人去相助皇室，三來可藉此拉攏火教。火教向來與正教各派爲敵，寧王抓起這些正教弟子交給火教，自是給其一個大大的好處，藉以換得其傾力相助。

而凌霄和燕龍那邊衝殺出了寧王的軍馬圍攻，出了西園，來到寧王宮室之前。正此時，燕龍的坐騎中箭倒地，二人棄馬奔入了一間偏房。眾侍衛和火教徒隨後追上，將那偏房圍住，大肆搜索。寧王宮室極大，共有三百餘間房室，二人在宮中奔跑，不多時便迷了方向，再也尋不到出口。燕龍道：「火教的人追趕在後，人多不好對付。最好能先找個地方躲起來。」

二人逕向宮後闖去，來到了廚房之外。此時已近三更，只有兩個僕婦婢女在廚下燒水。燕龍閃身而出，伸手點了一人的穴道。正要點上第二人，不意她竟回過身來，伸手一揮，撒出一把黃色的霧。燕龍一驚，忙閉氣向後躍開。凌霄見那婢女使毒的手法極像是百花門人，心中一動，說道：「是百花門人麼？」

那婢女果是百花門人，她曾跟隨白水仙去漠北，認出凌霄，當下行禮道：「原來是醫俠。百花門水仙娘娘座下舒堇參見。」但聽門外人聲響動，搜尋的侍衛已追了上來。凌霄問道：「這左近有地方可以藏身麼？請妳快帶我們躲起來。」舒堇十分警醒，當即道：「跟我來。」領著二人從廚房後門奔出，來到角落一偏僻處，打開一扇地門，卻是一間藏酒的地窖。舒堇道：「這地方只有我們廚下作事的人知道。你們躲一晚應是無虞，明晚我再想法帶兩位出去。」讓二人躲進去後，便將地門關上，腳步輕盈，已然遠去。

那地窖甚是寬敞，滿地堆滿了酒甕。頂上一個通氣孔隱隱透入光線，仍能聽見侍衛和火教教眾四處搜索。又過了一個時辰，宮中才恢復安靜，眾侍衛多半以爲二人已逃出宮去了。

凌霄和燕龍各自靠著牆，相對而坐，但聽四下寂然無聲，想起幾個時辰前在宮中混戰的驚險，有若隔世。

凌霄問道：「找到劍了麼？」燕龍搖頭道：「找到了，但落入了一群蒙面人的手中。」她二度奪劍又失劍，甚是懊惱，回想當時情景，若不棄劍，自己與尙施、扶晴三人必不能全身而退，加上寧王和火教在外包圍，自己若持了龍淚劍，多半便逃不出去。情勢險峻，當時棄劍畢竟是對的決定，只是功虧一簣，實在令人扼腕。

凌霄道：「我見到那些蒙面人和寧王侍衛交手，他們武功很雜，有幾個似乎出身少林，不知是什麼人物？」燕龍閉上眼睛，眼前浮起那使秦家劍的男子，腦中靈光一閃，說道：「我知道了！那些蒙面人，是皇帝的御前侍衛！」

凌霄奇道：「是麼？妳怎知道？」燕龍道：「我見到其中一個使秦家劍，似乎便是被秦掌門逐出師門的大弟子，叫作鄭寒卿。他被逐出師門後便流落江湖，我曾讓手下探訪他的下落，聽說他加入了上直衛親軍，積功升爲御前侍衛。是了，那些蒙面人定是皇帝派來奪劍的！」凌霄道：「寧王、火教聯手保衛寶劍，正派、龍幫各自來奪劍，現在皇帝也來插手搶奪。今晚的情勢當眞危險得緊。」

燕龍吐了一口長氣，一腔怒火再也壓抑不住，說道：「危險又如何？你既有更重要的事要辦，無暇與我們同來，現在又趕來作什麼？」

凌霄神色疲憊，伸手掩面，說道：「我原本不該來的，但我怕妳誤會，一定要趕來見妳。」燕龍冷冷地道：「你又何必怕我誤會？你的私事，我可無意過問。」凌霄搖頭道：「妳是說小河姑娘麼？」燕龍站起身，走了開去。

凌霄可以想知她心中的惱怒，說道：「我和小河姑娘根本沒有什麼。燕兒，我對妳的心意，難道妳還不明白？我這一生除了妳，誰也不娶。妳相信我麼？」燕龍怒道：「你要我如何相信你？她口口聲聲自稱是你的枕邊人、未婚妻，你一見到她便難分難捨，早將奪劍之事拋到腦後，心裡哪裡還有我這個人？」

凌霄沒有回答，忽然粗聲喘息，摔倒在地，全身痙攣。燕龍大驚失色，連忙奔過去察看，驚覺是他身上毒咒驟然發作。她見他這次發作似乎比上回更加劇烈，心中驚慌，忙運內力於掌心，抵在他胸前後背，盡力助他減輕痛苦。但她畢竟沒有張燁的靈能，雖能助凌霄護住心脈，卻無法助他減輕痛苦。凌霄數度痛昏過去，醒時也需極力克制，才不至大叫出聲。此時二人身處敵營之中，若被發現，凌霄毫無反抗之能，自是凶多吉少。幸而這地窖果眞十分隱密，終夜無人尋來。

燕龍望著他咬牙忍受毒咒之苦，默默計算時間，心中不斷縈繞著張燁的話：他發作若超過兩日夜，便很可能猝然死去；若達到三日夜，便必死無疑。她焦慮憂急地等候著，直至次日晚間，凌霄的毒咒方退，爲時超過一日夜。燕龍大大鬆了一口氣，心中恐懼難以復加，她感到凌霄的身子愈來愈虛弱，恐怕眞是撐不了多久了。她可以預見未來的某日，自己將眼望著他受毒咒折磨而死在自己懷中，不禁全身一寒，心想：「我沒讓他留在張熚身邊，或許是大大錯了！」

凌霄緩過氣來，低聲道：「多謝妳。」燕龍搖了搖頭，說道：「你前夜決定不與我同來奪劍，便是因爲你感到身上毒咒即將發作，不想連累了我？」凌霄道：「是。我上回在華山陷妳於危，生怕再次重演。我若倒下，不但破壞奪劍大計，更將害妳分心救我，陷入險境。幸好毒咒是在我們躲入地窖之後才發作。」燕龍心中難受，流下眼淚，搖頭道：「你不該來的。」

凌霄緩緩說道：「我是不該來。但我聽采霖轉述扶晴臨走前說的話，才想到妳可能生起誤會。我倆的日子本就不多，我不能讓妳抱存誤會，爲此傷心。我更怕妳在此失手，我未及向妳解釋，不免抱憾終身。」

燕龍想起扶晴當時聽說凌霄決定不去，說了一句：「妳顧全大局，願意隱忍遷就，不去計較這什麼未婚妻的事。但他如此行事，可對得起妳麼？」道盡了自己的委屈。她忍不住淚如雨下，她原該知道，區區一個小河，怎能橫隔在二人中間？二人中間還隔著段獨聖、火教、毒咒和死亡。凌霄說得對，他們的日子本就不多，不能再浪費在猜疑誤會、傷心流淚之上。

二人相倚休息了一陣，燕龍感到疲倦已極，不知不覺沉睡了過去。她夢見自己手持龍湲劍，劍身發出碧藍色的光芒。她好奇地凝望著那柄劍，極想知道劍中的祕密。忽然龍湲劍消失無蹤，她想起自己兩度奪得寶劍，卻轉眼失去，甚覺懊惱。忽聽身後傳來抽噎聲，她倏然回身，卻見一人抱頭坐在角落，在黑暗中發出藍色的光芒，背心抽動，正自傷心哭泣，卻是凌霄。燕龍心中震驚，走上前想安慰他，卻無論如何也無法接近。她心中焦急，出聲叫道：「霄哥！」

卻覺身上一緊，耳中聽得凌霄的聲音道：「燕兒，妳作了夢麼？」燕龍醒轉過來，才發現自己睡在他懷中，揉眼道：「是。我夢到了龍湲劍。」她忽然想起一事，說道：「霄哥，火教也極力守護龍湲劍，你想段獨聖會不會已知道了籤辭的最後一段？」

凌霄沉吟道：「我也這麼懷疑，但我想不出他能從何得知。眼下火教和寧王聯手，段獨聖要從寧王手中取得龍湲劍，豈非輕而易舉？」燕龍道：「確是如此。但我想段獨聖還不會這麼快出手。那些宮廷侍衛一心奪劍，可見皇帝對這劍也是志在必得。段獨聖或許不想攬禍上身，公然和皇帝作對。他若現在取去了劍，寧王大可讓皇帝向段獨聖討劍，甚至可稱段有心造反。段獨聖現在不肯取劍，顯是在等皇帝和寧王正式起衝突，他便可漁翁得利。」

凌霄道：「你想皇帝奪得了劍麼？」燕龍道：「我猜沒有。昨日來的御前侍衛不多，寧王準備充足，連打仗的軍馬都派出來了，定能將劍奪回。但奇怪的很，皇帝爲何派宮廷侍衛出來竊劍，而不光明正大下旨要寧王獻上寶劍？」

凌霄道：「依我猜想，皇帝大概也怕了寧王的勢力，不敢輕易招惹。他若下旨要寧王獻劍，便表示他知道寧王的圖謀，逼得寧王得馬上起事。皇帝可能還沒準備好，派侍衛出來竊劍，或者只是想殺殺寧王的銳氣。」

燕龍道：「此刻寧王自已發現皇帝在懷疑他，多半會提早發難。霄哥，這場仗打起來，你想哪邊會贏？」凌霄道：「皇帝派了王守仁巡撫贛南。我識得這人，他頭腦清醒，智勇雙全，精擅兵法。皇帝知道要在寧王身邊安放一名大將就近監視牽制，可見他並不昏瞶到家。加上天下兵馬大權仍操在皇室手中，除非寧王一出手就殺了皇帝，不然他多半要輸。我今日見到那些蒙面人的身手，都非尋常人物，要刺殺皇帝也非易事。」

燕龍甚感驚訝，問道：「你認識王守仁？」凌霄便說了當時離開虎山尋找雲兒時，曾去了貴州一趟，遇見正被貶到偏僻龍場擔任驛丞的王守仁。適逢瘟疫橫行，王守仁請他幫忙救治當地的苗人，他因而在王守仁的書院停留了一個月左右，兩人結爲知交等情。燕龍聽了，沉吟一陣，說道：「我聽說這人雄才大略，精擅兵法，是個人物。他若眞能對抗寧王，龍幫應全力守護他。我們出宮後，我立即派飛影和落葉前去保護此人，防止寧王下手行刺。」凌霄道：「不如我跟他們一起去，好將兩人介紹給王大人。」

燕龍點了點頭，心中愈發憂慮，說道：「觀此形勢，段獨聖若眞要相助寧王，極可能派手下高手去京城刺殺皇帝。皇帝一死，局勢便很難逆料了。」

兩人在暗中相望，握緊了對方的手，心中都感到一陣難言的恐懼和不安。

第八十一章 叛變前夕

這時在千里外的北京城中，正德皇帝仍舊待在豹房之中遊樂，不肯出來接見群臣。大學士梁中則和御史蕭淮二人一起上了疏，列出寧王種種罪狀，並說若不及早制止，將來禍患無窮。

皇帝見了這疏，擔上了一些心，便召兩人入豹房晉見。二人叩首進言道：「萬歲聖明，寧王心存不軌，意圖謀反，證據確鑿。恭請聖上垂鑒，及早謀求萬全之策。」

皇帝聽了，也只點點頭，隔了幾日都不答覆。梁中則和蕭淮每日都去叩首求見，數日之後，皇上終於又接見了二人。

梁中則跪稟道：「寧王圖謀反叛已久，日前御前侍衛潛入寧王宮中，發現寧王果然招兵買馬，懷藏龍湲寶劍，足見他已有反心。他這一年來加緊籌備，發難在即，聖上應作萬全準備。」

皇帝嗯了一聲，說道：「九年前安化王在甘肅慶陽謀反，朕讓張永等去討伐，兩三下便平息了賊人，何須憂慮？」

梁中則道：「皇上明鑑，安化王所在偏僻，起事匆促，因此易於平定。寧王謀反已久，他聚兵南昌，若順流攻下南京，恐不易平息。」

皇帝轉頭問道：「聖明國師，你認爲呢？」

梁中則抬頭看去，卻見皇帝身旁坐了一個中年人，五綹美鬚，容貌清俊，一身長袍，有若神仙。他道：「梁大學士和蕭御史對皇上一片忠心，所言也有幾分道理。本朝宗室反叛之事甚多，不可不防。寧王論輩份乃是皇上的堂叔，皇上須防靖難之變重演。」

皇帝臉色一變。明太祖朱元璋崩後，太孫建文帝繼位，時燕王棣謀反，南下攻破徐州、揚州，逼南京，城陷後皇宮失火，建文帝失蹤，燕王便登基爲帝，遷都北京，是爲靖難之變。既有燕王叛變成功之先例，此後明朝宗室多有效法者，一百年來反叛又有兩起，即爲高煦之亂和安化王之亂。皇帝聽到「靖難之變」，心中不快，說道：「聖明國師，你能預料天機，可看出這場禍事能夠消弭麼？」

聖明國師道：「啓稟皇上，皇上乃是眞命天子，而寧王福報不夠，卻滿腹癡心妄想，如何能成事？且讓微臣在宮中替皇上作場法事，爲皇上祈福，皇上便可高枕無憂了。」

梁中則磕頭道：「依臣淺見，皇上雖洪福齊天，仍應集結兵力，作好部署，以應來日之需，才是萬全之策。」

皇帝尚未回答，聖明國師已搖頭道：「梁大學士如此說話，未免太無慈悲之心。寧王乃是皇上的親堂叔，皇上以仁慈著稱，怎能以兵戎加害於自己的骨肉親人？吾將以法事請求天神化解這場浩劫，才是最根本的辦法。皇上，梁大學士既主張招降寧王，不如便派他去向寧王宣諭皇上聖旨，寧王必能感受皇恩浩蕩，再不敢反。」

皇帝道：「聖明國師說的是。梁大學士，朕便派你即日起程，去往南昌，宣撫寧王。」

梁中則大驚，寧王早有意謀反，他不帶一兵一卒前去宣撫，等於去送掉一條老命，登時汗流滿面，磕頭道：「皇上……」皇帝道：「就這樣了，你退下吧。」梁中則不敢再說，只得磕頭退出。

此時寧王已得知御前侍衛前來王宮奪劍之事，生怕皇帝會就此起兵征討，王宮中有如繃緊的弦，一觸即發。皇帝若沒有出兵的舉措，寧王便可延後幾日行動，調集兵馬，作好萬全準備，並期待江湖人士能夠在這幾日中刺殺了皇帝。如果皇帝已起疑心，寧王便得立刻動手。

這日寧王父子二人正在內室與李士實等人籌劃，侍衛總管上來報道：「被囚禁的武林人士逃走了一批，都是點蒼派的弟子。」寧王怒道：「是被人救走的麼？將守獄的侍衛全都斬了！」侍衛總管略一遲疑，才道：「是宮中的人放他們走的。」

寧王怒道：「誰這麼大膽？」侍衛總管磕頭道：「王爺息怒。小人手下侍衛報道，是秋露娘娘。」寧王大怒，喝道：「叫她一個人上來！」

不一會，侍衛帶了秋露來到寧王面前。寧王冷冷地道：「秋露，妳作了什麼好事，自己招來！」

秋露一驚，向侍衛總管看了一眼，眼中充滿了怨恨，跪著不語。寧王心中更怒，說道：「妳說，這是爲了什麼？」秋露咬著下唇，低聲道：「妾身曾受點蒼眾人救命，不忍心見到他們在獄中受苦刑。」

寧王冷笑道：「妳倒是很重義氣啊。那個許飛呢？他不是沒被捉住麼？妳當我不知道妳早和他暗中往來、互通款曲？是他要妳放走他的師兄弟吧？」

秋露心中驚恐，顫聲道：「大王明鑑，妾身決不敢背叛大王。大王對我恩重如山，秋露……秋露便死了也不能報答。」

寧王冷冷地道：「妳知道我的規矩，卻要明知故犯。妳背著我作了這許多偷雞摸狗的事，妳當我會永遠被蒙在鼓裡麼？妳當我會饒過妳麼？妳姊妹四個，我便殺了一個，也還有三個留下。妳以爲我會捨不得殺妳麼？」秋露見他聲色俱厲，只嚇得渾身發抖，伏在地上，不敢仰視。寧王道：「這小賤人大膽無恥，林總管，帶她下去，廢了她的武功，打入奴宮。」

秋露驚駭無已，尖叫道：「求大王慈悲！」寧王不再理她，擺了擺手。侍衛總管和幾個手下上來將秋露綁起，押了下去。

寧王宮中素以荒淫著稱，宮中妃子姬妾侍女便有四百多人。四姝乃是寧王一名手下獻上的四姊妹，寧王將之撫養長大，請了高手來教其武功，藝成後便成爲寧王身邊最親近的護衛姬人。寧王嫉妒心極重，對妃子姬妾嚴厲之極，任何姬妾若對別的男子多說一句話，多看一眼，往往便被處嚴刑甚至處死。寧王更常將失寵或犯錯的姬人送入奴宮，那奴宮便如同官妓，所有寧王手下的官員皂吏、侍衛兵士、雜工僕役都可去該處尋歡。被打入奴宮的女子很多受不了折磨，不是自殺便是遭凌虐而死，很少能活過幾個月。秋露聽聞自己將被打入奴宮，險些昏了過去。她曾聽聞奴宮之中慘無人道的情事，但她姊妹四人一向得寵，從沒想過自己竟會遭此嚴厲懲罰。她自幼長在宮中，對寧王尊敬如天，恐懼如神，雖有一身武功，卻更沒想到要反抗或逃走，只能伏首接受這殘酷的命運。

凌霄和燕龍在地窖中等候，當夜過了四更，舒堇才找著機會，來領二人出宮。舒堇說起前晚宮中抓到了許多武林人物，都被寧王關在牢中，凌燕二人聽了都又驚又憂。二人出宮後，趕回龍幫藏身處，燕龍見尚施、扶晴、舞雱、里山等都平安脫險，這才放下心。龍幫眾人見城中情勢危急，已將虎嘯山莊眾豪客接來龍幫藏身處。凌霄和段青虎等五虎相見之下，都甚是喜慰，獨不見劉一彪。段青虎道：「一彪今晨去城中找你，便一直沒有回來。我們隨龍幫兄弟來此躲藏，在客店留了暗語給一彪，他卻並未尋來。」凌霄不由得擔心。

燕龍向手下問起城內情況。雲龍英道：「昨晚入宮的武林人士，約有半數被寧王抓了起來。寧王派出侍衛在城中追捕逃出的武林人士，現在眾人都分散在城中躲藏。我等查出昨夜的蒙面人乃是皇帝御前侍衛，那使雙刀的叫作常空，使鐵錘的叫作萬里，都出身少林。」燕龍沉吟道：「少林派這回沒有入城奪劍，或許那兩個御前侍衛已事先通知了少林，告知城中將有禍亂。少林明哲保身，便不來淌這渾水。寧王動手了麼？」

尙施道：「寧王還未起事，可能尙未準備好。」

燕龍想了一陣，說道：「眼下三件事，我好生難以委決何者爲先。」她抬頭望向凌霄，凌霄如能讀到她的心思，說道：「奪劍，救人，聯手正教。」燕龍拍手道：「正是。凌大哥，依你說，哪一件最緊迫？」凌霄道：「聯手正教，再同去救人。奪劍只能先緩一步。」燕龍點頭道：「我也是此意。」她抬眼望向龍幫首腦，眾人都無異議，唯獨曉嵐臉現憂色。燕龍問道：「曉嵐，妳怎麼想？」

曉嵐道：「我以爲奪劍極爲緊要，不可輕忽。段獨聖不死，危機不解。我猜想段獨聖的野心決不止於抓起正教武林人士。段獨聖此刻支持寧王叛變，但他隨時可以反覆，倒向皇室。他只是在等寧王起事，到時誰贏了，他便靠向誰，總可以漁翁得利。寧王贏了，他可以藉寧王而挾制天下；皇室贏了，他或許可趁機奪得兵馬大權，以後自己造反作皇帝。」

眾人聽了，臉色都是一變，知道段獨聖一旦當上皇帝，不但眾人難逃殺身之禍，段獨聖的殘忍嗜殺和火教的可怖手段，更將使天下再無寧日。

凌霄站起身來，說道：「龍淚劍仍在寧王手中，我等必得再次闖入王宮，方能奪劍。」燕龍點頭道：「不錯。眼下第一步，還是得聯絡上正教各派。」落葉道：「寧王日前未能攔下龍頭和凌大俠，寧王已傳令全城，通緝你二人。兩位請千萬當心。」

凌霄點點頭，當即率領五虎和虎嘯山莊諸人，燕龍率領龍幫手下，分頭去尋找正派人士和武林豪傑。五虎和飛影熟悉城中道路，龍幫手下又已探出許多門派躲藏之處，到得當日晚間，已聯絡上了大部分的正派首腦。正派眾人中了寧王陷阱，弟子受擒者甚多，都知此時非得與他派聯手才能救回本派弟子。只因各派互相猜忌，來到南昌的路上爲爭奪龍淚劍，更是大打出手，此時分散各處，無法聯絡，也無人有足夠威望取信於人。凌霄在江湖上的地位雖比不上武當、峨嵋等大派掌門，卻因不屬任何門派，沒有門戶之見，又以醫術劍術聞名江湖，此時眾武林人士在危難中聽聞醫俠凌霄出面召集大家聯手，都極願參與合作，里山遂率龍幫手下護送各派首腦來到龍幫藏身處。

三日之後的夜晚戌時，五十餘位武林首領聚集一處。子璋和尚、王崇眞、許飛、司馬長勝、錢書奇、長方道長、吳三石、秦少嶷、梅滄浪、盛冰等掌門人都到了。凌霄向眾人述說火教參與寧王叛變的圖謀和段獨聖的野心，眾人才知處境之危，盡皆義憤塡膺，相誓聯手對抗火教。燕龍亦告知虎俠成立龍幫、消滅火教的意圖，取信眾人。正派眾人原本仍對龍幫頗多疑忌，但在凌霄、許飛、吳三石等人的力倡勸服下，才放下舊怨，全心與龍幫合作。此時江湖中勢力最大、武功最盛的門派幫會，非龍幫莫屬，眾人心中自也清楚，各人處境甚危，若不借重龍幫之力，要單獨對付火教這等大敵，實是勝算微薄。

正派弟子失陷於寧王宮者甚眾，眾人議定於次夜子時一齊攻入寧王宮，相救被擒弟子。燕龍並已召集龍幫屬下三山五嶽的眾幫派門會手下入城，令其相助正派攻入寧王王宮。

卻說那日梁中則受了聖旨，只好硬著頭皮搭船從運河南下，不一日來到南京。他一路西溯長江而上，來到鄱陽湖口的九江。此時寧王早已得報欽差來訪，知道梁中則並未帶兵來，鬆了一口氣，遣了幾名官員來九江迎接。

梁中則心中憂愁，傍晚時獨自站在船頭，眺望鄱陽湖中來往的船隻，心想：「我這番來招撫寧王，實在是個大笑話。寧王怎麼可能就此投降？多半立即要反。他一反，我若不肯歸降，也是個死；歸順了他，他日官軍收復了南昌，我也是個投降叛逆的罪名，這可如何是好？」

眺目望去，見湖上不遠處泊有一船，一個漢子正坐在船頭飲酒。梁中則心想：「我若能如那江湖漢子一般自由自在，無牽無掛，那可有多好。」他凝目向那人望去，但見那漢子一杯接著一杯，喝個不停，似乎在藉酒澆愁，面目卻似曾相識。梁中則心中甚奇，便讓一個隨從撐船過去，請那人過來一見。

過不多時，小船接了那漢子過來。那人一躍上船，抱拳行禮，微笑道：「世伯！」梁中則一呆，卻見他不修邊幅，面孔俊朗，竟然是故人之子陳近雲。

陳近雲早聽聞欽差在湖上，卻不知便是梁中則，聽說他請自己相見，便獨自上官船來，見欽差便是父親的同年，甚是驚喜。他幾年前曾在陝甘道上救過梁中則，二人相見之下，都甚是歡喜。梁中則請他坐了，陳近雲問起他怎會來到九江。梁中則將寧王謀反、自己和御史蕭淮上奏舉發、皇帝接見、聖明國師倡議作法事消災、皇帝派自己出來招降的前後說了。陳近雲大驚，說道：「我早聽聞寧王要反，卻不知段獨聖已在京城替他臥底！」

梁中則忙問：「這聖明國師究竟是什麼人？他這幾年頗受皇帝青眼，我們只知道他是個法師，其他便不知道了。」陳近雲道：「這人名叫段獨聖，是火教的教主。」當下簡略說了火教之事，又道：「世伯，你此行入城危險非常，最好還是別去。寧王指日就反，世伯不如等在南昌城外，要他出來相見。他若不來，你也別進城去。」梁中則連連點頭。

陳近雲又問：「這附近可有什麼兵馬可以調動麼？」梁中則道：「南京守備杜通手中有兵，但此人膽小如鼠，若是打起仗來，多半會守在城裡，不敢出來。我離開前，兵部尚書王瓊告訴我贛南巡撫王守仁是可用之才。王瓊擔心寧王隨時起事，已暗中將旗牌交給了王守仁。」

陳近雲對本朝軍事制度略有所知，說道：「王大人手中有旗牌，便能調動左近軍隊。但寧王造反之前，他畢竟不能有任何行動，以免打草驚蛇。我擔心世伯這一去，不免遠水救不了近火。」

梁中則長歎了一聲，說道：「我奉上命來此辦事，總不能老待在城外不動吧！」

陳近雲道：「不如這樣，小姪先進城去探看情況，若見到寧王將反，我立即讓人傳話給世伯，世伯最好遠遠走避，莫要被他抓住。」梁中則甚是感激，說道：「如此多謝你了！世姪可要多多小心。」

陳近雲便回到自己的船上，赤兒迎上來，問道：「怎麼回事？」陳近雲說了。赤兒道：「玉眞觀的師太們今晚便要入城，我們早一步入城也是一樣。」陳近雲點了點頭，握住她的手，說道：「赤兒，妳不在意吧？」赤兒道：「我不在意，我只是不懂你在作什麼？」

原來陳近雲離開峨嵋後，便回到關中，向方玟提出要解除婚約。方玟驚詫已極，難以接受，待她得知陳近雲變心乃是因爲另一名女子，更是怨恨難遣，哭吵一場，和陳近雲鬧翻了。那時玉眞觀聽聞龍湲劍被劫去南昌的消息，又得知武當派在南昌失利，武當和玉眞同爲道流，一向交好，玉眞觀主凡塵師太便率領門下弟子赴南昌增援。方玟這等大家小姐出身的弟子，一般是不會隨師門出遠門辦事的，何況是參與極爲凶險的奪劍之爭？但她因陳近雲悔婚之事氣惱已極，便稟告父母要隨師父參訪遠處道場，藉以散心並爲父母祈福。她父母哪裡知道江湖上的風起雲湧，便讓她去了。

陳近雲見方玟隨玉眞觀同行，便隨後跟上，路上一有機會，便去尋找方玟，懇求她諒解。方玟惱怒未消，只是不加理睬。赤兒跟在其後，不明白方玟爲何如此惱怒，也不明白陳近雲為何如此自責。她只道二人相愛便是相愛，為何定須有婚姻之約，白頭之誓？她深愛陳近雲，雖不明白，仍舊跟著他前往南昌，看著他卑躬屈膝、低聲下氣地懇求另一個女子的原諒。

一行人來到九江，陳近雲無意中遇到梁中則，才知道寧王叛變已迫在眼睫。他知道凌霄、燕龍和許飛等都在城中，寧王叛變若起，城中無疑將十分危險，尤其有段獨聖在皇帝身邊掩護寧王，這場叛變說不定便會成功。想到此處，陳近雲只擔心得五內如焚，不及等待玉眞觀眾人，當即與赤兒趕入城中，心想：「我得趕快通知大哥他們，讓他們及時走避。」

第八十二章 宸濠之亂

正派武林各首腦與龍幫聚會後的次日淸晨，凌霄偕同五虎來到寧王宮外探查，忽聽前面傳來呼喝之聲。茫茫晨霧中，但見四五騎快馬在前面街上馳過，騎者都穿灰色袈裟，似是少林僧人，其後十餘名火教徒和寧王侍衛大聲呼喝，追趕而上。凌霄心中一動，說道：「那幾位看來應是少林僧人，我們快去相救。」眾人快步奔到街口，卻見少林僧眾中一人忽地策馬回身，衝入侍衛群中，揮劍砍殺一陣，將眾侍衛阻住。那人卻非僧人，凌霄雖未看清他面目，見到他身手，已知是誰，叫道：「師弟！」

那人果然便是劉一彪，他聽到師兄呼喚，膽氣大壯，長劍揮出，登時將身邊三個侍衛砍下馬來。劉一彪回頭喜叫：「大師哥！」

凌霄道：「留心劍意。」劉一彪想起平日凌霄傳授的劍意，他雖未曾通熟虎蹤劍法，但已略窺途徑，此時被逼到絕路，不得不反撲自保，自然而然體悟了虎蹤劍法的劍意，每使一招便砍死或砍傷一名侍衛或火教徒。眾人見他出劍凌厲，紛紛奔逃。爲首的侍衛見情勢不妙，大喊一聲，率領餘人慌忙逃去了。

劉一彪又驚又喜，他學習虎蹤劍法已有數年，卻從不知這劍法有如許威力，此番實戰，令他受益極大。他跳下馬，向師兄奔來，拉著凌霄的手笑道：「大師哥，你來啦！」

凌霄見他平安，放下了心，問起前後。原來劉一彪見凌霄那夜入寧王宮後一夜未歸，心中擔憂，清晨便去城中四處探訪，正碰上火教追殺四名少林僧人。劉一彪在少林寺短居期間認識了不少僧人，與其中二僧相熟，當即出手相助。五人寡不敵眾，在城中打打逃逃，直到此時。

那四名僧人一齊過來合十道謝，爲首的僧人法名淨燈，向凌霄等道出原委。原來早在一個月前，段獨聖便已派人到少林寺，威迫眾僧歸降火教，相助寧王叛變。少林掌門空相不肯屈服，段獨聖便鼓動寧王出兵圍攻少林。須知嵩山少林寺雖是禪宗佛寺，數百年來卻以武僧聞名天下。昔年唐太宗李世民還未當上皇帝時，曾得十三少林棍僧相助脫險，他感念少林相救之義，登基後便對少林加肆封賞。歷年來少林寺往往在政局動亂時出手維護正統皇室，實是江湖上一股不可忽視的力量。段獨聖爲防範少林掣肘，讓寧王起事前先去招降少林，招降不成便派兵圍攻，可說是十分老謀深算的一著。他在此時下手，也是看準了武林其他門派都聚集南昌，無法前去救援少林。他的另一目的，自是要從空相方丈口中逼問籤辭的最後一段。

少林被圍，忙派弟子四出求救，才發現江湖一空，幾乎所有武林的人物都到了南昌。淨燈等來到南昌時，正派眾人不是被抓，便是躲藏在城中，自顧不暇，更無力去相救少林。四僧在城中撞上了寧王侍衛，侍衛便通知火教徒聯手來抓四人。

正說話時，忽見一騎馬疾馳而來，馬上是個中年道姑，神色惶急，不斷回頭看。凌霄不識那道姑，卻識得那匹馬，正是義弟陳近雲的愛騎玉驄，他叫道：「玉驄！」玉驄甚有靈性，轉過頭，向著凌霄奔來，在他面前停下。那道姑翻身下馬，一下馬便摔倒在地，站不起身。

凌霄忙上前扶住，但見那道姑身受重傷，她手指城外，勉力說道：「玉眞觀受火教圍攻，情勢危急，請各位快去相救！」凌霄一驚，但見那道姑再也支撐不住，昏了過去，白虎蔣苓上前將她抱起。凌霄拍拍玉驄的頸子，說道：「玉驄，你主人在何處？快帶我們去找他！」玉驄低嘶一聲，向城外奔去。

當下凌霄率著五虎、劉一彪、四名少林僧人跟著玉驄趕出城外。玉驄直奔到城外五六里的一個小山丘上，只見前面一群五十來名黑衣人手持刀劍，團團圍著二十多名道姑，一個漢子站在眾道姑之前，正揮著吳鉤軟劍和三名黑衣人交手，正是陳近雲。

凌霄叫道：「兄弟！我們來助你了！」陳近雲聽到凌霄的聲音，喜叫：「大哥！」長劍飄忽，已刺傷了兩名敵手。凌霄率領眾人往火教徒中衝去，但火教人數眾多，凌霄等一時衝不過去。火教教眾見有外援，一半出來抵擋，一半衝上猛攻玉真觀眾道姑。陳近雲和赤兒二人在前擋住，眾道姑也揮兵刃抵抗。凌霄見玉真觀眾人武功不及，單靠陳近雲和赤兒難以撐住，正想騎上玉驄衝入重圍，忽見一群白衣人縱馬從山谷另一邊奔出，都是女子，和火教徒交起手來。凌霄一呆之下，已看出那些女子正是百花門人，武功都自不弱，幾名門人一手持劍，一手持著小瓷瓶，顯是在使毒。果見不多時，火教徒便都摔下馬來，已被百花門人不知用什麼手法毒死了。

玉真觀眾道姑已有數人死傷，陳近雲奔到玉真觀眾人之間，見到方玟手臂受傷，忙上前查看她的傷勢。方玟將他的手甩開，冷冷地道：「陳公子，還請自重！」

陳近雲不知該說什麼，只道：「妳沒事麼？」方玟轉過頭去不答，卻見到一個黑衣女子站在不遠處，正是赤兒。赤兒隨陳近雲一起出手相助玉真觀眾人，方玟早已見過她，此時見她持刀而立，英姿颯爽，忍不住道：「她……就是她麼？」

陳近雲點了點頭。方玟見赤兒容色艷美，刀法精奇，英爽豪邁，和自己比起來，她確實和陳近雲更爲匹配，心中又嫉又怒，忍不住流下淚來，快步走回師父凡塵師太身邊。凡塵輕輕拍了拍她的肩頭，過來向陳近雲和凌霄等道謝。

凡塵說起玉眞觀入南昌相助武當派的因由。火教早在入城各路途上設伏，見有武林中人入城，便出手突襲，玉眞觀一行人猝不及防，在城外中了埋伏，被火教圍攻。陳近雲與赤兒在前不遠，當即回頭出手相助，一眾人才在火教手下撐了一陣。也幸得凌霄等便在左近，又逢百花門人前來解救，不然再打一陣，只怕陳近雲等勢單力薄，也得喪命於此。

凌霄過去和百花門人相見，那爲首的白衣女子走上前來，未語先笑，向凌霄道：「凌大俠，你還記得我麼？我是蘭兒啊。」凌霄定睛看去，卻見正是多年不見的白蘭兒。白水仙赴大漠時她並沒有跟去，離上回相見已有十多年了。凌霄初見她時，她還是個十三四歲的小丫頭，此時她已是二十多歲的大姑娘，身形拔高，出落得甚是清秀俏美，一雙大眼仍舊靈動活潑，一如往日。凌霄再見到她，甚是歡喜，問她怎會來此。蘭兒道：「舒堇師妹在寧王宮中見到你，向門主報告你們在南昌遇險，水仙娘娘、百合娘娘、火鶴娘娘都說要傾力相助於你，派我來聽取你的指令。水仙娘娘得回了叛徒劉芙蓉的解藥譜，對龍頭感激非常，下令百花門人一應供凌大俠和龍頭差遣指揮。」

凌霄危急之中得此助力，精神一振，想了想，說道：「蘭兒姑娘，妳可能帶百花門的姊妹，去替少林解圍麼？」蘭兒躬身道：「謹遵凌大俠之命。我聽聞少林寺被圍數日，似乎是南昌派出的軍隊，共有兩三千人。三位娘娘手下共有兩百多名弟子，個個毒術精湛，應可抵敵。」

凌霄道：「如此便多謝妳們了。師弟，請你和四位師父領百花門各位女俠一起趕回少林，設法解圍。敵多我少，正派眾人都被困在城中，無法出手相助。百花門善使毒術，蘭兒姑娘聰明多智，你一切行事和她商量便是。」劉一彪點頭答應。

凌霄又道：「淨燈師父，城中情勢危急，少林若得解圍，請稟告空相方丈和空照大師，請兩位派少林弟子來南昌相助。正派武林的存亡，便在與火教對敵的這一役上了。」淨燈合十應諾。當下四僧、劉一彪、蘭兒等一行人便即上路，趕回嵩山少林寺。

凌霄和五虎、陳近雲、赤兒、玉眞觀眾道回進城來，但見城中兵馬騷動，甚是不安。一行人回到城西龍幫藏身處，才一進門，曉嵐便迎上說道：「寧王動手了！」

原來寧王早在京城中撒下大把錢財，打點好了諸多朝中大臣，人人都收過他的賄賂，因此雖人人知道他要造反，卻無人吭聲。不料御史蕭淮和大學士梁中則不曾被收買，憂心國事，終於舉發了他的反叛之謀。皇帝留心上了此事，便派大學士梁中則南下宣撫。

寧王得知後大驚，欽差轉眼抵達南昌，而朝廷大臣並未提早向他通報，他思來想去，認爲定非好事，說不定欽差來此，懷有密令要將自己全家抓起，押解回京。他當即找了謀士李士實來商討。李士實也嚇得有些慌了，說道：「此非吉兆，王爺當盡速應變。」

寧王急道：「我就是要知道該如何應變，不然要你何用？」李士實正要開口，忽聽門口報道：「聖火神教張護法求見。」

寧王哼了一聲。他籌備叛變多年，知道火教勢力龐大，因此很早便跟火教結交，關係密切。一個王府，一個邪教，聯手在江西坐地分贓，狼狽爲奸。多年來火教靠著寧王的庇護在江西聚斂了千萬財富，因此寧王雖非火教信徒，卻頗受段獨聖重視。然而此番他拒絕交出龍淚劍，又三番四次推辭不見火教使者，想必已讓火教中人十分不快。如今火教派出地位僅次於教主的護法前來，寧王素知火教手段，知道再也無法躲避，只能硬著頭皮去見。

他來到廳上，但見張去疾負手而立，臉色溫和，面帶微笑。寧王跟他打過幾次交道，知道這人笑裡藏刀，面善心惡，不敢放鬆戒備，忙恭謹上前招呼。

張去疾笑吟吟地跟他寒暄了幾句，說道：「神聖教主今日命本座前來，是有大好消息要告訴王爺。」寧王道：「有勞神聖教主眷顧，本王洗耳恭聽。」張去疾壓低了聲音，說道：「教主以無邊神通，看見此時正是王爺起事奪取天下的大好時機。」

寧王心中大動，說道：「願聞其詳。」張去疾笑了笑，說道：「王爺想必已經知道，有人在皇帝跟前告發王爺有意叛變，皇帝派出的欽差已抵達九江。」寧王臉色一變，說道：「這算什麼大好消息？」張去疾不慌不忙地道：「教主已預言過許多次，今上正德不得人心，王爺一起事，定將摧枯拉朽，在三個月內奪得皇位。但王爺思慮良多，遲遲不肯發兵，白白延誤了時機。如今欽差之來，身懷密令，準備就地擒捕王爺，革爵削土，株連親族。」

寧王大驚失色，拍桌而起，怒道：「好個正德！我還沒反你，你倒先拿我開刀了！」

張去疾望著他，緩緩說道：「王爺聖明，自當作出應變。至於教主所請二事，不知王爺考慮得如何了？」

寧王嗯了一聲，說道：「神聖教主想要的，無非是龍湲劍和正派俘虜。後者我可立即交給教主。至於龍湲劍，我既要起事，便得持劍立威。一旦身登大寶，這劍自可賜予教主。」

張去疾眼神閃爍，凝視著寧王，說道：「王爺想起事成功，教主的扶助支持絕不能少。」

寧王道：「這我何嘗不知？本王日後自會重重答謝教主。待我打下南京，在南京稱帝後，便可將此劍交給教主。」張去疾臉色一變，說道：「太遲。教主立即便要這劍！」

李士實此時在旁插口道：「張護法，請聽我一言。王爺既然要起事，就需有十足成功的把握。如今王爺已召齊十萬兵馬，唯欠起事的吉兆。王爺若少了這柄劍，軍心不穩，起事功虧一簣，聖火神教和神聖教主又豈能置身事外？來日方長，還請教主大度相容，以留未來共理天下之機。」這話威脅中帶著利誘，如果事情不成，寧王定會將火教拖下水，大家都是叛賊，別想僥倖脫罪。而火教若今日便與寧王決裂，日後寧王若反叛成功，想必也不會眞心賞賜段獨聖，更別說與段獨聖共治天下了。

張去疾一聽，臉色立即變得十分難看。他雖打滾江湖、存身火教多年，卻從未與讀書人打過交道，未曾見識過官場的爾虞我詐、勾心鬥角。李士實這番話說得恰到好處，讓他一時不敢妄動。

寧王立即安撫道：「本王對教主推心置腹，眞心相交，豈會爲了一柄劍而損害這分珍貴友情？其中輕重，還請張護法三思。」

張去疾沉吟一陣，顯然無法決定，說道：「待我請示教主之後再說。」

寧王道：「本王與神聖教主合作無問，已非一日。待我身登寶位，日後自有大大借重教主之處。」心想：「此時且讓你囂張，我若稱帝成功，還怕你小小火教不成？」

張去疾站起身，說道：「那麼俘虜我便先提去了。」李士實卻道：「這幾日來，有不少武林人物闖入王宮，意圖搶救失陷的同門。此時城中只有王宮牢房最爲安全，張護法不如還是將人留在此處，以免押解大批犯人出宮，途中反令賊人容易下手。王爺起事在即，需防這等江湖人士生事掣肘。」

張去疾心想：「這考慮倒也有理，寧王手中押著俘虜，至少江湖中人不會敢輕舉妄動。」忽然心生一計，點頭道：「李先生思慮周詳，所言甚是。本座另有一想，不知王爺和先生意下如何？」當下說出了心中的計謀。李士實聽了，連連點頭應承。寧王已將眼光投向了皇帝的寶座，心思早已不在這些江湖小恩小仇之上打轉。

張去疾走後，寧王見他帶來的信息正與自己的懷疑相合，驚懼交集。他豈肯坐以待斃，決定立即發難。那日正是六月十四，前一日恰好是他的生辰，他原已準備大開筵席，邀請南昌大小官員來王府祝壽，心想不如便利用壽筵將眾官員一網打盡。

壽筵當中，眾官員正飲酒談笑間，寧王忽然一揮手，數百名侍衛湧入廳中，手持武器，將所有的官員都包圍了起來。接著他放聲大哭，說道：「當今正德皇帝不是孝宗先皇的親生兒子啊！太后如今發現了眞相，傳達密旨，命我起兵討伐正德，另立新主！」

所有官員聽到這話，都嚇得呆了，一時鴉雀無聲。他們來王府祝壽，原本已是慄慄自危；人人都見到數月來滿街來來往往的盡是武林人物，攜刀帶劍，氣勢洶洶。眾官員不知道這些人是來奪劍的，也不知道他們雖有些歸附了寧王，其餘大多數並不肯跟隨寧王叛變，被寧王抓起來了好些。沒想到當晚來王府赴宴，便聽寧王當眞要反，而且今夜就要起事。

一片沉靜中，江西巡撫孫燧不肯妥協，站起身大聲質問道：「太后密旨何在？」寧王拿不出來，只能道：「密旨怎能讓你等觀看？你不跟我起事，便是反叛，拖出去斬了！」孫燧大罵不絕，被寧王手下綁起，推出去斬首。餘人見狀，哪還有人敢多出一聲？

第八十三章 危城之中

接下來數日中，南昌城中風聲鶴唳，所有不跟寧王反叛的官員都被抓起下獄。寧王點查眾官，發現大對頭王守仁不在城中，立即派人去追，找到格殺勿論。當時王守仁離開南昌不遠，正在水路上。他聽到寧王發難的消息，心中一震，趕緊吩咐船夫靠岸。離岸十餘丈，便見三人站在岸邊等候。王守仁遠遠見到這三人勁裝結束，似乎是會家子，生怕是寧王派出的刺客，忙吩咐船家掉轉船頭。然而船還沒來得及掉頭，其中一人已從十餘丈外飛身而起，一足在水面點了一點，復又躍起，如飛鳥般竄上了王守仁的船頭。

王守仁何曾見過這等出神入化的輕功，睜大眼凝視著面前這人，但見他身形瘦小，一張尖臉。來人抱拳道：「王大人，在下飛影奉虎山醫俠之命，特來保護。醫俠請大人上岸一見。」

王守仁聞言大喜，說道：「是醫俠來了麼？」連忙讓船靠岸，果見凌霄站在岸邊。凌霄見王守仁平安無事，鬆了口氣，說道：「王大人，寧王已經造反了，派出不少刺客來追殺大人。這兩位飛影落葉是龍幫手下，輕功高絕，爲人機警。龍頭特派他二人跟隨大人，保護大人安全。」

王守仁連忙稱謝。落葉行禮道：「敝幫已安排了民船，請大人即刻換船而行。」王守仁立即帶著幾個隨從下了官船，坐上龍幫準備的民船。

臨行前，凌霄問道：「大人此去打算如何？」王守仁沉吟道：「我得找個地方安頓，召集兵馬。我需要時間，總要十日才夠。」凌霄皺眉道：「寧王軍馬齊備，既已公開叛變，如何會多等十日？」

王守仁眼睛一亮，說道：「我有辦法。」當即命隨從鋪紙擺墨，寫了兩張紙，交給凌霄。但見一張寫道：「都督許泰、郤永將邊兵，都督劉暉、桂勇將京兵，各四萬，水路並進。南贛王守仁、湖廣秦金、兩廣楊旦各率所部合十六萬，直搗南昌，所至有司缺供者，以軍法論。」另一張寫道：「字囑李公士實：汝歸國之誠，上心深明，事成自有厚賞。須極勸寧賊早離洪都，進取南京。切！切！」

凌霄第一張看得懂，猜想王守仁是想虛張聲勢，讓寧王不敢妄動；第二張卻不明白。王守仁道：「這李士實是他的軍師，寧逆對他頗爲信任。我將這信用蠟丸封起，請你故意讓寧王奪去，讓他開始懷疑那姓李的，心存顧忌，不敢輕易出兵。這第一張紙，你讓人多多抄寫，在左近府縣到處傳送張貼，好讓寧逆眞以爲有這許多軍隊會前來夾擊。」凌霄問道：「實際上卻有多少軍隊？」王守仁苦笑道：「半個人也沒有。待我到得吉安，再召集軍隊，見機行事罷了。」

凌霄見他膽大心細，機智多詭，與燕龍行事頗有相似處，不禁露出微笑。王守仁問道：「怎麼？」凌霄笑道：「大人行事作風，讓我想起了我的那位好友。」王守仁也笑了，說道：「便是你的那位知交麼？改日我一定要見見她！」又問道：「你卻有什麼打算？」

凌霄沉吟道：「我要回到南昌城，著手去辦好幾件事。武林中人有不少被寧王擒住，我們需想法將眾人救出。龍湲劍中藏有消滅火教的祕密，我們得將伺機奪劍。段獨聖打算靠寧王造反擴大勢力，甚至掌握兵權，我們必得在他得逞前阻止他的陰謀。」王守仁在龍場和南昌與凌霄長談數次，對火教內情已十分清楚，深知凌霄他們要作的絕不比自己率軍平定寧逆來得容易，點頭道：「我來對付寧王叛軍，段獨聖和火教就交給你了。」

兩人都知眼前形勢險峻，互道珍重，行禮為別。

凌霄目送王守仁在飛影落葉的護衛下乘舟離去，便回入城中，立即與燕龍說起王守仁的計策。燕龍眼睛一亮，說道：「這王大人才智過人，當真不可多得。」立即命令龍幫手下去廣發檄文，洩漏蠟丸藏信。龍幫行事細密，兩件事作得又快又謹，直是滴水不漏。

此時寧王已集結了八萬大軍，準備向東進發。但他見到了在各府各縣散布的調軍檄文，果然大吃一驚：「沒想到正德反應這麼快，幾日之間，便已發動了這許多人馬來攻打南昌！」他生怕敵人攻打自己老巢，一時不敢率領軍隊離開。而就在此時，那枚藏信蠟丸也被寧王手下搜去。寧王見了藏信，雖不大相信李士實會背叛自己，心中卻不免起疑。而此時李士實又大力鼓動寧王立即領軍攻打南京，寧王更是滿腹疑竇，決意暫時按軍不動。

等了十多日，到了七月初，寧王沒見到十六萬大軍的影子，終於決定率領六萬軍隊出南昌，令強盜好友閔念四率先展開攻擊，攻破了南昌以北、鄱陽湖畔的九江、南康兩個大城。接著大軍順流而下攻打安慶，準備下長江，一舉打下南京，在南京稱帝。這場叛變來得好快，皇室毫無準備，京師震動。

正當諸大臣驚憂焦急時，生性調皮好動的正德皇帝得訊卻大為高興，決定一展身手，親自率軍出征，在京城調兵遣將，忙了個不亦樂乎。

寧王剛發難時，陳近雲擔心梁中則在九江遇上危險，決定出城通知他盡快走避。凌霄隨他同去，將梁中則安全送到大運河上，讓他乘船回京。二人剛回到南昌龍幫藏身處，便見燕龍神色憂慮，說道：「情勢危險得緊，幸好你們在城門關上前回進城來。」凌霄等忙問端的。燕龍道：「寧王終於沉不住氣，關閉了南昌城四門，留下二萬軍隊守城，自己率領大軍出城去了。」

陳近雲說出梁中則曾在皇宮見到自稱「聖明國師」的段獨聖，燕龍皺眉道：「眞沒想到段獨聖在已京城中建立起勢力，能夠左右皇帝的決定。這場叛變勝負難料，我們救出人後，須得立刻退出城去。」眾人都點頭稱是。

燕龍道：「寧王此時宮中空虛，我們約齊正教中人，今晚正好去救出被擒的正派弟子。寧王出城打仗，龍湲劍多半帶在身上。王守仁軍隊尚未召齊，寧王一時難遇敵手。我只擔心段獨聖會趁亂奪去龍湲劍。」

凌霄道：「龍幫勢力最大，應與正派眾人聯手去王宮救人。我去追上寧王軍隊，伺機奪劍。」燕龍低頭想了想，說道：「好，就是如此。眼下寧王率領軍隊沿江東進，局勢危險，你須一切當心，若無把握逃脫，便不要出手。」

陳近雲在路上已聽凌霄說了這柄劍的緊要，熱血上湧，說道：「大哥，我跟你一起去。」凌霄知道陳近雲輕功甚高，自是助力，燕龍也點頭道：「陳大哥，你輕功絕佳，若是奪得了劍，請你先持劍回城。要殺死段獨聖，我們只能靠這柄劍上的祕密了。」凌陳二人答應了，當下換了夜行裝，躍出城去，騎了快馬，向安慶趕去。

當日傍晚城外傳來消息，說寧王已打下了安徽大城安慶。燕龍甚是擔憂，不知凌霄和陳近雲此番去奪劍會否有危險。當夜過了子時，她率領龍幫眾高手和屬下各幫派，來到寧王宮外不遠的寺廟中，與正教眾人會合。眾人自峨嵋金頂一役，便對龍幫和辛龍若十分懾服，自以龍頭馬首是瞻，聽其號令。燕龍當即分派峨嵋、雪峰、梅家、盛家攻打西門，武當、泰山、秦家攻打東門，長青、點蒼、丐幫攻打西南，龍幫和手下則從南方正門攻入。子時一到，各路英雄從四面攻出，殺入寧王王宮。

此時寧王出外征戰，寧王宮的守衛不如幾日前嚴密，雖仍有數百名侍衛，卻哪裡是武林高手之敵？眾豪傑攻了不到一個時辰，便闖入了王宮，在燕龍的指揮下，四散尋找正派弟子被囚禁之處。又過半個時辰，龍幫尋到了寧王的地牢，闖將進去，將被擒弟子都救了出來。

燕龍與子璋、王崇眞、許飛、司馬長勝等聚會，說道：「此處不宜久留，當即時退去。」當下峨嵋、武當、點蒼雪峰掌門各自集合弟子，準備退出，卻有一些不屬各派的江湖豪客，有的想趁火打劫，有的想趁亂奪劍，仍在宮中四處亂奔。

眾武林人士正要分批退出王宮，雲龍英奔到燕龍身邊，說道：「不好了，我們被火教民兵包圍了！」燕龍皺眉道：「火教民兵？」雲龍英道：「四門外共有上千人，似乎是段獨聖訓練的民兵。」燕龍道：「我去看看。」她探頭望去，暗叫不好。但見門外密密麻麻地布滿了人馬，正是火教教眾，馬匹刀箭充足，全副打仗的陣勢。這批民兵乃是寧王代火教祕密訓練而成，人數之多，遠遠超過燕龍預料。

王崇眞道：「我們能衝殺出去麼？」燕龍搖頭道：「他們持有弓箭，人數是我們的五倍之多，只怕不易衝出。」正教眾首領齊集在宮門之內，聽龍頭這麼說，都不由得臉上變色。眾豪傑都是武林人物，慣於單打獨鬥，全無打仗經驗；之前來到寧王宮奪劍的武林人士曾被軍隊包圍，見識過與軍隊作戰的艱難，憑你武功再高，也可能失手死於亂軍之中。此時眼見敵軍人多勢眾，宮中諸人又都是烏合之眾，如何能衝殺出去，脫離困境？

眾武林中人當夜與龍幫聯手攻入王宮，眼見龍幫號令嚴明，幫眾井然有序，都知各武林門派中只有龍幫有實力與門外敵人一戰，不約而同望向龍頭，盼他能想出奇計，率領眾人逃出生天。

燕龍皺眉凝思，守在門外的人馬約莫兩千，己方只有數百人，若要硬打出去，傷亡定眾，此番剛剛救出俘虜，不宜再受創傷，只能以奇計逃出。她忽然想起西園中的祕密通道，心想：「寧王可從寢宮逃到西園中，一定也有辦法從西園逃出王宮。」當下吩咐道：「尚施，龍英，你二人去西園中假山處，仔細尋找該處是否有祕密通道可離開王宮。」兩人領命而去。

燕龍轉身望向各派掌門，說道：「眼前情況，請問各位有何對策？」

眾人面面相覷，都道：「全聽龍頭指揮。」

燕龍點點頭，當即說道：「我們須先牢牢守住各門，絕不能讓敵人攻入。各門之間的圍牆也須把守。里山，你和武當、泰山、秦家負責守住東門和東邊圍牆，舞雩，妳和峨嵋、雪峰、梅家、盛家負責守住西門和西牆。吳幫主，請你率領手下弟子和長青弟子負責西南門和南方圍牆。許少掌門，請你率弟子在宮中尋找暗道出路。我們龍幫則守住北方。」各人聽她分派妥當，都一齊遵服，各派掌門幫主率領手下弟子，與龍幫眾人合力分守四門。

眾人才在各門布置好守衛，門外火教便已開始攻擊，前排弓箭手不斷向宮內射箭。宮內武林豪傑在龍幫各頭目的指揮下，守住各門，雙方對峙不下。苦戰到天明，火教攻勢略歇，眾武林豪傑都疲累不堪，輪流就地休息。

燕龍望向東方，見天色漸白，心中擔憂：「火教將我們困在此處，一定早有預謀，我竟落入他們的陷阱，實在太過大意。不知霄哥和近雲大哥去找寧王，能否順利奪得寶劍？」

卻說凌霄和陳近雲騎馬快奔了一夜，清晨才來到寧王大營。這時寧王已攻下安慶，在貴池駐軍，準備延江攻打南京。凌陳二人見大營防守嚴密，要從千軍萬馬的軍營中奪得龍湲劍，談何容易？陳近雲道：「我們得扮成士兵混進去。」

二人便偷了兩套軍服換上，悄悄混入大營。那日晚間，見到一群黑衣人進入大營，快步走向主營大帳，當先的是個身穿紅袍的中年人，正是張去疾。凌霄和陳近雲對望一眼，隨後跟了上去，來到大帳之外。二人仗著輕功，伏在帳外角落偷聽。

但聽帳內張去疾道：「參見世子殿下。」一個青年的聲音道：「張護法免禮。請問神聖教主有何指令？」張去疾道：「教主從京城傳來消息，說道皇帝雖準備親征，但還在慢慢籌備，尚未出發。只等寧王一打下南京，教主便出手殺死皇帝。到那時節，天下無疑便是寧王爺的了。」世子笑道：「這天下，父王定與教主和諸位同享。」

張去疾卻未發笑，冷冷地道：「既是如此，教主交代屬下來取龍湲劍，世子爲何始終不肯交出？」

世子道：「須請張護法見諒。這劍是父王打勝仗的吉祥之物，父王心願完成前，都希望將劍帶在身上。父王身登大寶之日，也是要佩著這柄劍的。父王的意思，當他封神聖教主爲聖明無上大寶國師時，自當將此劍賜給教主。」

張去疾道：「這柄劍教主此時就要。寧王若是不給，這南京城，保證打不下來。」

世子強笑道：「張護法這話是什麼意思？我可不懂了。」張去疾冷笑不答，說道：「世子殿下，你以爲你的命是在自己手中麼？你以爲令尊的命是在他自己手中麼？」

世子哼了一聲，說道：「張護法這是擺明來威脅了麼？你要小王的性命，這便拿去。你若以爲可以傷得了我父王，卻未免太天眞了。」忽聽世子喉頭一響，發出幾聲呻吟，想來是被張去疾伸手制住了。旁邊的侍衛紛紛驚喝：「大膽！」「住手！」張去疾的手下出手極快，將眾侍衛砍死在地。

一陣紛亂後，張去疾又道：「世子，你說我要你的命，這便拿去。我現在便來取了。你反正兄弟甚多，死了一個，你老子總會另立一個。」世子戛然說不出話。

張去疾又道：「你還不明白麼？寧王叛變成功與否，全在教主一念之間。皇帝對教主也十分信任，寧王若是對教主有半絲不恭，懷藏私心，教主大可撒手不管。」

世子囁嚅道：「是……是。張護法說得是。」張去疾道：「再說，寧王若當上皇帝，這太子之位非你莫屬。這柄劍你若不肯交出，神聖教主定會和令尊反目。令尊叛變不成，你這太子之位也不用夢想了。」

世子沉默了一陣，才道：「這件事我無法說服父王。我只知道他並未將劍帶在身上。」張去疾道：「那他將劍留在何處？」世子道：「在王宮裡。」

張去疾哼了一聲，說道：「世子，教主的指令，天下還沒有人敢不聽從。你若要達成你的願望，只有全心聽從教主的指令，明白了麼？」

只聽世子倉皇退後了幾步，張去疾似乎放開了他。世子低聲道：「謹遵護法教誨。這柄劍確實留在宮中了，留在何處，父王卻始終沒有告知。我對神聖教主忠心耿耿，到此地步，如何還敢相瞞護法？」張去疾道：「好！」回身出帳，帶著隨從去了。

凌霄和陳近雲也悄悄退去。凌霄心中擔憂，段獨聖如此心急奪得此劍，再次派出張去疾前來討取，莫非他已得知了籤辭的最後一句？陳近雲道：「寧王這人老奸巨猾，多半心中顧忌段獨聖會出賣他，知道他一心要得到這劍，便蓄意扣留著不給，可作爲日後跟他討價還價的籌碼。」凌霄道：「你想世子說劍在宮中，可是眞的麼？」

陳近雲道：「我想是的。此時龍幫眾人應已攻入寧王宮，我們得趕快去通知他們，入宮尋劍。」凌霄道：「不如你先回南昌通知龍幫，我留在此處再探消息。」當下二人商議定了，陳近雲便騎馬回向南昌，凌霄仍留在寧王大營。

此時王守仁已在吉安集結了八萬軍隊，正商討應去解救南京，還是攻打寧王的大本營南昌。大多官員都主張去救南京，王守仁卻力排眾議，說道：「如今九江、南康已被寧逆占領，我們若越過南昌與賊兵在江上相對，這兩郡若出兵斷我後路，那就是腹背受敵了，不如直搗南昌來得有利。眼下寧逆精銳部隊都已開出，城中守備空虛；而我軍剛剛集結，氣勢猛銳，攻打南昌一定能破。寧逆聽到南昌被攻破，一定會趕回來解圍相救。這時我們反出城去，在湖中迎擊，一定能戰勝逆軍。」其他官員聽了，都點頭稱是。王守仁便開了八萬軍隊，直往南昌攻去。

同一時候，寧王已一路向長江下游攻打，勢如破竹，轉眼便將來到南京城下。

凌霄當時決定留在寧王軍中，並非只爲探聽消息，而是想找機會殺死寧王。他估量南京城一破，段獨聖便會動手刺殺皇帝，他征服天下的野心也就將達成。此時唯有殺死寧王，才能阻止禍亂。他跟隨寧王大軍數日，已確知龍湲劍不在寧王身邊，卻始終沒有機會出手刺殺他，心中焦慮。不數日，大軍就將開到南京城下。凌霄當即先入城去，想助南京軍隊守城。他剛來到南京守備衙門外，便見到一張布告，寫道：「南京守備杜通疏忽職守，諭令革職。新任守備將於即日派任。」

凌霄心中更加憂急，叛軍來到城下，還如此臨時撤換守備，這城如何能守得住？當下潛入守備衙門，想探聽新任守備是何人。他才來到衙門中，心中便是一緊。卻見衙中站滿了黑衣人，竟全是火教教徒！又見吳隙和石雷等都在衙中，心想：「莫非皇帝將任命火教中人擔任南京守備？」

他躲在衙門內半日，聽得門外喧鬧，一個欽差太監前來宣旨，說道：「皇帝急詔，諭令聖明國師段獨聖兼任南京守備，統領南京軍隊，平服寧王叛變。」吳隙和石雷跪下代爲受旨。

凌霄聞言大驚，背上流下冷汗，心想：「段獨聖果然趁機掌握了兵權！」又想：「寧王始終不肯交出龍湲劍，段獨聖對寧王多半已起疑心，很可能就此傾向皇室，撲滅寧王。但他若仍與寧王聯手反叛，如今南京已在他掌握之中，皇室必定會敗。不知他究竟會開城迎立寧王，還是會出兵平息寧王叛變？無論如何，我都得快將這消息傳給南昌眾人。」

凌霄隱身於南京守備衙門中，想探知段獨聖南京軍隊將如何進止。這一日間，城中兵馬喧騰，顯然段獨聖已下令動員南京城的軍馬。當夜吳隙和石雷聚集各將領，在衙門中討論軍情。一個將領道：「今日來的消息，贛南王守仁已調軍離開吉安，就將攻打寧王的老巢南昌。」另一個道：「寧王原本將近南京城下，聽說王守仁的軍隊北上，已趕回頭去救了。」

卻聽吳隙道：「王守仁的軍隊是臨時徵召來的，素無訓練，豈是寧逆之敵？段守備有令，我們明日便出軍，追上攻打寧逆軍隊，直搗南昌。」

凌霄一聽，便確知段獨聖已與寧王反目，決定平息寧王叛變，南昌城岌岌可危。他擔憂城中眾人，心想：「最好他們已救出正派中人，逃出了南昌。」他又在衙門中等了半夜，段獨聖竟始終沒有出現。他便飛身出了衙門，翻過南京城牆，快馬回向南昌。

陳近雲早凌霄兩日回到南昌，卻發現龍幫和正派中人仍被困在寧王宮中，火教民兵攻打不入，團團守在寧王宮外。他心中焦急：「宮內眾人多半不知道寶劍便在宮中，我卻該如何通知他們？」他試圖想闖入寧王王宮，但火教民兵圍攻正緊，他單槍匹馬，如何能衝入重圍？

此時寧王宮中各人已被困了數日，幸而宮中不乏清水食物，在龍幫指揮下，眾人自保無虞，與火教民兵相持不下。燕龍令手下及正教各派守住四門，派點蒼弟子和尚施等去尋找祕密出路，卻始終沒有找到。

這日，燕龍正與王崇真等正派首腦討論冒險衝殺出去的策略，忽見一個點蒼門人快奔過來，叫道：「找到出路了！」眾人聞言大喜。那弟子道：「是許少掌門找到的。東北角有個地宮，有地道可通向宮外。」

燕龍問道：「許少掌門呢？」那弟子道：「他獨自先出宮去了。」燕龍微微皺眉，她知道許飛不是會丟下師兄弟獨自逃命的人，心想：「他定然要去作什麼大事，才會不告而別。他究竟去了哪裡？」她此時無暇再多想，連忙指揮龍幫和丐幫斷後，讓正教眾人先從祕道逃出。眾人聽說找到了祕道，都興奮之極，順序撤退。

眾人早先在寧王的牢獄中找到了一群不肯從逆的朝廷官員，燕龍心想這些人是寧王的敵人，敵人的敵人便是朋友，便將他們全數放了出來。這些官員大多是文官，手無縛雞之力，更無法相助武林中人守住宮城，並無大用。此時武林中人找到了出路，燕龍便安排讓這些官員先逃出宮，並讓龍幫中人護衛他們藏身到安全之處。

第八十四章　妾身無顏

而南昌城幾百里外，許飛正騎馬快馳。燕龍所料不錯，他的確要去作一件大事。他此時心裡只有一個念頭：「我要殺死寧王！」

眾人被困的數日中，許飛分派同門弟子在寧王宮中四處搜尋，自己則潛入寧王後宮，逼問幾個宮女四姝的所在。那時寧王的許多姬妾都躲進了寧王王宮地底的地宮之中，許飛闖入地宮，眾姬妾都是大驚，紛紛尖叫起來。許飛喝道：「不許作聲！我只找江寧四姝。」

一個姬妾指引他去往一間小室，原來這地宮之下竟有許多通道房室，直比地面上的宮殿還龐大。許飛來到那小室前，在外敲了門，不多時有人來開了門，照面正是春風，一見到他，微怔道：「許少掌門！」許飛見她雙目紅腫，又見房內冬雪正伏在夏雨懷裡哭泣，獨不見秋露，忙問：「秋露姑娘呢？」

夏雨站起身，指著他怒道：「你還問？都是你！都是你害了秋露！」許飛忙問：「秋露怎麼了？」春風已泣不成聲，說道：「大王知道了你們的事，又發現她去放了你的師兄弟，便廢了她的武功，將她……將她打入了奴宮。」許飛臉色一變，問道：「什麼是奴宮？」春風搖頭不語，夏雨也別過頭去。冬雪見許飛焦急的模樣，婉轉說了。許飛腦中轟的一響，立即道：「快帶我去找她！」夏雨怒道：「她正是毀在你手中，你還有臉去見她？」許飛抓住冬雪的手臂，喝道：「快，我要見她！」

冬雪一咬牙，說道：「現在王爺出城打仗去了，不在宮內，我帶你去吧。」當下領許飛出了地宮，來到寧王宮殿角落的奴宮。許飛略一遲疑，身子微微發顫，不知自己是否眞有勇氣去見她。冬雪當先推門進去，但見室內昏暗骯髒，散出一股難聞的氣味。一條甬道通向一間間小室，此時宮內大亂，自也沒有人來此尋歡。

冬雪低聲道：「這兒平時都有守衛，不知到哪兒去了？」二人往甬道走去，卻見室中都是被囚禁在奴宮的女子，大多衣衫不整，有的身上更無衣服。二人一間間搜尋，終於在一間小室中找到了秋露。冬雪低呼一聲，推開室門衝上前去，上前抱住了姊姊。

秋露在骯髒的牢房地上縮成一團，身上衣不蔽體，頭髮散亂糾結，臉色蒼白，渾身顫抖，手腕腳踝上傷痕觸目驚心，顯然筋脈已被挑斷。冬雪見到她悲慘的情狀，已能猜想她這些日子遭受了何等殘酷的折磨，忍不住哭道：「三姊，三姊！」見她身上赤裸，忙脫下外衣替她披上。秋露抬頭見到妹妹，又見到許飛，驚呼一聲，低下頭來，只覺羞慚卑下，無地自容。冬雪扶她坐起，說道：「三姊，我們走，快離開這兒！」

許飛站在當地，不敢相信眼前這污穢悲慘的囚犯，便是曾與自己言笑晏晏、攜手訴情的俏佳人，震驚得說不出話來。

秋露抬頭見到他臉上的神情，心中霎時一片清楚明白。她輕輕推開冬雪，顫巍巍地站起身，看似想向許飛說話，卻陡然拔出冬雪腰間匕首，一回手，刺入了自己的胸口，鮮血噴得冬雪一身。冬雪驚得呆了，許飛驚呼一聲，忙衝上前，只見那匕首已深入她胸口，眼看是不活的了。他伸臂將秋露抱在懷中，伸手握住那匕首，想要拔出，卻又不敢。

秋露呼吸漸弱，向他苦澀一笑，斷斷續續地道：「我……太過癡心妄想，以爲我這麼卑賤的身子，還可以接受你的情意。我原本便不是個乾淨的女子，我的身子老早就被他……被他弄得骯髒之極。你是個英雄豪傑，和我一起……只會玷污了你的名聲。」喘了口氣，又道：「事到如今，我連人都不是，還能奢求什麼？只得一死，能……能再見到你，我已很滿足了。」

許飛抱著她飽受折磨的身軀，聽著她臨死前的哀訴，只覺整顆心都被撕碎成一片片地，低聲道：「妳一點都不骯髒，在我心中，妳永遠是個清淨的好姑娘。」秋露微微一笑，側過頭去，再無呼吸。

許飛輕輕將她放下，站在她的屍身前，閉上眼睛，腦中浮起在峨嵋山腳初見秋露，她來向自己挑戰的情景；其後在南昌城外與四人相鬥，自己從司馬諒劍下救她；進城後和她相約在鄱陽湖畔相見，互述款曲的旖旎風光；之後點蒼眾人入宮被困，也是她來領自己出宮，其後又爲了自己冒死去寧王大牢釋放點蒼師兄弟。許飛想著秋露的豪爽大膽，俠骨柔情，心中悲哀傷痛，還有壓抑不住的憤恨：「這麼好的一位姑娘，是誰讓她落到這等悲慘的下場？」

他回身大步走去，冬雪叫道：「喂，你去哪裡？」許飛不答，但他心中很清楚，他要去作一件事，去殺一個人。

冬雪咬著下唇，追了上去，說道：「我帶你出宮。」領他回入地宮，來到一條通道前，說道：「這地道的盡頭有扇門，可通向宮外。」許飛點了點頭，回宮中找到兩個師兄弟，告知地宮通道所在，要他們立時去通知龍幫和正教眾人。他自己轉身奔入地道，消失在黑暗中。

燕龍得知找到離宮通道，當即讓點蒼弟子領路，令眾人依序從密道逃出，約定在龍幫在城南的藏身處會合。燕龍自己率了里山、舞雩、雲龍英和丐幫眾人斷後。直到各大門派都逃出了寧王宮，燕龍讓丐幫先退去，龍幫才跟著撤退。眾人棄守宮門，火教見有機可趁，立時從四門攻入。龍幫幫眾排成陣勢，擋住敵軍，緩緩撤退。

她待手下大都平安逃走後，自己才從密道鑽出，忽見一名龍幫幫眾匆匆奔過，面目甚是眼熟。龍幫手下逾千，自有很多人她見過面卻未通過姓名，這人卻不知為何讓她留上了心。她再看一眼，見那人面容清瘦，眼神銳利，有如火燒，燕龍看到他的眼神，登時想起：「他是鄭寒卿！」卻見他手中持著一個長形布袋，隨著龍幫眾人往城西北角逃去。燕龍立即道：「里山，舞雩，你們保護大家撤退，帶大家去城南。我去追一人。」隨即施展輕功，跟上鄭寒卿。

此時火教民兵已發現正教眾人逃離王宮，打著火把趕來追捕。燕龍見黑夜中煙霧瀰漫，正教中人、流兵、火教民兵在街上四散奔竄，一片混亂。她凝目望去，遠遠見到了鄭寒卿的背影，快步追上，雪刃出手，攻向他的背心，叫道：「停步！」

鄭寒卿回過身來，擋開她的長劍，他身邊五人一起拔出兵刃，向燕龍攻來，竟都不是庸手。燕龍不意竟有這麼多御前侍衛混在龍幫之中，揮劍將那五人逼開，欺近鄭寒卿，雪刃直取他眉心，正是秦家劍的招數。

鄭寒卿避開了，叫道：「你是誰？」燕龍不答，夾手便去奪他手中布袋。鄭寒卿劍術甚精，立時回劍砍向她手腕。此時那五人已從後圍攻上來，燕龍使出石風雲水劍，一手擋住那五人，一手不斷攻向鄭寒卿，防他逃走。

雙方正相持不下，忽見迎面數百名火教民兵殺將過來，三十餘名正教武林人物在前邊打邊逃，眼看便要被追上。原來這些人逃出王宮後便當先搶出，未曾跟隨龍幫大隊，走不多遠又被火教民兵圍攻，只好趕緊退回。此時百來名民兵追近了，與眾武林人物廝殺起來，燕龍見到其中多爲秦家和梅家、盛家的人。

正此時，圍攻燕龍的五名御前侍衛被民兵衝散，燕龍趁機上前，揮劍擊出，噹的一聲，將鄭寒卿的長劍打飛，左手急伸，抓住了那布袋。忽然眼前青光一閃，卻是鄭寒卿從袋中拔出一柄長劍，當面向燕龍刺來，那劍色作碧藍，寒光閃動，鋒銳無比，果然便是龍湲劍！

燕龍退後一步，又待上前奪劍，忽聽一人慘呼一聲，她瞥目見到一個少年被火教教徒砍倒，一個老者奔上前查看，滿面驚憂，正是她的父親秦少嶷。

燕龍心中一驚，此時鄭寒卿已又攻上，燕龍武功原本比他高出許多，但鄭寒卿仗著寶劍銳利，燕龍不敢和他長劍相交，只能不斷閃避，伺機反攻。她熟知秦家劍的招數，看準了鄭寒卿使出一招「頑石點頭」，躍起身來，從左首欺上前去，劍尖已指住了鄭寒卿的咽喉。

鄭寒卿只道自己必死無疑，閉上眼睛，卻覺燕龍這劍並未刺下，手中一鬆，龍湲劍已被她奪去。鄭寒卿反應極快，右手一緊，又握住了劍柄，二人各自抓住劍柄，鄭寒卿左手成掌，攻向燕龍。

此時她身後五個御前侍衛擺脫了火教民兵，圍上相攻。燕龍右手仍握著龍湲劍柄，左手揮動雪刃抵擋六人圍攻。她不願傷害鄭寒卿性命，但鄭寒卿和一眾侍衛卻一心要致她於死地，七人又打得難分難解。燕龍瞥目見到秦少嶷等人處境艱難，轉眼便要死在火教民兵中，自己一時無法脫出這六人圍攻，危急之下，不能再所遲疑，鬆手放脫了龍湲劍。

鄭寒卿正與燕龍拚死奪劍，見燕龍忽然放開了手，不由一怔，向後躍去，另五個侍衛仍舊圍繞著燕龍纏鬥不休。此時火教中有人認出了龍頭，也呼喊著圍了上來。鄭寒卿眼見燕龍再難脫身，回身便要奔去。卻聽燕龍在身後叫道：「鄭寒卿，你師父秦少嶷危在旦夕，你怎能見死不救？」

鄭寒卿一驚，他在皇宮中潛藏十餘年，隱姓埋名，從未向人說起自己在秦家學劍的往事，此時聽燕龍竟叫出自己的眞名和出身，心中不禁一陣恐慌。燕龍此時已被火教眾人團團圍住，口中叫道：「你師父早已深悔當年錯誤，你就原諒他吧！」

鄭寒卿側頭望向秦少嶷，只見他蒼老了許多，在火教眾人圍攻之下已受了兩處傷，再撐不上幾招，心中一時不知是何滋味。他吸了一口氣，大喝一聲，揮動龍淚劍，上前殺退圍攻火教徒，護住秦家眾人。

便在此時，尙施、舞雩二人已率龍幫手下來援，將火教民兵打退。一場混戰下，鄭寒卿和那五個御前侍衛早奔得不知去向。尙施見燕龍怔然站在當地，問道：「龍頭，妳沒受傷吧？」

燕龍搖了搖頭，過去探視秦少嶷和秦家劍眾人，見弟弟秦嗚受傷極重，當下讓舞雩和雲龍英護送秦家眾人去龍幫藏身處治傷，向尙施和里山道：「龍淚劍被御前侍衛奪去了。我們三人去城門口守住，伺機奪劍。」正此時，一個龍幫幫眾前來報訊：「王守仁的軍隊北上攻打南昌，聽說寧王將要回軍解救。」燕龍大驚，說道：「南昌城不可久待，我們快讓城中武林中人逃出城去，再作打算。」

到了次日，王守仁的軍隊不費多少力氣，便攻下了南昌，領軍進城。由於他的軍隊乃匆匆從各地徵集而成，不免混雜了許多流氓強盜之類。這些人一入城便衝入寧王王宮，肆意燒殺擄掠，將寧王宮一把火全燒了個乾淨。幸好當時武林中人都已逃出王宮，倖免於難。王守仁殺了帶頭鬧事的十幾個人，情況才穩定下來。王軍控制南昌城之後，略待二日，很快便又整隊出城，迎戰從南京趕回來的寧王軍隊。兩軍在黃家渡相遇，雙方勢均力敵，全靠王守仁的精妙戰略，大勝寧軍，逼得寧王退守八字腦。

南昌城在王軍離開後，隨即又成爲火教的天下，城中一片混亂，武林中人在火教民兵的追殺下，大多仍被困在城中，無法逃出。陳近雲和凌霄已先後進城；在城外的武林高手，唯有許飛。

許飛離開寧王宮後，便逕向城外趕去。他一夜奔波於兵荒馬亂之中，次日天明時分趕到了黃家渡，剛好見到王守仁的軍隊擊敗了寧王軍。寧王退守八字腦，將南康、九江所有軍隊都調了來，一時士氣大振，誓與王守仁的官軍一決死戰。

許飛趕到八字腦時，但見平野上大霧瀰漫，冷肅蕭颯。兩軍對陣，雙方都有六七萬人馬，各自擺開陣勢，劍拔弩張。忽聽鼓聲響動，喊聲震天，寧王的軍隊已衝殺上前，與王守仁的軍隊正面對敵。寧王重賞之下，寧軍人人爭先，殺入王軍之中。王軍前陣退卻，頗有潰敗之勢。

許飛心中一動，施展輕功來到戰場之上，揮劍割下一名陣亡小兵的首級，帶在腰間。他回過頭，見一群人擁著寧王旗幟坐鎮在後，正是主帥所在。

王守仁臨危不亂，下令斬了幾個逃亡的士兵，才穩住陣腳。不料便在此時，停泊在鄱陽湖上的寧王艦隊開始向岸上王軍發砲，霎時砲火沖天，煙塵瀰漫，無數石塊鐵彈從天而降，砸死了不少王軍士兵。王軍一陣混亂，又有後退之勢。

許飛處身亂軍之中，抓準時機，在混亂中躍上一匹馬，手握劍柄，向著寧王的旗幟馳去。

寧王軍隊靠著艦隊的火炮，奮勇搶攻，將一股股官兵分散圍擊，轉眼便殲滅了數百人。官兵士氣不振，又被逼得後退。王守仁爲扳回劣勢，身先士卒，仗劍上陣衝殺，並命令官軍的艦隊發砲反擊，一時雙方相持不下。

寧王坐在輦上，掀開車帘，往戰場上探看，眼見手下軍隊和官兵打得難分難解，心中焦急，下令道：「一股作氣，殺退敵人！殺敵者重賞萬金，受傷者亦賞千金！」

便在此時，忽見兵馬奔騰中，一個灰衣江湖豪客縱馬奔近，口中大叫：「我取得皇帝的首級了！」

寧王大喜，叫道：「快拿了上來！」

那豪客奔近了，手中提著一個血肉模糊的首級，在寧王車前跪下，叫道：「我王萬歲、萬萬歲！」其餘侍衛見了，也一齊跪下，口呼萬歲。

寧王志得意滿，哈哈大笑，好似自己已身披黃袍，登上了皇帝寶座。笑聲未歇，忽覺胸口一涼，低頭見那江湖豪客已欺到跟前，手中長劍刺入了自己的胸膛。那人冷冷地道：

「去地下作你的萬歲夢吧！」寧王但覺頸上一涼，眾侍衛軍士驚呼聲中，那豪客已將寧王首級割下。

卻說陳近雲入城後，見到正教中人被圍在王宮中，無法闖入，心中焦急，只好隱藏在宮外等候。等到夜裡，龍幫和正教中人找到了祕道，逃出了寧王宮，大部分順利躲入了龍幫的藏身處，卻有一些武林人物與龍幫大隊失散了，被火教民兵發現，互相打殺，城中一片混亂。

陳近雲想起龍幫原先的藏身處，便往城西奔去，見街上到處是人持刀劍長矛相殺，有的是士兵，有的是火教民兵，有的是武林中人。他快步奔過兩條街，忽見一匹黑馬站在街邊，他奔近一看，那馬正是赤兒的黑旋風。他轉過頭來，果見赤兒便在左近，正持刀和一個青衣漢子相鬥。陳近雲叫道：「赤兒！」

赤兒與那人激鬥正熾，不及回頭，叫道：「近雲，劍在這人身上，快來助我！」陳近雲見那漢子手持一柄碧藍寶劍，鋒利無比，赤兒的柳葉刀已被削去了一半，顯然不敵，立時躍上前，揮動吳鉤軟劍，向那人刺去。

這漢子正是鄭寒卿。他和七八名御前侍衛假扮成龍幫幫眾，在寧王宮中偷得了龍湲劍，之後便隨正派眾人從寧王宮中逃了出來，卻被燕龍識破，兩人短暫交手。他在亂軍中出手救了秦少嶷，才帶著劍向城外奔去。正巧赤兒從龍幫藏身處騎了黑旋風出來探視情況，遇上燕龍和鄭寒卿等御前侍衛交手，她猜知那劍便是龍湲劍，混亂中盯住了鄭寒卿，騎馬追上，將他攔截下來，二人交起手來。

陳近雲的霧中看花十七式以飄忽難測聞名，鄭寒卿的石風劍沉穩奇準，二人劍術旗鼓相當，功力相若，在街上轉瞬間過了一百多招，仍不分上下。

鄭寒卿心中焦躁：「我得到這劍，已耽擱了許久，只怕夜長夢多。與這人纏鬥下去，再打半日也分不出勝負。」

便在此時，一隊十多名御前侍衛縱馬從大街的一頭奔來，鄭寒卿見了大喜，叫道：「各位弟兄，快來助我退敵！」那群御前侍衛拍馬上前，大聲吶喊，舉刀劍往陳近雲和赤兒攻去。

鄭寒卿趁機退出戰團，一躍上了黑旋風，叫道：「我先出城，你們截住了這二人！」遂將寶劍掛在馬鞍之上，策馬往城門馳去。陳近雲叫道：「喂，沒種的，咱們還沒打完，你就這麼走了？」

赤兒見他騎上黑旋風，便撮口作哨，喚黑旋風近前。黑旋風是她一手帶大，乖順無比，聽得主人呼喚，便立即回頭奔來。鄭寒卿怒道：「畜生，你要去哪裡？」用力拉扯韁繩，黑旋風卻不肯轉頭，停在原地不動。

赤兒和陳近雲背對背抵擋眾御前侍衛攻擊，一邊繼續吹哨，黑旋風忽地長嘶一聲，前腳抬起，人立起來。鄭寒卿猝不及防，驚呼一聲，跌下馬來。赤兒大喜，又吹哨發出號令，黑旋風撒腿便向街的一頭奔去。鄭寒卿驚叫道：「劍！劍在馬上！」隨後狂奔追上。

陳近雲哈哈大笑道：「好個黑旋風！」二人在十多名御前侍衛圍攻下各揮刀劍抵擋，所幸這些侍衛武功都非一流，二人不多時便衝殺了出去。

陳近雲問道：「黑旋風去哪裡了？」赤兒道：「我要牠回去來處，便是龍幫藏身處。」

陳近雲驚道：「我們得趕快追上！不然黑旋風豈不引狼入室，暴露了龍幫的祕密藏身處？」赤兒一驚，說道：「啊唷，我沒想到！」

二人趕緊穿過小路，往城西梧子里奔去。經過了數條小巷，赤兒道：「黑旋風應當就在這附近了。」一路吹哨相呼，將到梧子里，忽聽馬蹄聲響，黑旋風迎面向二人奔來。陳近雲和赤兒都是大喜，連忙迎上。陳近雲見那劍仍掛在馬鞍上，忙伸手前取下了。赤兒卻啊的一聲，叫道：「牠受了傷！」

只見黑旋風頸上、臀上、背上已中了七八枝羽箭，鮮血流了一身。赤兒見牠受傷甚重，顯然活不長久，忍不住抱著馬頭哭了起來。正此時，一群二十多個火教追兵已從小巷一頭衝了上來，陳近雲道：「赤兒，快走！」拉著赤兒往巷子另一頭奔去。黑旋風戀念主人，隨後跟上，腳步已然蹣跚。赤兒回頭又看了黑旋風一眼，一咬牙，轉頭跟著陳近雲奔去。但聽身後黑旋風長聲悲鳴，側身倒在地上，已然斃命。

陳近雲和赤兒在街上快奔，繞路來到了梧子里朝和坊，見裡面空無一人，龍幫眾人顯已捨棄這個藏身處，不知去向。

二人對望一眼，心中都想：「卻上哪裡去找他們？」二人聽門外人聲響動，探頭望去，卻見門口已站了一排火教徒，將朝和坊圍住了。陳近雲罵道：「這些狗崽子，陰魂不散！」當下奔到屋後馬廄，見廄中仍有十多匹馬，玉驄卻不在其中，想來龍幫眾人退去時將玉驄等好馬牽走了，卻未能將馬全部牽去。他心中一喜，從馬廄角落抓起一只麻袋，將龍湲劍藏在袋中，綁在腰間，牽出兩匹馬，向赤兒道：「我們衝出去！」

二人當即上馬，各持刀劍縱馬衝出，向火教徒殺去。火教徒武功比一般士兵高出許多，二人仗著有馬，奮力殺出重圍，來到大街之上。但見街上幾股人互相砍殺，卻是雪峰和泰山兩派正和火教徒交手。原來這兩個門派另有打算，在龍幫的協助下從王宮中救出了同門後，便不再聽龍幫指揮，自行離隊，想趁龍幫吸引敵人注意力時，悄悄逃出城去。不料街上早已布滿火教徒，將他們攔下，雙方相殺起來。

陳近雲和赤兒見前路上擠滿了人，馬匹再也行不過去，只好棄馬奔出。火教徒隨後跟上，陳近雲和赤兒邊打邊逃，在數十名火教徒追殺下浴血苦戰，身上都受了幾處傷。赤兒見雪峰和泰山各人支撐不住，一一遭戮，幾乎已被趕盡殺絕，心中一陣驚惶。忽聽陳近雲大叫一聲，他的腿上已被人砍了一刀。

陳近雲腿上這一刀砍得甚深，他揮劍殺了身邊幾個火教徒，便再也支持不住，跌倒在地。赤兒大驚失色，叫道：「近雲！」奔到他身邊，柳葉刀胡亂砍殺一陣，逼退敵人。正此時，十多個泰山道人奔逃過來，將火教徒阻隔開了，赤兒趁機俯身揹起陳近雲，往一條暗巷中奔去。只聽身後叫嚷聲不斷，似乎有七八個火教徒持刀追上。赤兒揹著陳近雲在彎曲的小巷中亂鑽，又躍上屋頂奔了一陣，好不容易甩脫了追兵，才停下步來，喘息不止。

第八十五章 生死相依

赤兒和陳近雲在一條黑暗髒臭的小巷中坐下略息。陳近雲腿上疼痛，低聲呻吟。赤兒撕下衣襟替他包紮，忍不住抽噎起來。此時城中人馬喧騰，一片混亂，大批軍隊顯已進城，兵馬四處擒抓反賊，胡亂殺人，火教教眾則滿城捕殺武林人士。陳近雲和赤兒二人一望而知是武林中人，在城中實是寸步難行。

陳近雲知她心中害怕，伸臂緊緊摟住了她。赤兒哭道：「近雲，我們會死麼？」陳近雲道：「不會的。我們定能活著逃出去。」赤兒道：「我看到好多人被殺死了。泰山派的那個長方臉的老道，雪峰派灰白頭髮的老頭，武功都比我們高，也都被殺死了。我們怎麼能逃得過？」

陳近雲也見到長方道長和司馬長勝雙雙被殺，心知存活希望渺小，卻定了定神，說道：「好赤兒，妳相信我，我們定能活著逃出去。我知道一個地方可以避難，妳聽我指路，我們立刻就去。」又柔聲道：「乖赤兒，我們在一起這麼快活，還有好長的日子要過呢。老天怎會讓我們就這麼死了？」

赤兒心想：「老天原本無眼，想要誰死便死，哪會在乎他人快不快活？」抹淚將陳近雲揹起，心想：「如果近雲死了，我也不能獨活。」她原本心腸剛硬，行事狠辣，殺人不眨眼，但自與陳近雲相戀以來，心地逐漸轉為柔軟，甚至不忍見到別人被殺。此時面臨自己與情人的生死關頭，赤兒才發現自己在短短幾個月間，已從當年那個在桂花教胡亂殺人、殘狠暴戾的黑風魔怪，轉變成一個生怕愛人死去的柔情女子。

陳近雲伏在赤兒背上，感到腿上疼痛劇烈，知道腿骨已被砍斷，流血未止，自己能否活下去實是未知之數。他顧不得自己的死活，只盼赤兒能夠得救，能將龍淺劍送到龍幫和凌霄手中。他感到腦中漸漸迷糊，強自支撐，在赤兒耳邊低聲指點路徑，二人在街巷中閃閃躲躲，避開火教眾人，向城南奔去。此時天色將明，南昌城仍舊裹在漆黑的夜色之中，只有著火的民房仍在燃燒，火光四起，煙霧瀰漫。赤兒奔了一陣，終於來到一家大戶門前。赤兒問道：「是這裡麼？」陳近雲不答，顯是已昏了過去。

赤兒見那人家大門緊閉，不敢敲門，揹著陳近雲奮力躍過了牆頭。牆內一個家丁見到二人，驚叫起來。赤兒取出柳葉刀，指著他喝道：「叫什麼？給我閉嘴！」

那家丁轉身奔入屋中，不多時一群人走了出來，當先一人是個身穿長袍的中年人，舉著油燈來看。赤兒喝道：「你是誰？不要靠近他！」

那中年人對她手上的柳葉刀恍如不見，俯下身來凝望著陳近雲的臉，臉上神色又是激動，又是歡喜，低聲道：「三弟，我就知道你也在城中。老天保佑，你還活著！」

原來這人正是陳仲淳，卻是陳近雲在兩江作學道的二哥。寧王起事時，他不肯從逆，被寧王抓起關在王宮的牢房中。燕龍等武林中人闖入王宮一鬧，將官員們都放了出來，陳仲淳便趕緊回到家中，幸喜家人一切無恙，但見城中仍兵荒馬亂，他便緊閉家門，讓家丁牢牢守住大門，祈求一家可以逃過一劫。

此時他向家丁低聲命令道：「快抬了人到房中！不准出聲。」眾家丁忙跑上前，將全身是血的陳近雲抬入了屋中。

次日清晨，陳近雲醒轉過來，見到赤兒守在自己身邊，神色疲倦已極，仍強撐著看護自己。陳近雲低聲叫道：「赤兒！」赤兒見他醒了，歡呼一聲，伸臂抱住了他，將臉貼在他的臉上。陳近雲伸手撫摸她的頭髮，心中一陣喜慰，忽然想起一事，問道：「劍呢？」

赤兒取過放在床邊的麻布袋，說道：「在這兒。」陳近雲道：「妳沒交給龍幫麼？」赤兒搖頭道：「我們找到這地方後，你便昏了過去。我一直守在你身邊，未曾離開。」

陳近雲急道：「我大哥說這柄劍至關緊要，必須得這柄劍才能殺死段獨聖。妳受傷重麼？還能再去城中一趟麼？」赤兒雖知此時出去甚是危險，但見陳近雲神色憂急，知道事關重大，時機緊迫，便點了點頭，站起身來。

此時陳仲淳正走入房中，見她拿著一柄劍要出門，驚道：「姑娘，妳要去哪裡？」赤兒道：「我去送劍給人。」陳近雲道：「二哥，這劍很要緊，若不送到，城中所有武林人士都有生命危險。」

陳仲淳搖頭道：「三弟，今日城中情勢嚴峻，可不比昨日！我聽說寧王在城外與王守仁軍隊交戰，在陣前被人刺殺，世子仍率領殘軍頑強抵抗。今日清晨，南京守備段獨聖率領的南京兵馬入了城，下令城中所有身上帶有刀劍的人，一律格殺勿論。你要她帶著這柄劍出去，豈不是要她去送死？」

陳近雲一呆，才知自己激動下忘了詢問城中情況，不意竟已危險到了如此地步，赤兒孤身一人，這麼一去，多半便會被阻殺在街頭，更不可能找到凌霄和燕龍，將劍交給他們。他連忙伸手握住赤兒的手，說道：「赤兒，妳別出去了。是我不好，要妳去作這不可能之事。妳留在這裡，不要離開我。」赤兒坐下來，俯身在他唇上一吻，低聲道：「近雲，你要我作什麼，我都會去作。便是為你死了，我也甘願。」

陳近雲向她一笑，轉向哥哥道：「二哥，這位是赤兒姑娘。赤兒，這是我二哥，妳叫他二哥吧。」赤兒叫了，陳仲淳聽陳近雲稱赤兒姑娘，才知她還不是近雲的媳婦，他見這女子雖不顧禮法，但對弟弟情深意重，也不由得感動，說道：「現在那段獨聖掌握大權，派人在城中各處搜索武林中人，我擔心有人會闖進來搜尋。你們躲在這房中應是安全，若聽外室有人來查問，千萬不要出聲。」陳近雲和赤兒點頭答應。陳仲淳雖是朝中官員，若被人發現私藏兩個受傷的江湖人物，也是大罪。陳仲淳出房後，便讓一名大夫進來查看二人的傷勢，重新包紮傷口。

陳近雲腿傷疼痛，但他擔憂城中眾人，無論如何也無法閉眼。赤兒勞頓一夜，靠在他身邊睡著了。龍湲劍橫斜在二人腳邊，一半露出布袋外，在暗室中發出寒冷冷的青光。

將到傍晚，陳近雲再也忍耐不住，搖醒了赤兒，說道：「無論如何，我們得出去找他們。」赤兒望向他，點了點頭，二話不說，揹起了他便奔出屋去，鑽出側門。傍晚的街道肅靜冷清，她揹著他沿著小巷奔去，冰冷的細雨沾溼了她的頭髮，晚夏的寒氣刮上了她的臉頰。她知道陳近雲寧可死在街上，也不願懷藏寶劍躲在安全之處，苟且偷生。他既不在意自己的生死，她便也不在意了。要活一起活，要死一起死，她心中早已有此覺悟。

卻說凌霄離開南京不久，火教中人便率領了南京的五萬軍隊向西開進。凌霄知道這軍隊若進入南昌，城中武林眾人絕無倖理，便晝夜馬不停蹄趕回南昌，但見城門緊閉，當即施展輕功躍入城中。

當時街上一片混亂，凌霄遇到一個龍幫中人，得知龍幫和正教中人已成功救出各派俘虜，逃出了寧王王宮，躲在城南的藏身處。他便往城南奔去，見有武林人物被圍攻，便上前相助。忽見街頭一群黑衣人和五十多名火教徒交手，他定睛看去，見那些黑衣人都是光頭，人數總有兩三百人，武功高強，火教徒顯然不敵。他迎上前去，這才看出見那群黑衣人竟是少林僧人，爲首之人便是空照。他見到凌霄，上前合十道：「凌大俠，你托百花門前來解本寺之圍，少林一派感激不盡。老衲暨少林弟子一體聽憑凌大俠指揮吩咐。」

凌霄得此強援，心中大喜，卻不明白少林衆人怎能這麼快趕到南昌。他轉過頭，見蘭兒和百花門一行人也在一旁，百花門主白水仙、北山盜王蕭百合、姬火鶴武林三朵花全到了，過來與他相見。原來蘭兒和劉一彪、淨燈等離開南昌時，少林寺三百多名僧人已被狂教下毒抓起，押解來南昌。蘭兒等在途中遇上，便出手毒倒狂教徒，救出少林衆僧，一行人一半換上狂教衣服，一半裝作俘虜，混進城來。凌霄問道：「少林寺沒事麼？方丈安好？」

空照神色哀悽，說道：「空相方丈已不幸圓寂。」他長歎一聲，說道：「凌大俠，老衲好生慚愧。方丈大師年事已高，未曾詳加思索，竟……竟決定以籤辭交換少林的安全。」

凌霄聞言大驚，說道：「當眞？」空照點頭道：「是。火教得知籤辭後，自未放過少林，方丈坐化圓寂，我等都險遭毒手。」

凌霄心中擔憂，此時聯手正教、救人兩事皆已辦成，奪劍卻仍毫無頭緒。段獨聖已知籤辭，自必出盡全力爭奪龍湲劍，他派張去疾到寧王軍中向寧王世子索劍，自是爲此。他凝神籌思，眼下大家保命要緊，當下說道：「火教率領南京五萬軍隊，就將逼近南昌城。事不宜遲，我們得趕快通知龍幫和正教中人，讓大家出城避難。」

他帶領眾人去往城南，一時卻難以找著龍幫的藏身處。凌霄甚是著急，說道：「我們這便去街上大聲宣告，說南京軍隊將入城，要大家快退出城。」此舉雖十分危險，卻是與龍幫中人取得聯繫的唯一方法，當下少林眾僧和百花門人便在街上大聲喊叫，傳出警告。

這麼一來，城中更爲混亂，許多平民害怕大軍入城後會濫加燒殺，紛紛想法逃出城去。但城門四閉，由寧王士兵和火教民兵守住，誰也無法逃出。

同一時候，龍幫和中原武林各大門派已躲入了城南的藏身處，聽聞凌霄傳回的消息，得知段獨聖被封爲南京守備，率了五萬軍馬來攻南昌，都極爲震驚，心想：「竟然讓曉嵐料中了，段獨聖果然趁亂掌握兵馬大權！」眾人心中都生起一股強烈的不祥之感。這些人皆是身經百戰、出入刀槍劍林的江湖豪傑，此時眼中卻都不由自主露出了恐懼之色。

燕龍道：「快派人去通知醫俠和少林眾人，說我們已得知消息，要他們趕快先設法逃出城去。龍英，我們可能衝出麼？」雲龍英道：「水路、陸路都已封鎖，只有西南角防守不嚴，或許可以衝殺出去。」燕龍沉吟一陣，說道：「再去探。或許火教已有埋伏。」又過一陣，龍幫探子回報道：「四門都已關閉，水路也不通。城外大軍半日就到，恐怕無法闖出！」

燕龍吸了一口氣，抬起頭說道：「大家躲在此處，遲早會被找出來。我們只能出去與醫俠和少林眾僧會合，想法衝殺出去。」當下率領龍幫和正教武林中人離開藏身處，向城門行去。不料此時段獨聖的前行部隊已入城，下令關閉城門，四門城牆邊布置了上萬守軍，武林群豪自是無法衝殺出城。

便在當夜，段獨聖屬下的五萬南京軍隊便進了南昌城。他宣布城中所有帶刀劍的武林人士全是亂民，一律抓起斬首；火教眾高手則率教眾在城中搜捕各大門派。段獨聖對正教各派懷恨甚深，此番有機會率領千軍萬馬將武林中人殺個乾淨，下手自是毫不留情。但武林中人在龍幫率領下聯手抵擋，頑強反抗，四處躲藏，火教無法掌握眾人的動向，反而多次受到突襲，死傷甚眾。

火教護法張去疾大爲惱怒，天明以後，乾脆命令軍隊停止追捕武林中人，卻去洗劫城中百姓。之前寧王叛變，在城外與王守仁的官軍交戰，還不致直接危害到城中居民。這日無辜百姓卻是屠殺的目標，火教軍隊見到家中沒有供奉火神和教主神像的，便闖入燒殺擄掠，極爲殘忍，城中非火教徒者幾乎被屠殺一盡。

直至前一日，王守仁的軍隊仍與寧王殘餘勢力在鄱陽湖上對峙，相持不下，最終王軍以火攻擊敗寧王艦隊，生擒寧王世子和其他重要手下。他聽聞段軍在南昌城中屠殺逮捕百姓，大驚失色，想要趕回城中相救，段軍卻守住城門，不讓王軍進入。王守仁無法下令攻打同爲官軍的段軍，一時束手無策。

此時在南昌城中，燕龍及龍幫幫眾已與凌霄和少林、百花門人遇上了，聯手在城中與火教游鬥，相助各門派抵敵。龍幫和五虎在城中巢穴甚多，一行人出沒不定，火教和軍隊幾次包圍，都被他們逃脫。一行人且戰且走，在城東見到數十名丐幫眾人受火教圍攻，凌霄和燕龍便率眾上前相助。卻見火教人數逾百，為首的是個年輕男子，劍法神妙，正與丐幫幫主吳三石鬥在一起。燕龍耳聽曉嵐啊的一聲，看她臉色大變，定睛望去，見那首領正是江離。

燕龍叫道：「里山，引丐幫的朋友退往三門！」三門乃是龍幫暗號，指的是龍幫在城中的一藏身處。曉嵐定了定神，說道：「七戶比較近，易於退入。」燕龍點了點頭，說道：「好。里山，引丐幫去七戶。曉嵐，妳和舞雱先去七戶開路，我和扶晴斷後。」曉嵐知道燕龍決心要殺江離，才令自己離去，緊咬下唇，忍住眼中淚水，轉過頭跟著舞雱去了。

燕龍見火教人數眾多，叫道：「凌大哥，請你從左圍上，我們從右攻上。」凌霄叫道：「好！」率領五虎、少林眾僧、百花門人攻上，衝破了火教的包圍。燕龍則率領龍幫手下從右襲擊，打了火教個措手不及。里山趁機引丐幫眾人向西退去，凌霄率眾阻住火教眾人，燕龍和扶晴斷後，不多時，丐幫眾人便已脫出戰團。

江離等也非易與之輩，立即指揮火教手下追上。此時又有一路火教教眾迎面趕來，將里山等人攔住。里山叫道：「前面遇敵，共百多人！」

曉嵐當機立斷，說道：「我們去王家！」一行人一同轉入一條街，逃入了一條巷子。這巷子通往一名龍幫幫眾的屋宅，曉嵐當先奔入，那屋主見到眾人，大吃一驚。曉嵐道：

「快，讓我們進去躲避！」屋主見是龍幫人物，忙開門讓眾人進屋。

扶晴率眾在後擋住了追兵，燕龍與凌霄跟著丐幫眾人奔進那大屋，關上了大門。凌霄聽得屋頂一響，忙奔出門去看，見江離已躍上屋頂，手中持著火炬，顯然打算燒屋。凌霄一驚，縱身跳上屋頂，便去奪他手中火炬。

忽見眼前人影一晃，一人擋在身前，已與江離交起手來。

凌霄見那人白髮白鬚，和江離同使一種掌法，卻比江離高明得多。二人雙掌翻飛，在屋頂交了十多招，正是風流掌法。這風流掌在武林中極爲少見，此時師徒互相對掌，飄逸瀟灑，有若神仙，美觀之極。燕龍在地下見到那老者，與凌霄對望一眼，都不禁驚訝。原來那老者正是江離的師父常清風。

又過十多招，江離漸顯不敵，常清風一掌按去，正中江離胸口。他吐出一口鮮血，叫道：「師父！」

常清風心中不忍，歎了一口長氣，說道：「離兒，你何時入了火教？我竟被瞞在鼓中，全不知曉，是爲師的糊塗了！」江離見他並不下手殺己，趁他遲疑，立時回身逃去，卻見屋頂的另一端站了一人，擋在身前。那人身穿灰色道服，卻是遙遙道人。

常清風走上一步，說道：「我若放了你，不知還有多少人要死於非命。離兒，你叫手下退去吧。你留在我身邊，我不殺你。」江離臉色陰晴不定，忽然大叫一聲，揮掌向遙遙道人打去。常清風搖頭歎道：「火教害人甚深！」跨上一步，一掌打在江離背心，江離內臟登時被震碎，摔下屋來，燕龍飛身接住了他的身子，只見他口角流血，已然斃命。

遙遙握住了常清風的手，躍下屋來，凌霄也跟著躍下，叫道：「常老前輩，遙遙道長！」

常清風從燕龍手中接過江離的屍身，眼中流淚，說道：「霄兒，辛幫主，我沒有管教好弟子，好生慚愧。」

遙遙道人走上前，拍拍他肩膀，向凌燕二人道：「城東南角，關廟以南半里處，有塊空隙，防守不嚴，我們幾個老頭子在那兒幫著留下通路，你們可從該處退出城去。」說完二老便相偕離去，轉眼消失在煙霧中。

燕龍和凌霄大喜，知道眾人終於有路可以出城了。二人進屋探看，卻見曉嵐和舞雩已率眾從王家密道逃走，丐幫等人全數脫險。凌燕二人便回身出屋，相助龍幫幫眾和虎嘯山莊、少林、百花門人等打退其餘火教徒眾。一行人士氣大振，在城中又救出了數百名被圍武林中人，才擺脫追兵，躲入龍幫巢穴。燕龍不願放棄少數散落城中的正派中人，仍努力與各人聯繫。她知道時機緊急，若真聯絡不上，也只得於當夜從東南角逃出，至少能保住大部分的武林門派。

第八十六章 籤辭真相

其時已是傍晚，眾人在城中激戰一日，這時才得略事歇息。凌霄、燕龍、空照、王崇眞、吳三石、百花門三女、五虎、梅滄浪、盛冰、秦少嶷等首領正聚集商談，忽見尙施和雲龍英急速奔來，尙施向燕龍報道：「子璋和尙和錢書奇兩位掌門已聯絡上了，在本幫護送下來到藏身處，兩派受創不大。雪峰泰山兩派掌門已死，餘下弟子在司馬諒、玉境率領下，也已平安躲藏，點蒼弟子也已齊聚。唯有點蒼許飛少掌門在陣前刺殺寧王，當場被抓起，下在牢裡。」

凌霄擔心義弟安危，燕龍卻鬆了口氣，心想除了許飛失陷外，絕大多數的門派都已救出，今夜應可順利逃出城去。她見雲龍英臉上殊無喜意，卻滿面怒色，問道：「龍英，還有什麼消息？」

雲龍英咬牙道：「張去疾惱怒捕殺不到武林各派，竟對無辜百姓下手，燒毀民屋，濫殺百姓，此刻城北已是一片廢墟。他更捉起了許多百姓，說他們與寧王勾結叛逆，放出了話，明日正午要將這兩萬人全數坑殺，一個不留！」

凌霄臉色一變，說道：「好狠的手段！」

燕龍也不禁震驚。她盡龍幫一切力量保護武林各派，總算令武林中人受創甚少，在九老的掩護下，應能全數平安出城，全身而退。但她也沒想到段獨聖能殘狠到這等地步，竟對無辜百姓大開殺戒。

雲龍英道：「段獨聖還放了話，說道除非……」

燕龍問道：「除非如何？」

雲龍英吸了口氣，說道：「除非龍頭束手就擒，凌大俠持龍淚劍回歸獨聖峰，他才會放過這兩萬百姓。」

眾人面面相覷，曉嵐搖頭道：「兩位就算投降，他依然可以殺死百姓。何況龍淚劍仍舊下落不明？」

過去數日在南昌危城之中，若非燕龍帶領龍幫聯合正教武林對抗火教，武林中人決計無法與段獨聖頑抗至今。段獨聖要龍頭束手就擒，自是想及早除掉這個棘手的對頭。但是凌霄呢？

凌霄沉靜不語，一時似乎又回到了十多年前，在大風谷中，自己持劍以自殺相脅，逼火教放過正教中人的情景。但此時情勢只有更加險峻。受脅的人質不是幾百個身負武功的武林中人，卻是上萬個手無寸鐵的百姓。段獨聖對他太過了解，知道他最大的弱點便是不忍心，不忍見到他人受苦；段獨聖料準了他絕不會忍心讓無辜百姓慘遭屠戮，只有歸降一途。

凌霄吸了一口氣，知道自己別無選擇。如今他已沒有靈能，不能再以自身性命相脅；段獨聖不再害怕他死去。段獨聖要的是他的誠心歸伏，襄助明王統一天下。他也知道段獨聖雖恨自己，但以段的野心之大，爲建立千秋大業，自會放下前嫌，重用自己。凌霄也知道，自己若歸伏於他，必將成爲比降龍萬敬還要厲害百倍的手下。但即使自己歸降，段獨聖眞會守諾放過百姓甚至燕龍麼？他願意再犧牲一次麼？他敢再上獨聖峰去麼？

燕龍望向他，心中感到一股深沉的哀憐：凌霄已不是當年天眞純淨的孩童，也不是當年血氣方剛的少年了。她深切知道，凌霄的身子經過十餘年的毒咒煎熬，已極爲虛弱，再難禁受段獨聖又一次的殘忍折磨。她知道凌霄此番若回去獨聖峰，要不便卑躬屈膝，一生奴役於段獨聖；要不便堅拒投降，則必受盡痛苦折磨，以至於死。她握緊拳頭，身子微微顫抖，她不能讓他再承受任何的苦痛，她必得殺死段獨聖。但要怎樣才能殺死段獨聖？龍湲劍究竟在何處？

便在此時，但聽落葉叫道：「找到龍湲劍了！」

眾人都不敢相信自己的耳朵，全部倏然站起身，往門口望去。卻見在落葉扶持下，兩個全身是血的人蹣跚步入屋中，正是陳近雲和赤兒。陳近雲臉色蒼白，身上受了七八處刀傷。他手臂顫抖，將龍湲劍交到凌霄手中，說道：「大哥！」便再也支持不住，昏暈了過去。赤兒扶住了他，臉上露出微笑，說道：「凌大哥，近雲可完成他的心願了！」

凌霄眼見陳近雲傷重昏暈，驚叫道：「近雲！」隨手將龍湲劍放在桌上，俯身檢查陳近雲的傷勢，見他受傷甚重，所幸暫無生命危險，才稍稍放心，快手替他包紮身上多處傷口。

燕龍和空照對望一眼，又一齊望向桌上的龍湲劍，心中都想：「這柄劍中究竟藏有什麼祕密，可以殺死段獨聖？靈劍泣，怎樣才能讓一柄劍哭泣？」

燕龍向空照點了點頭，空照便上前持起龍湲劍，拔劍出鞘，細細觀察。龍湲劍的劍身發出碧藍色的光芒，燕龍不知爲何，腦中忽然浮起自己在寧王宮中地窖裡所作的夢。她的眼前彷彿又見到凌霄抱頭坐在角落哭泣，身上發出藍色的光芒。燕龍忽地如巨雷轟頂，呆在當地，連忙伸手扶住了桌子，才沒有跌倒。她倏然領悟，那個夢境述說得再清楚不過：靈劍不是龍湲劍，甚至不是一柄劍，而是凌霄！

燕龍心跳加速，轉身走開，扶額細細思索。凌霄生來具有強大靈能，連段獨聖都頗爲忌憚，正應了這個「靈」字；她想起自己數次見到凌霄使劍，在虎山與己試劍、在峨嵋金頂與己對決、在喇嘛廟中與萬敬決鬥，凌霄使劍渾如天成，她從未見過任何人如他這般使劍時人與劍合而爲一，彷彿人可以是劍，劍亦可以是人，不愧一個「劍」字。她想起數日前在寧王宮中，凌霄獨闖如雨流箭，直趨千軍萬馬，氣勢萬鈞，當者披靡；她想起這幾日來凌霄的沉著智見、領袖之風，她想起虎俠曾如此形容凌霄：「他少年時靈能強大，長成後武功卓絕，好似一柄雙刃鋒快的寶劍，不論爲惡爲善，力量都將極爲強大。段獨聖爲何那麼想迫他屈服，便是因爲他早已看出凌霄確有輔佐他征服天下的能耐。」

燕龍吸了一口氣。靈劍便是凌霄，再無疑問。自己和虎俠一直以爲籤辭中所指的靈劍乃是龍淢劍，盡全力爭奪，原來全是白費工夫。眞正靈劍的劍柄，早已持在自己手中。她轉念又想：這也未始不是好事，段獨聖得知了籤辭，同樣誤以爲靈劍是指龍淢劍。他一旦奪得龍淢劍，便自以爲能高枕無憂，卻不知眞正的靈劍還在他的掌控之外。她回想自己三次奪劍、三次失劍的經過，第一次是因自己收劍饒了凌霄性命，身受重傷，才讓江寧四姝輕易將劍奪去；第二次是爲了救扶晴性命；第三次是爲了救父親和弟弟的性命。她想到此處，不禁慶幸自己未曾爲了奪劍而捨棄至親好友。或許她內心深處早已覺知，龍淢劍不值得她犧牲至親好友的性命來爭奪，因爲眞正的靈劍一直就在自己身邊。

燕龍轉過身來，望向凌霄，但見他抱起陳近雲，將他放在榻上，伸指探他脈象，滿面憂色。燕龍心中動念：「『靈劍泣，野火熄』。但霄哥爲何會哭泣？」想到此處，她忽地臉色霎白。是了，自己便是持劍之人，她自當知道如何使動這柄劍。她想起在峨嵋岷峰上，凌霄替自己治癒內傷後，曾伏在自己床邊低泣；也想起自己落入九老手中時，趙埲謊稱誤殺自己，凌霄因而傷心流淚。自己便是他心中最重要、最珍惜的人。是了，要讓他流淚，唯有自己死了。自己不但得死，而且得死在獨聖峰上，死在段獨聖手上！

燕龍心中震動，走開數步，來到窗邊，伸手扶住窗檽，只覺腦中一陣暈眩，全身虛弱。一條路清清楚楚地鋪展在她的眼前：她得上獨聖峰去，面對段獨聖和他的陰陽無上神功。她需先犧牲自己，才能換得凌霄的傷心流淚，換得他的激怒憤恨，才能逼他出手，殺死段獨聖，平伏火教。

燕龍鎮定下來，回思往事。她原本無法明白爲何凌霄不恨段獨聖，爲何寧可默默受苦，也未曾積極籌劃去刺殺段獨聖，解除己身的咒術。她與凌霄相處一段時日後，才漸漸明白凌霄性格上最可貴之處，同時也是他最大的弱點：就是他對自己太忍，而對他人太不忍。由童年開始他便吃了太多苦，已將吃苦當成是理所當然之事，同時對別人的痛苦有著極深的感受，幾乎不能忍受見到他人受苦。到少年以後，他不得不放棄明兒的身分，去作一個他非常不想作的人；之後他的種種經歷卻都讓他領悟到不必顧惜己身，反正自己命不長久，不值得爲這短暫的生命努力爭取什麼。因此他很早便放棄追求自己的幸福安樂，而只爲解除他人的痛苦而活。他不辭辛勞日夜行醫，盡心照顧雲兒，都體現他心中根深蒂固的無我利他的信念，而在凌霄無我利他的信念中唯一的缺口，就是情。他不可自制地愛上了一個女子，而情之一物，絕不容許無我利他，絕不容許心愛之人受到傷害。

虎俠當年便曾爲凌霄的個性感到十分困惑失望。他知道凌霄是有本事能耐去挑戰段獨聖的少數武林人物之一，但凌霄的個性卻讓他永遠不會主動去面對段獨聖。反之，虎俠發現孫女燕龍和自己一樣，有著目標明確、不擇手段的性格：他們一旦決定殺段獨聖、消滅火教，便會不顧一切地達到目的；他們對惡人絕無仁慈之心，相信止惡便是揚善。

這許許多多的念頭在燕龍腦中一一閃過，她感到心中一片清明，知道這是一條她不能不走的路。她不是白白去送死，即使是死，她也要死得值得，也要爲他的未來鋪好一條平穩安樂的路。

她不敢去看凌霄，招手讓舞雩近前，低聲道：「舞雩，妳替我去傳句話。」在她耳邊悄聲說了幾句。舞雩一怔，應道：「是。」燕龍道：「事情緊要，妳立刻去辦。」舞雩當即出屋而去。

燕龍吸了口氣，強自鎮靜，走上幾步，向凌霄、空照、王崇眞和吳三石等道：「事已至此，龍幫人手雖多，卻終究敵不過千軍萬馬，能作的有限。各位的意思，是想我去自首，凌大俠上獨聖峰，以拯救無辜百姓麼？」空照搖了搖頭，說道：「這是段獨聖設下的陷阱，兩位不可上當。」吳三石也道：「誰知道段魔頭會不會遵守諾言？武林若失去龍頭和醫俠二人，轉眼便要被段獨聖打殺殆盡。」

燕龍道：「既是如此，我等只能暫且退避，大家先逃出城去再說。救不了別人，至少大家不必白白送了性命。」吳三石大聲道：「躲得了一時，又如何能躲得了一世？不如便去和他們拚了，死也痛快！」

燕龍靜默半晌，垂首道：「吳幫主，在下能力有限，恕不能再與各位並肩作戰了。」說完便轉身走出屋去。吳三石一愣，空照道：「這柄劍……」燕龍卻頭也不回，逕自出門而去。

凌霄見狀，忙追出屋去，喚道：「燕兒！」

燕龍來到一間偏房，待他進屋，便關上了房門，背靠著門，與他相對而立。凌霄見她臉上神情奇特，問道：「妳沒事麼？」

燕龍搖了搖頭，忽然上前，伸手攬住了他的頭頸，抬起頭，吻上他的唇。凌霄一呆，也伸手摟住了她，輕吻她的櫻唇。過了良久，兩人才分開。燕龍隔著衣衫撫摸他背上的灼痕，喃喃說道：「霄哥，我眞希望能助你解除身上毒咒，我倆以後相守在一起，可有多快活。」她抬起頭，微微一笑，淚珠滑下面頰，說道：「霄哥，眼下情勢，生離死別是免不了的了。我心裡非常害怕，只想遠遠逃走，逃到沒有人能找得到我的地方。你不怪我吧？你不會笑我膽小吧？」

凌霄望著她的淚眼，心中酸楚，低聲道：「沒有人比我更清楚火教的可怖。我只希望妳逃得遠遠的，永遠不必面對火教。妳……妳快走吧，這樣我才安心。」

燕龍望著他，一邊流淚，一邊微笑，說道：「是，火教有多麼可怖，你最了解。我只怕你不能了解。」

兩人相擁親吻，纏綿良久。兩人心中都知道，這恐怕是最後一次相聚了。

當夜，燕龍和龍幫眾人便出了城。凌霄知道自己別無選擇，必得面對段獨聖。空照和王崇眞、吳三石等不肯捨他而去，率領少林和丐幫弟子留在城中與他同進退。五虎、百花門和許多江湖豪俠也都堅持留下，決意與他共生死。

燕龍出城之後，便率領龍幫首腦星夜趕往大別山獨聖峰。大別山地屬南直隸，便在安慶之北不遠，不過兩日的路程。龍幫探子回報，段獨聖雖身任南京守備，卻始終沒有離開獨聖峰，安然在峰上指揮若定，成竹在胸。他自信凌霄一定會投降，也相信不多久便會有人將龍頭的首級送上峰來。這兩個障礙一除，他的下一步便很容易了：掌握兵權，控制南京，暗殺皇帝，以報君仇爲由攻入京城，自立爲帝。

燕龍早已看出，段獨聖籌備多年，在京城和各地都已召集了無數教徒信眾，實力雄厚。他若擁兵自重，登高一呼，又受到大批群眾崇拜敬服，稱帝登基指日可待。此時要扳倒他，唯有擒賊擒王，直接上峰去殺了段獨聖一途。

她知道上峰刺殺段獨聖乃是鋌而走險的孤注一擲，不到最後關頭不該冒此大險。她爲此老早布下一步暗棋，只沒想到今日爲形勢所逼，不得不用。她讓面貌與自己相似的替身懸露潛入皇宮，獲選爲采女。段獨聖在宮中見過她，頗爲她的美色吸引，懇求皇帝賜予。皇宮中美女眾多，皇帝一口便答應了。燕龍知道懸露就將上獨聖峰去。她要代她前去，藉機刺殺段獨聖。

燕龍到了獨聖峰腳，進入龍幫替她準備好的密室，懸露已在室中等候。燕龍望見床上攤著一件大紅喜服，各種髮釵、首飾、珠寶、妝盒擺了一桌。她呆了一陣，才在鏡前坐下，懸露和采霖便著手替她打扮起來。燕龍一生從未上妝打扮、佩帶珠寶，此時看著手下替自己調脂抹粉，梳頭盤髻，心中卻只覺說不出的悽惶害怕，只想搶出門去，回到凌霄身邊。她強自鎮定，仍覺雙手微微顫抖，不能自制。忽聽一個聲音道：「燕兒，妳眞要這麼作？」

燕龍抬起頭，從鏡中看見扶晴站在門口，凝視著自己，臉上神色十分特異。燕龍避開她的目光，沒有回答。

扶晴走上前來，從采霖手中接過梳子，替燕龍梳整一頭青絲。她手上替燕龍盤起髻子，口中說道：「燕兒，妳小時候，我常常這麼替妳梳頭，妳還記得麼？」燕龍心中一酸，沒有回答。

扶晴又道：「我的性子一向便是自己開心了就好，不去顧別人的死活。不像妳，當了雪艷之後，事事以族人爲先，從來不想自己。我總說妳遲早該長大啦，人不自私，天誅地滅。沒想到妳一日日的長大，這性兒卻始終沒改。到了今日這個地步，我怎麼還勸得動妳？妳原也不用聽我的話，但是那人呢？他的話妳也不顧了麼？」

燕龍咬住下唇，從鏡中望見自己臉色蒼白，眼淚不自由主地湧上眼眶。她不願在手下面前掉淚，說道：「妳將我的髻梳歪了。」聲音卻已哽咽。

扶晴停下手，怔怔地掉下淚來，低聲道：「燕兒，我怎麼捨得妳？妳這麼好的姑娘，該當歡歡喜喜地嫁給他，快快活活地過日子，讓他疼妳憐妳，妳……你何苦這般折磨自己？」說到後來，已是泣不成聲。

燕龍任由淚水滑過面頰，咬著嘴唇不再說話。

扶晴一邊哭，一邊替她梳好了髮髻。燕龍裝扮完畢，穿上紅衣，說道：「采霖、懸露，去叫大家進來，我有話要說。」二人當即出門召集龍幫首腦。

燕龍待她們出門，低聲道：「晴姊姊，我這麼作，正是爲了他。妳以後會明白的。多謝妳替我守密，沒有讓他知道。我只求妳……日後替我好好照顧他。」

扶晴搖頭道：「妳什麼都懂，都清楚，就是愛裝傻，到現在還說這種話！在他心中，哪有人能及得上妳萬一？妳如此傷他，他怎麼承受得了？」燕龍心中一陣劇痛，忍不住伸手掩面，哭道：「我再也見不到他了，我再也見不到他了！」

扶晴將她摟在懷中，撫摸著她烏黑的頭髮，說道：「還來得及。」燕龍只道：「來不及了！」哭了一陣，才收聲抹淚，低聲道：「我怎捨得傷他？但我承諾要陪他走完這路，他會明白的。」

不多時，龍幫首腦自尙施、舞雩起到飛影、落葉等一齊來到室中，見到燕龍身著女裝，盛妝華服，都怔然無言。

燕龍神色沉穩，環望眾人，緩緩說道：「這可能是我此生最正確的決定，也可能是我此生最錯誤的決定，更可能是我此生最後一個決定。」

她停了一下，再說道：「我要親上獨聖峰去，刺殺段獨聖。此番實是千載難逢的良機。劉芙蓉狡詐多疑，原本段獨聖的所有姬妾都要經過她的篩選，如今她在獨聖宮中失勢，被迫離開，我才能趁隙混進宮去。萬敬素來守衛在段獨聖寢宮之外，日夜不離。現在段獨聖對他生起疑忌，將他遣開，換了吳隙守衛，他的武功不如萬敬，我在獨聖宮中發難，較易成功。」

她望向雲龍英、飛影、落葉三人，說道：「你們長年跟隨虎俠，應能明白我作此決定，只盼能對得起他老人家的託付。」雲龍英和飛影、落葉神色黯然，默然垂首。

燕龍眼光停留在雲龍英臉上，說道：「自你從神卜子處求得嘔血籤辭，至今正好二十七年。籤辭的最後一段能否應驗，就看今夜了。」

雲龍英忍不住問道：「龍頭，妳已悟得了籤辭的意義麼？」

燕龍緩緩點頭，卻不言語。她望向尙施、扶晴、舞雩、里山、曉嵐等，用雪族語言道：「我身爲雪艷，未能盡我所引能領雪族遷徙中原，好生慚愧。」尙施搖頭道：「妳是我們的首領，我們知道妳已爲此花下了多少的心血。謀事在人，成事在天，何須自責？」

燕龍道：「或許你們終究會明白，尊奉我爲雪艷可能根本就錯了。我大半是漢人，與漢地緣分太深，今日決定捨棄你們，爲了漢人的紛爭而去送死，你們一定難以諒解。」

曉嵐搖頭道：「我們知道妳此時所爲，正是意在爲雪族回歸中原鋪路。我們始終相信妳是天生命定的雪族領袖，永遠不會動搖。妳所作的決定，我們只有全心支持。」

燕龍輕歎一聲，說道：「多謝你們的信任。我想求你們一件事。」扶晴哽聲道：「妳說，我們一定替妳辦到。」

燕龍靜默半晌，才道：「我若死了，請你們將我葬在虎山。我若僥倖活下來……」

她頓了頓，才續道：「我也想回去虎山，平平凡凡地與他廝守一生。」雪族眾人都忍不住潸然淚下。

燕龍站起身來，說道：「我去了。」

第八十七章　視死如歸

凌霄凝望著手中的龍湲劍。這柄數百年前，由一代鑄劍大師劍徒鑄出的絕品，曾經經過多少英雄梟雄之手，沾染過多少沙塵鮮血。他反覆端詳許久，這柄劍除了鋒銳絕倫之外，哪裡還藏有別的祕密？他還劍入鞘，忽然想起，燕龍也是曾一度持有這柄劍的英雄之一。他歎了口氣，心中不禁暗暗傷感，自己就要死了，她卻沒有陪伴自己走完這路。三十多年人生時光匆匆過去，自己曾得她短暫相伴，最後仍得孤獨地走完這一程。這樣也好，他寧願她回到西北雪族，遠離中原的爭鬥殺戮，遠離一切的痛苦危難。

他望著龍湲劍，心中忽然一動，回想起陳近雲送劍來之後的情景：那時空照從桌上拿起劍仔細端詳，燕龍卻始終未曾持劍觀察，甚至連碰都沒有碰一下，便出房而去。她三番四次、費盡心血爭奪此劍，劍終於到手後，她卻爲何顯得對此劍毫無興趣？爲什麼？

便在此時，他聽得門聲一響，回頭望去，只見扶晴如幽靈般悄然站在門口，臉色蒼白，雙目紅腫。他呆了一下，說道：「扶晴！」

扶晴咬著嘴唇，搖頭道：「我眞不敢相信，我竟答應替她保守祕密，並答應替她來傳話給你。」

凌霄頓時感到事情不對了，豁然站起身來，問道：「燕兒呢？」

扶晴神色悲哀而憤怒，低聲道：「她上獨聖峰去了。她代替懸露，扮成皇帝賜給段獨聖的采女，上峰去刺殺段獨聖了。」

凌霄聞言如遭雷擊，當場呆住。她離別時神色殊異，他當時只道是因爲情勢危急，生死難料，她身爲一幫之主，自有責任保全幫眾性命而決意離去，全沒想到她竟是決意去送死！我怎能沒有想到？我怎能以爲她眞會因害怕而逃避？我怎能懷疑她陪我走完這路的決心？

扶晴低下頭，說道：「她留下命令，龍幫中人，一律聽你差遣。」

凌霄再也說不出話。他一把抓起龍淚劍，轉身奔出屋去。空照、王崇眞、五虎、吳三石、白水仙等見他臉色鐵青，神情堅決，都知道他要上獨聖峰去了。眾人與龍幫首腦會合，率領少林弟子、武當弟子、虎嘯山莊諸人、丐幫弟子、百花門人、龍幫幫眾和其他正派中人，急速追上，從常清風等眾老掩護的東南角出了南昌城，連夜趕到獨聖峰下。眾人議定，當夜便聯手攻上獨聖峰，與火教一決死戰。

凌霄單獨一人，疾步往獨聖峰上奔去。這是他第三次走上這路，第一次他還年幼，已經不復記憶；第二次他在護法信眾簇擁下，滿懷恐懼地上峰；這回他孤身一人，心中憂急如焚，卻只想立時趕上峰去，尋回他心中最珍貴重視的女子。

他一路上思前想後，痛悔莫及。他一聽到扶晴的話，頓時明白燕龍想作什麼：她想以采女之身接近段獨聖，藉機破除段獨聖的陰陽無上神功。凌霄想起自己上峨嵋之前，曾向常清風問起如何才能破除陰陽無上神功，當時常清風說這功夫只有女子可破：「這邪功須得不斷以處女爲引來積存鍛鍊。若在練功時受到阻擾，氣脈阻絕，練者便會暫時破功，須得耗時費日，重新修練方能恢復。而在破功期間，練者不復有刀槍不入的本領，便可取其性命。」

他當時聽過之後，並未放在心上，也未曾跟燕龍提起此事。但以燕龍的細心與用心深刻，她定是在受擒於常清風和文風流等時，藉機向常清風探問得知。當時常清風等對她疑忌仍深，她卻有辦法從常清風口中問得此事，足見她的本領。

凌霄知道自己又作錯了一回，他若仍有靈能，自能早早猜知她的用心，及時阻止。他並想到，自己對燕龍極爲尊重，始終對她以禮相敬，從未踰矩。正因如此，她至今仍是完璧之身，也才能以采女之身上獨聖峰去。與她朝夕相處的這段時日之中，他並非沒有機會，也並非未曾動過此念。或許正如段獨聖所說，他一心想保護世間美好的事物，一心想維護她的清白，豈知她的清白卻正正毀了她！

那夜，龍幫幫眾和武林群雄跟隨在凌霄之後，來到獨聖峰腳下。黑壓壓的天空中忽地一聲霹靂巨雷，豆大的雨點嘩啦啦地落了下來，不多時眾人便全身濕透。群雄更不停頓，趁大雨衝上獨聖峰，出奇不意，斬死了數十名守在路口的火教教徒。獨聖峰上得知來了敵人，成千教徒湧出抗敵，刀劍相碰，喊殺之聲震耳欲聾。浴血苦戰之下，許多人倒下了，餘人更不回頭，繼續往峰上衝殺。

幾個時辰後，空照、王崇眞、五虎、吳三石、龍幫首腦和白水仙等終於殺到了獨聖宮外。他們仰望獨聖宮高大魁偉的飛簷，雷雨中好似一隻巨大的怪獸，張口欲將眾人吞噬。一聲聲震耳的暴雷在半空中響起，閃電映出獨聖宮的側影，眾人在電光下看到彼此蒼白的面孔，心中都緊張得如要炸開。許多人不約而同地想到了虎俠；想到了很多很多年前，虎俠亦曾率領一群正教高手前來獨聖峰刺殺段獨聖。他們當時想必也曾站在這獨聖宮之前，地上的石板染有他們的鮮血麼？腳下的泥土埋有他們的枯骨麼？當時上峰來的幾十多人全軍覆沒，沒有一人生還。我們也將面臨同樣的命運麼？

沒有人注意到，地上的石板缺了一塊。那是虎俠費盡心思偷去的，他將那塊沾滿了英雄鮮血的大石放在龍宮之中，視為龍宮之寶。當時沒有人懂得他的用心。龍宮的創立就是為了止惡揚善，為了毀滅火教，為了替那些灑下鮮血、壯烈犧牲的豪傑報仇雪恨。龍宮的精神就是要踏在前人的鮮血上，繼續完成未竟的使命。

虎俠所選擇的龍宮主人，深切明白龍宮之寶的意義，因此她獨自上峰來了。而今夜上山的眾多武林首腦，也都在踏上獨聖峰的那一刻有了同樣的覺悟。

前一夜，剛過戌時。燕龍身著大紅喜服，雙手交疊，坐在一張黃花梨木椅上。她上獨聖峰前，已聽聞許多「承恩」的情形，也知道爲何許多女子在峰上驚駭過度，以致失去神智。龍宮中那些半瘋癲的女子都是她從獨聖峰上救回來的犧牲品。她曾與她們傾談，探問峰上之事，即使她們口中能說出的有限，也足以令她毛骨悚然。

如今她人在峰上了，反而沉著下來，心中只想著一件事：破除陰陽無上神功的時機和穴位。她少時總與扶晴同帳而宿，之後又與成達一起浪跡江湖數年，對男女之事所知自然不少，但她始終守身如玉，連她自己都說不清是爲了什麼。可能她內心深處記取著母親的教訓，不願在成婚前懷胎生子；也可能她早預料到有這麼一天，她將以美色作爲武器，以清白作爲手段，去刺殺世間最難對付的邪教教主。這對她如此一個武功絕頂的高手來說，毋寧是最深沉的悲哀和諷刺。

她知道段獨聖到處搜羅女子有兩個原因，一是爲修煉陰陽無上神功，日日不能間斷；二是他懷藏迷信，認定唯有處女能讓他得子。多年來上峰承恩的女子總有數千名，其中只有五人爲他生下女兒，卻始終沒有兒子。如今段獨聖年過五十，對於自己的無子感到異常焦慮。他雖一度認凌霄爲聖子，但那畢竟只是自欺欺人而已。

燕龍正暗暗籌思，忽聽腳步聲響，門外走進來了一個老婦人，雞皮鶴髮，容貌醜陋。老婦睜著一雙怪眼瞪向她，喝道：「坐著幹麼？跟我來！」燕龍站起身，跟著她走出門外，繞過一扇玉雕屏風，來到一座精緻華麗的堂前。三級階梯以上，遠處似乎放著一張大桌，看不出桌後是否有人。老婦示意燕龍跪下，上前跪道：「明王，人已帶來了。」堂上沒有答話。老婦又道：「這個是皇宮裡送來的。」

堂上仍舊沒有聲響，過了一陣，上面扔了一枝竹籤到地上。老婦恭敬撿起了，回過身，對燕龍粗聲道：「跟我來！」她領燕龍來到一間房室中，門上寫著「赤子室」。老婦將竹籤掛在門口，示意燕龍進去，說道：「好好呆著。妳別以爲是宮裡來的就如何，天下搶著侍奉明王者不知有多少，妳有幸承恩，就該乖乖識相聽話，掙扎反抗只是自討苦吃！」

燕龍心知既然自願走上這一步，此時再恐懼緊張也無用，便平靜地走入室中。她向室中望去，見除了一張鐵床外什麼也沒有，只角落裡點了兩盞油燈。

老婦要她躺在鐵床上，拉過她的手，用鐵鍊將她的手腳分別銬起，綁在床頭床尾。整治完畢，老婦冷然望向她，嘴角露出冷笑，說道：「小娘們，撐著點！死在這床上的人不少，不死而發瘋的也占大多數。妳要能活著出來，就該偷笑了。」說著尖聲而笑，走了出去。

燕龍躺在鐵床上，感到背脊傳來一陣陣的寒意。她輕輕掙了幾下，感覺手腳鐵鍊十分堅固，短時間絕對無法掙脫。她心中急速轉念，知道手腳必得重獲自由，才能即時出手，達到目的。

等了不知多久，室門開處，一人緩步走了進來。燕龍轉頭望去，但見那是個中年男子，體格魁偉，面目英俊。即使當此情境，燕龍心中也不禁暗暗驚訝於他的丰神俊朗。這個荼毒天下，人人聞之色變的火教教主，外表竟如此英挺溫雅！她曾多次見到段獨聖的塑像，但總以爲那是經過美化的形象，豈知他本人比塑像還要俊逸十倍。

段獨聖望向床上的女子，也不禁呆了呆。每夜信徒送處女上峰承恩，對他已是例行公事。他從不將這些女子當人看待，本也不十分在乎她們的高矮肥瘦，美醜媸妍，只要能用來練功便行。但此時這女子卻美得出乎他的意料；她並不是個稚嫩的少女，年紀應已有二十來歲，但她的面容體態卻顯然世間少有，十多年來他所遇過的女子中，沒有一人比得上她。

他在床邊坐下了，深沉的眼眸凝視著她的臉，伸手撫摸她的臉頰，說道：「妳在宮中待了不短的時間，怎會還是處子？」

燕龍沉住氣，低聲道：「皇上身邊美女如雲，看不上我這小小宮女。」

段獨聖的手摸到她的頸間，微微一笑，說道：「看來皇帝真不懂得享受。」

燕龍鼓起勇氣，說道：「不懂得享受的，只怕是教主。」

段獨聖的手停住了，望向她的臉，說道：「妳這話是何意思？」燕龍道：「我聽人說，教主夜夜換新人，卻始終無子。」段獨聖臉色轉為鐵青。他手一用力，捏上燕龍的肩頭，她痛得忍不住驚叫一聲，眼淚都流了下來。段獨聖冷冷地道：「是誰跟妳說的？」燕龍知道一般宮女此時定已驚駭無已，假作抽泣道：「是……是皇帝。」段獨聖的手仍緊緊捏著她肩頭，問道：「皇帝怎會知道？」燕龍哭道：「我……我不知道。但是皇帝跟我說，讓我來就是……就是為了要幫助教主得子。」

段獨聖頓了頓，似乎有些相信，說道：「妳說來聽聽。」燕龍道：「我不懂得說，只懂得作。」段獨聖道：「那麼妳作。」燕龍道：「我手腳被綁著，作不來。」

段獨聖眼神中露出懷疑之色，他想了一陣，認定眼前這嬌弱宮女無法傷害自己，便喚門外醜怪老婦進來，命她解開了燕龍手腳的鐵鍊。燕龍想坐起身，段獨聖卻伸手按住她的肩頭，冷然道：「妳若膽敢妄動，我讓妳死得慘不堪言！」燕龍連連搖頭，感到他手上力道極大，內力極為詭異深厚。老婦望向明王和這女子，眼中充滿疑惑，卻沒有出聲，關上門出去了。

段獨聖凝視著燕龍，眼神如刀，說道：「妳告訴我，要如何才能得子？」燕龍吸了一口氣，回視著他，心想：「無論如何，我今夜都要達到目的！」

夜過四更，守在門外的醜怪老婦一邊傾聽著室中夜夜相同的聲響，一邊打起盹來。直到五更，她才猛然被一聲暴吼驚醒，跳起身來，還沒來得及反應，一扇門已陡然向外飛出，直砸到她頭上，力道極強。老婦哼也沒哼，當即腦漿迸裂，倒地斃命。隨著門飛出的還有一個人影，她落地後滾了一圈，隨手抓起門板往門中擲去。

那扇門被人一掌拍碎，一個高大的人影從門中搶了出來，一手持劍。但見他面目扭曲，猙獰可怖，平日的英俊溫雅全數消失無蹤，只剩下無盡的憤恨惱怒，正是段獨聖。

燕龍翻身站起，她衣衫不整，手無寸鐵，卻傲然挺立，望向段獨聖，嘴角露出一抹微笑。她得手了！她趁段獨聖練功的緊要關頭，眞氣充沛全身之時，陡然出手點上他小腹後腰的六個穴道，令他氣息受阻，陰陽神功霎時斷絕。

段獨聖當下頓時感到全身氣脈蠢動，忍不住暴吼一聲，他絕沒想到世間竟然有人想得出這破解陰陽無上神功的奇招，心中驚怒無比，一伸手，立即掐住了身下那女子的咽喉。女子戛然，左手毫不停頓，直往他胸口膻中穴上點去。段獨聖手上用勁，女子的手再也無力點出，軟軟垂下。

段獨聖恨恨地瞪著眼前這嬌弱的女子，眼光停留在她肩頭那淡淡的，幾乎看不到的虎爪傷痕上。他直覺警覺到這女子絕非尋常人物，自己被她的美貌所惑，放下了戒心，才讓她一舉得手。他冷冷地道：「是誰派妳來的？」

燕龍雙手勉力去扳他扣在自己咽喉的手，卻紋絲不動。她心中動念：「我要死了！」但覺段獨聖的手微微鬆了些，她趕緊吸了口氣，冷然道：「沒人派我來，是我自己要殺你！」

段獨聖道：「妳武功不弱。妳是誰？」燕龍不答，猛然彎膝頂上他的小腹，段獨聖怒吼一聲，想縮緊手指捏斷她的咽喉，她卻已如泥鰍般滑溜下床，直往門口撲去，破門而出，那扇門直飛出去，砸破門外老婦的頭顱，將她撞死在地。

段獨聖抓起藏在門邊暗格中的長劍，大步追出門外，但見那女子在天井中傲然獨立，凝視著自己。段獨聖怒吼一聲，舉起手中長劍，劍身忽然燃起熊熊烈火，顯然藏有某種機關，他舉火劍直往燕龍砍去。

燕龍施展輕功在小小的天井中閃避，試圖躍過圍牆，或穿門逃逸，但段獨聖的火劍將她全身籠罩在劍風下，直將她逼至角落。燕龍自知不是敵手，危急中抓起地上石塊，捏成碎片，以雨花手向段獨聖臉上擲去。段獨聖側身閃避，揮劍擊落，但燕龍暗器手法獨特，仍有兩塊碎石打中了段獨聖的頸部和右耳。燕龍望著鮮血從他的傷口流出，心中大喜，忍不住歡呼一聲。

段獨聖伸手去摸兩處傷口，見到手指上的血跡，知道自己的陰陽無上神功確實已破，怒發如狂，猛喝一聲，左掌揮處，一股勁風直襲燕龍胸口。燕龍感到氣息一滯，不由自主往後飛去，背脊撞上石牆，跌倒在地，胸口鬱悶，顯然已受沉重內傷。段獨聖舉劍衝上，火劍猛然向燕龍當頭斬去。燕龍感到全身無力，只能滾地閃避，舉起左手擋在頭上，這一劍便深深地砍上了她的左臂。她悶哼一聲，疼痛入骨，心知這條手臂多半就此廢了。段獨聖大怒之下，又揮火劍在她身上斬出無數傷口，她極爲硬氣，咬著牙更不出聲求饒。

段獨聖砍了一陣，終於停手，喘了幾口氣，伸手抓住她的頭髮，將她拎起，大步穿過天井，推開一扇門，來到一間血紅色的禁室之中，冷冷地道：「是她派妳來的，是麼？」

燕龍受傷極重，幾乎昏厥過去，此時勉力睜眼往室中望去，但見一人委頓在角落，那是一個女子，手腳被鐵鍊纏繞綁縛，頭髮散亂，渾身傷痕累累，血肉模糊，情狀悲慘，一雙眼睛卻仍靈動深邃，心中一震：「是她！」

那女子正是張燁。她抬眼望見段獨聖手中全身劍傷血跡的女子，也是一呆，心想：「是她！」

二女相對凝望，在一片死寂中清楚明瞭了彼此的用心。

段獨聖冷冷地道：「妳們果然相識！」他低頭望向張燁，說道：「好個叛徒！妳偷偷潛上峰來，卻堅決不肯吐露密謀，原來爲的是等候這女子上峰暗算我！告訴我，她是誰？」

張燁望向燕龍，又向段獨聖瞪視，眼神中帶著悲憤仇恨，和一絲扭曲的快意。她冷然道：「她就是龍頭，也就是凌霄心愛的女子。」

段獨聖聞言一愣，後才仰天大笑，對燕龍說道：「好，好！原來是妳，原來雪豔胡的傳人辛龍若也是女子，更是凌霄的情人！我明白了，妳想來暗算我，是爲了解除凌霄身上的毒咒是麼？妳的犧牲也未免太大了。哈哈哈，昨夜的事，妳想凌霄知道了會作何感想？」

燕龍奄奄一息，已說不出話來，只冷冷地向他瞪視。

張熚望著燕龍，一咬牙，說道：「這女子對凌霄極爲重要。你若要凌霄屈服於你，便得留下她的性命。」她通透明瞭段獨聖的心思，這話一說，便是意在讓燕龍立時送命於此。果然段獨聖聽了，將燕龍往地上一扔，舉起火劍，獰笑道：「妳想爲她求情，留下她一條命，哪有這麼容易！膽敢暗算我的人，沒有能活命的。我自有辦法對付凌霄，卻不會饒過辛龍若的性命，給自己留下無窮禍患！」

燕龍癱倒在地上，眼前只見段獨聖的火劍搖晃閃爍，知道自己的死期已到。她對張熚不知該感激還是憤恨；她蓄意讓段獨聖殺己，是爲了一報自己奪愛的私仇，還是爲了實現籤辭？無論如何都好，這一夜的經歷已在她的身心留下太深太重的創傷，她原也不能再活下去了。她只覺全身傷口火辣辣地疼痛，鮮血染滿了半個身子，但她已全然忘了自己，忘了恥辱，忘了恐懼，嘴角露出微笑，心想：「霄哥，我辦到了！」就此閉上了眼睛。

第八十八章　血淚聖峰

次日傍晚，凌霄持著龍湲劍，獨自來到獨聖宮外。火教徒已收到教主指令，見到他來，全數垂手肅立，敬畏無已。凌霄逕自走入大殿，仰頭望見段獨聖的塑像，想起自己曾在這大殿上受封為神火聖子。也就是在這大殿之上，他捨棄了珍貴的神通靈能，破滅了段獨聖以神通咒術掌制天下的企圖。

便在此時，一個高瘦的人影從殿後轉出，全身殺氣，凌霄不用去看他的臉，便知是降龍萬敬到了。萬敬黑鬚及胸，臉色蒼白，冷然望著凌霄，左手拔出長劍，猛然向凌霄斬去。

凌霄龍湲劍出鞘，與他交起手來。兩人過了十餘招，凌霄見萬敬的劍法不若他在喇嘛廟中所見凌厲，微一凝思，才注意到他是以左手持劍。他陡然跨上一步，長劍遞出，一招春秋劍法的「乾為天」，點在萬敬眉心，這劍卻沒有刺下。

萬敬臉色煞白，哼了一聲，說道：「為什麼不殺我？」凌霄道：「你為什麼不用右手？」萬敬將長劍往地上一扔，伸左手捋起右邊衣袖，卻見他右手竟已齊腕而斷。

凌霄不禁震驚，望著他道：「是誰？世上有誰能打敗你？」

萬敬大聲道：「你去告訴辛龍若，這就是我挑戰段獨聖的下場！天下第一，嘿嘿，我畢竟不是天下第一！」說畢仰天大笑，撿起長劍，往頭中刎去，倒地而死。

凌霄哀然望著他的屍身，心中沉重。他知道萬敬為什麼出來挑戰自己，也知道他為什麼自殺。萬敬受燕龍鼓動出手挑戰段獨聖，卻失敗而被斬去右手；他自知武功已廢，對段獨聖已無用處，又知凌霄抱持龍湲劍來到峰上。他現身與凌霄對劍，便是想親眼見到即將取代自己成爲段獨聖左右手的人；此時自殺，便是想讓他看到自己的下場。

殿後一人緩步走出，躬身說道：「聖子，您回來了。」語音恭敬諂媚，凌霄聽出正是張去疾的聲音。如果萬敬令他心生敬重，張去疾便令他鄙夷痛恨。在南昌下令殺死無數平民百姓的，正是此人；當年他出手濫殺泰山弟子，毫不留情，今日他下手屠殺平民，一般沒有手軟。

凌霄轉過身去，看見四大尊者的另三人易燃、吳隙和石雷都已來到殿上，低頭不敢直視自己，神態恭敬中帶著恐懼。凌霄全不將這三人放在眼中。他想起十多年前，自己上峰所見到的火教人物：大護法張煒，神通護法畢刁，神咒護法段僵，都是靈能超卓的異人，即使他們咒術陰毒、手段殘狠，卻不愧爲一代怪傑。如今獨聖峰上，已無這等人物。

凌霄明白段獨聖爲何急著讓自己回到他的身邊。他極需人才，卻不能輕易相信手下。段獨聖知道凌霄跟他是同一條路上的人，他們對彼此的了解太深。段獨聖曾試圖將他打造成自己最忠實的聖子，引他走上邪途，也幾乎成功。因此段獨聖始終不能放棄凌霄，他始終相信凌霄將成爲比自己力量更強大、行止更邪惡的人。他要這樣的一個厲害角色，來接掌他親手開拓的火教版圖。

凌霄深深地吸了一口氣，心中的恐懼漸漸濃郁起來，他又回到了獨聖峰上，又回到了段獨聖的掌握之中。

他大步來到禁室之外，推門而入。禁室中的巨大水晶壁仍自矗立，光華流轉，其中卻已沒有影像。水晶壁後鑲滿寶石的金色寶座上，端然坐著一個俊秀莊嚴的中年人，正是段獨聖。

凌霄凝望著他，十多年不見，他全無衰老，似乎還更年輕了些。段獨聖臉帶微笑，面色甚是慈和，說道：「你回來了。」

凌霄緩步上前，站在禁室當中。

段獨聖伸手指向面前的石桌，說道：「放下了劍。」

凌霄俯首放下了劍。

段獨聖點了點頭，意態閒暇，笑吟吟地望著他，說道：「前次一別，轉眼便是十二年。這十二年中，不知是你過得好些，還是我過得好些？」

凌霄默然不答。

段獨聖站起身，在室中緩緩踱步，說道：「當年你我同時失去了靈能咒術，我卻並未退縮放棄。這些年來，火教靠著教法不斷擴張，如今信徒已超過幾十萬人。我練成了陰陽無上神功，武功天下第一，得到不死之身。你當年抵死不肯透露的籤辭，我已從少林空相口中得知。我不但得知籤辭，並且得到了龍湲劍。我更取得皇帝的信任，受封爲聖明國師。我煽動寧王叛變，藉機取得南京兵馬大權，如今隨時可以殺死皇帝，揮軍北上，登上皇位。」

他踱到凌霄身旁，停下步來，微微搖頭，說道：「而你，十二年來卻只躲在陰暗的角落，默默承受煎熬，等待死亡。孩子，回到我身邊來！此刻還沒有太遲。你回歸火教，聖子之位仍非你莫屬。我可替你解除毒咒，與你共享高位重權！」

凌霄沒有回答。他心中只想著一件事，開口道：「我向你要一個人。」

段獨聖聽了，哈哈大笑，說道：「我早知道，你是爲她而來！」他回到寶座坐下，一手撫鬚，饒有興味地望著他，緩緩說道：「她假扮成宮女上峰，意圖刺殺我。但我早已警覺，更未曾讓她近身。她失敗了，現已被我抓起，關在宮中。」

凌霄感到一顆心直往下沉。段獨聖微笑著望向他，說道：「你若誠心歸服我，我自可將她還給你。」

凌霄閉上眼睛。這多年來橫在自己面前的抉擇天平，一端是步上邪道，主宰天下，坐享名利權勢風光；另一端則是寂寞孤獨，無止境的毒咒煎熬和死亡。原本這一端還有燕龍相伴，現在燕龍卻似乎移到了天平的另一端。世上還有什麼比她更加重要？爲了她，他難道不能放棄道義原則？爲了她，他難道不能踏上歧途？他全身顫抖，幾乎便要跪下，向段獨聖俯首稱臣。

他忽然聽見心中一個微弱的聲音說道：「你已苦撐了十多年，始終未離正道。現在難道便爲了再見她一面，就此屈服？她若知道了，又怎會原諒你？」

他睜開眼，環望禁室，自己在這室中消磨了慘痛的童年，是母親捨命將他救出；少年時被囚於此，受盡咒術折磨，是張熿和張瑞娘捨命將他救出。此番他又回到了禁室之中，還會有誰來救他？

他的眼光落在水晶壁上，眼前忽然出現了許多虛幻景象。這是他十分熟悉又十分陌生的覺受，他專注凝神，忽然驚覺自己失去多年的靈能竟又重現！為何會如此？

他一轉頭，瞥見了禁室屋角的一個人影。他全身一震，那是一個女子，雙手被綁在禁室角落的刑具上，頭髮散亂，滿面血污，奄奄一息，冰冷的臉上嵌著一雙溫柔的眼睛。那是張燁！

凌霄驚叫道：「張姑娘！」快步來到她身前。但見她全身傷痕累累，口角流出鮮血，雙眼漸漸失去光彩，眼神中的溫柔卻更加濃郁。她蒼白的嘴唇露出微笑，這大約是一生中第一次也是最後一次微笑。她輕輕地道：「凌霄，凌霄。我在這兒第一次見到你，此後便再也忘不了你。虎穴之中的那些日子，我倆之間的親近溫存，你可曾記得？」凌霄心中酸楚，直覺知道她已離死不遠，低聲道：「我當然不曾忘記。」

張燁臉上露出滿足的笑容，幽幽地道：「世上若是沒有燕龍這個人，該有多好！事到如今，你為了對得起她而捨棄唯一的活路；她也是一般，為了對得起你而捨棄自己的性命。你倆都對得住彼此，但也一如我所預言，將彼此都引上了死路。」

凌霄大驚失色，想開口問燕龍是否已死，張燁卻沒有讓他問出口，搖了搖頭，說道：「你不要我的人，不聽我的話，也不接受我的照顧。但我有一樣東西，卻是你不會不要的。」她凝望著他，不再說話，但他清清楚楚地聽到她的心意：「這是我送給你最後的禮物。我還有幾個時辰的性命。好好珍惜，爲她報仇，爲我報仇！」

凌霄望著她，胸口如被重鎚擊中，痛不可堪。他陡然明白張燁爲何冒險回到獨聖峰來，也知道她送給了自己什麼。

他抬起頭，只見段獨聖慈祥清俊的面孔慢慢幻化爲醜陋的鬼怪，身體殘缺扭曲，雙目血紅，獠牙尖爪淌著鮮血。

凌霄感到無比恐懼，靈能令他看到了段獨聖的眞面目。他凝望著他手爪上的鮮血，驚然發覺，那是燕龍的血！他聽見段獨聖內心殘酷的笑聲，他在說：「你曾奪走我最珍貴的靈能和咒術，我也占有了你最珍視的女人，這樣才算公平！這女人膽量不小，竟敢來暗算我，在我練功緊要關頭時，破了我苦練多年的陰陽無上神功。我自不能饒過她，已讓她死得慘不堪言。但是現下且不讓你知道，等你臣服我後，再慢慢告訴你這些好消息！」

凌霄將他的心思看得太過透徹，看到了太多他不忍卒睹的情景。這不過是昨夜的事！他畢竟來遲了一步；他畢竟無法阻止燕龍犧牲自己，無法阻止段獨聖逞惡，無法救回他心愛女子的性命。他忍不住跪倒在地，雙手掩面痛哭失聲，心想：「燕兒，燕兒，妳是個不可思議的女子，妳作到了不可能作到的事。妳爲了救我、救武林中人、救南昌城中百姓，犧牲了自己的清白和性命，破了古今最強大的邪門武功，讓段獨聖失去防護，成爲一個可以殺死的人！」凌霄心痛如裂，泣不成聲，這是他無法承受的慘烈悲痛。

段獨聖臉上笑容消失，肅然望著他，喝道：「你爲什麼哭？」

凌霄心中的悲痛轉爲憤恨，他站起身，淚眼中燃燒著憤怒之火。他知道張煒和燕龍要自己作什麼。他堅決而緩慢地道：「我都知道了。她破了你的神功，而你殺了她。我要殺死你，爲她報仇！」

段獨聖臉色一變，不敢相信他竟能看透自己的心思。他倏地站起身來，拔出了龍湲劍。

凌霄搖頭道：「你不配使這柄劍。」右手揮處，龍湲劍陡然從段獨聖手中飛出，遠遠跌在屋角。凌霄伸手在空中一抓，一柄長劍憑空變出，正是虎俠的佩劍。

段獨聖大驚失色，退後兩步，此生從未感到如此恐懼，他喝道：「你還有靈能！怎麼可能？」

凌霄走上前去，說道：「你卻什麼也沒有了。」

段獨聖從寶座後抽出一柄金色長劍，手一抖，金劍劍身倏然熊熊燃燒起來，成爲一柄焰舌亂吐的火劍。段獨聖大喝一聲，揮火劍向凌霄斬去。凌霄揮劍擋住，雙劍相交，發出一聲巨響，在禁室中迴蕩不絕。段獨聖陰陽無上神功雖破，內力劍術仍是當世頂尖，凌霄凝神接招，長劍相交的巨響一聲接著一聲，震耳欲聾。

一場驚世決鬥便在這血紅色的禁室之中展開了。這兩人都是天賦異稟、世不二出的奇才，也都在過去十餘年中苦練內功、砥礪劍術。凌霄年輕而滿懷激憤，出招狂猛，奮不顧身；段獨聖則沉穩老練，出手狠辣，毫無破綻。段獨聖的火劍和凌霄的劍影在禁室中晃動不止，一時相持不下。

過了數百招以後，凌霄已知道自己不是他的對手：即使自己擁有靈能，能預知他的出招，仍無法對抗段獨聖威猛凌厲的火劍。因段獨聖曾擁有靈能，知道擁有靈能者的可怖，自忖必得練成絕世武功，方能對付擁有靈能的對手。此時他火劍揮灑開來，凌霄的劍竟無法搶入他身周一丈之內。

不多時，凌霄左脅便被火劍劃傷，鮮血四濺，他毫不退縮，繼續持劍搶攻。段獨聖人過中年，氣力雖盛，卻戒之在得；凌霄死了不過是命一條，段獨聖卻有太多放不下的權位、財富、基業。他不願再纏鬥下去，趁隙來到禁室門口，往後退了出去，大聲喝道：「張護法，尊者們，制住了他！」自己轉身往大殿奔去。

張去疾和吳隙、石雷原本便候在禁室之外，當即各出兵刃，向凌霄攻去。凌霄更不將這幾人放在眼中，揮劍向三人橫掃，將各人逼得連退五六步，直向段獨聖追去，來到大殿之上。

此時獨聖宮外雷雨交加，正教和龍幫群雄已攻到大殿之外，遠遠見到凌霄和段獨聖在殿上激鬥，張去疾、吳隙和石雷等不斷從旁偷襲凌霄，局勢危急。

空照、尚施、扶晴、舞雩四人連忙搶入殿中，上前攔住了三個尊者，令三人無法再上前圍攻凌霄。此時大殿周圍湧出數百名火教護衛，與正教中人相殺起來。里山、吳三石、白水仙等率領手下迎上攔住，雙方短兵相接，激烈血戰，相持不下。

正教眾人都知凌霄和段獨聖的這場決鬥，乃是決定無數武林中人、平民百姓生死禍福的一戰，因此個個咬緊牙關，奮力將大批火教教眾驅離逼退，不讓他們接近大殿，避免他們對凌霄群起而攻，或讓段獨聖得以走脫。正教眾人和龍幫幫眾在南昌城中並肩作戰多日，早已培養出極佳的默契：此時空照、尙施和吳三石三人圍攻張去疾；王崇眞、扶晴、舞雩則聯手對付吳隙；子璋和尙、錢書奇和五虎攻向石雷；雲龍英率領龍幫眾人關上大殿側門和後門，扯倒沉重的神像頂住各門，持兵刃牢牢在旁守住；白水仙和兩個師妹則率領百花門人在神殿大門口施放毒藥，將火教群眾盡數擋在殿外。

不多時，張去疾的千刺鐵鞭被吳三石以打狗棒巧勁擊飛，空照一掌打在他胸口，張去疾口吐鮮血，撲倒在地。尙施上前在他背心補上一掌，張去疾登時肋骨全斷，當場斃命。吳三石罵道：「如此死法，便宜了這心狠手辣、滿手鮮血的賊廝！」

那邊吳隙也被扶晴揮白綢捲去了流星錘，只能揮動月牙鏟勉強撐住。但王崇眞劍術何等精湛，加上扶晴和舞雩兩個硬手在旁環伺，吳隙撐不上許多招，也被王崇眞一劍刺入心口，倒地死去。

石雷知道自己不是敵手，主動拋下一對雷震擋，跪地求饒。子璋嫉惡如仇，更不理會不殺降人的武林規矩，大吼一聲，上前將他斃於掌下。

此時門外人聲沸騰，無數火教教眾得知教主被困在殿中，奮不顧身地想衝入大殿，抬起巨木衝撞大門，轉眼便將撞破大門，闖入大殿。雲龍英等拚死守住各門，知道己方僥倖闖入大殿，關門自守，才有機會將困在殿中的幾個火教高手一一殺死。但外面火教徒想必已集結完畢，傾巢而出，定將奮死攻入，搶救教主。

空照、王崇眞、吳三石和龍幫眾高手雖知門外情勢危急，此時卻皆目不轉睛，著魔一般地凝望場中凌霄和段獨聖這場驚世駭俗的正邪之戰。眾人眼望著段獨聖出神入化、凌厲絕倫的劍術武功，心中都不禁升起一股恐懼：在這殿中的不是人，而是個擁有不死之身的魔鬼！凌霄和他拚鬥了這許久，身上已受了多處創傷，而段獨聖身上卻連半個傷口也沒有！就算凌霄能取勝，或許也殺不了此人。如果段獨聖的陰陽無上神功當眞如傳說中那般厲害，殿中這數百名正教中人或許全不是他的對手，都將死在他的手中。

數百人之中，只有凌霄一人知道段獨聖的神功已破，也知道破除這神功所付出的代價，更知道此刻是殺死段獨聖的唯一機會。他身上又多出了幾處劍傷，血流滿面，衣衫全染成了紅色，但他仍招招不顧性命，一心想與段獨聖同歸於盡。他既已將生死置之度外，燕龍之死便不再令他憤恨了。他感到悲傷漸退，心中一片平靜，自與她相識以來，兩人的心從未如此刻這般接近，耳中似乎能聽到她的心跳，肌膚似乎能感受到她的體熱，臉頰似乎能覺出她的呼吸。他心想：「如此結局也沒什麼不好；她只不過先走一步，我隨後跟上便是，從此我倆再不分離。」他嘴角露出微笑，彷彿看到自己與燕龍攜手回歸虎山，心中充滿平安喜樂之境。

段獨聖不可置信地望著他，不明白他如何還能笑得出來。兩人武功高下已判，凌霄不是他的敵手。但段獨聖卻陡然感到一陣恐懼，他在凌霄還是個幼童時便害怕他，多年以來，自己對他百般虐待折磨，卻始終動搖不了他淳善的本質。他忍不住暗想：當年我若早早放過了他，凌霄便不可能成爲今日的凌霄，原來還是自己親手打造出了自己最大的敵人！他心中懊悔莫及，或許他根本不該對凌霄抱持希望，或許世上眞的有不能爲自己掌控腐化的人。

凌霄此時心境平靜，春秋劍法漸漸顯出威力，愈來愈得心應手，他隨手夾入幾招虎蹤劍法，逼得段獨聖後退數步，情勢登時逆轉。又過百招，段獨聖忽然大吼一聲，火劍橫劈，斬上凌霄的左肩，鮮血迸流，凌霄的衣衫被火劍點著，燃燒了起來。段獨聖見他受傷極重，半身被火焰包圍，料準他定會急於自救，就此退去，豈知凌霄早已受慣了咒術烈火焚身之苦，彷若不覺，清嘯一聲，踏步上前，一招「雷山小過」，長劍直出，刺入了段獨聖的心口。

段獨聖睜大了眼，神色驚恐莫名，這一代梟雄手下不知曾殺戮殘害多少性命，卻似乎從未想過自己有一日也會如此被殺。便在那一瞬間，他恍然大悟，叫道：「靈劍！原來是你！」他手中火劍跌落在地，熊熊火焰陡然熄滅，凌霄身上的火焰也跟著熄滅。他木然而立，嘴角帶笑，眼中流下兩行清淚。

旁觀眾人盡皆驚呼出聲，紛紛高喊：「段獨聖的陰陽無上神功破了！段獨聖死了！」

這時殿外轟然聲響，火教教眾已撞開殿門，衝入大殿。然而他們見到的第一個景象，便是段獨聖佇立殿中，胸口插著一柄劍，而劍柄正握在聖子凌霄的手中。火教教眾盡皆呆若木雞；他們早已深深相信段獨聖是火神之子，是天降神人，是不死之身。但他們卻親眼見到段獨聖死在一柄劍下，見到他眼中閃爍最後一抹垂死的憤恨。

不論正教火教，都爲段獨聖之死震驚，爲段獨聖神功破滅、失去不死之身震驚。而其中最甚者，莫過於雲龍英。

他望著凌霄血淚交織的臉面，忍不住叫道：「靈劍泣，野火熄！」二十七年前，他還是個稚嫩的少年人時，曾親眼目睹嘔血籤辭現世，親耳聽見神卜子預言火教的覆滅。如今他已飽經風霜，步入中年，竟有幸親眼見到籤辭一一應驗。他激動難已，是哪個絕頂聰明之人，領悟到靈劍原來不是一柄劍，而是一個人？是誰有此本領使動這柄劍？

雲龍英隨即明白，那人便是燕龍！她領悟了籤辭所指，因此決定孤身上峰。她顯然成功了；她破除了段獨聖的神功，她讓靈劍哭泣，她令段獨聖喪命，就此熄滅了這幾乎燒毀天下的一把邪火！

凌霄對身周人事全然不知不聞，眼望著段獨聖慢慢倒下。他拔出劍來，微微一笑，回劍便往自己頸中抹去。但聽身邊有人高聲叫道：「不可！」不知是誰出手打掉了他的劍，凌霄眼前一黑，暈了過去。

第八十九章　龍頭遺囑

凌霄醒來時，只感到腦中一片迷糊，不知身在何處。他記得這遲鈍迷惘的感受，他知道自己曇花一現的靈能已然消退，感到自己好似又死了一次。他朦朧中見到火光閃動，呆了一陣，才看出獨聖宮正被熊熊烈火吞噬，逐漸倒塌。凌霄轉過頭去，見到遠處段獨聖的禁室已被火焰燒毀，張熚想必已死在火中。世間最後一個擁有靈能的人死了，她暫時給予凌霄的靈能也永遠地消失了。

他的心頭已被悲哀充斥，張熚的死更加深了這分絕望。他閉上眼睛，感到身上各處傷口疼痛，但比起他曾經受過的咒術折磨，這點小痛實在不算什麼。他隱約知道有人在替自己治傷，鼻中聞到虎嘯山莊的藥味，猜想施救的大約是師弟。他想對劉一彪說，不用救我，讓我死了就好，但喉中更發不出聲音來。他掙扎著想坐起身，去找燕龍的遺體，想再見她一面，但手腳完全不聽使喚。他輕聲呼喚：「燕兒，燕兒，我來陪妳了！」便又陷入昏迷。

一場大戰告終，獨聖峰上一片肅穆清慘，正教群豪雖得戰勝，心中殊無喜意。這一役死傷慘重，殺死段獨聖的凌霄身受重傷，命在旦夕；龍幫中人找到了龍頭的遺體，悲憤難已。正教眾人得知龍頭冒險上峰，捨命破了段獨聖的陰陽無上神功，凌霄才得以趁隙殺死段獨聖，對龍頭和龍幫的感恩敬重都達到了極點。然而直到此時，人們仍不知道龍幫大龍頭是個女子。

段獨聖伏誅的消息很快便傳到了南昌。火教中人得知傳言為實，全都驚得呆了，良久才紛紛搥胸頓足，伏地痛哭。許多人只道教主一死，世界末世將到，隨之自殺殉命者總有數千人。

大學士梁中則當時雖被陳近雲送上了大運河的船，但他心中掛念此戰的勝敗，終於決定留下，轉去吉安投奔王守仁，助他籌劃平叛。他在南昌城外聽聞了段獨聖的死訊，趕忙去見王守仁，報告此事。

王守仁得知段獨聖伏誅，心中喜憂參半，喜這蓋世魔頭終於殞落，憂好友凌霄的生死。他知道刺殺段獨聖絕不比自己平息寧王叛逆容易，連忙派人探詢凌霄的下落。

梁中則又向王守仁道：「段獨聖早與寧王勾結叛逆，他這一死，正好可揭發其陰謀，將他的黨羽一網打盡，解救城中百姓於水火之中。」

此番快速平定宸濠之亂，原本全是王守仁的功勞，段獨聖的南京軍隊從未與寧王交鋒，只闖入南昌屠殺武林中人和平民百姓，王守仁早早為此悲怒交集，義憤填膺。他即刻派軍入城，占領南昌，抓起了火教頭目，將火教民兵和南京軍隊都繳了械，釋放了所有被俘百姓和武林中人。

王守仁與梁中則商量下，又一起上書皇帝，說寧王反叛已平，段獨聖勾結寧王，意圖造反，在許多武林豪傑的奮力合攻下，已被擊殺於獨聖峰上，手下同謀都已伏法就擒云云。

數日之後，便有聖旨下來：「點蒼許飛忠勇過人，於陣前誅戮寧逆，建功厥偉，受冤下獄，當立時釋放，賞金三千兩，加贈官爵。」「嵩山少林寺空照大師維護皇室不遺餘力，特頒護國聖天睿智禪師封號。武當山王眞人崇眞道長出力擒殺反賊，勞苦功高，特頒長青靈虛眞人尊號。」餘下五虎門、峨嵋、雪峰、長青、泰山等派掌門都各有封賞，甚至丐幫幫主吳三石也受賞布帛三百疋，加贈封號。呈請封賞的名單之中特意略去了凌霄和燕龍二人，只因王守仁對凌霄知之甚深，知道他下半生要的唯有寧靜二字，封賞於他不但毫無所惠，更是負累。至於燕龍，王守仁雖不識她，卻從凌霄口中得知不少她的行事作風，知道她不是尋常人物，又知她已犧牲性命，遂不願大肆張揚，更令凌霄傷心。

少林武當等大派的掌門人都受了封賞，其餘許多門派或者不屑受封，或者惱怒寧王胡亂殺害門人弟子，此時朝廷又來封賞，有如兒戲，都避而不受。許飛被釋放後，將來傳旨封賞的太監踢了一個筋斗，揚長離去。

凌霄在獨聖峰上一場浴血苦戰，身上受傷甚重，雖一心想死，身上的傷卻好得奇快。他渾渾噩噩地被五虎護送回到虎嘯山莊，整日關在房中，腦中一片渾沌。若非揚老和陳近雲日夜陪伴守護，他早已找機會自盡。

一段時日過去後，他身上毒咒未曾發作，灼痕也漸漸減輕，幾乎不復可見。他倏然明白，段獨聖死去後，纏繞折磨自己十餘年的毒咒也隨之解除了。

又過了月餘，他頭腦漸漸清醒，終於明白燕龍當時為何決定獨自闖上獨聖峰去。他猜想她定是領悟到靈劍便是自己，因此才決定用她的性命去換取他的眼淚和段獨聖的死亡，以助他擺脫毒咒的下半生。

凌霄想到此處，不禁又怔然落淚。他想：「我寧願有她陪伴，活在毒咒之下，而不要擺脫毒咒卻沒有她的日子！」他感到自己已失去了一切，身心空蕩蕩地，不如死去。他跌跌撞撞地走出房間，卻見門外悄然立著一個艷美的少婦，正是扶晴。

原來扶晴早幾日已來到了虎山，特來通告龍宮將為龍頭發喪，請凌霄前去龍宮。她聽說凌霄神智未復，避不見人，便留在虎嘯山莊等候，直到此時才等到凌霄出屋。

扶晴眼中滿是哀傷，她向凌霄打量良久，才道：「凌莊主，你既出來了，便讓我陪你走走吧。」

二人信步走向後山。凌霄不自由主來到多年之前，自己為燕龍老虎朋友所起的虎塚之旁。他望著虎塚，想起前事，怔怔地掉下淚來，直言道：「扶晴，我好生思念她……獨活在世上實在毫無意義，我想我該去找她了。」

扶晴搖了搖頭，說道：「凌莊主，我知道你心中的悲痛，但你須聽我一言。你的命是燕兒用自己的命換回來的，你怎能如此輕忽？」凌霄聽了，身子不禁一震。

扶晴又道：「況且龍頭還有遺囑，我想請凌莊主來龍宮後告知。」

凌霄聽到遺囑二字，便知道自己必得去龍宮一趟。他渴望再與燕龍對話，即使只是三言兩語也好。燕龍死前若留了話給他，那他是一定得去聽的。

不一日，凌霄跟著扶晴來到龍宮。龍幫替龍頭辦了個極簡單的喪禮，在場的只有雪族和龍幫眾人，更未知會外人。喪禮過後，凌霄獨坐在燕龍的墓前，望著她的墓碑，哀泣不能自制。他想起很多很多年前，揚儀死去時，父親也曾在她的棺木前發了好幾日的呆，對著棺木喃喃自語，形銷骨立。當時他年紀幼小，不能明白父親的傷痛，此時他自己經歷過了，才體會到與心愛的人永別是何等銘心刻骨的悲痛。他喃喃地道：「燕兒，我眞盼自己能跟妳一起去。妳知道麼？獨自活下去比死還困難。」

他聽見身後一人緩步走近，輕聲道：「凌大俠，請節哀。」正是曉嵐的聲音。她道：「凌大俠，我等想告知龍頭的遺囑。可否請你移步？」凌霄點了點頭，站起身跟著曉嵐走去。

曉嵐引他來到龍宮一間內室。卻見尚施、扶晴、舞雩、里山等龍幫首腦都在室中，眾見他雙目紅腫，都是心下哀然，沉默不語。扶晴向眾人用雪族語言說了幾句，曉嵐向凌霄望去，也說了一句，都是雪族語言。尙施點點頭，吩咐幾個手下道：「在屋外嚴密看守，不得讓任何人走近。」他關上了房門，望向扶晴。

扶晴點了點頭，從懷中取出一張薄紙，遞給凌霄，說道：「這是雪艷臨行前與我們立下的密誓，凌莊主請看。」

凌霄接過了，見紙上字跡潦草，寫著：「塔辛龍若與百柳扶晴、畢松尙施、哈克舞雩、達可里山、塔辛曉嵐，於七月初七上獨聖峰前共立此誓：余若死去，火化遺體，葬於虎山，由雲龍英接掌龍頭之位。倘予倖存，當密而不發，佯傳死訊，餘事待命。」

凌霄看到最後兩句，心中一動，拿著紙的手隱隱發抖，抬頭望向眾人。

尙施點了點頭，說道：「凌大俠，雪艷還活著，此刻便在這房間之中。」

凌霄不敢相信自己的耳朵，顫聲道：「你說什麼？」回想在獨聖峰上自己以靈能得知段獨聖已殺死她，她怎麼可能還活著？

卻聽扶晴道：「我們當時在獨聖峰上找到她時，也以爲她死了。後來白水仙門主來找我們，告知幫主曾向她索取能令人假死數日的藥物『息神散』，她因此懷疑雪艷可能並非眞死。水仙門主替雪艷下了解藥，但她卻毫無反應，過了好幾日，她都沒有活轉過來。直到十日之後，她才再有呼吸，但是……但是始終未曾清醒過來。」曉嵐低聲道：「我們奉命隱瞞，因此對外只宣稱她已然死去。」

凌霄呆立當地，抓住了扶晴的手，說道：「快帶我去見她！」

扶晴臉現不忍之色，輕聲道：「我們其實一直難以決定，是否該告訴你。她受傷甚重，又一直未能清醒，跟死了……死了也沒什麼分別。」

龍幫眾人都垂首歎息。凌霄閉上眼，心道：「她仍活著，這已經夠好了。」說道：「無論她能否回復意識，我都會盡心照顧她一輩子！」

眾人聽了，都不禁感動。扶晴眼中噙滿淚水，哽咽道：「她當初與我們立下這個密誓，只因她希望在這一役後可以功成身退，往後便能與你長相廝守。沒想到……沒想到她竟會傷成如此！」

凌霄激動難已，急道：「她在哪裡？快帶我去見她！」曉嵐走到牆邊，推開了一扇暗門，之後是一間房室，中間床上躺著一人，采霖守在床邊。

凌霄走了進去，望向床上那人，正是燕龍。她面色蒼白安詳，一如在獨聖峰上自己經由靈能所見一般。他自下獨聖峰後，眼前幾百次出現燕龍的臉龐，都是這般安靜祥和。他眼中溼潤，走到床前，輕輕握住了她的手。

此後凌霄日夜守在她床邊，想盡方法替她醫治，卻都徒勞無功。一個月後，燕龍才首次清醒過來，但她即使醒覺，也只兩眼發直，反應呆滯，什麼人都不認識。

這日凌霄替她把脈，感到脈動異常，他呆了呆，又細探一陣，發覺她體內另有一個快速的脈動。凌霄縮回手來，心中愕然震驚：燕龍竟懷了身孕！

凌霄又是憤怒，又是茫然。他難以壓抑心中激恨，立即配製了打胎的藥物，便要餵她服下。他望著燕龍呆滯的面容，又想：「她自己會想要這個孩子麼？我恨段獨聖，如何也不會想留下這孩子。但這也是燕兒的孩子。她若不能恢復，這孩子便是她唯一的子息了。」又想：「她身體如此虛弱，這打胎藥十分猛烈，對身子耗損極大，她只怕承受不住。我替她餵下這藥，很可能就此要了她的性命。」他想起張瑾兒打胎後流血不止，險些喪命之事，心中更是遲疑。

他坐在燕龍床前，反覆思量，猶疑難決。他握緊她的手，輕喚她的名字：「燕兒，燕兒，妳告訴我，我該怎麼作？」燕龍自是無言。

反覆思量許久，他終於歎了口長氣，悄悄將藥倒掉，心中已作出決定：他要迎娶燕龍。趁她神智未復之前，辦好婚事，不讓她知曉懷的是段獨聖的孩子。他要將孩子視如己出，他答應過她，不會讓她的孩子沒有父親。他知道燕龍此時身體虛弱，未必能平安生下孩子，更可能她一生都無法恢復神識。凌霄心想：「她若不能恢復，我便照料她一輩子，盡心撫養她的孩子。」他俯身在燕龍瘦削的頰上輕輕一吻，走出房去。

他找到扶晴，請她召集龍幫眾人，向眾人提出求婚之意。龍幫諸人都是愕然；他們自然知道燕龍和凌霄互戀極深，她也曾公開說過希望能與凌霄長相廝守。但她此時神智未復，恢復的希望渺小，凌霄又爲什麼要在此時娶她？

扶晴心細，已猜到凌霄別有用意。她自然不知燕龍懷孕之事，但她深知凌霄對燕龍用情深刻，在此時求婚，決非藉機取巧，定然令有他意。她首先表示贊成，尙施、舞雩、辛曉嵐等素知燕龍對凌霄感情非同尋常，又感於他的眞情，也表贊同。眾人遂決定，佯稱龍頭遺命，將妹子嫁與凌霄。燕龍搖身變成了自己的妹子，改名辛燕兒。凌霄向龍幫眾人保證，自己定會全力醫治她，若能康復，自可由她決定去止；若不幸難癒，亦會盡心照顧她一世。

於是凌霄便接了燕龍回到虎嘯山莊。兩人的婚事在晚秋九月匆匆辦成，酒席只請了虎嘯山莊和龍幫首腦等十多人。燕龍不能起身，由侍女采霖裝扮新娘，代替行禮。婚禮過後，進入洞房，凌霄燒起炭火，關嚴了窗戶，生怕山上夜間寒氣侵入屋中，加重燕龍的病情。他走回床前，輕輕扶起神智昏迷的新婚妻子，一如往常地餵她喝下湯藥。她的身子軟軟地靠在他的身上，凌霄餵完了藥，替她擦去嘴邊的藥痕，心中又是甜蜜，又是酸苦。

如此過了數月，秋日過去，冬日緩緩降臨。凌霄用盡心思，竭力爲妻子醫治。燕龍的身體一日日恢復過來，所受的外傷都已痊癒。她清醒的時候較多，也能下床走動，但誰都不認識，也記不起往事，噩夢頻仍，往往半夜驚醒尖叫，要好幾個人才能壓得住她。

這日晚間，凌霄在外屋煎藥，忽聽燕龍在房中尖叫道：「我殺了你！」凌霄在她養傷以來，從未聽她開口說話，連忙奔入房中探視，不料燕龍已衝出房門，直向後山奔去。凌霄大驚，隨後追上。燕龍在山野中狂奔，不斷尖叫。她雖失憶，輕功仍高，凌霄一時竟追趕不上。卻見她腳下一絆，跌倒在地，前額撞上了一旁的樹幹。凌霄忙上前抱起她，叫道：「燕兒！燕兒！」

燕龍頭上這一撞不輕，卻未流血，她抱著頭，神色痛苦，全身顫抖。凌霄將她緊緊摟在懷中，低聲安慰。燕龍忽又哭叫起來，斷斷續續地道：「好多血，我……好痛。大哥，我身上好痛！他用火劍砍我……我好痛。你不要碰我！你走開！」猛力將凌霄推開，往前奔去，跑出幾步，又捧著頭跌倒在地。

凌霄聽她似乎憶起在獨聖峰上發生的事，又是驚訝，又是心痛，連忙追上前，抱住了她，問道：「妳記起來了麼？誰要殺妳？」燕龍道：「段獨聖！段獨聖要殺我！」

凌霄這幾個月來從未聽她說出任何人的名字，此時聽她道出段獨聖三字，心中又恨又喜，問道：「妳記起了什麼？」燕龍哭了起來，說道：「我……我破了他的神功，他憤怒非常，揮火劍砍我。然後……然後我就不知道了。他殺死我了麼？」

凌霄聽她神智漸漸清醒，興奮難已，說道：「妳還好好的活著！別再想那些事了，那些都過去了！」燕龍喃喃道：「原來我沒有死。那他死了麼？」凌霄點頭道：「是。我殺了他！」

燕龍抬起頭，凝視著凌霄的臉，說道：「霄哥……你是我的霄哥麼？你身上的毒咒……毒咒如何了？」

凌霄見她認出自己，心中狂喜，顫聲道：「我的毒咒早已解除了。燕兒，燕兒，妳認得我了嗎？我……我好歡喜！」

燕龍嘴角露出微笑，伸手撫摸凌霄的臉頰，說道：「你怎地瘦了這許多？」凌霄聽她才清醒過來，便滿心掛念著自己，心中感動已極，忍不住緊緊抱著她，痛哭失聲。燕龍似乎不知道他為何哭泣，任由他抱著，低聲說道：「我好冷，我們回家好麼？」凌霄收淚道：「是，是。我們快回家去。」

凌霄抱起她瘦弱的身子，緩步回到莊上，回到臥房之中。二人相擁靠在床頭，絮絮說起別來之情。此時已過子夜，二人望著窗外灑進一片清亮的月光，不約而同想起許多年前二人初識之時，也曾在這床上共枕而眠。經過這些年的波折，二人竟能如此重聚，都覺這定是上蒼所賜。

第九十章　龍戰于野

次日清晨，燕龍醒來時，見凌霄坐在床旁，微笑著望向自己，便也報以一笑。凌霄問道：「妳認得我麼？」燕龍道：「自然認得。」

凌霄開懷而笑，在她頰上一吻，說道：「燕兒，我太歡喜了！」此時采霖走進屋來，服侍燕龍更衣梳洗。采霖自幼便服侍燕龍，見她記起前事，自是興奮之極，咭咭呱呱地述說這幾個月來她如何誰也不認識，狀若癡呆，雪族大夥如何擔憂，凌霄又是怎樣費盡心思醫治她，細心又耐心地照顧她的生活起居。

正說時，一個僕婦捧了洗臉水走進屋來，笑道：「莊主夫人，您醒啦。」燕龍一怔，說道：「妳叫我什麼？」宷霖插口道：「龍頭，妳昏迷的時候，凌莊主已與妳成婚了。」

凌霄在門外聽到，走進屋來，燕龍抬頭望見他，說道：「宷霖，妳出去一下。」待她去後，燕龍掩不住驚詫，問道：「霄哥，我們成親了？」

凌霄道：「是。我還沒來得及跟妳說，怕妳會不高興我沒問過妳，便擅自作此決定。燕兒，妳願意嫁給我麼？」

燕龍轉過身去，靜了一陣，才道：「我不是不願嫁給你。但是……」她皺起眉頭，心中想說：「但是獨聖峰上發生的事，我不能不告訴你。你知道之後，或許便不會娶我了。」這話卻如何說得出口？她走到窗邊，往外望去，感到一切都如夢幻一般不眞實。前一刻自己還在段獨聖的魔掌中作垂死的掙扎，這一刻卻回到了情郎溫暖的懷抱之中。她低下頭，輕輕掀開衣袖，望見自己左手臂上一道長長的傷疤，她清楚記得在獨聖宮中被砍這一劍時痛入骨髓的感受，此時卻只剩下一道早已收口的淡淡疤痕。她知道自己身上還有許許多多的傷痕，在她昏迷的數月之中，在凌霄細心的醫治照料下，都已一一合口痊癒。但她也清楚身上還有著更嚴重的創傷，是這一輩子都無法治癒的傷痛。

她回過身來，面對著凌霄，說道：「你怎知我仍願意嫁給你？你爲什麼不等我醒過來再說？」

凌霄一呆，說道：「妳那時受傷極重，神智全失，誰也不知妳究竟會不會恢復神識。我爲了能日夜照顧你，才與尙施扶晴等商量，決定娶妳爲妻，接妳來虎山養傷。妳若不願嫁我，我……我自不能強留。」

燕龍心中升起一股無名的惱怒，說道：「你要娶我，不來問我，卻去問別人？婚姻豈是兒戲，我不高興難道便可以走？」她一怒之下，舉步往門外走去，忽覺頭昏眼花，彎下腰來，連連作嘔。凌霄忙上前扶住她，輕拍她背。燕龍嘔了一陣，才緩過氣來，低聲道：「我病了一場，身子竟變得這麼虛弱。」

凌霄甚覺難以啓齒，深吸了口氣，才道：「燕兒，妳大病一場，身子確實是弱得多了。爲了腹中的孩子，妳更要好好保重。」燕龍倏然抬頭，伸手按著小腹，說道：「當眞？」凌霄點了點頭。

燕龍臉色大變。凌霄清楚知道她心中的疑慮，伸手輕撫她微微隆起的肚腹，微笑道：「妳感到孩子在動了麼？我當初得知妳有喜時，眞是又驚又喜。」

燕龍聽他語氣溫馨愉悅，心頭疑懼才漸漸退去，問道：「什麼時候的事？」凌霄道：「我們成婚之後，大約一個月左右吧。妳那時身子好得多了，只是一直未曾記起往事。」

燕龍眼神一片迷茫，說道：「過去幾個月的事，我一點兒也不記得了。」凌霄道：「妳多休息幾日，慢慢便會記起來的。」

燕龍不斷搖頭，難以壓抑心中激動，忍不住怒道：「這是怎麼回事？我神智昏迷數月，醒來後不但嫁了人，而且還懷了孩子？」凌霄連忙賠罪道：「燕兒，都是我不好，讓妳這麼生氣。我不該沒問過妳便與妳成親，更不應……不應讓妳懷上身孕。妳惱我也罷，要罵我也罷，我都無話可說。」

燕龍怒道：「那孩子呢？我有了孩子，難道能說走便走？我不要什麼孩子！」

凌霄輕歎一聲，他既選擇了隱瞞事實，承擔後果，便只能將這條路走到底。他黯然道：「燕兒，妳便不願與我相守一生，難道連我們的骨肉也不願留下麼？」

燕龍咬著下唇，轉過身去靜了片刻，才低聲道：「對不起，霄哥。我不該對你發脾氣。我……我只是一時不能接受這事。我當然想與你廝守一生，在華山谷底，大漠之上，王宮地窖裡，上獨聖峰之前，我最渴求的心願，便是能與你成婚，永遠相守在一起。我昏迷時你費了多少心血照顧，我一輩子也報答不完你的恩情。如今我能替你生個孩子，自是萬分願意。」

凌霄上前輕輕摟著她，說道：「燕兒，請妳原諒我。我急著娶妳，只因我要妳永遠不再離開我。妳能體諒我的心情麼？」

燕龍點了點頭，她也不明白自己初知成婚及有身孕時爲何如此激怒，此時靠在他的胸口，怒氣漸平，始感到一陣奇異的溫馨喜悅，抬頭道：「霄哥，你想要個男孩兒，還是女孩兒？」

凌霄聽她語氣，知她已消了氣，笑道：「男孩女孩都好。」燕龍微笑道：「我卻想要個女孩兒。」凌霄低頭在她頰上一吻，笑道：「女孩兒要能像妳就好了。」又道：「我已派人去龍宮通知尙施、扶晴和雲龍英他們，告知妳已恢復神識，讓他們來虎山見妳。」

燕龍點點頭，似乎並不在意，說道：「或許還是男孩比較好。你說該取什麼名字好？」凌霄道：「妳來取吧。」燕龍道：「我們此時心願滿足，結為夫妻，孩子若是男孩兒，便叫『比翼雙飛』的『比翼』吧。」凌霄笑道：「凌比翼，這名字好極！」經此一吵，二人感情又轉深了一層。

又過數日，燕龍漸漸憶起了所有的往事。關於她獨闖獨聖峰那夜的經歷和那場血戰，燕龍絕口不提，凌霄也不問。他已藉由短暫恢復的靈能見到了那夜發生的事，也清楚知道即使親如夫妻，也有許多不能說出口的言語，許多不能提起的過去。

凌霄朝夕陪伴在她左右，片刻不離。二人經過如許磨難，才得相聚，新婚燕爾，每日都如同在人間仙境一般。

兩個月後，轉眼已到歲末。虎山一向清淨樸素，這年除夕卻分外喜氣，到處張貼春聯，燃放鞭炮，眾江湖豪客齊聚宴飲，互相拜年，著實熱鬧了幾日。

到了大年初二，凌霄清晨起身時，不見了枕邊人，他只道燕龍早起，出門喚道：「燕兒，妳起來了麼？」卻見房外采霖的床鋪也空著，一呆之下，心中感到一陣不祥，忙到莊上各處尋找，卻哪有燕龍的影蹤？一直找到了晚間，凌霄才確定燕龍已不告而別。

凌霄頹然坐倒，心中傷痛、懊悔、恐懼、失望、擔憂交錯，喃喃地道：「燕兒，燕兒，妳爲什麼走了？」想到燕龍已有六個月的身孕，心中升起無數個疑問憂慮：「她路上會否不適？誰來照顧她？她去哪兒了？她惱了我麼？我還能再見到她麼？」

他知道燕龍的性情，她如此不告而別，便表示她的去意甚堅，而且再也不會回來。凌霄猶存一線希望，心想龍幫眾人尚未上山見她，說不定燕龍回去了龍宮。他趕到五盤山龍宮去，卻見宮中空曠無人，龍幫眾首腦、雪族眾人都走得不知去向，連雲龍英和飛影、落葉等也不見影蹤。

他回到虎山，卻見凌雲帶了兒子來到山莊。凌霄連忙問道：「雲兒，妳怎麼回來了？里山呢？」凌雲道：「山哥在龍宮啊。他說要出門一趟，讓人送我回虎山來陪你。」凌霄告知自己剛從龍宮回來，當地已然空置，更無人影。凌雲緊張起來，說道：「那時山哥匆匆要我回來，神色很有些奇怪。哥哥，他們都去哪兒了？」凌霄也道：「他們都去哪兒了？」

此後數月，凌霄和虎嘯山莊眾人到處打聽，江湖上竟無人知道龍幫眾人的去處。慢慢的大江南北的武林人物都聽說了此事，各自四出探詢，也毫無消息。從燕龍、尚施、扶晴起，到舞雩、里山、曉嵐等，這些一時叱吒風雲的龍幫雪族人物，都如清風一般消失得無影無蹤。龍幫這麼大的一個幫派，竟然說消失便消失，再無蹤跡可尋，實是奇怪之極。

凌霄思索前後，心知一定是雪族出了大事，燕龍才會如此不告而別，雪族中人才會同時消失無蹤。他心中作出決定：「我要去找她。她從不曾捨棄我，我怎可能捨棄她？她陪我走完我的路，我又怎能不陪她走完她的路？」當即收拾行囊，啓程往西北趕去。

數千里外的玉門關外，一間簡陋的客店裡，燕龍親手將兩片金鎖片掛在兩個初生嬰兒的頸上，一片寫著「比翼」，另一片寫著「雙飛」。她細心將兩個襁褓包好，抬頭道：「成大哥，有勞你了。請上路吧。」

成達一手抱起一個孩子，低聲道：「妳真不要我帶話給他？」

燕龍沉默半晌，才搖頭道：「不。他若問起，你就說我已難產死了吧。」成達搖了搖頭，說道：「我不能撒這個謊。」燕龍低下頭，說道：「你要怎麼說都行。我只不要他來跟我一起送死。」

成達長歎一聲，不再勸說，抱著兩個孩子大步走了出去。

燕龍掩面而泣，不久即咬牙抹淚，推門而出，續往西行。

早在南昌之役前，燕龍便收到族人急報，告知蒙古和碩特部野心勃勃，蓄勢待發，有意入侵西北。果然，當年秋天和碩特草長馬肥，糧足兵強，便開始侵略西北各族，勢如破竹，維吾爾等族都已投降，餘下各族雖組成聯軍，卻絕非和碩特大軍的敵手。此時燕龍一路行來，已見到無數因西北戰事而流離失所的難民，也見到無數被燒毀的村莊帳幕，心知自己和雪族絕難逃過這一劫。她心想凌霄若知道了雪族所面臨的絕境，定會趕來西北與自己一起送死。她得將孩子送回虎山，卻不能讓他知道自己的處境。

春末夏初，燕龍趕到了天山腳下，找到了雪族族人。眾人見雪艷歸來，都極為驚喜振奮，誓言要與和碩特抵抗到底，保衛家園。

唯獨扶晴見了她，卻不顯得高興。當夜扶晴來到燕龍帳中，質問她道：「妳為什麼回來了？」燕龍道：「我恢復神識，得知族人有難，怎能不回來？」

扶晴又問：「凌霄呢？」燕龍轉過頭去，說道：「在虎山。」扶晴凝望著她，說道：「妳沒有跟他說，便自己回來了，是麼？不然他怎會不跟著妳來？」燕龍沉默不答。

扶晴怒道：「燕兒，妳怎能如此一錯再錯？妳好不容易跟他成婚了，好日子正要開始，怎麼剛好在這時候恢復記憶？這也罷了，他已是妳的夫君，妳怎能就這樣離開他，自己回來送死？妳怎就從來不幫他想想？」

燕龍道：「我就是為了他著想，才不告而別。難道妳要我拉著他一塊來送死？」

扶晴大聲道：「他寧願跟妳死在一起，也不願意獨活。妳難道連這都不明白？妳真不配作他的妻子！」燕龍也怒了，回口道：「什麼妻子不妻子，他娶我時我仍神智昏迷，我並非真的嫁給了他，我可從沒說過要嫁給他！」

扶晴大怒，說道：「時至今日，妳還說得出這種話？我不管妳了！」隨即拂袖出帳而去。燕龍追上叫道：「扶晴！妳去哪裡？」扶晴道：「我尋快活去！」頭也不回地去了。

不料，當夜和碩特軍前來偷襲，所幸燕龍徹夜未眠，及早警覺，連忙率領族人抵抗，退到山腰上，死傷不重，獨不見了扶晴。燕龍忙派人去舊紮營地尋找，卻怎麼也尋不著。燕龍驚痛悔恨，只怕她出了什麼事，但此時卻已無暇哀傷，她趁夜率領族人再往山上退去，安置老幼，指派青壯族人駐守山腳。接下來的數月，雪族連日與和碩特軍隊短兵相接，全靠著雪族精英的高超武功、燕龍的機警謀略，才勉強支持了幾個月。這大半年來，和碩特軍隊無往不利，唯獨攻不下這雪族。和碩特主帥甚是憤怒，調動大軍前來，圍在山腳之下，情勢一日比一日危急。

西北戰事的消息傳到中原，中原群豪才知雪族中人為了抵禦外族而趕回西北應戰，都甚是震驚。眾人感佩龍頭領導群雄反抗火教的英勇、獨闖獨聖峰行刺段獨聖的犧牲，不約而同啓程往西北而去，盼能向雪族伸出援手。吳三石丐幫手下眼線眾多，在途中發現了獨行的凌霄。中原群豪遂以醫俠為首，紛紛跟進，一路上聞風而來的豪傑愈來愈多，少林、武當、峨嵋、點蒼等門派都傾巢而出，首途西行。到得玉門關時，已聚集了一百多個門派幫會，人數多至六千餘人。

凌霄率領群豪進入西北，一路聽到的都是和碩特軍隊所向披靡、攻城掠地的消息。他只能默默祝禱，希望自己沒有來得太遲，希望燕龍和雪族能撐下去。一行人來到甘肅蘭州，正愁不識去往西北的道路，卻見一人已在城中等候，風塵僕僕，正是雲龍英。跟在他身旁還有飛影、落葉二人。這幾人原是虎俠手下，受虎俠遺命輔佐燕龍，消滅火教。如今火教已滅，這幾人對燕龍極爲佩服，與雪族眾人也建立起了深厚的友情。因此雪族有難，雲龍英等首先率了一群龍幫手下前來相助。他們知道雪族人數遠遠不足以抵抗和碩特大軍，聽聞中原群豪來援，當即冒險穿過重重敵營，前來迎接引路。

雲龍英見援兵人數眾多，大喜過望，向凌霄拜倒說道：「多謝醫俠率眾前來馳援！雪族情勢危急，我們得盡快啓程。」龍幫財力雄厚，早已準備好馬匹糧草。雲龍英在前引路，帶領中原群豪急馳西北。

這日晚間，燕龍獨自坐在帳中，掩面沉思，忽然全身顫抖，不能自制。不是因爲西北天寒；她自幼在大漠和天山腳下長大，早已習慣了嚴寒的氣候。她知道自己顫抖是因爲心底極端的後悔、恐懼和絕望。這戰場上已死了太多的人，連她最親近倚賴的扶晴都下落不明。她雖處心積慮爲族人在中原準備好了遷居之地，但戰事一旦開始，道路阻絕，再要讓舉族遷徙已是不可能之事。她那時一回到族中，便匆忙地率領族人打打逃逃，勉強逃過舉族被殲滅的命運。她恨恨地想著，如果當時自己沒有身受重傷，失去神智，或許便能早些趕回，在戰事爆發前及早領族人離開天山。如今全族被圍在山頭，一切都已太遲了。她完成了龍頭的任務，卻疏忽了雪豔的使命；她知道自己必得爲此付出代價。現在眼前只有兩條路：投降或拚死一戰。若是投降，和碩特首領素行殘忍，戰士們定會遭到屠殺，婦孺則淪爲奴隸。若要拚死一戰，雪族戰士雖驍勇善戰，但人數畢竟稀少，而且兵器糧食都已消耗殆盡，沒有絲毫勝算的戰爭，怎值得一拚？

夜深人靜，燕龍正感到深沉的絕望，忽見帳門掀處，一人悄然走了進來。燕龍倏然起身，雪刃出鞘。但見那是個頗有年紀的陌生漢子，容色清癯，向她微微一笑，行禮說道：「拜見雪豔。」

燕龍感到他的面貌似曾相識，過了好半晌，才想起曾在何處見過這人，說道：「我娘去世時，我曾見在族中見過你。」那人點頭道：「妳母親臨終前，陪伴在她身邊的正是我。」

燕龍心中疑惑，問道：「你是誰？你跟我娘是什麼關係？」那人微微一笑，說道：「我花了十七年的時間，才終於找到了妳的母親。但那時已然太遲了，她爲病魔纏身，我所能作的，只有陪伴在她身邊，讓她好好地去。」

燕龍凝望著他，說道：「那是許多年前的事了。你現在來找我，有什麼事？」那人道：「妳娘臨終前，曾託付我保護妳的安全。」燕龍揚眉道：「我等已陷入絕境，我身爲雪豔，誓與族人共存亡！」

那人望著她，笑了起來，說道：「有其母必有其女。我知道妳不會肯單獨逃走，我只想勸妳多等幾日，莫與敵人同歸於盡。」燕龍道：「卻是爲何？」那人道：「因爲凌霄和中原群豪已趕來相助，離此不過十日的路程。」

燕龍聞言大驚，不禁走上幾步，顫聲道：「你怎麼知道？他又怎會知道我在此處？」

那人哈哈一笑，說道：「本山人神機妙算，自然知道。至於凌霄，他可也不蠢，見妳不告而別，很快便猜到了妳的去處。我們漢人可是最重情義的。妳為大夥作過些什麼，大夥並不曾忘記。當初受過妳恩惠的武林中人全都來了，總有六七千人。要打敗和碩軍隊是不成的，但要替雪族解圍，護送大家遠離戰場，卻游刃有餘。」他往外一指，說道：「我替妳族人帶來了清水糧食，十多日應是足夠。」

燕龍心中激動，快步來到那人身前，拜倒在地。那漢子連忙扶她起來，微笑著望向她，說道：「龍戰于野，其道窮也。然而德不孤必有鄰，妳放心等候吧。」說完便出帳飄然而去。

燕龍隱約感到這幾句話十分耳熟，卻想不起在何時何地聽見過。她匆匆出帳，果見空地上放了一綑綑的乾糧和一桶桶的飲水，也不知那人是如何穿過和碩特的千軍萬馬，將這些物資送上山來的？

第九十一章　比翼雙飛

凌霄一行人在荒僻的草原上疾行趕路，一路上烽火連綿，處處可見殘兵斷甲，屍首遍野。眾人上前檢視，生怕是雪族中人，幸而都不是。途中撞見了一群維吾爾人，正往東方逃難。凌霄向眾人問起戰況。

一個會說漢語的維吾爾老人道：「去年秋天，蒙古和碩特部開始侵略鄰近各族，劫掠糧食，搶奪地盤。我們維吾爾族在和碩特以西的草原放牧，首先受到侵略。和碩特人驍勇善戰，人數又多，軍勢強盛，我族無法抵擋，死傷眾多。和碩特奪去了我們的牲口和草原，狂妄起來，又向北方和西方拓地，開始侵略天山各族。天山各族聯手與和碩特相抗了幾個月。但是幾仗打下來，各族還是敵不過和碩特大軍，節節敗退。和碩特占領的草原愈多，實力愈強，聯軍此刻已退到天山之麓了。我們家園殘敗，不願受和碩特人統治，只好往東逃去。」

凌霄忙問：「老丈可知道雪族情況如何？」

那老人問道：「什麼是雪族？」雲龍英道：「他們住在天山附近，首領稱為雪艷，是個女子。你聽說過麼？」

那老人恍然道：「我知道了！我們管那族叫焉格隆斯，原來漢語叫作雪族麼？焉格一族的首領是個年輕姑娘，手下有一群壯士，是唯一打贏過和碩特軍的一支部隊。他們跟聯軍在一起，情勢只怕不很樂觀。現在正是晚秋，和碩特軍大概會在此時強攻，打敗聯軍，奪去他們的糧食牲口，讓他們過不了冬。」

凌霄等聽了，一則以喜，一則以憂；慶幸燕龍等人還活著，又擔心軍情緊急，眾人會趕不及解救。凌霄率領中原群豪日夜兼程趕往天山，不到十日，便來到了天山腳下。眾人在路上聽得消息，和碩特已大舉進兵攻打西北聯軍，聽說已將其他三族都打敗了，只剩下雪族還撐著，被圍困在天山山麓的一座山頭之上。他忙請雲龍英、飛影、落葉和五虎等分頭去探聽消息，回來都說和碩特十萬軍隊守在山腳，雪族全憑上山地勢險惡，勉強守住，但清水糧食就快用盡，情勢危急。

武林中人都無用兵打仗的經驗，唯獨五虎中的柳大晏少年時愛讀兵書，腹中頗有些兵法謀略，當下雲龍英取出地圖，與柳大晏、凌霄等一齊商量，擬定策略。之後雲龍英立即派飛影和落葉穿過敵營，潛入山頭，告知雪族外援已到，在約定時刻趁夜攻出；並安排陳近雲和許飛率領幾名輕功高強的點蒼弟子，當夜去和碩特軍營放火；雲龍英率領龍幫手下偷襲敵軍，引和碩特軍向南方追逐；凌霄則率領中原武林各門派攻打守在山腳的軍隊，接引雪族下山。

當夜，凌霄率領正教眾領袖守在谷口七八里外的山地之中，等候訊息。秋夜天上星辰繁多，凌霄仰望天際，忽聽腳步聲響，卻是飛影趕回駐紮處，報道：「我等找到龍頭了！她說非常感激各位千里跋涉，前來相助。雪族原本便打算今夜衝殺下山，與和碩特軍一決死戰。現在有各位相助，勝算大增。」當下細細說了燕龍的布置。

凌霄立時將這個消息宣告中原群豪，眾人遠來西北便是爲此一戰，都極爲振奮，個個磨刀擦槍，準備大幹一場。

到得子夜，陳近雲和許飛偷偷潛入敵營，放火燒糧，和碩特軍隊頓時一陣驚慌混亂。主將聽聞南方有一群兵馬掩上，料想定是西北各族其中之一前來偷襲，下令半數軍馬前去追趕。雲龍英率領龍幫幫眾虛應一陣，之後便令幫眾騎快馬向南逃去。另一邊凌霄等也已動手，攻打守在山腳的和碩特軍隊。

便在此時，但聽山上殺聲大作，雪族壯士騎馬衝出，竟然並不以逃下山爲目標，直殺入和碩特大軍，以一當十，銳不可當。和碩特軍隊半夜受襲，被打了個措手不及，只仗著人多，一時相持不下。

中原群雄眼見成和碩特軍隊成千上萬，軍容壯盛，都不由得震驚。許多武人在南昌見識過寧王軍隊和南京軍隊的陣勢，卻遠遠比不上眼前和碩特軍隊的粗獷勇悍。眾人心中都想：「辛龍若和整個雪族聽說只有八千多人，如何能與這和碩特十萬大軍相持這麼久？」

卻見雪族軍隊忽然往西退去，和碩特軍兵分兩路，西軍追上，東軍留下對抗中原群雄。西軍追出數十里，忽覺腳下鬆軟，馬匹奔跑不動，慢慢陷入泥沙中。原來當地是一個沙沼，雪族眾人將西軍引入流沙，衝上圍攻，將未陷入沙沼的殘軍殲滅，又回頭來援。此時東軍已見到西翼大敗，腹背受敵，情勢驚險，主將心想：「唯有與向南追去的軍隊會合，集中主力，才能退敵。」當下揮軍南退。

雪族料知他們會往南去，早已衝上攔住。雪族壯士衝殺一陣，將敵軍切爲三股，轉眼便殲滅了一股。另一股在中原群雄圍攻下，也死傷殆盡。此時往南追去的軍隊未曾追上雲龍英等人，決定放棄，班師北返，才見到主將被圍，登時大舉衝殺過來。中原武人不慣騎馬打仗，敵軍人數眾多，雙方在黑夜中殺得難分難解。如此激戰一個多時辰，和碩特十萬人軍只剩下了三萬不到。主將見受挫極重，忙下令退軍。

正此時，一騎快馬從眾中原武人身旁掠過，馬上白衣人身上血跡斑斑，馬蹄翻飛，轉眼追上了敗退的和碩特軍隊。那人手中持弓，在疾馳中彎弓搭箭，一箭筆直射出，正中敵軍旗旗桿，從中斷折。和碩特軍登時一陣混亂，敗退得更急。白衣人丟下弓箭，奪過一枝長矛，直殺入敗軍之中，不多時便追上主將的坐騎，長矛到處，刺入主將心口，將他摜下馬來。

和碩特士兵嚇得心驚膽裂，逃得更快。雪族陣營已有數騎奔出去接應那白衣人，七八騎一齊縱馬奔回雪族陣地。中原武人此時都已瞧清，那白衣人雖是女子裝束，其身手武藝卻非一流武功高手莫辨，正是龍頭辛龍苕。

此時已近天明，一場大戰之後，曠野上黃沙滾滾，數千具屍體橫豎遍地，未死的馬匹在戰場上胡亂奔馳，發出嘶嘶哀鳴。凌霄縱馬來到雪族陣營，尋找燕龍的身影。只見雪族壯士聚集在一處，一個白衣女子當風而立，狂風吹過，一襲白衣刺刺擺動，更顯得她俏生生的身形弱不禁風，實難相信她曾率領雪族壯士與勢力龐大的和碩特軍相抗半年，方才還衝入敵陣，斃了敵軍首領。

凌霄停馬不前，遠遠望去，但見燕龍臉色雪白，正向雪族壯士說話。尙施和里山在人群中清點人數，舞雩和曉嵐在戰場上指揮救傷扶殘。燕龍說完了話，便即翻身上馬，向中原眾人處馳來。凌霄迎了上去，叫道：「燕兒！」

燕龍看到他，呆了一陣，似乎不敢相信自己的眼睛，一會才眼眶一紅，叫道：「霄哥！」兩人一齊躍下馬來，飛奔近前，相擁在一起。凌霄緊緊擁著她，哽咽道：「老天保佑，總教我再見到妳的面！」

燕龍哇的一聲哭了出來，只道：「霄哥，我眞沒想到能活著再見到你！」凌霄問道：「妳都好麼？大家都好麼？」燕龍哭道：「扶晴……扶晴死了！」

凌霄驚道：「當眞？扶晴如此武功，竟也失手於亂軍之中？」他知燕龍與扶晴自幼一起長大，兩人性情雖迥然不同，卻情勝姊妹，扶晴又一向爲燕龍的左右手，自己與燕龍的一段情緣，也多靠她穿針引線，她的死定然令燕龍傷痛逾恆。

燕龍拭淚道：「她是在一次夜襲中喪生的。她在帳中和一人共眠，不及起身應戰。我們之後回去，卻連她的屍首都找不到了。我……若不是你和中原朋友們前來相救，我們只怕也已天人永隔了。我該去向眾朋友拜謝相救之恩。」

凌霄攜著她的手，並肩走到中原群豪之前。此時數千對眼睛都看著他二人，燕龍在眾人前盈盈拜倒，說道：「辛龍若率領雪族上下，拜謝諸位仗義相助之恩。此恩此德，雪族沒齒難忘！」

群豪大半曾在南昌與龍頭並肩作戰，此時聽她所言，確是龍頭無疑，雖驚於她身著女裝，容色清麗絕俗，倒是喜多於驚，喜於她仍在人世。見她拜倒，忙下馬回拜，紛紛道：「不敢！這是義當所為。」「龍幫和龍頭致力於殺死段獨聖，消滅火教，我等不過是感恩圖報罷了。」少林空照合十道：「辛幫主大力保護中原武林門派，更孤身闖上獨聖峰挑戰段魔頭，為此幾乎喪命，對我中原武林貢獻良多，我們這一點汗馬之勞又算得什麼？」丐幫吳三石也道：「中原諸門派幫會無不感念龍幫大龍頭的義氣勇氣，聞道雪族諸位朋友回到西北抵抗外侮，大夥便不約而同前來助陣。」眾人齊聲附和，呼聲如雷。

燕龍熱淚盈眶，抱拳道：「我一生一世，不會忘了諸位朋友的高義！」

這一戰雪族雖以少勝多，大挫和碩特大軍，燕龍卻知西北數年內不會平靜，便說服了雪族族人，大舉遷往中原。她率領雪族數千青壯老幼，在凌霄和中原群豪的掩護下，迤邐回到中原。靠著龍幫多年累積的田產物資，加上武林眾幫會門派的傾力協助，雪族眾人在五盤山腳的平原上開闢出一個新的村鎮，安居下來。

次年晚春三月，燕龍因感激中原群雄千里跋涉前來救急，令雪族族人得以脫離險地並赴中原安居，便與凌霄商議，決定在虎嘯山莊宴請中原群雄，也當是補請一杯喜酒。二人在兩年前成親，但當時燕龍傷重昏迷，一切行禮皆由采霖代替，更未宴客；當時眾人也只道凌霄是娶了龍頭的妹子，不知道他娶的便是龍頭本人。

當日虎嘯山莊張燈結彩，前來道賀的武林人士絡繹不絕，熱鬧非凡。燕龍的雙生子比翼雙飛已近兩歲，在席間嘻哈玩耍，飛奔追逐。里山和凌雲也帶著兒子里岳前來，眾人相見之下，都極是歡喜。

燕龍請父親秦少嶷坐了首位，便在席間行認父之禮。秦少嶷早知她便是胡兒之女，老淚縱橫，言談間盡是感歎二十多年來不知有這麼一個女兒，最後竟是這個女兒來光耀門庭，重振秦家劍的威名。

凌霄正在廳口迎接賓客，忽見一個江湖術士般的老者來到門口，他一眼便認了出來：這人竟是失蹤了多年的父親凌滿江！凌霄又驚又喜，迎上前去，叫道：「爹！」

凌滿江抬頭望向他，飽經風霜的臉上露出笑容，伸手拍上他的肩膀，說道：「好個虎山醫俠！我作你老子，眞是臉上添光！」

凌霄忍不住道：「您爲何始終不曾回來虎山？」凌滿江搖頭道：「像我這樣的爹，有不如無。我若回來，不過爲你徒增煩惱。我自個兒在江湖上逍遙自在，無牽無掛，疏懶慣了。若不是你請這杯喜酒，我也不知要晃蕩到何時才會來找你呢。」

燕龍其時正與王守仁傾談，兩人頗為投機。那年王守仁在江西平定寧王反叛，立下大功，受了不少封賞。不多久正德駕崩，嘉靖繼位，想召王守仁入京任職，卻迭遭朝中嫉妒於他的大臣阻擾。剛好王守仁父親去世，他便離任回家守孝，此後在各處遊歷講學，逐漸以心學聞名天下。他聽說凌霄宴請天下豪傑，便趕來虎山與老友聚聚。這是他第一次會見燕龍，兩人談起宸濠之亂、火教肆虐和西北戰事等往事，都不禁歔欷。

燕龍偶一回頭，遠遠見到凌霄正與一個老者說話，但覺老者面目好熟，心中大奇，忙向王守仁告罪，快步來到凌霄身邊，認出老者便是多年前曾到雪族照顧病危的母親，並在天山兵圍時替雪族送信送糧的奇人。凌霄牽起她的手，說道：「燕兒快來見過，這是我爹。」燕龍睜大了眼，奇道：「他是你爹？這位前輩曾來雪族尋找照顧我娘，西北戰事時也曾出手助我。原來他竟是你父親！」

凌滿江呵呵笑道：「乖媳婦兒，妳卻忘了我替妳作的另一件事。泰山腳下我曾為妳卜卦，妳可記得？」燕龍這才想起，他正是在泰山腳下遇見的古怪江湖術士。她回想過去數年的經歷，不禁感慨，說道：「前輩所卜，一一應驗。前輩指點迷津，晚輩受益極深。」

凌滿江輕歎道：「那幾卦都非好卦，令人好生擔憂。你倆這幾年來可不好過哪！所幸一切劫難波折都已過去，以後你倆的日子便舒順多了。」

忽聽一人插口道：「哥哥，這是誰呀？」一個少婦抱著兒子走來，正是開口。凌霄笑道：「雲兒快來，這是咱們的爹爹。」

凌滿江離開虎山時，凌雲才剛出生不久，二十多年過去，凌雲此時已是亭亭玉立，爲人妻爲人母了。凌滿江見她與揚儀當年甚爲神似，不禁老淚縱橫。凌雲忙讓兒子里岳見過外公，燕龍的一對雙生子比翼雙飛也過來拜見爺爺。

凌滿江問了三個孫子的生辰八字，屈指卜算，輕噫一聲，眉心微蹙，正要說話，忽然一人哈哈大笑，大步走上前來，白髮白鬚，卻是常清風。他拍拍凌滿江的肩，笑道：「好小子，上回與你傾談《易經》，讓我從中悟出一套春秋劍法。這回你還有什麼好東西要教我？」凌滿江與常清風雙手互握，大笑起來，說道：「我最近讀到一部《酒經》，倒是很有意思。」常清風眼睛一亮，忙道：「快，你快跟我說說！」兩人拉著手，邊談邊走開去了。凌霄這才知道，常清風竟是受到父親的啓發，才創出了天下無敵的春秋劍法。

燕龍望著凌滿江的背影，說道：「你爹爹眞是位奇人！」凌霄點了點頭，歎道：「我爹爹眞情至性，一世癡情，確是世間少見。」燕龍微笑道：「你又何嘗不是？」凌霄臉上一紅，低頭微笑著望向愛妻，緊緊握住了她的手。

燕龍抬頭望著丈夫的臉，心中充滿了驕傲喜悅，忽然想起許多年前，浪子成達曾對自己說過的幾句話：「人生中有些事，錯過了一次，便難再遇上。妳自己要知道珍惜。」那時自己尚不明白他的意思，直到許多年後，她才明白了世間上最値得珍惜之物，便是眼前這個對自己情深意重的有情人。

她不禁想起往年與成達相偕浪跡江湖時的種種經歷，這幾年經過太多，雖只是不到十年前的事，卻像是十輩子前的事一般久遠。她回思往事，不由得感觸萬般，心想：「成大哥此時不知在何方流浪？自從我託他將兩個孩子送回虎山後，便再也未曾見到他了。」

正想念時，忽聽窗外一人叫道：「兄弟，咱們喝酒去！」燕龍一驚，聽這聲音像極了成達，忙奔出門外。但見黑夜中一匹劣馬緩緩走開，馬上騎著一個醉漢，正仰頭湊在葫蘆口上喝酒，看得出留了一部大鬍子。那人身前坐著一個紫衫女子，頭上梳了個偏髻，回頭望向那漢子，巧笑倩兮，明波流盼，似乎便是扶晴。

燕龍心中震驚，脫口叫道：「成大哥！扶晴！」揉了揉眼睛再看時，卻見那一騎二人已然消失在夜霧之中。

凌霄走上前，扶住她的肩頭，問道：「燕兒，妳看到誰了？」燕龍伸手抹淚，回過頭來，微笑道：「沒有什麼。」二人雙手互握，走回大廳，心中都又是歡喜，又是惆悵。

（全書完）

後記

《靈劍》是寫在《天觀雙俠》之前的故事，可算是《天觀》的前傳。因爲情節比較陰暗悲慘，所以我自己一直不大喜歡。這本書初稿寫完的日期，是一九九八年，算算也是十一年前的事了。寫完之後，才開始動筆寫《天觀》。後來因爲《天觀》寫得比較順手，就將這部書擱下了。在《天觀》出版後，我才找時間重新拾起這個故事。最早設想的故事十分簡單，主要是講凌霄和燕龍一正一邪兩個人物，因互相愛戀而陷入困境。後來我感覺不夠張力，而凌霄這男主角太過平凡軟弱，配不上女主角燕龍，所以決定大刀闊斧，徹底改寫。

關於靈能

第一部幾乎全部重新寫過，後面的兩部也做了大幅改動。最大的改變是關於凌霄的「神通」或「靈能」的描述。這應是一種新的嘗試，在武功之外，另加入神通的成分；我希望不致讓這書變得太玄，太怪力亂神。其實武功寫到誇張處，也一般是不眞實，接近玄奇的。我想嘗試將神通寫得傳神、眞實、深刻。如果世上眞有神通，擁有神通的人和一般人有何不同？他們能做什麼，不能做什麼？藉由宿命通看見的未來，是否一定會發生？心念能改變多少實相，能轉變多少未來？算命是怎麼回事？我都嘗試在書中觸及探討。

我想先談談靈能對凌霄這個人的意義。從故事發展來看，靈能對他來說不只是次要的，更可說是個累贅。他這人最重要的特質，在於他的仁善平和，在於他捨己為人的胸懷。他在第一部中擁有靈能，但靈能並未帶給他多少好處，反而讓他多次為了避免經由靈能預見的悲慘結果實際發生，而讓自己陷入險境。之後他雖失去靈能，他的本質仍一如既往，毫無改變。或許對他來說，沒有靈能的日子還更好過一些。段獨聖也是一樣；他擁有靈能時肆意運用靈能追求權力，失去靈能後仍舊繼續以其他手法追求權力。在評判一個人的時候，有沒有靈能並不是決定性的因素，最重要的仍是他的本質。有靈能者並不高人一等，並不值得他人尊敬崇拜；值得尊敬的，是一個人的修養和德行。

凌霄用靈能預見的事情，是否都成真？當然不是。凌霄曾預見到許多事情，後來都由於他的一念之變而並未發生。正如他曾對凌滿江所說：「有些事情好似命中注定，早有定數。但我知道要改變這定數也並不難，一切只在你一念之間。有時我動個念，事情的走向立即便不同了，與我當初所預見的南轅北轍。別人也能動念，大家都能動念，因此一件事情並沒有定數，只要人心變了，事情肯定就會跟著變。」人世間不會有絕對準確的預言，因為變數太多了。這跟王守仁的心學其實頗有共通之處；王守仁最重心學，曾說：「破山中賊易，破心中賊難。」以及書中提到的：「『心念』發動處有不善，就將這不善的念克倒了，需要撤根徹底，不使那一念不善潛伏在胸中。」都是在說起心動念的重要。

一般人又該如何面對具有神通的人物？成千上萬的火教徒將段獨聖當做神人聖人般膜拜崇信，甚至在他沒有靈能後仍膜拜不止，這該是最可悲的一種情況，在現實世界中似乎也屢見不鮮。一般人就算不去膜拜崇信神通者，也不免受到影響。故事當中，具有靈能的張燁預言凌霄和燕龍若不分開，定會將彼此引上死路，下場悲慘。但是在明知預言極可能爲眞的情況下，凌霄和燕龍仍決定在有限的時光中相伴相守，無怨無悔。那時燕龍說了一句話：「妳看得見，我們看不見。但瞎子也得走路，也得活下去。」

在現實生活中，即使世上有人能看到一般人看不到的因果循環，有如瞎子群中的明眼人，但我們這些瞎子還是得在黑暗中過日子，憑著眞心誠意過日子，而不是成日求神拜佛、問卜作法、趨吉避禍，落入無止無盡的擔憂恐懼。人生是自己的；有人看得遠，有人看得近，有人看不見。但只要憑著一顆眞誠的心，堅定獨立地去走自己的人生，那就是對的。

凌霄和燕龍

關於情節的主線，我也思考了很久。有一天，大約是在二〇〇〇年的某日，忽然靈感浮現，籤辭的最後兩段慢慢在腦海中成形：「異龍現，江湖變。靈劍泣，野火熄」。我知道這就是了，這籤辭就是故事的主軸。整個故事始終圍繞著撲滅火教和犧牲自我這兩個主題，當然最後「靈劍」不得不哭泣的情節是悲慘了些，但也凸顯出了兩個主角性格上的不同，以及他們兩人之間堅貞的愛情。

時勢造英雄。燕龍是個天生的英雄，凌霄卻是個極不想做英雄的人。最後他們在時勢之下都被逼著做出犧牲，雖都成了讓人景仰讚歎的一代英雄，完成了艱鉅的使命，但對他們來說這些都不重要，最重要的還是身邊的有情人，是兩人之間眞摯而深厚的感情。

改寫的時候，我盡量將凌霄的人生刻劃得更深入一些，讓他成爲一個悲劇英雄，這樣他才能匹配得上燕龍這個不世出的一代女俠。他自幼坎坷，小小年紀便吃盡了苦頭，雖然很幸運地忘記了童年的經歷，平安地在虎山長大隨揚老學醫，向虎俠學武。但他在少年時發現了自己的身世，又不得不重拾凌霄的身分，從此捲入無止盡的血腥鬥爭之中。他想逃也逃不掉，只能硬著頭皮面對。但他心底深處始終希望能回歸虎山，去過平凡安逸的日子。他最終放棄靈能，隱居避世，雖實現了他的嚮往，但生命中仍有一塊空虛之地：他知道自己命不長久，火教威脅不斷，因此感情上始終一片空白。直到他遇上燕龍，才燃起了心底的深情。

他對燕龍的感情是非常成熟溫厚，非常細膩深刻的；他自始至終都在爲燕龍著想，毫無私心。燕龍在虎山上受傷時，凌霄以爲成達是她的情人，立即找成達回來見她；與燕龍同行時，他處處照顧體惜於她，從未越禮；在得知燕龍懷孕時，他立即決定迎娶她，不讓她知道眞相，以免她傷心。如此眞心誠意、毫不自私的情人，世間實在少見。凌霄可說是個完美的情人，比起《天觀》中凌昊天的任性胡鬧、膽小退縮，可是好上百倍了。

張燁的出現是非常後面的決定，大約是在最後幾稿中才做出的重大修改。較早的稿子中根本沒有洞中神祕女子這個人物，但我一直在設想這段情節。後來決定加進去，原先的設想是讓那神祕女子就是燕龍，後來又改變主意，多加了張燁這個人物。凌霄對她一直懷有「遐想」，張燁可說是凌霄的初戀情人。但這段戀念是很青澀稚嫩、很不切實際的。直到燕龍出現，凌霄才擺脫了對神祕女子的戀慕，轉而將滿懷深情投注在燕龍身上。他在華山深谷中，不得不在二女之中做個抉擇，那時他才第一次看清燕龍對自己有多麼重要。張燁能給他的不過是能活下去，而燕龍能給他的卻是活得喜悅快樂，豐富精采。

燕龍是我筆下最喜歡的人物。她美貌、智慧、豪爽、擁有領袖之風，又極爲重情。她非常可愛，非常爽朗，自負高傲得理直氣壯。她惟一的弱點是愛上了凌霄。爲了保護解救凌霄，她毅然接下世間最艱困的任務——消滅火教，最後甚至願意犧牲自己的清白和性命，以換取凌霄擺脫咒術的下半生。他們的感情與《天觀》裡凌昊天和鄭寶安的感情非常不同，凌鄭是青梅竹馬的友伴，感情基礎是兩小無猜的兄妹之情；凌霄和燕龍則有如夜空中耀眼的流星，各自身懷絕技，各有驚人成就，在命運的引導下，兩顆流星在夜空中相遇，擦撞出更加耀眼燦爛的光芒。凌霄因燕龍而體驗愛情的珍貴，生命的精采；燕龍因凌霄而知道被疼惜被保護的美好感受。

我個人很喜歡這兩人之間的感情。他們兩人相遇時，都已不是天眞的少年少女，而是成年人了。各自因爲種種原因，未曾經歷過感情和親密的洗禮。他們彼此尊重，彼此愛惜，攜手走過痛苦艱困的一段路，最後終於達成了他們相守一生的願望。

峨嵋金頂上，凌霄和燕龍驚天動地的一戰，看似誤會所造成，實際上乃是燕龍蓄意安排的。她的動機十分複雜，一方面她知道凌霄對雲兒極度關心，因此費盡心機保護照顧雲兒；另一方面她對雲兒又有些嫉妒，內心深處頗想知道在凌霄心中，究竟是妹妹比較重要，還是自己比較重要。第二個動機自然是高手欲求敵手而不可得的寂寞了，峨嵋金頂是她武功登峰造極的時刻，她知道凌霄是當世極少數和她旗鼓相當的對手，若不抓緊機會與他一較高低，以後便再也沒有機會了。確實，她在峨嵋被凌霄誤傷，之後又在獨聖峰上受到重創，此後武功再也不復當年。然而因爲有過峨嵋金頂那一戰，她至少能對心底那股傲氣有所交代：在天下英雄之前我曾盡力一搏，奪得天下第一的名號；在我最璀璨的一刻，我曾勝過公認武功劍術天下第一的醫俠。這是一代俠女燕龍獨有的傲氣。

關於前傳

《天觀》中的許多故事，都延續自《靈劍》。如凌家雙胞胎怎會是段獨聖的子息、百花門人的來由、火教和百花門之間的仇恨、江離的兩個兒子、寶安的父親鄭寒卿、褚文義之子去盛家爲父報仇等等，都延伸自《靈劍》的情節。因爲當初《靈劍》已寫完了，寫《天觀》時才會不斷引用已有的素材。然而後來《靈劍》改動很多，相信在《天觀》中也會產生一些無法銜接之處。

因爲這本書情節比較陰暗悲慘，我自己每讀一回，就感覺好似受了一次內傷。有幾日我重寫神祕女子在虎穴中爲凌霄減輕痛苦的情節，不知道爲什麼，幾乎心痛得寫不下去。還有幾日修改凌霄和燕龍在峨嵋金頂相認之後的那段，以及燕龍從神智昏迷中醒來的部分，他們之間深刻而細膩的感情縈繞在我心頭，久久不能散去。他們二人不斷在火教、毒咒、誤會、死亡之間掙扎，歡樂中總帶著痛苦，痛苦中隱含著希望。就因爲那一點希望，才讓我一次又一次忍著內傷，努力將這本書寫完。

其實凌霄和燕龍的經歷爲什麼會這麼沉重，並不是他們自己選擇的，而是時勢使然。他們活在火教和段獨聖的陰影下，不得不奮力抵抗，以求生存。而他們各自身負無法擺脫的重任：凌霄是籤辭持有者，也是火教極力想收歸旗下的「聖子」，更是維繫中原武林安危的重鎮；燕龍則不但要對雪族負責，還要對虎俠負責，最後索性將天下一切難事都攬在自己身上，要爲情人和天下人殺死段獨聖。他們身上的責任太重，犧牲太多，從來不知自由爲何物。

或許就是因爲這樣，我才接下去創造了趙觀和凌昊天這兩個非常自由逍遙的人物：他們身上沒有什麼負擔包袱，任性瀟灑，開開心心地遨遊江湖，一會兒東去朝鮮追求公主，一會兒北赴大漠開設馬場，一個身邊豔福不斷，一個廣受美女青睞。他們的身體和心靈都是自由的，他們生長於太平盛世。反觀凌霄少年以至青年時期，絕不可能離開虎山，像小三兒那樣一路乞討，到處亂跑。燕龍也絕不可能抛下雪族龍幫的擔子，自己去浪跡天涯。在峨嵋金頂決鬥後，凌燕二人鼓起勇氣攜手同行，那幾個月似乎就是他們僅有的「自由時間」了。但也正是因爲他們的犧牲和奮鬥，才徹底消滅了火教的威脅，造成了未來數十年的承平之世，讓天觀兩個可以享受自由的滋味，徜徉在沒有火教陰影的武林之中。

關於邪教

《靈劍》原先動筆的一個驅動力，是想寫關於「邪教」的內情。我在其中很長篇幅地講述凌雲如何被「天火教」誘騙入教，現在看來，確實有十分貼近眞實之處。邪教爲何能成形，如何吸收教眾，如何令教眾遠離親人，如何對教眾進行洗腦，令其對再無稽的教法都堅信不疑，書中都有盡量翔實的描述。我希望讀者能從中認識到邪教的種種伎倆，在眞實生活中千萬千萬不要被邪教所迷惑。最重要的是要有主見理性，不要輕信他人的煽動言語。自稱有神通而藉以騙財者大有其人，而這些人往往藉由如《玄關》一書（清方觀承著，出版品已不可考，詳情前述於第六章，第八十七頁）的所說的種種法門，以觀相算命、預言災禍等方式來引人入彀。人是脆弱的，人的腦子在進化中仍停留在頗爲原始的階段，十分容易上當受騙，即使是高級知識份子也不例外。人都會恐懼，都害怕失去、無常和死亡。一旦讓恐懼盤據心頭，理性就完全退位了，人也很容易就被各種宗教邪說、所謂的通靈高人等牽著鼻子走而無法自拔。

說到邪教，自然想說說曾被吸引入了火教的凌雲。凌雲是個完全被寵壞、極端自我中心的少女。她的教養是失敗的，部分自是由於揚老和凌霄對她太過溺愛放任，部分也是她本身的個性使然。燕龍爲凌霄接下凌雲這個沉重的大擔子，實在是滿有膽量的。爲了保護凌雲，燕龍差點損失里山這一員大將，所冒的險不可說不大。而里山乃是少年時與燕龍一同習武練功，十分親密的友伴之一。雪族長老原本想讓燕龍和里山成婚，可見兩人當時感情滿好，年齡外表和武功性情都十分匹配。燕龍因爲一念對自由愛情的嚮往，拒絕了這段婚姻，從雪族中逃走，獨自來到中原闖蕩。但在雪族眾人心中，一直都將里山當成雪豔的未婚夫看待，直到他與凌雲私定終身爲止。

我很喜歡里山這人物。他最後竟得和凌雲這樣一個驕縱討厭的女子成婚，也眞是可惜了。

關於其他人物

凌霄的兩個結義兄弟中，我特別喜愛陳近雲。他雖出身官家，卻醉心浪蕩江湖；他雖通熟人情世故，卻始終不失純眞。他對凌霄敬愛忠誠，關懷備至。凌霄初下山就結識他這樣的朋友，可說極爲幸運。陳近雲和赤兒的結緣雖是意外，但這兩人彷彿是老天注定的絕配。在南昌被圍時，四面楚歌，情勢危殆，只有赤兒能一心一意、毫無顧忌地爲近雲拚命，在危難中挺身保護和支持近雲。我很高興她最終成爲近雲的妻子，兩人白頭偕老。個性柔弱的方玟，與赤兒相較之下就顯得小氣而軟弱，危難中需得陳近雲來照顧她，而不可能由她來協助陳近雲。附帶提一句：陳近雲的名字，取自父親一位旅美數學家朋友的兒子。那時他告訴我們，因爲家住山上，很靠近雲，所以給兒子取名近雲。我覺得這名字很棒，就借來用了。

許飛個性嚴謹認眞，是個非常可靠的好朋友。他的愛情短暫而悲慘，在《天觀》中他出家爲道，一部分自是因爲感情上的失意。他出道時年紀很輕，就得面對許多困難的抉擇，如在紅杏林的小亭中是否信任凌陳二人，在土地廟外是否出手保護凌霄，在峨嵋金頂是否出手挑戰龍頭等。他的難能可貴之處，是他雖爲正派中的代表，人人注目的點蒼少掌門，但他並不孜孜關注自己的名聲前途、功績成就，認爲這些都是身外之物，最重要的乃是良心和正氣。他曾說過：「點蒼一派行事作風，向來全憑良心正氣。什麼顏面、前途，家師從未教我顧及這些枝微末節！」所謂正派，許飛的行爲應是正派武林的典範。

浪子成達似乎是個令人印象深刻的人物。即使在《天觀》中出現不多，也有不少讀者詢問關於他的事情。他在《靈劍》中出現的也不多，但卻扮演了非常重要的角色。他是燕龍的夥伴，能與燕龍這樣一個奇特女子結伴行走江湖兩年的男子，顯然不是尋常人物。燕龍跟他十分投緣，但並未愛上他。最後成達也是燕龍和凌霄感情促成者之一，甚至受燕龍所託，將比翼雙飛千里迗到凌霄手中。成達救舒眉、與凡塵結緣的一段，簡單而快速地描繪出了這個人物的特出之處。我原本打算寫一整部書來敘說成達的故事，寫他的成長、報仇和愛情，但那是以後的事了。

虎俠和凌滿江都是藏身於背景之中，但角色十分重要的人物。虎俠幾乎沒有露過面，卻是與火教決戰的幕後大軍師，不論凌霄、燕龍或龍幫，都深深受到他的影響。凌滿江則是個不具靈能卻掌握了卜卦之道的奇人，可說是個得道之士。他之所以能不靠靈能卜卦，便與凌霄能不靠靈能行醫一般，說明世間最重要的還是紮實的知識和技能，靈能絕非一切。書中的另外一位有道之士，便是儒將王守仁了。他是中國歷史上非常重要的一位哲學家，我們讀書時都學過王陽明的「知行合一」、「致良知」等，琅琅上口，但從未去深究他的哲學思想，我認爲是很可惜的。

此外，當書中寫到歷史人物時，如正德皇帝、王守仁、寧王、李士實等時，都盡量保持原貌，王守仁的性格經歷、學問事功，寧王叛變的前後經過，基本都依照史書所載去寫，因爲我覺得歷史往往比小說還要精采。

感謝

《靈劍》是我第一部在時間壓力下完成的長篇小說。爲了趕在今年暑期出版，不得不將改寫的進度抓得很緊，每天多少字多少頁地跟進度，最後幾個月如同在準備聯考一般，日夜不停地改稿，實在很累。期間要感謝台灣城邦奇幻基地的編輯雪莉給我的鼓勵和督促，爲我閱稿並給我極多的意見回饋，挑出了大量的毛病，改正了無數的謬誤，甚至許多段落都是在她的建議下加入的。並要感謝父母親友、丈夫子女不斷的支持，才讓這本書終於可以完成並面世。更要感謝無數《天觀雙俠》讀者的謬讚和支持、批評和期許，讓我有繼續寫下去的動力。再次感謝！

鄭丰／陳宇慧

二〇〇九年五月三十一日

靈劍・卷三（劍氣奔騰書衣版）

作　　者／鄭丰
企劃選書人／王雪莉
責 任 編 輯／王雪莉
版權行政暨數位業務專員／陳玉鈴
資深版權專員／許儀盈
資深行銷企劃／周丹蘋
業 務 主 任／范光杰
行銷業務經理／李振東
副 總 編 輯／王雪莉
發　行　人／何飛鵬
法 律 顧 問／台英國際商務法律事務所　羅明通律師
出版／奇幻基地出版
城邦文化事業股份有限公司
台北市 104 民生東路二段 141 號 8 樓
電話：(02)25007008　傳真：(02)25027676
網址：www.ffoundation.com.tw
e-mail：ffoundation@cite.com.tw
發行／英屬蓋曼群島商家庭傳媒股份有限公司城邦分公司
台北市 104 民生東路二段 141 號 11 樓
書虫客服服務專線：(02)25007718・(02)25007719
24 小時傳真服務：(02)25170999・(02)25001991
服務時間：週一至週五 09:30-12:00・13:30-17:00
郵撥帳號：19863813　戶名：書虫股份有限公司
讀者服務信箱 e-mail：service@readingclub.com.tw
歡迎光臨城邦讀書花園 網址：www.cite.com.tw
香港發行所／城邦（香港）出版集團有限公司
香港灣仔駱克道 193 號東超商業中心 1 樓
電話：(852) 2508-6231　傳真：(852) 2578-9337
e-mail : hkcite@biznetvigator.com
馬新發行所／城邦（馬新）出版集團
【Cite(M)Sdn. Bhd.】
41, Jalan Radin Anum, Bandar Baru Sri Petaling,
57000 Kuala Lumpur, Malaysia.
電話：603-90578822　傳真：603-90576622
e-mail：cite@cite.com.my

封面設計／黃聖文
排　　版／浩瀚電腦排版股份有限公司
印　　刷／高典印刷有限公司
■2009 年（民 98）7 月 28 日初版一刷
■2023 年（民 112）12 月 22 日二版3刷

售價／300元

國家圖書館出版品預行編目資料

靈劍・卷三／鄭丰作, -初版-台北市：奇幻基地出版；家庭傳媒城邦分公司發行；2009. 07（民98. 07）
面：公分. -（境外之城）

ISBN 978-986-6712-76-0（卷3：平裝）

857.9　　98009729

ISBN　978-986-6712-76-0
EAN　471-770-290-441-8
Printed in Taiwan.

奇幻基地官網及臉書粉絲團
http://www.ffoundation.com.tw/
http://www.facebook.com/ffoundation

鄭丰臉書專頁
http://www.facebook.com/zhengfengwuxia